SAUVÉE DU CRIME

NORA ROBERTS

LIEUTENANT EVE DALLAS — 20
SAUVÉE DU CRIME

Traduit de l'américain
par Sophie Dalle

Titre original :
SURVIVOR IN DEATH
Published by G.P. Putnam's Sons,
a member of the Penguin Group

Tu te nourriras de la Mort, qui se nourrit des hommes,
Et la Mort une fois morte, plus rien ne mourra.
William Shakespeare

Les familles heureuses se ressemblent toutes;
chaque famille malheureuse l'est à sa manière.
Léon Tolstoï

PROLOGUE

C'est une soif irrésistible de Fizzy à l'orange, qui sauva la vie de Nixie. En se réveillant, elle vit sur l'écran lumineux de sa montre qu'il était 2 heures du matin.

Elle n'avait pas le droit de grignoter entre les repas, sauf certains en-cas approuvés par sa mère. Et 2 heures du matin, c'était entre les repas.

Mais elle *mourait d'envie* d'un Fizzy à l'orange.

Roulant sur le côté, elle s'adressa en chuchotant à Linnie Dyson, sa meilleure amie de la galaxie tout entière. Linnie passait la nuit à la maison parce que ses parents avaient décidé de fêter leur anniversaire de mariage dans un hôtel chic.

Pour pouvoir faire l'amour. Maman et Mme Dyson avaient assuré que c'était pour pouvoir dîner tranquillement aux chandelles, puis danser, mais c'était pour le sexe. Nixie et Linnie n'avaient plus deux ans ! Elles en avaient neuf. Elles connaissaient les choses de la vie.

D'ailleurs, elles s'en fichaient. Ce qui comptait, c'était que maman – la fée Carabosse – ait accepté que Linnie vienne dormir un soir de semaine. Bien qu'elles aient dû éteindre à 21 h 30 – décidément, on les prenait pour des bébés –, Linnie et elle s'étaient amusées comme des folles.

Et puis, l'école ne commençait pas avant des heures, et elle avait soif. Elle donna un coup de coude à Linnie et répéta :

— Réveille-toi !

— Non. C'est pas le matin. Fait encore noir.

— Si, c'est le matin. Deux heures du matin. J'ai envie d'un Fizzy à l'orange. On descend en chercher un ? On pourra le partager.

Linnie lui répondit d'un marmonnement, se détourna, tira la couverture par-dessus sa tête.

— Tant pis pour toi, *moi*, j'y vais.

C'était beaucoup moins drôle toute seule, mais elle n'arriverait jamais à se rendormir, maintenant que l'image de son Fizzy à l'orange l'obnubilait. Elle était obligée de descendre à la cuisine, car sa mère refusait de lui installer un Autochef dans sa chambre. Autant vivre en prison, songea Nixie en quittant son lit. Une prison des années 1950, plutôt que chez elle en 2059.

Maman avait même poussé le bouchon jusqu'à programmer le contrôle parental sur tous les Autochefs, pour que Nixie et son frère, Coyle, ne puissent commander que des aliments sains.

Autant manger de la boue.

— Le règlement, c'est le règlement, prétendait son père.

Il disait cela souvent. Mais parfois, quand leur mère était sortie, il adressait un clin d'œil à son fils et à sa fille, avant de leur proposer une glace ou un sachet de chips.

Nixie suspectait sa mère d'être au courant, mais de feindre de ne rien savoir.

Elle sortit de la pièce sur la pointe des pieds. C'était une jolie petite fille, mince et élancée, à l'épaisse chevelure blonde. Ses yeux, d'un bleu très pâle, s'étaient déjà adaptés à l'obscurité.

Il est vrai que ses parents laissaient une veilleuse allumée dans la salle de bains, au bout du couloir, au cas où quelqu'un aurait besoin d'aller aux toilettes en pleine nuit.

Retenant son souffle, elle passa devant la chambre de son frère. S'il l'entendait, il la dénoncerait peut-être. Parfois, il était vraiment assommant ; à d'autres moments, il était génial. L'espace d'un éclair, elle hésita : et si elle lui proposait de l'accompagner dans son aventure ?

Non. Finalement, c'était plus rigolo que prévu de se risquer à travers la maison toute seule. Elle cessa de nouveau de respirer comme elle se faufilait devant la chambre de ses parents.

Personne ne bougea tandis qu'elle abordait l'escalier.

Pourtant, parvenue au rez-de-chaussée, elle continua de se montrer prudente. Il lui restait encore à éviter Inga, la gouvernante, dont les appartements jouxtaient la cuisine. Inga était plutôt cool, mais un Fizzy à l'orange en pleine nuit, ça, elle ne le tolérerait jamais.

Le règlement, c'est le règlement.

Nixie poursuivit son périple telle une voleuse, sans allumer. Cela ajoutait du piquant à l'affaire. Ce serait le meilleur Fizzy à l'orange de toute son existence.

Elle ouvrit avec précaution la porte du réfrigérateur. Tout à coup, il lui vint à l'esprit que sa mère tenait peut-être le compte de ce genre de produits.

Mais elle avait atteint le point de non-retour. Si elle devait payer pour son larcin, elle s'en soucierait plus tard.

Son tube de soda à la main, elle mit le cap vers le fond de la cuisine, d'où elle pouvait surveiller la porte d'Inga, et se réfugier derrière le comptoir le cas échéant.

Dans la pénombre, elle avala la première gorgée interdite.

C'était tellement divin qu'elle se glissa sur la banquette de ce que sa mère appelait l'espace repas, se préparant à savourer son Fizzy jusqu'à la dernière goutte.

À peine s'était-elle installée qu'elle perçut un bruit ; elle s'allongea sur les coussins, de tout son long. De là, elle distingua un mouvement dans la pénombre et se dit : « Prise sur le fait ! »

Mais la silhouette s'avança vers l'extrémité du comptoir et pénétra chez Inga.

Un homme. Nixie plaqua la main sur sa bouche pour étouffer un fou rire. Inga avait un petit ami ! Elle était pourtant vieille – au moins quarante ans ! Apparemment, M. et Mme Dyson ne seraient pas les seuls à faire l'amour ce soir.

Incapable de résister à la curiosité, elle s'extirpa de sa cachette, abandonna son Fizzy à l'orange sur la banquette, et se dirigea vers la porte d'Inga. Juste un petit coup d'œil... Elle traversa le salon à pas de loup, jusqu'au seuil de la chambre. Là, elle se mit à quatre pattes.

Quand Linnie apprendrait ça, elle serait verte de jalousie !

Les yeux pétillants, Nixie se déplaça tout doucement, la tête levée.

C'est là qu'elle vit l'homme trancher la gorge d'Inga.

Un flot de sang jaillit. Elle entendit un grognement horrible, une sorte de gargouillement. Ses yeux se voilèrent, et elle eut un mouvement de recul. Elle souffla dans son poing. Clouée sur place, elle s'assit sur ses talons, le dos pressé contre le mur, le cœur battant la chamade.

Il sortit, passa tout près d'elle, disparut dans la cuisine.

Les larmes jaillirent, inondèrent ses joues, se répandirent sur ses doigts. Tremblant de la tête aux pieds, elle se rapprocha, se servant d'une chaise comme d'un bouclier, et tendit le bras pour attraper le communicateur d'Inga, sur la table de chevet.

Elle appela les secours.

— Il l'a tuée. Il l'a tuée. Il faut que vous veniez, murmura-t-elle, ignorant les questions qu'on tentait de lui poser. Tout de suite. Venez tout de suite.

Puis elle donna l'adresse.

Lâchant l'appareil, elle rampa vers l'escalier qui menait du salon d'Inga à l'étage.

Elle voulait sa maman.

Elle ne courut pas ; elle n'osait pas. Elle ne se releva pas. Elle avait les jambes en coton, comme si tous ses os avaient soudain fondu. La gorge nouée par les sanglots, elle entreprit de traverser le palier à quatre pattes. C'est alors qu'elle revit avec effroi la silhouette. Non, deux silhouettes ! L'une qui pénétrait dans sa chambre, l'autre, dans celle de Coyle.

Étouffant un gémissement, elle se traîna jusqu'au seuil de la chambre de ses parents. Un bruit étrange lui parvint, et elle enfonça le visage dans la moquette en ravalant un haut-le-cœur.

Les ombres passèrent devant la porte. Elle les vit. Elle les entendit. Pourtant, elles se déplaçaient comme si elles n'étaient que des spectres.

Un frémissement la parcourut. Elle dépassa le fauteuil de sa mère, le guéridon avec sa lampe colorée. Sa main dérapa dans une substance tiède, humide.

Se redressant, elle fixa le lit. Sa maman, son papa. Et le sang qui les recouvrait.

1

Le meurtre a toujours été une insulte, depuis que le premier poing humain a fracassé le premier crâne humain. Mais le meurtre, sanglant et brutal, de tous les membres d'une même famille, dans leur propre demeure, dans leur lit, représentait une forme différente du Mal.

C'est la réflexion que se faisait Eve Dallas, de la brigade des homicides de New York en examinant Inga Snood, quarante-deux ans. Domestique. Divorcée. Décédée.

Les éclaboussures de sang et la scène elle-même suffisaient pour imaginer le déroulement des événements. L'assassin de Snood avait franchi le seuil, gagné le lit, relevé la tête de sa victime d'un geste sec – sans doute en lui agrippant les cheveux – pour lui trancher la gorge d'un coup de lame méticuleux, de gauche à droite.

Une méthode plutôt simple, certainement rapide. Probablement silencieuse. La victime n'avait pas dû avoir le temps de se rendre compte de ce qui lui arrivait. Aucune trace de lutte, aucune trace de traumatisme. Seulement du sang et un macchabée.

Eve avait devancé à la fois sa partenaire et les techniciens de la brigade scientifique. Les secours avaient relayé l'appel à une voiture qui patrouillait dans le quartier. Celle-ci avait prévenu le Central, et elle avait reçu le message juste avant 3 heures du matin.

Il lui restait encore à examiner les autres morts, les autres scènes de crime. Elle sortit de la chambre, jeta un coup d'œil à l'agent posté dans la cuisine.

— Sécurisez les lieux.

— Oui, lieutenant.

Elle quitta la cuisine pour rejoindre un espace divisé en deux parties, salon d'un côté, salle à manger de l'autre. Revenus confortables, maison individuelle. Joli secteur de l'Upper West Side. Un système de sécurité honnête – qui n'avait servi à rien.

Un décor soigné, de beaux meubles. Impeccable. Chaque chose à sa place. Rien ne semblait avoir été volé ; les appareils électroniques étaient pourtant nombreux et facilement transportables.

Elle monta à l'étage, tomba d'abord sur la chambre des parents. Keelie et Grant Swisher, respectivement trente-huit et quarante ans. Là encore, aucune trace de lutte. Seulement deux personnes qui s'étaient endormies sereinement, et qui étaient à présent mortes.

Elle inspecta brièvement la pièce, aperçut une montre d'homme sur une commode, une paire de boucles d'oreilles sur une autre.

Non, le vol n'était pas le mobile.

Elle sortit au moment précis où sa coéquipière, l'inspecteur Delia Peabody, gravissait les marches. En boitant – très légèrement.

L'avait-elle rappelée trop vite ? se demanda Eve. Peabody avait été victime d'une grave agression à peine trois semaines auparavant, un soir en rentrant chez elle. La vision de sa fidèle et vaillante partenaire couverte d'hématomes, inconsciente sur son brancard, la hantait encore.

Mieux valait chasser cette image de son esprit – et la culpabilité qu'elle lui inspirait. Après tout, il n'y avait rien de plus désagréable que d'être en congé maladie ; le travail était souvent un meilleur remède que le repos.

— Cinq morts ? s'exclama Peabody, essoufflée. L'agent, en bas, m'a briefée.

— On dirait, mais il est encore trop tôt pour l'affirmer. La domestique est en bas, dans les appartements attenants à la cuisine. La gorge tranchée, dans son lit. Les propriétaires de la maison sont là. Même topo. Deux enfants, une fille et un garçon, dans les autres chambres à cet étage.

— Des enfants ? Bon Dieu !

— L'un des flics arrivés sur les lieux en premier a indiqué que le garçon était par ici.

Eve passa dans la pièce suivante, commanda la mise en marche des lumières.

— Coyle Swisher, douze ans.

Des affiches de sportifs, des joueurs de base-ball en majorité, ornaient les murs. Quelques gouttelettes de sang avaient atterri sur le torse de l'arrière gauche, vedette des Yankees.

Bien que le sol et le bureau soient jonchés de tout un fatras laissé par l'adolescent, tout indiquait qu'il avait été surpris dans son sommeil, comme ses parents.

Peabody pinça les lèvres, se racla la gorge.

— Rapide et efficace, commenta-t-elle.

— Pas d'effraction. Aucune alarme n'a été sabotée. Soit les Swisher avaient oublié de la programmer – ce qui m'étonnerait fort –, soit quelqu'un connaissait leurs mots de passe ou possédait un bon décodeur. La fille devrait être par là.

Peabody se prépara mentalement.

— Bien. C'est plus dur quand ce sont des gamins.

— Normal.

Eve se planta devant le lit à frous-frous roses et blancs et contempla la fillette aux cheveux blonds maculés de sang.

— D'après les fichiers, il s'agit de Nixie Swisher, neuf ans.

— Encore un bébé !

Eve parcourut la chambre du regard.

— Que voyez-vous, Peabody ?

— Une pauvre gosse qui ne grandira jamais.

— Deux paires de baskets…

— Les gamins, surtout dans les milieux bourgeois, raffolent des pompes.

— Deux cartables sacs à dos. Vous avez mis du Seal-It ?

— Non, j'allais juste…

— Moi, oui.

Eve se pencha, ramassa les chaussures.

— Deux tailles différentes. Allez me chercher l'agent qui a découvert le crime.

Tandis que Peabody s'exécutait, Eve se tourna lentement vers la fillette dans le lit. Elle posa les baskets, et chercha son identificateur dans son kit de terrain.

Oui, c'était encore plus dur quand les victimes étaient des enfants. C'était insupportable de prendre une main aussi petite dans la sienne. Elle pressa les doigts sur l'écran et attendit le résultat.

— Voici l'agent Grimes, lieutenant, annonça Peabody du seuil.

— Grimes, celui qui a prévenu les autorités ?

— Non, c'était une personne non identifiée, de sexe féminin, lieutenant.

— Et où se trouve cette personne non identifiée ?

— Je... lieutenant... j'ai supposé que c'était l'une des victimes.

Elle pivota vers Grimes, qui la fixa. Grande et mince, en pantalon de coupe plutôt masculine et blouson de cuir élimé. Des yeux noisette mouchetés d'ambre dans un visage aux traits aiguisés. Des cheveux châtains, courts, en bataille.

Elle avait une sacrée réputation, et quand elle le dévisageait de cette manière, il savait qu'il l'avait mérité.

— En somme, elle a appelé les secours, puis sauté dans son lit pour qu'on lui tranche la gorge ?

— Euh...

Grimes était un flic de patrouille, avec deux ans d'expérience. La brigade des homicides, ce n'était pas son truc.

— C'est peut-être la petite qui a appelé, avant de tenter de se dissimuler dans son lit.

— Depuis quand avez-vous votre insigne, Grimes ?

— Cela fera deux ans en janvier, lieutenant.

— Je connais des civils qui savent mieux analyser une scène de crime que vous. La cinquième victime s'appelle Linnie Dyson, neuf ans ; elle n'habite pas ici. Ce n'est pas

16

Nixie Swisher. Peabody, fouillez la maison. Nous cherchons une fillette de neuf ans, morte ou vivante. Grimes, espèce d'idiot, lancez une Alerte Aurore. C'est peut-être elle, la raison de ce massacre. Possibilité de kidnapping. Dégagez !

Peabody sortit une bombe de Seal-It de son propre kit de terrain et s'en aspergea rapidement les mains et les pieds.

— Et si elle s'était cachée ? Elle a peut-être peur de se montrer, ou alors, elle est en état de choc. Il se pourrait qu'elle soit vivante.

— Commencez par le rez-de-chaussée, ordonna Eve tout en se mettant à quatre pattes pour regarder sous le lit. Trouvez-moi le communicateur dont elle s'est servie.

— Tout de suite.

Eve ouvrit l'armoire, l'inspecta rapidement, explora la pièce avec soin. Elle s'apprêtait à se rendre dans la chambre du garçon quand soudain elle se ravisa.

« Tu étais une petite fille, dans une famille agréable en apparence. Où te réfugiais-tu quand tu avais du chagrin ? » s'interrogea-t-elle.

Quelque part où Eve, elle, n'avait jamais pu aller. Car, quand elle avait du chagrin, sa famille en était la cause.

Elle regagna la chambre des parents.

— Nixie, murmura-t-elle, l'œil aux aguets. Je suis le lieutenant Dallas, de la police. Je suis là pour t'aider. C'est toi qui as appelé la police, Nixie ?

Un enlèvement, pensa-t-elle de nouveau. Mais pourquoi tuer toute une maisonnée s'il ne s'agissait que de kidnapper une fillette ? Il aurait été plus facile de l'aborder dans la rue, voire d'entrer dans la maison, de la droguer et de l'emmener. Non, ils avaient dû la découvrir alors qu'elle tentait de se cacher. On la retrouverait blottie dans un coin, morte comme les autres.

Eve commanda la mise en marche des lumières à pleine puissance. Elle repéra des taches de sang sur le tapis, à l'autre extrémité. Une petite empreinte de main, puis une autre, et un tracé de rouge menant jusqu'à la salle de bains.

Ce n'était pas forcément le sang de la fillette. C'était même probablement celui des parents. Ce qui était sûr, c'est qu'il y en avait beaucoup. Elle a rampé dans le sang, comprit Eve.

La baignoire était vaste. Le comptoir, couleur pêche, était équipé de deux vasques. Les W-C étaient séparés du reste par une mince cloison.

Un sentier écarlate souillait le carrelage pastel.

— Nom de nom, grommela Eve en le suivant jusqu'aux parois en verre teinté de la douche.

Elle s'attendait à y trouver le corps ensanglanté d'une petite fille morte.

Elle découvrit le corps tremblant d'une petite fille vivante.

Elle avait du sang sur les mains, sur sa chemise de nuit, sur le visage.

Un bref instant – avec horreur – Eve fixa l'enfant, et se vit elle-même. Recroquevillée dans la pièce glaciale, du sang sur les mains, sur son chemisier, sur son visage. Elle tenait encore le couteau dégoulinant et contemplait le cadavre – l'homme – qu'elle avait tailladé sauvagement, allongé devant elle.

— Mon Dieu. Ô mon Dieu !

Elle recula d'un pas, sur le point de s'enfuir, de hurler. La gamine leva la tête, accrocha son regard, et poussa un gémissement.

Eve revint brutalement au présent, comme si elle venait de recevoir une gifle cinglante. « Ce n'est pas moi, se dit-elle en s'efforçant de reprendre son souffle. Ça n'a rien à voir avec moi. »

Nixie Swisher. Elle avait un nom. Nixie Swisher.

— Nixie Swisher ! dit-elle.

Un rapide examen lui confirma que le sang n'était pas le sien. Bien que soulagée, elle regretta l'absence de Peabody. Les mômes, ce n'était pas son fort.

Elle s'accroupit lentement et tapota l'insigne accroché à sa ceinture.

— Je suis Dallas. Je suis flic. C'est toi qui nous as appelés, Nixie ?

Le regard de l'enfant était voilé, empli de terreur. Elle claquait des dents.

— Il faut que tu viennes avec moi, pour que je puisse t'aider.

Elle tendit la main, mais la petite eut un mouvement de recul et émit un son de bête blessée.

« Je sais exactement ce que tu ressens, ma chérie, aurait-elle voulu lui dire. Exactement. »

— N'aie pas peur. Personne ne va te faire du mal.

Eve empoigna son communicateur dans sa poche.

— Peabody, je l'ai trouvée. Salle de bains des parents. Montez en vitesse.

En vain, Eve chercha le meilleur moyen de l'amadouer.

— Tu nous as appelés, Nixie. C'est très courageux de ta part. Je sais que tu es terrorisée, mais nous allons prendre soin de toi.

— Ils ont tué, ils ont tué, ils ont tué...

— Ils ?

Nixie secoua la tête, telle une vieille femme souffrant de la maladie de Parkinson.

— Ils ont tué, ils ont tué ma maman. J'ai vu, j'ai vu. Ils ont tué ma maman, mon papa. Ils ont tué...

— Je sais. Je suis désolée.

— J'ai rampé dans le sang...

Elle montra ses mains.

— Le sang...

— Tu es blessée, Nixie ? Est-ce qu'ils t'ont vue ? Est-ce qu'ils t'ont touchée ?

— Ils ont tué, ils ont tué...

Quand Peabody apparut, Nixie laissa échapper un hurlement, puis se jeta dans les bras d'Eve.

Peabody s'arrêta net, et déclara d'un ton très calme, très posé :

— J'appelle les services de protection de l'enfance. Elle est blessée ?

— Je n'en ai pas l'impression. Mais elle est en état de choc.

Eve n'était pas habituée à câliner les enfants. Pourtant, elle serra Nixie contre elle et se redressa.

— Elle a tout vu. Non seulement nous avons une survivante, mais en plus, nous avons un témoin.

— Nous avons une petite fille de neuf ans qui a vu...

Sans terminer sa phrase, Peabody indiqua la pièce adjacente d'un signe de tête.

— Je sais. Tenez. Prenez-la et...

Mais quand Eve voulut se débarrasser de Nixie, celle-ci se blottit contre elle.

— Il vaut mieux ne pas insister.

— Merde. Appelez les services de protection de l'enfance, dites-leur de nous envoyer quelqu'un illico. Attaquez-vous aux enregistrements, pièce par pièce. Je reviens tout de suite.

Elle espérait pouvoir confier Nixie à l'un des agents en uniforme, mais la gamine était littéralement collée à elle. Résignée, sur ses gardes, elle descendit au rez-de-chaussée, chercha un endroit neutre, finit par opter pour ce qui semblait être une salle de jeu.

— Je veux ma maman. Je veux ma maman.

— Oui, j'ai compris. Seulement voilà : il faut que tu me lâches. Je ne vais pas m'en aller, je te le promets.

— Elles sont parties ? demanda Nixie en pressant le visage contre l'épaule d'Eve. Les ombres sont parties ?

— Oui. Tiens, tu vas t'asseoir ici. J'ai deux ou trois choses à faire. J'ai des questions à te poser.

— Et si elles reviennent ?

— Je les en empêcherai. Je sais que c'est difficile, ajouta-t-elle en s'installant par terre. J'ai besoin de... j'ai besoin de prélever un échantillon du sang sur ta main. Ensuite, tu pourras te laver. Tu te sentiras mieux une fois propre, non ?

— J'ai leur sang...

— Je sais. Regarde. Ça, c'est mon kit de terrain. Je vais simplement en mettre un peu sur ce coton-tige pour les analyses. Et il faut que je procède à un enregistrement. Top !... commanda-t-elle en repoussant délicatement Nixie... Tu t'appelles bien Nixie Swisher, n'est-ce pas ? Tu habites ici ?

— Oui. Je veux...

— Et moi, je suis le lieutenant Dallas. Je vais passer ce coton-tige sur ta main. Ça ne fera pas mal.

— Ils ont tué mon papa et ma maman.

— Je sais. C'est abominable. Tu les as vus ? Tu sais combien ils étaient ?

— J'ai leur sang partout sur moi.

Scellant le prélèvement, Eve contempla la fillette. Elle se rappelait parfaitement ce que c'était que d'être une petite fille couverte du sang d'un autre.

— Si tu te lavais, maintenant ?

— Je ne peux pas.

— Je vais t'aider. Tu as peut-être envie de boire quelque chose. Je peux...

À ces mots, Nixie éclata en sanglots. Eve céda à la panique.

— Quoi ? Qu'est-ce qui se passe ?

— Le Fizzy à l'orange.

— D'accord. Je vais voir si...

— Non. Je suis descendue en chercher un. C'est interdit, mais je suis quand même descendue, et Linnie n'a pas voulu venir avec moi. Je suis arrivée dans la cuisine, et j'ai vu...

— Qu'est-ce que tu as vu, Nixie ?

— L'ombre, l'homme qui est entré chez Inga. J'ai cru que... J'allais juste jeter un petit coup d'œil, parce que je pensais qu'ils allaient faire...

— Faire quoi ?

— Faire l'amour. Je n'aurais pas dû, mais j'y suis allée, et j'ai vu !

À présent, la morve dégoulinait de son nez. Eve sortit une lingette de sa mallette et la lui tendit.

— Qu'est-ce que tu as vu ?

— Il avait un gros couteau, et il l'a coupée.

Elle ferma les yeux, plaqua la main sur sa gorge.

— Il y avait du sang partout.

— Tu peux me raconter ce qu'il a fait ensuite ?

Entre deux hoquets, Nixie se frotta la figure, étalant le sang sur ses joues.

— Il est sorti. Il ne m'a pas vue, et il est sorti, alors, j'ai pris le communicateur d'Inga et j'ai appelé les secours.

— C'était une excellente initiative, Nixie.

— Mais je voulais maman. Je voulais papa. Je suis remontée, par l'escalier d'Inga, et je les ai vus. Ils étaient deux. Ils sont entrés dans ma chambre, puis dans celle de Coyle, et je savais ce qu'ils allaient faire, mais je voulais ma maman, et j'ai rampé jusqu'à son lit, et j'avais du sang partout, et ils étaient morts. Ils sont tous morts, hein ? Tous. Je me suis cachée.

— Tu as bien fait. Regarde-moi, Nixie… Tu es vivante, et tu as très bien réagi. Grâce à toi, je vais pouvoir retrouver et punir ceux qui ont fait cela.

— Ma maman est morte.

Se pelotonnant contre Eve, la fillette se mit à sangloter de plus belle.

Il était presque 5 heures du matin quand Eve retrouva enfin Peabody.

— Comment va la petite ?

— Comme on peut s'y attendre. Une assistante sociale et un médecin sont avec elle. Ils la nettoient, l'examinent. J'ai été obligée de jurer sur ma tête que je ne quitterais pas la maison, avant qu'elle se décide à me lâcher.

— C'est vous qui l'avez trouvée, qui l'avez sauvée.

— Elle a appelé les secours avec le communicateur de la gouvernante, ici même. Ce qu'elle a réussi à me raconter ne fait que confirmer mes premières impressions. Un boulot efficace, très professionnel. Ils neutralisent les systèmes de sécurité. L'un d'entre eux se charge de la gouvernante. C'est le premier meurtre. Elle est isolée au rez-de-chaussée, ils doivent se débarrasser d'elle, s'assurer qu'elle ne se réveillera pas pour prévenir les flics. Pendant ce temps, le deuxième monte à l'étage, prêt à intervenir si l'un des autres bouge. Puis ils tuent les parents ensemble.

— Chacun le sien, acquiesça Peabody. Pas de bruit, pas de bagarre. On élimine les adultes d'abord. Les gosses, ce n'est pas le plus gros souci.

— L'un égorge le garçon, l'autre, la fille. Ils savaient qu'il y avait un garçon et une fille. Ils ont agi dans l'obscurité. Le fait qu'ils se soient trompés de victime ne signifie pas forcément qu'ils ne connaissaient pas la famille. Ils cherchaient une fillette blonde, elle était là. Leur mission accomplie, ils s'en vont.

— Il n'y a aucune trace de sang à l'extérieur.

— Ils s'étaient protégés. Vous avez noté les heures des décès ?

— 2 h 15 pour la gouvernante. Environ trois minutes plus tard pour les parents. Puis à peu près une minute pour chacun des enfants. L'épisode n'a pas duré plus de six minutes. Ni vu ni connu.

— Sauf qu'ils ont laissé un témoin. Nixie est complètement traumatisée pour le moment, mais je pense qu'elle pourra nous en dire davantage. Elle est intelligente, et elle a du cran. Elle n'a pas crié quand elle a vu la gouvernante se faire trancher la gorge.

Eve s'efforça de se mettre à la place de la gamine, d'imaginer ces quelques instants tragiques.

— Elle était évidemment terrifiée, pourtant, elle ne s'est pas enfuie. Elle est restée tapie dans l'ombre et a appelé les secours.

— Que va-t-elle devenir, maintenant ?

— Refuge sécurisé, dossier scellé, gardes en uniforme et un représentant des services de protection de l'enfance.

Les étapes froides, impersonnelles. D'après l'expérience d'Eve, la vie de cette petite s'était arrêtée net aux alentours de 2 h 15.

— Nous allons devoir nous renseigner, au cas où elle aurait des proches. Plus tard dans la journée, nous la reverrons. On va apposer des scellés sur la maison, et entamer les examens sur les victimes.

— Le père était avocat – droit de la famille, précisa Peabody. La mère était nutritionniste. Un cabinet privé, dans un espace en demi-sous-sol. Aucun signe d'effraction. Rien ne semble avoir été volé.

— On va éplucher leurs archives, interroger leurs clients, leurs amis. C'est l'œuvre de pros, ils ont pris toutes les précautions nécessaires. Peut-être que l'un d'entre eux – à moins que ce ne soit la gouvernante – collaborait en douce avec la pègre. Nutritionniste, ce pourrait n'être qu'une façade pour vendre des substances illicites. Les patients retrouvent leur minceur de la manière la plus facile qui soit.

— Parce qu'il existe des moyens de maigrir sans se priver ? En mangeant des pizzas à volonté et en évitant les abdos-fessiers ?

— Un soupçon de Funk, un zeste de Go en guise de compléments alimentaires, marmonna Eve en haussant une épaule. Elle a peut-être doublé son fournisseur. Ou l'un d'eux a eu une liaison qui a mal tourné. Pour éliminer une famille tout entière, il faut être sacrément motivé. Nous verrons ce que les techniciens prélèveront sur la scène du crime. D'ici là, je vais inspecter chacune des pièces moi-même. Je n'ai pas pu...

Elle s'interrompit en entendant un claquement de talons et se tourna vers l'assistante sociale, visiblement fatiguée, mais tirée à quatre épingles. Newman, se rappela Eve. Fonctionnaire jusqu'au bout des ongles, et furieuse qu'on l'ait sortie de son lit.

— Lieutenant, le médecin n'a repéré aucune lésion physique. Il vaudrait mieux que nous emmenions la mineure sur-le-champ.

— Accordez-moi quelques minutes supplémentaires pour assurer la sécurité. Ma partenaire va monter rassembler quelques affaires. Je veux...

De nouveau, elle s'interrompit. Cette fois, c'était Nixie qui déboulait en courant, pieds nus, toujours en chemise de nuit maculée de sang. Elle se rua sur Eve.

— Vous aviez dit que vous ne partiriez pas.

— Ben... Je suis là.

— Ne les laissez pas m'emmener. Ils ont dit qu'ils allaient m'emmener. Ne les laissez pas faire.

Écartant la fillette avec douceur, Eve s'accroupit pour être à sa hauteur.

— Tu sais bien que tu ne peux pas rester ici.

— Ne les laissez pas m'emmener, gémit Nixie. Je ne veux pas partir avec elle. Elle n'est pas de la police.

— Un agent va vous accompagner. Il restera avec toi.

— C'est vous que je veux.

— Je ne peux pas. J'ai du travail. Il faut que je m'occupe de tes parents, de ton frère et de ton amie. D'Inga, aussi.

— Je n'irai pas avec elle. Vous ne pouvez pas m'obliger!

— Nixie... intervint Peabody d'une voix agréable, le sourire aux lèvres. Nixie, j'ai deux mots à dire au lieutenant... juste dans le coin, là. Personne ne bouge pour l'instant, d'accord? Dallas?

Peabody gagna l'extrémité de la pièce. Dallas lui emboîta le pas.

— Quoi?

— Vous devriez l'accompagner.

— Peabody, j'ai du boulot.

— J'ai fouillé la première chambre. Vous pourrez revenir plus tard pour le reste.

— Vous voulez que je l'escorte jusqu'au refuge? Pour qu'elle me fasse une crise quand je la confierai aux agents? À quoi bon?

— Non, pas jusqu'au refuge. Chez vous. C'est l'endroit le plus sûr de la ville – de la planète, même.

Eve demeura muette pendant dix bonnes secondes.

— Vous êtes complètement siphonnée?

— Non. Écoutez-moi. Elle a confiance en vous. Elle a compris que vous étiez le chef, et elle est convaincue que vous pouvez la protéger. C'est notre unique témoin, une enfant de neuf ans, en état de choc. Plus elle se sentira à l'abri, plus nous aurons de chances de la faire parler. Quelques jours seulement, avant qu'elle ne soit embarquée dans la spirale infernale du système. Mettez-vous à sa place, Dallas. Vous préféreriez suivre la fonctionnaire des services de protection de l'enfance, ou le flic super-cool?

— Je ne peux pas garder une gamine. Je ne suis pas armée pour cela.

— Vous êtes armée pour tirer les vers du nez d'un témoin, riposta Peabody. Et de cette façon, vous l'aurez tout à vous. Imaginez les procédures interminables, chaque fois que vous voudrez la soustraire à l'administration pour l'interroger.

Songeuse, Eve lança un coup d'œil à Nixie.

— Un jour, deux maximum, céda-t-elle. Summerset s'y connaît en matière d'enfants. Au fond, je ne ferai qu'héberger un témoin. La maison est grande.

— Exactement.

Eve fronça les sourcils, dévisagea Peabody.

— Pour quelqu'un qui sort à peine de congé maladie, je vous trouve plutôt en forme.

— Je ne suis pas encore en mesure de courser les suspects, mais ma cervelle est plus affûtée que jamais.

— Dommage. Enfin, on a ce qu'on mérite…

— Vous êtes cruelle.

— Je pourrais l'être encore plus, mais il est 5 heures du matin, et je suis en manque de caféine. J'ai un appel à passer.

Elle s'écarta, vit Nixie se raidir. Secouant la tête, elle sortit son communicateur.

Cinq minutes plus tard, elle faisait signe à l'assistante sociale de la rejoindre.

— C'est absolument hors de question, décréta celle-ci lorsque Eve l'eut mise au courant. Vous n'êtes ni qualifiée ni autorisée à transporter un enfant. Il est de mon devoir d'accom…

— Ce que je fais là, c'est mettre un témoin sous ma protection. Elle ne vous apprécie pas. Et moi, j'ai besoin qu'elle retrouve son calme afin de la questionner.

— La mineure…

— Cette enfant a vu toute sa famille se faire massacrer sous ses yeux, coupa Eve. C'est moi qu'elle réclame. En tant qu'officier supérieur de la police de New York, je veille à ce qu'elle soit placée à l'abri. Vous pouvez contester, mais pourquoi le feriez-vous ?

— Je me dois d'envisager ce qu'il y a de mieux pour...

— ... la mineure, acheva Eve à sa place. Vous savez donc qu'il est indispensable de lui éviter tout stress supplémentaire. Elle meurt de trouille. À quoi bon en rajouter ?

— Mon chef ne sera pas content.

— Il n'a qu'à s'adresser à moi. J'emmène la petite. Allez rédiger votre rapport.

— Il me faut les coordonnées, les détails sur...

— Je vous tiendrai au courant. Peabody ? Rassemblez tout ce dont Nixie pourrait avoir besoin.

Eve revint vers la fillette.

— Tu sais que tu ne peux pas rester ici.

— Je ne veux pas partir avec elle. Je veux...

— Mais pour le moment, tu peux venir avec moi.

— Avec vous ?

Tandis que Newman quittait la pièce au pas de charge, Eve prit Nixie par la main et l'entraîna à sa suite.

— Parfaitement. Je ne pourrai pas m'attarder, car j'ai beaucoup de travail. Mais tu seras bien entourée, par des gens en qui j'ai confiance.

— Mais vous reviendrez ?

— Bien sûr. C'est là que j'habite.

— D'accord, concéda Nixie. Je vais avec vous.

2

Tout bien considéré, Eve aurait nettement préféré transporter un psychopathe de cent cinquante kilos, défoncé au Zeus, à l'arrière de sa voiture officielle, plutôt qu'une petite fille. Les toxicos à tendances homicides, c'était davantage son domaine.

Heureusement, le trajet était court, et elle pourrait s'en débarrasser assez vite pour retourner travailler.

— Une fois que nous aurons prévenu...

Eve jeta un coup d'œil dans le rétroviseur et, bien que Nixie parût assoupie, laissa tomber la suite : *les parents proches*.

— Nous nous installerons dans mon bureau. Je retournerai sur la scène du crime plus tard. Pour l'heure, nous allons nous concentrer sur vos enregistrements.

— La DDE doit passer récupérer tous les appareils électroniques et vérifier le système de sécurité, répondit Peabody en changeant de position pour observer Nixie à la dérobée. Nous aurons peut-être du nouveau avant notre deuxième passage.

Il fallait repartir sur le terrain au plus vite, songea Eve. Elles avaient du pain sur la planche. Interrogatoires, rapports, analyses. Elle était pressée de s'y remettre. La découverte de la gamine l'avait déconcentrée. Elle éprouvait le besoin d'être sur place, de sentir l'atmosphère.

Ils avaient utilisé l'entrée principale, devina-t-elle. La gosse était dans la cuisine ; s'ils étaient arrivés par l'arrière, elle les aurait vus. Ils avaient franchi la sécurité sans problème. L'un était monté, l'autre était resté en bas. Rapide et efficace.

D'abord, la gouvernante. Mais ce n'était pas elle qu'ils visaient. Sinon, pourquoi monter à l'étage ? La cible, c'était la famille. Les parents et les enfants.

Un assassinat de sang-froid. Impersonnel. Sans discours, sans torture, sans mutilation.

Ils avaient simplement accompli une mission, donc...

— C'est ici que vous habitez ?

La question de Nixie brisa net le cours de ses réflexions.

— Oui.

— Dans un château ?

— Ce n'est pas un château.

Bon, d'accord, cela y ressemblait, concéda-t-elle. Une bâtisse immense, des pierres de taille étincelant à la lueur du soleil levant, des créneaux et des tourelles, et toute cette étendue verdoyante, ces arbres aux couleurs de l'automne.

Mais Connors ne faisait jamais rien à moitié.

— En fait, c'est simplement une très grande demeure.

— Un somptueux manoir ! renchérit Peabody en adressant un sourire à Nixie. Des dizaines de pièces, des tonnes d'écrans muraux et de jeux, et même une piscine !

— À l'intérieur ?

— Oui. Tu sais nager ?

— Papa nous a appris. Tous les ans, juste après Noël, on passe une semaine de vacances dans un hôtel, à Miami. Il y a l'océan, et une piscine, et on va...

Les mots moururent sur ses lèvres, ses yeux se remplirent de larmes. Cette année, ils n'iraient pas à Miami. Ils n'iraient plus jamais en vacances tous ensemble.

— Ils ont eu mal en mourant ?

— Non, murmura Peabody.

— Vous êtes sûre ? insista Nixie en fixant la nuque d'Eve.

— Oui, déclara cette dernière en se garant devant le perron.

— Comment vous pouvez le savoir ? Vous n'avez jamais été morte. Personne ne vous a tranché la gorge avec un énorme couteau. Comment vous savez que...

— C'est mon métier, coupa Eve, avant de se tourner vers la petite.

« Ils ne se sont pas réveillés, et tout s'est déroulé en une seconde. Ils n'ont pas souffert.

— Oui, mais ils sont quand même morts, hein ? Tous morts.

— C'est vrai, et c'est une tragédie. On ne pourra pas les ressusciter. Mais je vais découvrir les meurtriers, et les mettre en prison.

— Vous pourriez les tuer.

— Ce n'est pas dans mes attributions.

Eve descendit du véhicule, ouvrit la portière arrière.

— Allons-y.

À l'instant précis où elle lui prenait la main, Connors apparut sur le seuil. Nixie lui serra les doigts.

— C'est un prince ?

Si la maison ressemblait à un château, l'homme qui l'avait construite pouvait sans doute passer pour un prince. Grand, mince, ténébreux, beau comme un dieu, avec ses cheveux de jais encadrant un visage à faire fondre une femme de désir. Une carrure impressionnante, des traits bien dessinés, une bouche ferme, des yeux d'un bleu...

— C'est Connors, répliqua Eve. Un type comme un autre.

Elle mentait, bien sûr. Connors était unique en son genre. Mais il était à elle.

— Lieutenant ! lança-t-il avec son délicieux accent irlandais en s'avançant vers elle... Inspecteur...

Il s'accroupit devant Nixie, la dévisagea longuement, d'un air grave.

Il vit une jolie fillette pâle, aux yeux cernés et aux cheveux blonds comme les blés encore mouchetés de sang.

— Tu dois être Nixie. Moi, c'est Connors. Je suis désolé de te rencontrer dans des circonstances aussi dramatiques.

— Ils ont tué tout le monde.

— Je sais. Mais le lieutenant Dallas et l'inspecteur Peabody vont les retrouver, et veiller à ce qu'ils soient punis.

— Comment vous le savez ?

— C'est leur métier, et elles le font mieux que personne. Tu veux entrer, à présent ?

Nixie tira sur la main d'Eve, jusqu'à ce que celle-ci, exaspérée, se penche vers elle.

— Quoi ?

— Pourquoi il parle comme ça ?

— Il n'est pas d'ici.

— Je suis né de l'autre côté de l'océan, en Irlande.

Cette fois, il ébaucha un sourire.

— Je n'ai jamais réussi à me débarrasser complètement de mon accent.

D'un geste, il les invita à le précéder dans l'immense vestibule où Summerset les attendait, un gros chat vautré sur ses pieds.

— Nixie, je te présente Summerset, dit Connors. C'est lui qui gère la maisonnée. Et qui s'occupera de toi la plupart du temps.

— Je ne le connais pas, gémit la fillette en esquissant un mouvement de recul.

— Moi, si, déclara Eve avant d'ajouter, à contrecœur : Et il est gentil.

— Bienvenue, mademoiselle Nixie.

De même que Connors, Summerset affichait une expression grave. Eve leur était reconnaissante de ne pas faire semblant, comme la plupart des adultes face à des enfants vulnérables.

— Veux-tu que je te montre où tu vas dormir ?

— Je ne sais pas.

Summerset plia les genoux, ramassa le félin.

— Tu as peut-être envie de boire quelque chose d'abord. Galahad pourra te tenir compagnie.

— On avait un chat. Il était très vieux, et il est mort. On va avoir un chaton le m...

— Galahad sera enchanté d'avoir une nouvelle amie.

Summerset reposa le chat. Nixie lâcha la main d'Eve et s'en approcha. Quand l'animal se frotta contre sa jambe, elle eut un sourire. Elle s'assit par terre, blottit le visage dans la boule de fourrure.

— Merci, chuchota Eve à son mari.

— Nous parlerons de tout cela plus tard.

— Il faut que j'y aille. Je suis navrée de t'abandonner de cette façon.

— Je compte travailler ici une grande partie de la matinée. Summerset et moi nous débrouillerons.

— Tu branches tous les systèmes de sécurité.

— Bien sûr.

— Je rentre dès que possible, et je m'efforcerai de mener mon enquête d'ici. Pour l'heure, je dois prévenir les parents de la victime mineure de sexe féminin. Peabody, vous avez l'adresse des Dyson ?

— Ils ne sont pas chez eux, dit Nixie d'une voix étouffée.

— En tout cas, tu as l'ouïe fine, commenta Eve en traversant le vestibule. Où sont-ils ?

— Dans un hôtel chic, pour fêter leur anniversaire de mariage. C'est pour ça que Linnie a eu le droit de venir dormir à la maison un soir de semaine. Maintenant, vous allez être obligée de leur dire qu'elle est morte à ma place.

— Pas à ta place. Si tu avais été dans la chambre, tu serais morte aussi. À quoi cela t'aurait-il avancée ?

— Lieutenant !

Le ton choqué de Summerset la laissa de marbre. Elle lui intima le silence d'un geste.

— Ce n'est pas à cause de toi qu'elle est morte, reprit-elle. C'est une épreuve terrible qui attend les Dyson, comme pour toi. Mais tu sais à qui revient la faute de ce crime odieux.

Nixie leva les yeux vers elle.

— Les hommes aux couteaux.

— Exactement. Tu sais dans quel hôtel les Dyson sont descendus ?

— Le *Palace*, parce que c'est le meilleur. M. Dyson l'a dit.

— Très bien.

Si c'était le meilleur, songea Eve, c'était parce qu'il appartenait à Connors. Elle pivota vers lui, hocha la tête.

— Je m'en occupe, fit-il.

— Merci. Il faut que je m'en aille, expliqua-t-elle à Nixie. Tu vas devoir rester avec Summerset.

— Les hommes aux couteaux pourraient venir me chercher.

— Je n'en crois rien, mais si c'était le cas, ils ne pourraient pas entrer. Il y a un portail, un mur d'enceinte, et la maison est sécurisée. Quant à Summerset, je sais qu'il est vieux et moche, mais il n'a peur de rien, et tu peux lui faire confiance. Je ne peux rien te proposer de mieux.

— Vous allez revenir?

— N'oublie pas que j'habite ici. Peabody, allons-y!

— Son sac est là, précisa Peabody en indiquant le bagage qu'elle avait rempli. Nixie, si j'ai oublié quoi que ce soit, tu demandes à Summerset de me contacter. Nous irons te le chercher.

La dernière vision qu'eut Eve avant de sortir fut celle de l'enfant assise sur le sol, entre les deux hommes, en train de câliner le chat.

Dès qu'elle fut dehors, elle s'autorisa un *ouf!* de soulagement.

— Je ne peux pas imaginer ce qui lui trotte dans la tête, observa Peabody.

— Moi, si. Je suis seule, j'ai peur et je souffre, je ne comprends plus rien à rien. Et je suis entourée d'inconnus… Appelez la DDE, qu'on sache où ils en sont.

Tout en démarrant, Eve utilisa le communicateur de son véhicule pour joindre le Dr Charlotte Mira, chez elle.

— Désolée. Je sais qu'il est affreusement tôt.

— J'étais levée.

Sur l'écran, Eve vit Mira tapoter ses magnifiques cheveux couleur sable avec une serviette-éponge blanche. Des gouttelettes – d'eau ou de sueur – scintillaient sur son visage.

— J'étais en pleine séance de gym. Quel est le problème?

— Homicide multiple. Une famille entière décimée, hormis la fillette de neuf ans. Son amie a été tuée par erreur. La petite est notre unique témoin. Elle est chez moi.

— Chez vous ?

— Je vous expliquerai plus tard… Je suis en route pour prévenir les parents de la copine.

— Mon Dieu !

— Je me doute que vous êtes débordée, mais je vais devoir interroger cette enfant aujourd'hui. Et j'aurais besoin d'un psy. Quelqu'un qui a l'habitude des enfants et des procédures de police.

— À quelle heure voulez-vous que je vienne ?

— Merci ! souffla Eve, soulagée d'un poids. J'avoue que je préférerais que ce soit vous, mais si c'est trop compliqué, vous pouvez me recommander un confrère.

— Je m'arrangerai.

— Eh bien… Disons midi ? J'ai beaucoup à faire d'ici là.

— Midi, confirma Mira. Dans quel état est-elle ?

— Elle n'a pas été blessée.

— Sur le plan psychologique ?

— Euh… elle ne va pas trop mal, je suppose.

— Elle arrive à s'exprimer ?

— Oui. Je vais avoir besoin d'une évaluation pour les services de protection de l'enfance. Et de toutes sortes de paperasses pour l'administration. Le temps presse, car j'ai passé outre les recommandations de l'assistante sociale. Il faut que je prévienne son supérieur.

— Dans ce cas, je vous laisse, fit Mira. À tout à l'heure.

— La DDE est sur la scène du crime, annonça Peabody, dès qu'Eve eut coupé la communication. Les techniciens vérifient la sécurité et les appareils électroniques sur place. En revanche, ils vont transporter les ordinateurs au Central.

— Très bien. Et les proches des autres victimes ?

— Les parents de Grant Swisher sont divorcés. On ne sait pas où est le père. La mère est remariée – pour la troisième fois – et vit sur Vegas II. Elle travaille comme donneuse à une table de black-jack. Quant aux parents de Keelie Swisher, ils sont morts lorsqu'elle avait six ans. Elle a vécu dans des familles d'accueil et des institutions d'État.

— Quand nous aurons vu les Dyson, prévenez la mère de Grant Swisher. C'est peut-être à elle que revient la garde légale de la petite. Vous avez des infos sur son cabinet d'avocats?

— Swisher et Rangle. 61e Rue Ouest.

— C'est près de l'hôtel. Nous irons juste après.

C'était toujours terriblement difficile, mais elle savait s'y prendre. Briser la vie de ceux qui restaient était trop souvent son lot. Comme promis, Connors avait préparé le terrain. Eve étant attendue, elle put éviter les chamailleries coutumières avec le portier, les échanges de banalités avec les réceptionnistes et les vigiles.

Pour un peu, elle l'aurait regretté.

On l'escorta directement jusqu'aux ascenseurs, en lui précisant le numéro de la chambre des Dyson.

— Elle était fille unique, n'est-ce pas? demanda-t-elle à Peabody.

— Oui. Ils n'avaient que Linnie. Lui est avocat d'affaires, elle, pédiatre. Leur résidence est située à cent mètres de celle des Swisher. Les filles étaient dans la même classe.

— Vous n'avez pas perdu votre temps, fit remarquer Eve tandis qu'elles montaient au quarante-deuxième étage.

— Vous avez été prise un bon moment par la petite. Nous autres inspecteurs faisons ce que nous pouvons.

Du coin de l'œil, Eve vit Peabody changer de position, réprimer une grimace. Ses côtes la faisaient encore souffrir. Elle aurait dû prolonger son congé-maladie de quelques jours.

— Vous avez réussi à obtenir les relevés bancaires des Swisher?

— Pas encore. Nous autres inspecteurs ne faisons pas de miracles.

— Flemmarde !

Eve émergea de la cabine et fonça en direction de la suite 4215. Sans états d'âme. À quoi bon ?

Elle appuya sur la sonnette, agita son insigne devant le judas. Patienta.

L'homme qui lui ouvrit était vêtu d'un somptueux peignoir brodé du logo de l'hôtel. Ses cheveux bruns étaient hirsutes, et son visage carré, plutôt avenant, trahissait la satisfaction d'une nuit mémorable.

— Lieutenant Dallas. Bonjour. Vous êtes monsieur Dyson ?

— Oui. Désolé, nous ne sommes pas encore levés... Quelle heure est-il ? ajouta-t-il en plaquant la main sur sa bouche pour étouffer un bâillement.

— Un peu plus de 7 heures. Monsieur Dyson...

— Il y a un problème dans l'hôtel ?

— Pouvons-nous entrer, monsieur Dyson ? Nous aimerions vous parler, ainsi qu'à votre épouse.

— Jenny est encore au lit, répliqua-t-il, vaguement irrité. Que voulez-vous ?

— Nous souhaiterions entrer, monsieur Dyson.

— Bon, bon, d'accord.

Il s'effaça, les pria d'un geste de refermer la porte.

Ils s'étaient offert une suite – l'un de ces appartements somptueux dotés de vraies fleurs, de vraies bougies, d'une cheminée, de canapés moelleux. Une bouteille de champagne gisait la tête en bas dans un seau en argent sur la table basse. Deux flûtes, nota Eve, et de la lingerie fine drapée sur le dossier de l'un des canapés.

— Pourriez-vous aller chercher votre femme, monsieur Dyson ?

Une lueur d'agacement dansa dans les yeux bruns.

— Écoutez, elle dort. C'est notre anniversaire de mariage – enfin, c'était hier soir –, et nous avons fêté l'événement. Ma femme est médecin, elle a des horaires impossibles. Elle n'a jamais son compte de sommeil. Dites-moi de quoi il s'agit, qu'on en finisse.

— Je suis navrée, nous avons besoin de vous voir tous les deux.

— S'il y a un problème dans l'hôtel…

— Matt ?

Une femme s'encadra sur le seuil de la chambre. Avec un sourire, elle passa la main dans sa chevelure en désordre.

— Ah ! J'ai cru que tu avais commandé le petit-déjeuner. J'ai entendu des voix.

— Madame Dyson, je suis le lieutenant Dallas, de la police de New York. Voici ma coéquipière, l'inspecteur Peabody.

— La police.

Son sourire s'effaça tandis qu'elle rejoignait son mari et glissait le bras sous le sien.

— J'ai le regret de vous annoncer qu'il y a eu un accident chez les Swisher, tôt ce matin.

— Keelie et Grant ? s'exclama Matt Dyson en se redressant brusquement. Quelle sorte d'accident ? Il est arrivé quelque chose à Linnie ?

Surtout, ne pas tourner autour du pot, se rappela Eve.

— Je suis désolée, mais votre fille a été assassinée.

Jenny se figea, le regard vide. Matt explosa :

— C'est absurde ! Qu'est-ce que c'est que cette blague de mauvais goût ? Sortez d'ici !

— Linnie ? Linnie ? Ce n'est pas possible, gémit Jenny. Vous vous trompez sûrement. Keelie et Grant sont beaucoup trop attentifs. Ils l'aiment comme leur propre fille. Jamais ils n'auraient… Il faut que j'appelle Keelie.

— Mme Swisher est morte, intervint Eve. Dans la nuit, des inconnus ont pénétré dans leur maison. Ils ont tué M. et Mme Swisher, leur gouvernante, leur fils Coyle et votre fille. Quant à leur fille, Nixie, elle en a réchappé, et a été placée sous notre protection.

— C'est une erreur.

Jenny serra le bras de son mari de toutes ses forces. Il se mit à trembler.

— Mais ils ont un bon système de sécurité.

— Il a apparemment été neutralisé. Nous menons l'enquête. Toutes mes condoléances. Je partage votre peine.

— Non, pas mon bébé! hurla Matt Dyson en se tournant vers son épouse et en s'effondrant contre elle. Pas notre bébé!

— Ce n'est qu'une petite fille! s'écria Jenny. Qui peut vouloir faire du mal à une enfant innocente?

— J'ai bien l'intention de le découvrir. Peabody.

Aussitôt, Peabody s'avança d'un pas.

— Si on s'asseyait? Voulez-vous quelque chose à boire? De l'eau, du thé?

— Rien, rien.

Sans lâcher son mari, Jenny s'écroula sur le canapé.

— Vous êtes certaine qu'il s'agit de ma petite Linnie? Peut-être que...

— Elle a été identifiée. Malheureusement, il n'y a pas d'erreur. Je sais que le moment est mal choisi, mais j'ai quelques questions à vous poser. Vous connaissiez bien les Swisher?

— Nous... Ô mon Dieu! Morts? demanda Matt, devenu blême. Tous?

— Vous étiez amis?

— Oh, oui! répondit Jenny. Nous étions très proches. Nous... Keelie et moi avions des clients en commun et nous... nous... les filles étaient comme deux sœurs et nous... Matt!

Elle l'étreignit, se balança d'avant en arrière en répétant son nom, encore et encore.

— Avez-vous une idée de qui pourrait leur en vouloir?

— Non. Non. Non.

— Ont-ils manifesté la moindre inquiétude, ces derniers temps? Savez-vous s'ils ont été menacés, ou harcelés?

— Non. Je ne sais plus. Non. Ô mon Dieu! Mon bébé!

— L'un des deux avait-il une liaison extraconjugale?

— Je ne sais pas où vous... Non, fit Jenny en fermant les yeux, tandis que son époux continuait de sangloter sur son épaule. Non. Leur couple était solide. Ils s'aimaient. Ils passaient du temps ensemble. Ils adoraient leurs enfants. Coyle. Seigneur! Nixie.

— Nixie est saine et sauve.

— Comment ? Comment a-t-elle pu s'échapper ?

— Elle était descendue chercher une boisson. Elle n'était pas dans son lit au moment où les meurtres ont été commis. Je ne pense pas qu'on l'ait vue.

— Elle n'était pas dans son lit, répéta Jenny à voix basse. Mais ma Linnie y était. Mon bébé y était.

Les larmes inondèrent son visage.

— Je ne comprends pas. C'est impossible. Il faut que je… Où est Linnie ?

— Entre les mains du médecin légiste. Je vous y ferai conduire quand vous vous sentirez prêts.

— Il faut que je sache, mais je ne peux pas… Pouvez-vous nous laisser seuls, à présent ?

Eve sortit une carte de visite de sa poche et la posa sur la table basse.

— Contactez-moi dès que vous le souhaiterez. Je m'occupe du reste.

Dans l'ascenseur, ni Eve ni Peabody ne prononcèrent une parole.

La salle d'attente du cabinet d'avocats était vaste et confortable. Il y avait un coin pour les enfants, avec un mini-ordinateur et une collection de jouets multicolores. Juste à côté, de quoi occuper les plus grands : vidéos, puzzles, jeux électroniques. En face, les adultes pouvaient patienter dans des fauteuils de couleur pastel, tout en visionnant des films sur l'art d'être parents, le sport ou la gastronomie.

Elles furent accueillies par une jeune femme fraîche et souriante.

— Vous n'avez pas de rendez-vous, mais les flics en ont rarement.

Elle avait deviné qui elles étaient avant même qu'Eve et Peabody présentent leur insigne.

— Quel est le problème ? ajouta-t-elle en inclinant la tête.

— Nous voulons voir Rangle, répondit Eve en montrant son insigne pour la forme.

— Dave n'est pas encore arrivé. Il a un souci ?

— Quand l'attendez-vous ?

— Il ne devrait pas tarder. C'est un lève-tôt. Nous n'ouvrons qu'à 9 heures… Il reste encore une heure.

— Vous êtes donc une lève-tôt, vous aussi.

— J'aime bien. C'est plus calme. Je suis plus efficace.

— Que faites-vous, ici ?

— Moi, personnellement ? Je gère le bureau, je suis assistante juridique. Que se passe-t-il avec Dave ?

— Nous allons l'attendre.

— À votre guise. Il a un rendez-vous à…

Elle pivota sur son siège, tapota sur son clavier. Ses ongles étaient ornés d'un vernis à rayures or et rouges, comme ses cheveux.

— … 9 h 30. Mais il préfère être en avance, pour se préparer. Comme moi. Il devrait arriver d'une minute à l'autre.

— Parfait.

Eve invita sa partenaire à s'asseoir, puis s'appuya négligemment sur le bureau de réception.

— Et vous êtes ?

— Sade Tully.

— Vous savez repérer les flics.

— Ma mère est flic.

— Vraiment ? Où donc ?

— Trenton. Gardien de la paix. Mon grand-père l'était aussi. Et son père avant lui. Moi, j'ai brisé la tradition. Sérieusement, Dave a un problème ?

— Pas que je sache. Il n'y a personne d'autre, dans les bureaux ?

— La secrétaire de Dave ne sera pas là avant 10 heures. Elle a rendez-vous chez le médecin. La réceptionniste arrive en général vers 8 h 45. Grant Swisher, l'associé de Dave, ne devrait pas tarder. Il est entre deux secrétaires, c'est donc moi qui ai pris le relais. Nous avons un droïde, mais je ne l'ai pas encore activé. Le stagiaire viendra vers midi, après ses cours. Je peux vous offrir un café ?

— Volontiers, dit Eve. Merci.

Sade se leva, franchit les deux pas qui la séparaient de l'Autochef.

— Comment le prenez-vous ?

— Noir pour moi, léger et sucré pour ma partenaire.

Tout en parlant, Eve laissa errer son regard sur le décor. Plutôt agréable, décida-t-elle. Accueillant.

— Depuis combien de temps votre mère travaille-t-elle dans la police ?

— Dix-huit ans. Elle adore son métier, sauf quand elle le déteste.

— Je connais ça.

La porte s'ouvrit, et Eve se retourna.

L'homme qui franchit le seuil était un grand Noir élancé vêtu d'un élégant costume rouille. Il tenait un gobelet géant de café dans une main et mordait dans une viennoiserie.

— Mmm... marmonna-t-il, avant de saluer Eve et Peabody d'un signe de tête, puis de gratifier Sade d'un clin d'œil. Une seconde, ajouta-t-il. Bonjour.

— Ce sont des flics, Dave. Elles veulent te parler.

— Bien sûr. Vous me suivez ?

— Entendu. Sade, souhaitez-vous vous joindre à nous ?

— Moi ? s'exclama-t-elle en battant des paupières.

Eve décela une lueur dans ses prunelles. Sade avait compris que c'était grave. Très grave. Elle avait peut-être brisé la tradition familiale, mais elle avait du sang de flic dans les veines.

— Il s'est passé quelque chose. Il est arrivé malheur à Grant ?

Inutile de se réfugier dans un bureau, décida Eve.

— Peabody, postez-vous devant l'entrée.

— Oui, lieutenant.

— Je suis désolée d'avoir à vous annoncer que Grant Swisher est mort. Lui, sa femme et son fils sont décédés la nuit dernière.

Sous le choc, Dave renversa du café sur la moquette.

— *Quoi ?*

— Ils ont eu un accident ? demanda Sade.

41

— Non. Ils ont été assassinés, de même que leur gouvernante, et une petite fille nommée Linnie Dyson.

— Linnie, Ô mon Dieu ! Nixie ! s'écria Sade en s'agrippant au comptoir. Où est Nixie ?

— En sécurité.

— Seigneur ! souffla Dave, qui chancela jusqu'au canapé et se signa. Jésus Marie ! Comment est-ce possible ?

— Nous menons l'enquête. Depuis combien de temps travaillez-vous avec Swisher ?

— Euh, voyons… cinq ans. Nous sommes associés depuis deux ans.

— Débarrassons-nous des questions désagréables. Où étiez-vous hier, entre minuit et 3 heures du matin ?

— Merde. Merde. Chez moi. Enfin, je suis rentré juste après minuit.

— Seul ?

— Non. J'avais une invitée. Je vous communiquerai son nom. Nous avons dû nous coucher aux environs de 2 heures. Elle est partie à 8 heures ce matin… Grant n'était pas uniquement mon associé, murmura-t-il, hagard.

Sade s'assit près de lui, lui prit la main.

— Elle n'a pas le choix, Dave, elle est obligée de t'interroger. Personne ne croit un seul instant que tu aies pu t'en prendre à Grant ou à sa famille. J'étais chez moi, ajouta-t-elle à l'adresse d'Eve. Je partage mon appartement avec une amie, mais elle était absente, hier soir. J'ai discuté avec une autre amie par communicateur jusqu'à minuit passé. Elle a des problèmes de cœur. Vous pouvez vérifier mon appareil.

— Merci, fit Eve. Monsieur Rangle, il me faut l'identité de votre invitée. C'est la routine. Mademoiselle Tully, vous m'avez signalé que M. Swisher n'avait pas de secrétaire en ce moment.

— En effet, elle a eu un bébé le mois dernier. Elle a pris son congé maternité, mais elle avait l'intention de revenir très vite, alors nous nous sommes arrangés. Seulement, il y a quelques jours, elle a opté pour un statut de mère professionnelle. Il n'y a jamais eu la moindre friction, si c'est ce qui vous intéresse. Mon Dieu, il faut que je la prévienne.

— Je veux son nom, ainsi que ceux de tous les employés. La routine, toujours, précisa Eve. À présent, réfléchissez bien. Savez-vous si quelqu'un en voulait à M. Swisher ou à sa famille ? Monsieur Rangle ?

— Personne.

— Un client qu'il aurait froissé ?

— En toute franchise, je n'imagine pas qui a pu faire une chose pareille. Son fils. Coyle. Je jouais au base-ball avec lui. Ce môme adorait le base-ball. C'était presque une religion, pour lui.

— Swisher a-t-il jamais trompé sa femme ?

— Dites donc !

Comme Dave s'apprêtait à se lever, Sade le retint avec douceur.

— On ne peut jamais être sûr à cent pour cent, vous le savez bien, répondit-elle. Mais je dirais non à quatre-vingt-dix-neuf pour cent. De même pour Keelie. Ils s'aimaient, ils étaient heureux. La vie de famille leur convenait parfaitement. Et ils travaillaient à leur bonheur.

Elle reprit son souffle.

— Quand on est aussi proches les uns des autres que dans ce cabinet, on sent ce genre de chose. Grant aimait sa femme.

— Très bien. Je veux accéder à son bureau, ses fichiers, son répertoire de clients, ses dossiers, tout.

— Dave, ne lui demande pas un mandat, prévint Sade. Grant n'aurait jamais eu cette audace. Il aurait coopéré.

Dave opina.

— Vous dites que Nixie est saine et sauve. Elle n'a pas été blessée.

— Non. Elle est en sécurité.

— Mais Linnie…

Il se passa la main sur le visage.

— Vous avez prévenu les Dyson ?

— Oui. Vous les connaissez ?

— Certainement. Je les ai vus chez les Swisher, et j'ai passé plusieurs week-ends chez eux dans leur appartement des Hamptons. Grant, Matt et moi jouions au golf deux fois par mois. Sade, peux-tu annuler tous mes rendez-vous de la journée ?

— Pas de problème.

— Je vous conduis dans le bureau de Grant, reprit Dave. Pardonnez-moi, je n'ai pas retenu votre nom.

— Dallas. Lieutenant Dallas.

— Euh... ils n'avaient pas de proches. Pour les obsèques... Est-ce que nous pourrons nous en charger ?

— Je vais voir si c'est possible.

Elles regagnèrent leur véhicule, les bras chargés de cartons contenant copies de sauvegarde, disques durs, calendriers, agendas et autres répertoires.

Peabody attacha sa ceinture.

— Je vois une famille sympathique, heureuse, financièrement à l'aise, entourée d'amis... Pas du tout le genre à se faire assassiner dans son lit.

— Il va falloir éplucher tout ça couche après couche. Beaucoup de couples offrent l'apparence du bonheur, alors qu'en privé, ils se détestent.

— Toujours optimiste, marmonna Peabody avec une petite moue. Vous êtes le flic cynique, et moi, le flic naïf.

— Absolument.

3

Elle était pressée par le temps, mais il lui semblait essentiel de retourner sur la scène du crime, pour observer, pour *sentir*. Jolie maison familiale à deux étages, pensa-t-elle, dans un quartier rempli de jolies maisons familiales.

Dans la zone résidentielle de l'Upper West Side, on penchait pour le solide, plutôt que pour le clinquant.

Les enfants étaient inscrits dans des écoles privées. Une gouvernante tenait la maison. Les parents menaient chacun une carrière à plein temps, lui à l'extérieur, elle, chez elle. Deux entrées à l'avant, une à l'arrière.

Toutes les portes, toutes les fenêtres étaient munies de systèmes de sécurité. Des barreaux décoratifs – mais efficaces – équipaient les ouvertures en demi-sous-sol où Keelie Swisher avait installé son cabinet.

— Ils ne sont pas passés par en bas, nota Eve en scrutant la demeure du bout de l'allée. L'alarme était activée à l'entrée du bureau et à l'arrière.

Elle se tourna, inspecta la rue.

— Difficile de se garer, ici. Il faut un permis, les caméras vérifient tout. Stationner le long du trottoir, c'est un P-V assuré. Nous effectuerons un contrôle, mais je serais étonnée que ces salauds nous aient facilité la tâche. Soit ils sont arrivés à pied, soit ils avaient un passe. À moins qu'ils n'habitent dans les parages... À pied. D'après moi, ils ont opté pour la marche, sur une centaine de mètres au moins. Ils se sont approchés de l'entrée principale : ils ont neutralisé tous les dispositifs électroniques par télécommande. Soit ils avaient les codes, soit ils possé-

45

daient les connaissances techniques nécessaires pour les bloquer rapidement.

Elle se servit de son passe-partout pour désactiver le scellé, puis déverrouilla la porte.

— À cette heure-là, il n'y a pas grand monde. Mais, qui sait, quelqu'un traînait peut-être par là. Un type qui promenait son chien, prenait l'air ou rentrait tard chez lui après une soirée. Dans ce genre d'endroit, les gens sont vigilants. Les agresseurs ont dû agir vite, l'air de rien.

Elle pénétra dans l'étroit couloir qui séparait le salon de la salle à manger.

— Que portaient-ils ? Des sacs, sans doute. Rien d'encombrant. Des sacs noirs, souples, pour transporter les armes, les vêtements de protection, les outils nécessaires. Ils ne pouvaient pas s'habiller dehors. Trop risqué. Je parie qu'ils se sont changés ici, dans le vestibule. Après quoi, ils se sont séparés. Le premier s'est chargé de la gouvernante, pendant que l'autre montait. Pas un mot. Droit au but.

— Ils ont peut-être communiqué par signaux, suggéra Peabody. Ils devaient avoir des lunettes à infrarouge.

— Oui…

Eve se dirigea vers la cuisine, imaginant l'obscurité, le silence absolu. Ils savaient précisément où aller, songea-t-elle. Ils étaient déjà venus, ou ils avaient un plan. Elle jeta un coup d'œil vers la table et la banquette sur laquelle Nixie s'était allongée.

— Il n'a sûrement pas vu la gamine. Il ne la cherchait pas.

Elle s'accroupit, se tordit le cou pour repérer la marque indiquant l'endroit où on avait trouvé le soda de Nixie.

— Quand bien même il aurait regardé, elle lui aurait échappé, cachée sous la table. Toute son attention était focalisée sur les appartements de la gouvernante.

Inga était une femme ordonnée, comme on pouvait s'y attendre de la part d'une personne chargée de ramasser les saletés des autres. Les techniciens étaient intervenus, mais l'odeur des produits chimiques masquait à peine celle de la mort.

Eve visualisa Nixic s'approchant à quatre pattes, surexcitée à la perspective de braver un interdit.

Dans la chambre, le sang avait éclaboussé les murs, la table de chevet et la lampe, imprégné les draps, dégouliné sur le sol.

— Elle préférait dormir à droite, probablement sur le côté. Vous voyez ? Il s'approche par ici, lui soulève la tête... Il est plein de sang, mais cela ne le préoccupe pas. Il réglera le problème avant de partir. Il ressort, passe juste devant la petite.

Illustrant ses propos, Eve pivota sur ses talons et quitta la pièce.

— Il a dû quasiment la frôler. Ayant tout compris, elle ne pipe pas mot.

Revenant sur ses pas, elle examina la chambre.

— Rien n'a été déplacé. Il n'a touché à rien. Tout ce qui l'intéressait, c'était elle, et le reste du contrat.

— C'est comme cela que vous le voyez ? Un contrat ?

— Évidemment, répliqua Eve en haussant les épaules. Il s'en va. Il a fini son boulot ici. Pourquoi n'utilise-t-il pas cet escalier ?

— Euh...

Peabody marqua une pause, fronça les sourcils.

— Pour une question pratique ? La chambre des parents est plus près de l'escalier principal. C'est sans doute là que son complice est positionné. Il en aura profité pour s'assurer que la voie était libre...

Eve opina et, ensemble, elles empruntèrent le chemin qu'avait dû parcourir l'assassin.

— Il leur fallait d'abord s'occuper des adultes, simultanément. Je suppose qu'il avait prévu un signal pour prévenir son complice de son arrivée... Il a laissé quelques traces de sang. Mais c'est celui de la gouvernante, pas le sien. Ils se seront changés là-haut, avant de redescendre.

— C'est monstrueux. On égorge cinq personnes, on se déshabille, et on se tire, commenta Peabody.

— Pendant qu'ils éliminent les autres, la petite se ressaisit, s'empare du communicateur et appelle les secours. Dans la chambre des parents, ils se placent de chaque côté du lit.

— Ils dormaient dos à dos, fit remarquer Peabody. Comme McNab et moi.

Eve les voyait, l'homme et la femme, le père et la mère, fesses contre fesses dans cet océan de draps verts, sous une couette épaisse. Paisiblement endormis dans un espace bien rangé, agréable, dont les fenêtres s'ouvraient sur une terrasse. Lui en caleçon noir, elle en chemise de nuit blanche.

— Ils soulèvent la tête, exposent la gorge. Tranchent, laissent tomber, ressortent. Ils sont déjà en route pour les deux autres chambres quand Nixie commence à monter. Ils savent qui va où. Ils se séparent. L'un se charge du garçon – il disparaît à l'instant précis où Nixie traverse le palier à quatre pattes derrière eux.

Eve pénétra dans l'antre de Coyle.

— Le gamin est couché sur le dos, les couvertures repoussées. Simple comme bonjour... Dans la chambre de la fille, une gamine. Il ne réfléchit même pas. Trop concentré sur la routine, il se contente d'agir. Pourquoi remarquerait-il la paire de baskets et le cartable supplémentaires ? Seule, la cible l'intéresse. Elle, elle dort à plat ventre, sous la couette. Il la saisit, sans doute par les cheveux – blonds, comme prévu. Il lui tranche la gorge, la laisse retomber, repart.

— Ici, il y a nettement moins de sang, constata Peabody. Tout a dû rejaillir sur lui, et le reste a taché la literie.

— En parfaite coordination avec son complice, il retourne dans le couloir, poursuivit Eve. Voyez le sang, ici, à l'endroit où ils ont dû se changer. Ils fourrent les vêtements et les couteaux dans les sacs. Descendent. Mission accomplie.

— Sauf qu'elle ne l'était pas.

— Sauf qu'elle ne l'était pas, répéta Eve. S'ils avaient traîné ne serait-ce que quelques instants, histoire de ramasser un ou deux souvenirs au passage, la patrouille serait arrivée à temps pour les cueillir. Nixie avait réagi vite, mais ils ont été encore plus rapides.

— Pourquoi tuer les enfants ? En quoi représentaient-ils une menace ?

— À ce stade, on peut penser que l'un, voire les deux, était la cible principale. Qu'il avait vu ou entendu quelque chose. On ne peut pas affirmer que les adultes étaient les premiers visés. Une seule chose comptait : la famille tout entière devait disparaître. C'est par là qu'on commence.

Elle était en retard, mais elle n'y pouvait rien.

Mira l'attendait dans le salon, en buvant un thé et en tapant sur le clavier de son ordinateur portable.

— Désolée, j'ai été retardée.

— Ce n'est pas grave.

Mira poussa son appareil de côté. Elle portait un tailleur gris bleuté sobrement coupé, et des escarpins assortis. En guise d'accessoires, elle avait des boucles d'oreilles en argent et trois chaînes d'une finesse inouïe autour du cou.

Comme toujours, Eve s'émerveilla de son élégance, tout en se demandant si cela lui venait naturellement, ou si c'était le résultat d'un effort considérable.

— Elle dort, reprit Mira. Summerset la surveille sur le moniteur.

— Très bien. Bon. Écoutez, j'ai besoin d'un vrai café, sans quoi ma cervelle va fondre. Vous allez bien ?

— Oui, merci.

Eve se dirigea vers le panneau mural et l'ouvrit, révélant un Autochef.

— Vous avez reçu le rapport ? s'enquit-elle.

— Oui. J'étais justement en train de le lire.

— Je n'ai pas encore eu le temps de le peaufiner. Peabody s'occupe d'obtenir les autorisations pour rassembler toutes les données concernant les victimes mineures. Elle doit se rendre dans leurs écoles respectives.

— Vous pensez que les enfants étaient les cibles ?

Eve haussa les épaules. Paupières closes, elle savoura sa première gorgée de café.

— Le garçon était assez âgé pour être impliqué dans un gang, un réseau de trafic de drogue. On ne peut pas éliminer cette possibilité. On peut aussi imaginer que sa sœur et lui aient vu ou entendu quelque chose. Naturellement, la balance penche en faveur des adultes, mais pour l'heure, impossible d'en être sûr.

— Aucune trace de violence, aucune destruction.

— Rien. Et s'ils ont emporté quelque chose, nous ne sommes pas au courant. Ils ont agi très vite. Un travail d'équipe soigneusement préparé. Du sacré beau boulot. Ce sont des individus sans cœur, et ils ont bien bossé. Sauf qu'ils ont merdé. Et ils l'apprendront dès que les médias auront mis la main sur cette affaire.

— Ce qui signifie qu'ils vont peut-être essayer d'achever leur travail, devina Mira en opinant. C'est pourquoi vous avez ramené la fillette ici.

— C'est une des raisons, en effet. Cette maison est une véritable forteresse. Et si je parviens à maintenir les services de protection de l'enfance à distance, j'aurai toute liberté d'interroger la petite. D'autant qu'elle est terrifiée à l'idée de suivre l'assistante sociale. Si elle est hystérique, elle ne me servira à rien.

— N'oubliez pas à qui vous parlez, intervint Mira d'un ton posé. Quand bien même elle aurait été placée, vous auriez eu toute liberté de la questionner. Vous êtes sensible à sa détresse, mais vous n'en êtes pas moins flic.

Eve glissa la main dans sa poche.

— Elle a appelé les secours. Elle a rampé dans le sang de ses parents. Oui, je suis sensible à sa détresse. Je sais aussi qu'une enfant capable de prendre de telles initiatives aura la force d'affronter la suite des événements.

Elle s'assit en face de Mira.

— Je ne veux pas la braquer. Si j'appuie sur les mauvais boutons, elle se repliera sur elle-même. Mais il faut que je lui soutire des informations, des détails. Pour cela, j'ai besoin de votre aide.

— Vous pouvez compter sur moi, assura Mira. D'après mon profil préliminaire des assassins, il est évident qu'ils ont agi en équipe. Selon toute vraisemblance, ils avaient déjà travaillé ensemble, et certainement commis des meurtres. Je pense que ce sont des hommes mûrs, ayant reçu un entraînement de type militaire, paramilitaire ou crime organisé. Cet acte n'avait rien de personnel, mais l'assassinat d'enfants – d'une famille entière – est très personnel. Ce n'est pas un crime passionnel ou sexuel.

— Pour le fric ?

— C'est très possible. Ou parce qu'on leur en a donné l'ordre, ou encore, parce qu'ils n'avaient pas le choix. Le mobile ?

Mira but une gorgée de thé, l'air songeur, avant de poursuivre :

— Il nous faut plus de renseignements sur les victimes avant de spéculer sur le pourquoi et le comment. Mais on peut d'ores et déjà affirmer que les coupables ont de l'expérience, et qu'ils se font mutuellement confiance. Ils sont organisés et sûrs d'eux.

— C'était une opération soigneusement planifiée.

— Vous pensez qu'ils étaient déjà entrés dans la maison avant la nuit dernière ? s'enquit Mira.

— Peut-être. En tout cas, ils connaissaient les lieux, la disposition des chambres. Si la gouvernante était leur principale cible, ils n'avaient aucune raison d'éliminer les occupants de l'étage, et vice versa.

Eve consulta sa montre.

— Combien de temps va-t-elle dormir, à votre avis ? La petite ?

— Aucune idée.

— Je ne veux pas vous retenir inutilement.

— Vous êtes pressée de vous remettre au travail.

— Je n'ai pas encore parlé au médecin légiste, terminé mon rapport, harcelé le labo ni crié sur mes collègues de la police scientifique. Les gens vont croire que je suis en vacances.

Mira se leva en souriant.

— Contactez-moi quand… Ah! s'exclama-t-elle, tandis que Summerset surgissait sur le seuil.

— Lieutenant, votre jeune protégée est réveillée.

— Bon. Très bien. Vous avez encore un peu de temps à me consacrer? demanda Eve à Mira.

— Bien sûr. Où voulez-vous que nous nous installions?

— J'avais pensé à mon bureau.

— Pourquoi ne pas l'amener ici? suggéra Mira. C'est joli, confortable. Elle sera plus à l'aise.

— Je vais la chercher, dit Summerset, avant de disparaître.

Eve fronça les sourcils.

— Vous croyez que je vais lui être redevable de tous ses efforts? Parce que ça m'ennuierait beaucoup.

— Je crois que vous avez de la chance d'avoir chez vous une personne capable de veiller sur une petite fille traumatisée.

— Ouais, marmonna Eve. C'est justement ce que je craignais.

— N'oubliez pas que la priorité, c'est le bien-être et l'état psychologique de l'enfant.

— À force d'avoir cet épouvantail sous les yeux, elle risque de retomber en état de choc.

Cependant, quand Nixie apparut, le chat sur ses talons, elle tenait fermement la main de Summerset, et ne la lâcha qu'en apercevant Eve.

— Vous les avez retrouvés? demanda-t-elle en se plantant devant elle.

— On les cherche. Voici le Dr Mira. Elle va nous aider…

— J'ai déjà vu un médecin. Je ne veux pas de médecin, fit Nixie en haussant le ton. Je ne veux pas…

— Du calme, coupa Eve. Mira est une amie; elle n'est pas seulement médecin, elle travaille pour la police.

Nixie posa les yeux sur Mira.

— Elle n'a pas l'air d'un policier.

— Je n'ai pas d'insigne, c'est vrai, reconnut Mira. Mon rôle, c'est d'essayer d'aider la police à comprendre les

gens qui commettent des crimes. Je connais le lieutenant Dallas depuis très longtemps. Je suis là pour l'aider, ainsi que toi, à démasquer ceux qui ont fait du mal
à ta famille.

— Ils ne lui ont pas fait du mal, ils ont tué tout le
monde. Ils sont tous morts.

— Oui, je sais. C'est épouvantable, répondit Mira
d'une voix douce, en la dévisageant. Il n'y a rien de plus
horrible. Mais si on en parle ensemble, je pourrai peut-
être...

— Ils ont tué Linnie! l'interrompit Nixie, le menton
tremblant. Ils ont cru que c'était moi, et maintenant, elle
est morte. Je n'avais pas le droit de descendre en pleine
nuit.

— Tout le monde désobéit un jour ou l'autre.

— Mais pas Linnie. J'ai fait une bêtise, pas elle. Et elle
est morte.

— Ce n'était pas une si grosse bêtise que ça, la rassura
Mira en l'entraînant vers un fauteuil. Pourquoi es-tu descendue?

— J'avais envie d'un Fizzy à l'orange. Je n'ai pas le
droit d'en boire sans demander la permission. Je n'ai pas
le droit de grignoter la nuit. Ma maman...

Elle se tut, se frotta les yeux.

— Ta mère aurait dit non. En effet, tu as eu tort de
vouloir braver un interdit. Mais elle serait très heureuse
de savoir que tu es saine et sauve, tu ne crois pas? Elle
serait heureuse, pour cette fois, que tu aies enfreint le
règlement.

— Peut-être.

Galahad sauta sur les genoux de Nixie, qui lui caressa
le dos.

— Mais Linnie...

— Ce n'est pas ta faute. Rien de ce qui est arrivé n'est
ta faute. Tu n'en es pas la cause, et tu n'aurais rien pu
faire pour l'empêcher.

Nixie releva la tête.

— Si j'avais crié très fort, j'aurais réveillé tout le
monde. Mon papa aurait pu se battre avec les méchants.

— Ton père avait-il une arme ? intervint Eve.

— Non, mais...

— Deux hommes avec des couteaux, et lui, il n'avait rien. Si tu avais crié, il se serait réveillé. Mais il serait mort quand même. La seule différence, c'est qu'ils auraient su qu'il y avait quelqu'un d'autre dans la maison. Ils t'auraient pourchassée, et tuée aussi.

Mira lança un coup d'œil sévère à Eve, puis concentra de nouveau toute son attention sur Nixie.

— Le lieutenant Dallas m'a dit que tu avais été très courageuse et très forte. Parce qu'elle l'est aussi, je sais qu'elle dit la vérité.

— C'est elle qui m'a trouvée. Je m'étais cachée.

— Tu as eu raison. Et c'est bien qu'elle t'ait découverte. Je sais que ce que vient de te dire le lieutenant Dallas est difficile à accepter, mais elle a raison. Tu n'aurais rien pu faire pour empêcher ce drame. Maintenant, en revanche, tu peux nous aider.

Mira fit un petit signe à Eve, qui prit le relais :

— Écoute-moi, Nixie. Je sais que c'est dur, mais plus tu m'en diras, mieux ce sera. Voici mon enregistreur.

Elle le posa sur la table, devant Mira et l'enfant.

— Je vais te poser des questions. Dallas, lieutenant Eve, entretien avec Swisher, Nixie, mineure de sexe féminin, en présence de Mira, Dr Charlotte. D'accord, Nixie ?

— D'accord.

— Sais-tu quelle heure il était quand tu es sortie de ton lit ?

— Environ 2 h 10. J'avais ma montre.

— Qu'as-tu fait en te levant ? Très précisément.

— J'ai descendu l'escalier – tout doucement. Un moment, comme Linnie n'avait pas voulu m'accompagner, j'ai pensé réveiller Coyle. Mais il m'aurait probablement dénoncée, et ça m'amusait d'être toute seule. Je suis allée à la cuisine chercher un Fizzy à l'orange dans le réfrigérateur, même si c'était interdit. Et je me suis assise sur la banquette du coin repas pour le boire.

— Que s'est-il passé alors ?

— J'ai vu une ombre. Je me suis couchée sur la banquette. Elle est entrée dans les appartements d'Inga.

— À quoi ressemblait-elle ?

— On aurait dit un homme. Il faisait noir.

— Grand ou petit ?

— Aussi grand que le lieutenant ? suggéra Mira en invitant d'un geste Eve à se mettre debout.

— Plus grand, je crois. Je ne sais pas.

— Comment était-il habillé ?

— Des trucs sombres.

— Et ses cheveux ? Longs ? Courts ?

Nixie poussa un soupir et câlina le chat.

— Courts, je suppose, parce que je ne les voyais pas vraiment. Il avait une sorte de... Tout son visage était masqué, et ses yeux étaient très brillants.

Une cagoule de protection, songea Eve. Et des lunettes à infrarouge.

— Est-ce qu'il a dit quelque chose ?

— Non. Il l'a tuée, avec le couteau. Il l'a tuée, et il y avait du sang partout. Il n'a rien dit.

— Où étais-tu ?

— Par terre, près de la porte. Je voulais voir...

— Il faisait sombre. Comment pouvais-tu voir quoi que ce soit ?

Nixie plissa le front.

— La fenêtre. Le lampadaire, dehors. Et il avait une lumière.

— Une torche électrique ?

— Non, comme un petit point vert. Il clignotait. Sur sa main. Sur... ici...

Elle enroula les doigts autour de son poignet.

— Très bien. Et après ?

— Je me suis collée contre le mur. Je crois. J'avais peur. Il avait tué Inga, il avait un couteau, et j'avais tellement peur.

— Tu n'as plus rien à craindre, à présent, la rassura Mira.

— Il ne m'a pas vue. C'était comme à cache-cache, sauf qu'il ne m'a pas cherchée. J'ai attrapé le communicateur et j'ai appelé. Papa a dit que si on voit quelqu'un qui est blessé, il faut prévenir les secours, et que la police vient tout de suite. Il faut appeler, aider ses voisins. Mon papa...

Les mots moururent sur ses lèvres, et elle baissa la tête, en larmes.

— Il serait très fier de toi, assura Mira en sortant un mouchoir de son sac pour le lui tendre. Très fier, parce que tu as fait exactement ce qu'il t'avait expliqué, alors que tu avais très peur.

— Je voulais lui dire, le dire à maman. Je voulais maman. Mais ils étaient morts.

— Quand tu es montée, tu as revu cet homme en compagnie d'un autre, dit Eve. Tu es passée par l'escalier de service.

— Celui qui a tué Inga entrait dans la chambre de Coyle.

— Comment le sais-tu ? Nixie, comment peux-tu en être sûre ?

— Parce que... à cause de la lumière. La petite lumière verte. L'autre n'en avait pas.

— Très bien. Quelles autres différences as-tu notées ?

— Celui qui a tué Inga était plus fort.

— Plus grand ?

— Un peu, mais surtout plus fort. Musclé.

— Ils se sont parlé ?

— Non, ils n'ont rien dit. Ils n'ont pas fait de bruit. Je n'entendais rien. Je voulais maman.

Son regard s'était voilé, elle avait des sanglots dans la voix.

— Je savais ce qu'ils allaient faire, et je voulais papa et maman, mais... Il y avait du sang, et j'en avais sur moi. Je me suis cachée dans la salle de bains. J'ai entendu des gens arriver, mais je ne suis pas sortie. Et puis, vous êtes venue.

— D'accord. Avant tout cela, te rappelles-tu si tes parents étaient inquiets, parce que quelqu'un était fâché contre eux, par exemple ? Ou s'ils avaient vu quelqu'un traîner autour de la maison ?

— Papa a dit que Dave allait l'assommer avec son fer 9 parce qu'il avait gagné la partie de golf.

— Ils se disputaient souvent, ton papa et Dave ?

— Non. Pas pour de vrai… C'était pour rire.

— Y avait-il quelqu'un avec qui il se disputait pour de vrai ?

— Non. Je ne sais pas.

— Et ta maman ?

Nixie secoua la tête, et Eve se risqua à aborder un sujet plus délicat.

— Ton papa et ta maman se disputaient ?

— Parfois, mais ce n'était pas grave. Les parents de Gemmie se bagarraient tout le temps, et Gemmie m'a dit qu'ils s'envoyaient des trucs à la figure. Et puis, ils ont divorcé parce que son père avait le feu à la braguette. Ça veut dire qu'il trompait sa femme.

— Compris. Mais pas ton papa et ta maman.

— Non. Ils s'aimaient. Ils dansaient sur la plage.

— Pardon ?

— L'été, quand on allait au bord de la mer. Des fois, ils allaient se promener la nuit, et je les voyais de ma fenêtre. Ils dansaient sur la plage. Ils n'auraient jamais divorcé.

— C'est bien d'avoir un souvenir comme celui-là, intervint Mira. Quand tu seras triste, ou que tu auras peur, tu n'auras qu'à les imaginer en train de danser sur la plage. Tu as été très courageuse, Nixie. J'aimerais revenir parler avec toi un autre jour.

— Euh… oui. Je ne sais pas ce que je dois faire, maintenant.

— Je pense que tu pourrais commencer par déjeuner. Je dois m'en aller, mais le lieutenant Dallas sera ici, dans son bureau. Tu sais où se trouve la cuisine ?

— Non, la maison est trop grande.

— Première nouvelle, railla Eve entre ses dents.

Mira se leva, tendit la main à Nixie.

— Je t'y emmène. Tu pourras aider Summerset. Eve, je reviens tout de suite.

Restée seule, Eve arpenta la pièce, des fenêtres à la cheminée, puis de nouveau aux fenêtres. Elle voulait s'atteler à sa tâche. Faire le tri, procéder aux recherches, rédiger son rapport. Elle avait des coups de fil à donner, des gens à voir.

Merde. Que faire de cette petite ?

Elle se demanda si les flics qui l'avaient interrogée tant d'années auparavant s'étaient sentis aussi démunis.

— Elle s'en sort très bien, annonça Mira à son retour. Mieux que beaucoup. Mais attendez-vous à des sautes d'humeur, des larmes, des sursauts de colère, des nuits agitées. Elle va avoir besoin d'une thérapie.

— Vous pouvez vous en occuper ?

— Pour l'instant, oui. Nous verrons par la suite. Un pédopsychiatre serait peut-être le bienvenu. J'aviserai.

— Merci. J'ai pensé que le mieux serait de m'adresser aux services de la jeunesse du département de police. Qu'ils m'envoient deux collègues pour veiller sur elle.

— Allez-y en douceur. Elle est entourée d'étrangers.

Mira effleura le bras d'Eve, ramassa son sac.

— Je suis sûre que vous vous débrouillerez très bien.

« Possible, pensa Eve. Je l'espère. » Mais pour l'heure, elle avait des doutes. Elle gagna l'étage, fit un détour par le bureau de Connors.

Il était à son poste de travail. Trois de ses écrans muraux affichaient des données diverses. L'ordinateur ronronnait.

— Pause, ordonna-t-il à sa machine, avant de se tourner vers Eve en souriant. Lieutenant, tu m'as l'air éreinté.

— Je le suis. Je n'ai pas le temps de tout t'expliquer. Je sais que je viens plus ou moins de te confier une enfant tombée du ciel, et que j'ai pris mes jambes à mon cou.

— Elle est réveillée ?

— Oui. Elle est avec Summerset. Je l'ai interrogée, en présence de Mira. Elle tient sacrément le coup. La petite, j'entends.

— J'ai écouté les informations. Les noms des victimes n'ont pas encore été divulgués.

— C'est moi qui l'ai exigé. Du moins, pour le moment.

Connaissant sa femme, il se dirigea vers l'Autochef et programma deux cafés noirs.

— Pourquoi ne pas me résumer la situation maintenant?

— Version raccourcie, je suis en retard.

Elle lui exposa les faits brièvement, sans états d'âme.

— Pauvre petite, murmura Connors. C'est l'œuvre de professionnels, n'est-ce pas? Des types bien entraînés. La lumière verte que Nixie a remarquée fait sans doute partie d'un dispositif destiné à neutraliser les alarmes. Quand la voie est libre, elle passe au vert.

— C'est ce que j'ai pensé. En apparence, c'était une famille banale, sans soucis. Mais nous n'avons fait qu'égratigner la surface.

— Appareils électroniques sophistiqués, invasion de type forces spéciales, frappes nettes, rapides.

Sirotant son café, il ignora le bip de son fax laser.

— L'opération a duré combien... dix, quinze minutes tout au plus?

— Tu as gardé des contacts au sein de la pègre.

Il ébaucha un sourire.

— Ah bon?

— Tu connais des gens qui connaissent des gens qui connaissent les ripoux de ce monde.

Du bout du doigt, il se tapota le menton.

— Est-ce une façon de parler de mes amis et associés? Ex-amis et associés.

— Tu pourrais te renseigner.

— Je le peux, et je le ferai. Mais je peux t'assurer que je n'ai jamais travaillé avec des assassins d'enfants. Ou quiconque éliminerait une famille entière dans son sommeil.

— Je sais. Mais je dois examiner l'affaire sous tous les angles. La petite fille. Celle qu'il a tuée à la place de Nixie. Elle portait une chemise de nuit rose à frous-frous. J'ai vu qu'elle était rose d'après l'ourlet. Le reste était écarlate, trempé de sang. Il lui avait tranché la gorge comme il aurait sectionné une vulgaire pomme.

Connors posa sa tasse et vint vers Eve. Il mit les mains sur ses hanches, cala son front contre le sien.

— Je ferai tout ce que je pourrai.

— Ça donne à réfléchir. Toi et moi avons connu ce que des enfants peuvent connaître de pire : maltraitance, négligence, viol, haine. Ces enfants-là vivaient dans ce que l'on considère comme un monde parfait : une belle maison, des parents qui les aimaient et prenaient soin d'eux.

— Nous avons survécu, acheva Connors. Pas eux. Excepté Nixie.

— Un jour, quand elle repensera à tout cela, je veux qu'elle sache que les coupables sont en cage. C'est le mieux que je puisse faire. C'est tout ce que je peux faire.

Elle s'écarta.

— Bon. Au boulot !

4

Elle commença par contacter Feeney, capitaine de la DDE. Il surgit sur son écran, ses cheveux roux striés d'argent en bataille, le visage sombre, la chemise fripée.

Eve éprouva une bouffée de soulagement : ces derniers temps, son épouse avait tenté de le relooker en l'habillant de costumes flamboyants. De toute évidence, ses efforts avaient échoué.

— Je viens aux nouvelles, annonça-t-elle d'emblée. Tu es au courant de l'affaire Swisher ?

— Deux gosses, marmonna-t-il, le regard dur. Quand j'ai appris cela, je me suis rendu immédiatement sur la scène du crime. J'ai mis une équipe sur les appareils électroniques et les disques durs. En ce qui concerne la sécurité, je m'en occupe personnellement.

— Parfait. Qu'est-ce que tu peux me dire ?

— C'est un dispositif de qualité. Le top du top. Il fallait avoir des connaissances pour le neutraliser. Les caméras tournent à vide à partir de 1 h 58. Bloquées par télécommande, en deux fois, pour cause de système de secours.

Il tirailla sur le lobe de son oreille, tout en lisant des données sur un autre écran.

— En cas de panne, celui-ci se déclenche au bout de dix secondes. Ils ont pourtant réussi à le bloquer.

— Ils étaient bien renseignés.

— Oh oui, parfaitement. Ils ont désactivé toutes les alarmes. Je te préciserai tout cela, mais d'après mes analyses préliminaires, ils sont entrés dix minutes après le premier arrêt de la caméra, quatre minutes après le blocage secondaire.

— Ils connaissaient le code ?

— Je ne peux pas encore te le dire.

Il porta à ses lèvres un mug orné de l'inscription LE MIEN en lettres écarlates.

— C'est possible, ajouta-t-il. Ou alors, ils possédaient un décodeur de première classe. Deux gamins tués dans leur lit, Dallas, dans quel monde vivons-nous ?

— Un monde pourri, depuis toujours. J'aurai besoin de toutes les transmissions effectuées et reçues. Il me faudra aussi tous les disques.

— Tu les auras. Tu peux compter sur moi. J'ai des petits-enfants de cet âge-là, bon Dieu. En ce qui concerne cette affaire, tu auras tout ce que tu voudras.

— Merci.

Elle plissa les yeux.

— C'est du vrai café que tu es en train de boire ?

Il cligna des yeux, écarta la tasse de l'objectif.

— Pourquoi ?

— Parce que je le lis dans ton regard.

— Et alors ?

— Où l'as-tu trouvé ?

Il changea de position, mal à l'aise.

— Peut-être que j'ai fait un détour par ton bureau, et que tu n'y étais pas. Et peut-être, dans la mesure où tu en conserves une quantité illimitée, que je m'en suis servi une petite dose de rien du tout. Je ne comprends pas comment tu peux être aussi radine alors que tu...

— Tu as pris autre chose pendant que tu y étais ? Des friandises, par exemple ?

— Des friandises ? Quelles friandises ? Tu en as ?

— Ça ne te regarde pas, répliqua-t-elle. Quant à toi, bas les pattes. À plus tard.

Cette fin de conversation lui rappela qu'elle n'avait ni petit-déjeuné ni déjeuné. Elle lança une recherche sur Grant Swisher, puis alla chercher une barre de céréales et une autre tasse de café dans la kitchenette attenante à son bureau.

Regagnant sa place, elle afficha les résultats sur l'écran mural et les parcourut.

Swisher, Grant Edward, né le 2 mars 2019. Résidence 310, 81ᵉ Rue Ouest, New York, depuis le 22 septembre 2051 à ce jour. Marié avec Gets, Keelie Rose, le 6 mai 2046. Deux enfants issus du mariage : Coyle Edward, né le 15 août 2047, de sexe masculin ; Nixie Fran, née le 21 février 2050, de sexe féminin.

Trois d'entre eux seraient signalés comme décédés avant la fin de la journée dans la base de données Vitalis, songea-t-elle.

Elle parcourut le fichier, demanda des détails sur son casier judiciaire : une arrestation pour possession de Zoner quand il avait dix-neuf ans. Sur le plan médical, rien à signaler.

Elle plongea dans ses dossiers financiers.

Il se débrouillait bien. Son boulot d'avocat spécialisé dans le droit de la famille lui avait permis de payer les traites de sa maison, un appartement en multipropriété dans les Hamptons, des écoles privées pour ses deux enfants. Ajoutés à cela, les revenus confortables de son épouse leur avaient procuré un train de vie agréable : gouvernante à demeure, vacances en famille, sorties au restaurant, et diverses activités de loisirs (dont le golf), tout en leur laissant de quoi épargner.

Rien de suspect, songea-t-elle. Rien, apparemment, à se reprocher.

Keelie Swisher avait deux ans de moins que lui. Casier judiciaire vierge, dossier médical sans histoire, une maîtrise en santé et nutrition. Avant la naissance de ses enfants, elle avait travaillé dans un centre de balnéothérapie huppé. Après avoir mis au monde l'aîné, elle avait pris un congé parental d'un an, puis réintégré son poste. Ce n'est qu'après l'arrivée de Nixie qu'elle avait décidé d'ouvrir son propre cabinet : *Vivre bien*.

Pas grand-chose à voir avec la nutrition, se dit Eve, mais ce devait être rentable. Dès la troisième année d'exercice, Keelie Swisher avait réussi à fidéliser sa clientèle, et ses bénéfices avaient effectué un bond.

Eve se concentra sur le garçon. RAS, hormis quelques fractures, conséquence d'activités sportives.

Il avait son propre compte en banque. Elle fit la moue en constatant le montant des dépôts mensuels, mais ceux-ci n'étaient pas suffisants pour éveiller des soupçons.

Nixie aussi avait son compte en banque. Les sommes étaient moins généreuses, mais tout aussi régulières.

Eve réfléchissait à tout cela quand Peabody apparut en brandissant un sac en papier taché de graisse et exhalant des effluves exquis.

— J'ai acheté des beignets. J'ai déjà mangé le mien. Si vous ne voulez pas le vôtre, c'est avec plaisir que je vous en débarrasserai.

— Je le veux. Et deux beignets, c'est beaucoup trop.

— Quoi ? J'ai perdu trois kilos pendant mon congé maladie. Bon, d'accord, j'en ai repris deux, mais tout de même…

Elle déposa le sac sur le bureau d'Eve.

— Où est Nixie ?

— Summerset.

Eve jeta dans un tiroir la barre de céréales qu'elle n'avait pas encore déballée et s'empara du beignet. Elle mordit dedans avec appétit.

— J'ai les dossiers scolaires des deux enfants, annonça Peabody en produisant deux disques. Les directeurs étaient terrassés quand je leur ai appris la nouvelle. Belles écoles. Coyle était bon élève. Quant à Nixie ? Cette môme est une flèche. Vingt sur vingt dans toutes les matières. Tous deux ont un QI élevé, mais celui de Nixie est un cran au-dessus de celui de son frère. Aucun problème de discipline ni pour l'un ni pour l'autre. Quelques avertissements pour bavardage en classe, mais rien de sérieux. Coyle jouait au base-ball et au basket. Nixie aime le théâtre, participe à la radio interne de l'établissement et fait partie de l'orchestre – elle joue du piccolo.

— Qu'est-ce que c'est que ça ?

— Un instrument à vent. Un peu comme une flûte. Ces gamins ont d'excellentes notes, une foule d'activités extrascolaires. D'après moi, ils n'avaient pas le temps de faire des bêtises.

— Ils ont chacun un compte en banque, et y déposent de l'argent tous les mois. Où un enfant trouve-t-il cent dollars par mois ?

— L'argent de poche ?

— Pour quoi faire ?

Peabody dévisagea Eve, secoua la tête.

— Pour leurs dépenses personnelles, pour mettre de côté, ce genre de choses…

— On les paie pour être des mômes ?

— Plus ou moins.

— Intéressant.

— Dans une famille comme celle-là, ils avaient probablement des corvées à assurer, malgré la présence d'une gouvernante à temps plein. Ranger leur chambre, débarrasser la table, charger la benne de recyclage. Ensuite, il y a les cadeaux d'anniversaire, les suppléments pour les vacances, les récompenses pour les bons bulletins.

— Donc, si nous restions enfants, nous n'aurions pas à trouver du travail… Il se peut qu'ils aient vu quelque chose à l'école, enchaîna-t-elle sans laisser à Peabody le temps de répondre. Ou entendu quelque chose. Nous interrogerons les professeurs et le personnel de service. Il faudra aussi se pencher sur les associés, clients, voisins, amis et relations diverses. Ces gens-là n'ont pas été tirés au sort.

— Je n'en ai pas l'impression, mais on ne peut pas non plus éliminer l'hypothèse du terrorisme urbain.

— Trop propre. Des terroristes auraient peut-être tué la famille, mais avant cela, ils auraient violé, torturé, ravagé la maison, déchiqueté le chien.

— Ils n'avaient pas de chien, mais je suis d'accord avec vous. Du reste, si c'était l'œuvre d'une organisation de ce type, elle aurait déjà revendiqué son acte. Vous avez reçu des rapports ? La DDE, la police scientifique, le médecin légiste ?

— J'ai parlé avec Feeney. Il est sur le coup. Je vous mets au courant en chemin.

— Où allons-nous ?

— À la morgue, puis au Central.

Eve se leva, fourra le reste du beignet dans sa bouche.

— Vous voulez que je prévienne Summerset que nous partons ?

— Pourquoi ? Ah ! Merde, oui, allez-y...

Elle traversa la pièce, et ouvrit la porte qui communiquait avec le bureau de Connors.

Il était justement en train d'enfiler sa veste.

— Je sors, lui annonça-t-elle.

— Moi aussi. J'ai réorganisé mon emploi du temps. Je devrais être de retour vers 19 heures.

— En ce qui me concerne, je n'en sais rien.

Elle s'appuya contre le chambranle, fronça les sourcils.

— Je devrais mettre cette petite en lieu sûr.

— Cette demeure est parfaitement sûre, et elle s'entend très bien avec Summerset. Au fait, un nouveau bulletin d'information a été diffusé, plus détaillé : aucun nom n'est précisé, mais on parle d'une famille de l'Upper West Side dont tous les membres ont été sauvagement assassinés dans leur demeure, tôt ce matin. On te cite comme chargée de l'enquête.

— Je vais devoir m'occuper des médias.

— Tu t'en sortiras bien, comme toujours.

Il vint vers elle, prit son visage entre ses mains, l'embrassa.

— Tu feras ton boulot, et nous aviserons pour le reste. Prends soin de mon flic.

Comme elle s'y attendait, le médecin légiste en chef avait pris en main les homicides Swisher. Ce n'était pas le genre de mission que Morris confierait à un collègue, si qualifié ou habile soit-il.

Eve le trouva penché sur le corps de Linnie Dyson.

— Je les examine par ordre chronologique de décès.

Derrière ses lunettes, ses yeux sombres étaient durs.

Il avait mis de la musique, comme à son habitude, mais cette fois, il avait choisi une œuvre sinistre, funèbre.

— J'ai demandé des analyses toxicologiques pour toutes les victimes. La cause du décès est la même pour tous. Pas de traumatismes ou de blessures secondaires, sauf plusieurs hématomes anciens sur le mineur, ainsi que des lacérations sans gravité sur la hanche et le haut de la cuisse droite. Il a subi une fracture de l'index droit au cours des deux dernières années. Tout cela correspond parfaitement, selon moi, à un garçon ayant une activité sportive.

— Le base-ball, surtout. Les bleus les plus récents sont sans doute dus à un dérapage non contrôlé pour atteindre la base.

— C'est vraisemblable.

Il contempla la fillette, la longue entaille en travers de sa gorge.

— Les deux enfants étaient en bonne santé. Tous les quatre avaient pris un repas aux alentours de 19 heures, composé de poisson blanc, riz complet, haricots verts et pain aux céréales. Un crumble pour le dessert. Les adultes avaient bu du vin blanc, les plus jeunes, du lait de soja.

— La mère était nutritionniste.

— Elle pratiquait ce qu'elle prêchait. Le garçon avait une cache quelque part, ajouta Morris avec un faible sourire. Il avait consommé cent cinquante grammes de bonbons à la réglisse vers 22 heures.

Curieusement, cette remarque réjouit Eve : au moins, il avait pu savourer une dernière gourmandise.

— Les armes ?

— Identiques. Probablement une lame de vingt centimètres. Voyez ceci…

D'un geste, il indiqua un écran sur lequel apparaissait l'image agrandie de la gorge de la fillette.

— Le coup de couteau va de gauche à droite. La lame comporte trois dents juste au-dessus du manche, le reste est lisse.

— On dirait un couteau de combat.

— C'est aussi mon avis. Utilisé par un droitier.

— Ils étaient deux.

— Il paraît. À première vue, j'aurais affirmé que c'était l'œuvre d'une même main chaque fois, mais comme vous pouvez le constater...

Il se tourna vers un autre écran, commanda des images de Grant et de Keelie Swisher, effectua un zoom sur les plaies.

— On remarque de légères différences. La blessure de l'homme est plus profonde, plus tranchée que celle de la femme. Quand on étudie les cinq gros plans, ajouta-t-il en les faisant apparaître, on s'aperçoit que la gouvernante, le père et le garçon ont subi le même coup tranchant, alors que chez la femme et la fille, la lésion semble plus effilée. Il faudra demander des reconstitutions au labo, mais ce sera forcément une lame de vingt centimètres, vingt-cinq au maximum, dotée de trois dents près du manche.

— Genre militaire. Encore qu'on ne soit pas obligé d'être dans l'armée pour s'en procurer. Enfin, c'est une piste de plus. Tactique, équipement et armes militaires. Aucun des adultes n'a été dans l'armée. Ils ne semblent pas non plus avoir de relations avec ce milieu. À ce stade, on ne peut pas non plus établir le moindre lien avec d'éventuelles activités paramilitaires ou autres jeux de survie.

Cela dit, se rappela-t-elle, il ne fallait jamais se fier aux apparences.

— J'ai éliminé les Dyson de la liste des suspects, ajouta-t-elle. Ils sont venus voir Linnie ?

— Oui. Il y a une heure. C'était... atroce. Regardez-la ! Si petite. Bien sûr, nous en avons vu d'autres, plus jeunes encore. Des nourrissons. C'est hallucinant, ce que nous autres, adultes éclairés, pouvons infliger à ceux qui ont le plus besoin de nous.

— Vous n'avez pas d'enfants, n'est-ce pas ?

— Non. Ni enfants ni compagne. J'en ai eu une à une époque, et nous étions ensemble depuis suffisamment

longtemps pour envisager d'avoir un bébé. Mais c'était…
il y a longtemps.

Elle étudia son visage encadré de cheveux noirs attachés
en une longue queue-de-cheval tressée de ruban argent.
Sous sa combinaison transparente, désormais maculée
de fluides corporels, il portait une chemise argent.

— La petite qui en a réchappé est chez moi, dit-elle.
Je ne sais pas quoi faire d'elle.

— Arrangez-vous pour qu'elle reste en vie. Ce serait
ma priorité.

— Sur ce plan, tout est arrangé. Dès que vous aurez
les résultats des analyses toxicologiques, transmettez-
les-moi.

— Entendu. Ah! Ils avaient des alliances.

— Pardon?

— Les parents. C'est plutôt rare, de nos jours.

D'un signe de tête, Morris montra l'anneau qu'Eve
portait à la main gauche.

— Ce n'est plus très la mode. C'est une déclaration:
«Je suis pris.» Ils avaient fait l'amour à peu près trois
heures avant de mourir. Ils avaient utilisé un spermicide
plutôt qu'une méthode de contraception à long terme
ou permanente, ce qui me donne à penser qu'ils n'ex-
cluaient pas la possibilité d'agrandir la famille dans
l'avenir. Ce détail et les alliances me réconfortent et me
fichent en colère à la fois, Dallas.

— La colère entretient la lucidité.

En se dirigeant vers la division des homicides, à travers l'énorme fourmilière qu'était le Central, Eve aperçut l'inspecteur Baxter devant un distributeur, en train
de prendre ce qui passait pour un café. Elle sortit une
poignée de crédits de sa poche, les lui jeta.

— Un tube de Pepsi.

— Vous continuez à éviter tout contact avec les distri-
buteurs?

— Ça marche. Ils ne m'agressent pas, et j'ai cessé de
les détruire à coups de pied.

— J'ai entendu parler de votre affaire, dit-il en glissant les pièces dans la fente. De même que la plupart des journalistes de cette ville. Ils harcèlent les relations médias dans l'espoir d'obtenir une interview avec la responsable de l'enquête.

— Pour l'heure, parler aux reporters ne figure pas sur ma liste de priorités.

Elle s'empara du tube de Pepsi qu'il lui tendait, fronça les sourcils.

— Vous avez dit « la plupart ». Alors, pourquoi Nadine Furst, de Channel 75, est-elle en ce moment même assise sur son joli petit cul dans mon bureau ?

— Comment le savez-vous ? Je ne fais pas allusion à son petit cul, qui est en effet joli.

— Vous avez des miettes de gâteau sur votre chemise, espèce d'idiot. C'est vous qui l'avez laissée entrer.

Le plus dignement possible, Baxter épousseta sa chemise.

— J'aimerais vous voir résister à un bakchich de cookies Hunka-Chunka, se défendit-il Tout homme a ses faiblesses, Dallas.

— C'est ça, oui. Je vous botterai les fesses plus tard. Dites-moi… vous êtes très occupé, en ce moment ?

— Eh bien, dans la mesure où vous êtes mon lieutenant, je devrais vous répondre que je suis complètement débordé. J'arrivais justement du tribunal quand j'ai été distrait par le joli petit cul de Furst et ses cookies.

Tapotant son code sur le clavier, il commanda un tube de Canada Dry à la machine.

— Mon équipier est en train de rédiger un rapport sur l'arrestation d'hier soir. Une dispute conjugale qui a mal tourné. Selon l'épouse, le type avait passé sa soirée dehors à s'enivrer en bonne compagnie. Quand il s'est enfin décidé à rentrer, ils se sont tapés dessus – comme souvent, d'après les voisins et les plaintes précédentes. Mais cette fois, elle a attendu qu'il sombre dans l'inconscience et lui a coupé la queue avec un sécateur.

— Aïe !

— Comme vous dites, acquiesça Baxter en avalant une goulée de soda. Le malheureux s'est vidé de son sang avant l'arrivée des secours. C'était moche, croyez-moi. Quant à la queue en question, cette folle l'avait jetée dans la benne de recyclage, au cas où.

— Mieux vaut être méticuleux.

— Les femmes sont des créatures terrifiantes. Celle-ci ? Je suis sûr qu'elle est fière d'elle. Elle prétend qu'on va la considérer comme une héroïne. C'est possible.

— Bon. Si je comprends bien, l'enquête est close. Autre chose ?

— Rien de spécial.

— Aucune affaire que vous tenez à traiter vous-même ?

— Si vous me demandez de transmettre tous mes dossiers à un collègue, la réponse est oui.

— Je veux que vous vous installiez chez moi avec Trueheart pour veiller sur un témoin.

— Quand ?

— Tout de suite.

— Je vais le chercher. Ils ont vraiment assassiné deux enfants ? murmura-t-il, le visage soudain grave, en lui emboîtant le pas. Pendant qu'ils dormaient ?

— Ç'aurait été pire s'ils avaient été réveillés. Trueheart et vous allez jouer les baby-sitters pour une fillette de neuf ans. Pour l'instant, motus. Je n'ai pas encore remis mon rapport à Whitney.

Elle fonça vers le placard amélioré qu'était son bureau.

Comme prévu, Nadine Furst, la présentatrice vedette de Channel 75, était assise dans le fauteuil élimé d'Eve. Impeccable, ses longs cheveux blonds coiffés en arrière pour mettre en valeur la finesse de ses traits. Elle était vêtue d'un tailleur pantalon couleur citrouille mûre et d'un chemisier blanc.

— Ne me faites pas de mal ! Je vous ai gardé un cookie.

Sans un mot, Eve brandit le pouce, puis s'empara du siège que Nadine venait de libérer. Le silence se prolongeant, la journaliste finit par incliner la tête de côté, l'air perplexe.

— Je n'ai pas droit à un sermon ? Vous ne me criez pas dessus ? Vous ne voulez pas votre cookie ?

— J'arrive de la morgue. J'y ai vu une petite fille. On lui a tranché la gorge d'ici à là, répliqua Eve en illustrant son propos d'un geste.

— Je sais.

Nadine prit place sur l'unique chaise réservée aux visiteurs.

— Du moins, j'ai de vagues informations. Une famille entière décimée. On a beau être blindées, vous et moi, Dallas, ça secoue. D'autant que cela s'est passé chez eux. Le public est en droit d'avoir des détails, afin de pouvoir se protéger.

Eve se contenta de hausser les sourcils.

— Bon, d'accord... C'est vrai qu'il y a aussi la question de l'audience, et que je suis toujours à l'affût d'un scoop. Mais la maison, c'est sacré. Tout le monde se soucie de la sécurité de ses enfants.

— Adressez-vous au responsable des relations publiques.

— Il n'a rien à dire.

— Justement, Nadine.

Eve leva la main avant que la journaliste puisse répliquer.

— Les éléments dont je dispose pour l'instant ne seront d'aucune utilité pour le public, et je ne souhaite pas vous en révéler davantage. À moins que...

Nadine se cala dans son siège, croisa ses jambes de rêve.

— Dictez-moi vos conditions.

Eve tendit le bras, ferma la porte, puis pivota face à Nadine.

— Vous savez orienter vos reportages, biaiser les histoires de manière à influencer ce public qui, selon vous, a le droit d'être informé.

— Excusez-moi, mais je suis une journaliste objective.

— À d'autres ! L'objectivité des médias se mesure aux taux d'audience du dernier trimestre. Vous voulez des détails, des entretiens en face à face et tout le tintouin ? Je vous les donnerai. Et quand j'aurai coincé ces monstres – ce qui ne saurait tarder –, je veux que vous vous acharniez sur eux devant les caméras. Que vous biaisiez vos reportages afin que les villageois les poursuivent avec des haches et des torches.

— Vous voulez que la presse joue les justiciers.

— Non. Je veux que la presse les exécute. Vous êtes ma voie de secours si jamais le système les laisse filer. Oui ou non ?

— Oui. Y a-t-il eu agression sexuelle sur l'une ou plusieurs des victimes ?

— Non.

— Aucune trace de torture ? De mutilation ?

Rien.

— C'est du travail de professionnel ?

— Peut-être. Ils étaient deux.

— Deux ? s'exclama Nadine, les joues roses d'excitation. Comment le savez-vous ?

— Je suis payée pour cela. Deux, répéta Eve. Rien n'a été vandalisé, détruit ou volé ; du moins, d'après nos premières constatations. Pour l'heure, la responsable de l'enquête est d'avis que la famille en question était une cible spécifique. J'ai un rapport à rédiger, et il faut que je parle à mon commandant. Je n'ai dormi que trois heures. Du balai, Nadine.

— Vous avez des suspects ? Des pistes ?

— Pour l'instant, nous observons les procédures de routine. Vous connaissez la chanson. Et maintenant, disparaissez !

Nadine se leva.

— Regardez le journal de ce soir. Je commence dès maintenant à les clouer au pilori.

— Parfait. Ah ! Nadine ? ajouta Eve tandis que la jeune femme ouvrait la porte. Merci pour le cookie.

Eve rédigea son rapport, lut ceux que lui avaient soumis la DDE et la police scientifique. Elle but encore du café, puis, paupières closes, imagina de nouveau la scène.

— Ordinateur, calcul de probabilités, homicide multiple, dossier H-226989-SD, ordonna-t-elle.

Bien reçu.

— Au vu des données actuelles, l'une ou plusieurs des victimes pouvaient-elles connaître leurs assassins ?

Recherche en cours... résultat : 88,3 %.

— Les tueurs étaient-ils des professionnels ?

Recherche en cours... Résultat : 96,93 %.

— Je suis bien d'accord, marmonna Eve. Probabilités selon lesquelles les assassins ont été engagés pour commettre ce crime par une autre source ?

Recherche en cours... Requête spéculative, données insuffisantes pour procéder au calcul.

— On va essayer autrement. Au vu des données connues concernant les victimes, l'une ou toutes pouvaient-elles être la cible d'un assassinat professionnel ?

Recherche en cours... Résultat : 100 % puisque les victimes ont été assassinées.

— Ben voyons ! Imbécile. Bon... Hypothèse. Les victimes n'ont pas encore été assassinées. Au vu des données actuellement connues – sans tenir compte de celles parvenues après minuit –, l'un ou tous les membres de la famille Swisher pourraient-ils être la cible d'un assassinat professionnel ?

Recherche en cours... Résultat : moins de 5 %.

— C'est ce que je pense, moi aussi. Donc qu'ignorons-nous au sujet de cette gentille famille ? Parce que vous êtes morts, n'est-ce pas ?

Elle glissa un autre disque dans la fente de son disque dur.

— Ordinateur, effectuer un tri et une recherche sur les données ultérieures concernant Swisher, Grant, liste de clients. Puis effectuer un tri et une recherche sur Swisher, Keelie, liste de clients. Faire ressortir tout individu ayant subi des évaluations criminelles ou psychologiques, et tout individu ayant un entraînement militaire ou paramilitaire. Transférer les résultats chez moi.

Bien reçu. En cours...

— Travaille bien.

Elle se leva, sortit de son bureau.

— Peabody ! Avec moi.

— J'ai une plainte à formuler. Pourquoi Baxter et les autres ont-ils toujours droit aux pots-de-vin ? Depuis que je suis devenue votre coéquipière, les gourmandises me passent systématiquement sous le nez.

— C'est le prix à payer. Nous allons chez Whitney. Vous avez du nouveau à me communiquer avant que je lui fasse mon rapport ?

— J'ai discuté avec McNab. C'était purement professionnel, s'empressa-t-elle de préciser. Nous ne nous sommes presque pas fait de bisous. Feeney lui a confié les communicateurs de la maison et les ordinateurs du bureau de Grant Swisher. Il analyse toutes les transmissions effectuées ces trente derniers jours. Jusqu'ici, rien à signaler. Vous avez vu le rapport des techniciens ?

— Oui. Rien. Pas une cellule de peau, pas un follicule.

— Je suis sur les fichiers du personnel des écoles, poursuivit Peabody tandis qu'elles s'engouffraient dans l'ascenseur. Je suis à l'affût de tout ce qui pourrait paraître louche. Les deux établissements sont plutôt stricts. Il faut quasiment être aussi pur qu'un saint pour y travailler. Pourtant, de temps en temps, on tombe sur un os. Rien de majeur, pour le moment.

— Renseignez-vous sur d'éventuels antécédents militaires ou paramilitaires. Vérifiez s'il y en a qui fréquentent ces... camps de combat. Vous savez, ces endroits délicieux où l'on paie pour jouer à la guerre. Concentrez-vous tout particulièrement sur les profs d'informatique.

Eve se frotta la tempe en émergeant de la cabine.

— La gouvernante était divorcée. On va s'intéresser à son ex. Il nous faut aussi les noms des copains des enfants.

L'assistante de Whitney leur fit signe d'entrer directement.

— Il vous attend. Inspecteur Peabody, quelle joie de vous revoir ! Comment allez-vous ?

— Bien, merci.

Elle aspira néanmoins une grande bouffée d'air avant de pénétrer dans l'antre du commandant. Ce dernier l'intimidait toujours autant.

C'était un homme imposant, assis derrière un bureau tout aussi imposant, le visage couleur café, et ses courts cheveux noirs saupoudrés de gris. Peabody savait qu'il avait travaillé sur le terrain pendant de longues années. Aujourd'hui, il menait sa carrière de fonctionnaire en fauteuil avec autant de ferveur et d'habileté.

— Lieutenant. Heureux de vous revoir parmi nous, inspecteur.

— Merci, commandant. Je suis contente d'être de retour.

— J'ai lu vos rapports, attaqua-t-il. Lieutenant, vous marchez sur le fil du rasoir en prenant sous votre aile un témoin mineur.

— Au moins, je suis sûre qu'elle est en sécurité, commandant. D'autant que la mineure en question était traumatisée à la perspective de suivre l'assistante sociale. C'est notre unique témoin. J'ai pensé qu'il valait mieux l'avoir près de moi, sous surveillance, et qu'une certaine stabilité émotionnelle nous permettrait d'obtenir plus d'informations. J'ai confié à l'inspecteur Baxter et à l'officier Trueheart la mission de la protéger. Officieusement.

— Baxter et Trueheart.

— Baxter a de l'expérience, Trueheart est jeune.

— Entendu. Pourquoi officieusement ?

— Pour l'heure, les médias n'ont pas été prévenus de l'existence d'une rescapée. Cela ne saurait tarder, mais on peut gagner un peu de temps. Dès que les journalistes l'apprendront, les assassins seront au courant. Ces hommes sont entraînés et efficaces. Il est tout à fait possible qu'il s'agisse d'une opération exécutée sur ordre.

— Vous avez des preuves ?

— Non, commandant. Mais rien ne permet d'affirmer le contraire non plus. Nous n'avons, pour l'instant, aucune idée du mobile. Nous n'avons rien relevé de particulier dans les dossiers ou le passé des victimes. Nous avons entrepris des recherches plus approfondies, et je vais de nouveau interroger le témoin. Mira est d'accord pour assister aux entretiens et me conseiller.

— Rien, dans votre rapport, n'indique qu'il s'agissait d'un crime spontané ou d'un acte terroriste.

— En effet.

— Je veux que votre témoin soit surveillé vingt-quatre heures sur vingt-quatre, sept jours sur sept.

— C'est fait.

— La participation de Mira aura un énorme poids auprès des services de protection de l'enfance. J'y ajouterai le mien.

Il s'adossa à son fauteuil, lui arrachant un grincement.

— Et les tuteurs légaux ?

— Commandant ?

— La mineure. Qui sont ses tuteurs légaux ?

— Les Dyson, commandant, intervint Peabody en voyant Eve hésiter. Les parents de la mineure de sexe féminin qui a été tuée.

— Seigneur ! Je ne pense pas qu'ils nous mettent des bâtons dans les roues, mais vous feriez mieux de leur demander l'autorisation, officiellement. L'enfant n'a plus de famille ?

— Une grand-mère. Le grand-père paternel vit hors planète. Les grands-parents maternels sont décédés. Elle n'a ni oncles ni tantes.

— Pauvre petite. Elle n'a vraiment pas de chance, marmonna-t-il.

« Si, songea Eve. Elle est vivante. »

— Inspecteur Peabody? Vous avez parlé avec la grand-mère?

— Oui, commandant. Je l'ai prévenue. On m'a dit qu'elle n'avait pas été désignée comme tutrice en cas de disparition prématurée des parents. Pour être franche, bien que choquée et bouleversée, elle ne m'a absolument pas laissé entendre qu'elle avait l'intention de venir ici afin d'obtenir la garde de Nixie.

— Bien, conclut Whitney. Dallas, réglez ce problème avec les Dyson dans les meilleurs délais. Tenez-moi au courant.

— Oui, commandant.

Comme elles regagnaient l'ascenseur, Peabody secoua la tête.

— Je ne crois pas ce que soit le meilleur moment – pour les Dyson. À votre place, j'attendrais encore vingt-quatre heures.

— Le plus tard sera le mieux, acquiesça Eve.

5

Les réverbères s'allumaient quand Eve quitta le Central. En temps normal, les encombrements lui auraient donné toutes les raisons de râler et de jurer, mais ce soir, elle était soulagée de pouvoir prolonger ce moment de solitude.

Elle avait l'esprit en ébullition.

Elle savait à quel genre d'assassins elle avait affaire, et avait réussi à définir leur méthode. Elle était capable de reconstituer le déroulement des faits pas à pas, en revanche, elle ne parvenait pas à trouver le mobile.

Coincée derrière un maxibus qui empestait, elle continua de réfléchir. La violence sans la passion. Le meurtre sans la rage.

Où était l'excitation ? Le profit ? La raison d'un tel acte ?

Se fiant à son instinct, elle contacta Connors.

— Lieutenant.

— Dans quel état es-tu ? demanda-t-elle.

— Robuste, riche et raisonnable. Et toi ?

— Méchante, maligne et malpolie.

Son rire emplit le véhicule, et Eve se sentit légèrement moins irritée.

— C'est ainsi que je te préfère, déclara-t-il.

— Où es-tu ?

— Dans les embouteillages, en chemin pour la maison. J'espère qu'il en est de même pour toi.

— En effet. Que dirais-tu d'un petit détour ?

— On pourra dîner et faire l'amour ? s'enquit-il avec un sourire espiègle. J'ai très envie des deux.

Étrange, très étrange, le pouvoir qu'avait ce sourire de faire tressaillir son cœur, même après deux ans.

— Plus tard, peut-être, mais la priorité, c'est un homicide multiple.

— Ça m'apprendra à épouser un flic.

— Je t'avais prévenu ! Attends une seconde...

Elle se pencha par la vitre baissée pour débiter un torrent d'injures à l'adresse d'un coursier qui venait de lui faire une queue de poisson sur son jet skate.

— Eve, ma chérie, tu es tellement sexy quand tu t'énerves, commenta Connors. Comment veux-tu que je calme mes ardeurs maintenant ?

Eve se concentra de nouveau sur l'écran.

— Pense à quelque chose de pur. Il faut que je retourne sur la scène du crime. Une deuxième paire d'yeux me serait bien utile.

— Quelle est l'adresse ?

Elle la lui donna.

— À tout de suite. Si tu arrives avant moi, pour l'amour du ciel, évite de toucher au scellé. Patiente. Oh, merde, le parking ! Il te faut un permis. Je...

— Eve, je t'en prie, l'interrompit-il, avant de couper la communication.

— Mouais, marmonna-t-elle dans le vide. J'avais oublié à qui je parlais.

Elle ignorait comment Connors se débrouillait pour se jouer de détails aussi mesquins que les permis de stationnement et n'avait aucune envie de le savoir. Il descendait de sa voiture lorsqu'elle arriva. Elle se gara derrière lui, alluma son clignotant « En service ».

— Jolie rue, commenta-t-il. Surtout à cette époque de l'année, avec les feuilles éparpillées sur le sol... Belle propriété, ajouta-t-il en désignant la maison d'un signe de tête. Au moins, la petite ne sera pas sans un sou en plus d'être orpheline.

— Ils en avaient payé la plus grosse partie. Ils avaient en outre des assurances-vie, des économies et quelques investissements ici et là. Elle ne manquera de rien. À sa majorité, elle jouira d'une rente confortable. Tous deux avaient fait leur testament. Des fidéicommis pour chacun des enfants, supervisés par des tuteurs légaux et une firme financière.

— Avaient-ils prévu de transmettre leurs biens à d'autres bénéficiaires en cas de disparition des enfants ?

— Oui.

Cette question avait taraudé Eve : on élimine la famille tout entière, et on récupère le pactole. Fastoche.

— Des œuvres de charité. Des foyers pour femmes battues, des centres pédiatriques. Une petite part du gâteau pour chaque organisation.

— Le cabinet d'avocats ?

— Rangle, l'associé, est dans la ligne de mire. Mais son alibi est solide. Et s'il a les relations, ou le cran, de commanditer un crime pareil, je grille mon insigne pour mon petit-déjeuner. Cette famille n'a pas été éliminée pour l'argent. J'en suis à peu près convaincue.

Tous deux examinèrent la demeure devant laquelle trônait un vieil arbre effeuillé sur un carré de pelouse. L'entrée était flanquée d'une jardinière contenant des géraniums.

L'ensemble donnait une impression de calme, de sérénité et de confort. Jusqu'à ce qu'on remarque le scellé rouge de la police, et le ruban jaune en travers des portes.

— Si c'était une question d'argent, dit Connors, on peut penser qu'ils auraient eu plus vite fait de le voler. Comme tu me l'as demandé, je me suis renseigné discrètement. Je n'ai rien entendu à propos d'un éventuel contrat sur ces gens.

— Non. Ils n'avaient pas de relations avec la pègre. Mais je suis contente de pouvoir barrer définitivement cette hypothèse de ma liste. Ils n'avaient aucun lien avec le milieu ou les agences gouvernementales. J'ai joué avec l'idée que l'un d'entre eux menait une double vie, en me remémorant le cauchemar vécu par Reva, il y a deux mois.

Reva Ewing, une employée de Connors, avait eu le malheur d'épouser un agent double, qui avait monté un complot contre elle pour la faire accuser d'un double meurtre.

— Mais ça ne colle pas, tout simplement. Ils voyageaient peu, et pratiquement toujours avec leurs enfants. Nous n'avons rien relevé de particulier sur leurs ordinateurs et leurs communicateurs. Ils respectaient un rythme immuable. Le travail, la famille, les amis. De plus…

Elle s'interrompit, secoua la tête.

— Non. Je ne dis plus rien, je te laisse faire tes propres observations.

— Très bien. À propos, je me suis arrangé pour qu'on vienne chercher ma voiture. Ainsi, j'aurai le plaisir de me faire ramener à la maison par ma charmante épouse.

— Nous sommes à dix minutes de chez nous.

— Je savoure chaque minute en ta compagnie, Eve chérie.

Elle lui jeta un coup d'œil de biais, décoda le scellé.

— Tu as vraiment envie d'une partie de jambes en l'air.

Ils pénétrèrent dans le vestibule, commandèrent la mise en marche des lumières.

— C'est accueillant, constata-t-il. Décoré avec goût. Jolies couleurs, beaux volumes. Le style famille urbaine.

— Ils sont entrés par cette porte.

Connors opina.

— Ce système de sécurité est ce que l'on fait de mieux. Il faut être doué pour le neutraliser sans déclencher les alarmes.

— C'est un des tiens ?

— Oui. Combien de temps ont-ils mis ?

— D'après Feeney, environ quatre minutes.

— Ils connaissaient le système, et ils avaient le matériel ad hoc. Vois-tu, ces dispositifs secondaires sont conçus pour démarrer presque instantanément en cas de sabotage. Ils ont dû bloquer les deux, simultanément, avant même de lire ou d'insérer les codes.

— Donc, ce sont des pros.

— En tout cas, ce ne sont pas des bleus. Ils s'étaient probablement exercés sur un prototype. Ce qui exige du temps, de l'argent et une planification soigneuse.

Il s'écarta du tableau d'alarme en s'efforçant d'ignorer l'intense indignation qu'il éprouvait quand l'un de ses produits échouait à remplir son office.

— Mais tu n'as jamais pensé qu'ils avaient agi au hasard, reprit-il.

— Non. D'après mes constatations, et les déclarations du témoin, l'un est monté, tandis que l'autre passait par ici.

Elle l'entraîna directement dans la cuisine.

— Il faisait noir. Le réverbère dans la rue diffusait un rayon de lumière, mais ils avaient des lunettes à infrarouge. Forcément. D'ailleurs, le témoin parle d'yeux « très brillants ».

— Ce pourrait être son imagination. Des yeux de monstre... Mais plus vraisemblablement des lunettes à infrarouge. Où était-elle ?

— Là-bas, couchée sur la banquette. S'il avait regardé dans cette direction, pris le temps d'inspecter la pièce, il l'aurait repérée. D'après ce qu'elle raconte, il s'est dirigé droit vers les appartements de la domestique.

— Il savait où il allait. Il avait consulté un plan des lieux, ou bien il était déjà venu.

— On vérifie les allées et venues d'éventuels livreurs ou réparateurs, mais je le sens mal. On n'obtient pas le plan d'une maison tout entière quand on vient installer un Autochef ou changer une chasse d'eau.

— Et si c'était une relation de la gouvernante ?

— Elle ne fréquentait personne. Elle avait quelques amis en dehors de la famille, mais jusqu'ici, aucun d'entre eux ne nous a paru suspect.

— Tu ne penses pas qu'elle était la cible principale.

— Je ne peux pas éliminer cette possibilité, mais non. Il a foncé chez elle, répéta-t-elle, et elle en fit autant. Il était protégé, des pieds à la tête. Les techniciens n'ont pas prélevé la moindre cellule de peau. Le témoin dit qu'il n'a pas fait de bruit, il avait sûrement des semelles en caoutchouc. Il s'est approché du lit, l'a tirée par les cheveux, l'a égorgée. Il était droitier.

Connors la regarda mimer les mouvements, le regard neutre.

— Selon Morris, il s'agit vraisemblablement d'un couteau de combat. Le labo devrait pouvoir le confirmer. Ensuite, il la laisse retomber, tourne les talons et sort. Le témoin est là, près de la porte, par terre, le dos au mur. S'il se tourne dans cette direction, il le voit. Mais il s'éloigne.

— Négligence ou surcroît d'assurance ? demanda Connors.

— Surcroît d'assurance. D'autant qu'il ne s'attend pas à voir quoi que ce soit…

Elle marqua une pause.

— Pourquoi ?

— Pourquoi pas ?

— Les gens ne restent pas toujours au fond de leur lit toute la nuit. Ils se lèvent pour se soulager, ou parce qu'ils ont des soucis qui les empêchent de dormir. Ou parce qu'ils meurent d'envie d'un putain de Fizzy à l'orange. Comment se fait-il que des pros comme eux n'aient pas songé à inspecter le terrain d'abord ?

Sourcils froncés, Connors réfléchit.

— Excellente question, convint-il. Ils s'attendent que chaque chose, chaque personne soit à sa place, parce que c'est ainsi que cela fonctionne dans leur univers ?

— C'est une hypothèse. Donc, il sort et monte à l'étage en empruntant l'escalier principal. Pourquoi ? Il y en a un autre juste ici. C'est par celui-là que le témoin est monté. D'après Peabody, c'est parce que la chambre des parents était plus près de l'escalier principal. C'est plausible. D'un autre côté, cela représente une perte de temps et d'énergie.

— Or, ils avaient minuté leur intervention. Ils ignoraient l'existence du second escalier.

— Exactement. Comment ce détail a-t-il pu leur échapper alors qu'ils connaissaient la maison par cœur ?

Connors s'approcha de la porte, glissa la main sur le chambranle, examina l'escalier.

— Il n'est pas d'origine.

— Comment le sais-tu ?

— La maison date de la fin du XIXᵉ siècle. Elle a été considérablement réaménagée. Mais cet escalier est plus récent. Cette rampe a été fabriquée à la main. Avec des matériaux du XXIᵉ siècle.

Il s'accroupit.

— Les marches aussi. L'ensemble est d'assez mauvaise qualité. Je ne serais pas étonné qu'ils l'aient construit eux-mêmes, sans déclarer les travaux aux autorités. Du coup, il n'apparaît sur aucun plan.

— Que tu es futé ! Tu as raison, il n'y figure pas. J'ai vérifié. Cela ne signifie pas pour autant que l'un ou les deux ne soit jamais venu dans la maison, n'était pas un ami ou un voisin.

— Certes. Mais cela prouve au moins qu'ils n'étaient pas proches de la gouvernante et familiers de ses appartements. Ce n'était pas elle la cible principale.

— Elle était en plus ; c'était la famille qui leur importait.

— Pas un membre en particulier, mais le clan dans son ensemble.

— Sinon, pourquoi les supprimer tous ?

Elle entraîna Connors à sa suite.

— On peut suivre les traces de sang ici, puis sur le côté droit des marches.

— Mais ils n'ont rien taché en redescendant, observa Connors. Ils se sont changés là-haut.

— Un point de plus pour le civil.

— Tu devrais trouver un autre terme pour me qualifier. Civil, c'est ordinaire, et dans ta bouche, un tantinet méprisant. Que dirais-tu de « multispécialiste non policier » ?

— On n'est pas là pour plaisanter, camarade. Concentre-toi. Ils avaient achevé les adultes avant que la mineure n'atteigne l'étage, enchaîna-t-elle. Elle les a vus quitter cette pièce, puis se séparer. Un dans chaque chambre. Il y a aussi un bureau et une salle de jeu. La salle de bains des enfants est au bout du couloir. Pourtant, ils ont foncé directement dans les chambres. Ils ne pouvaient pas être sûrs à cent pour cent qu'il s'agissait de chambres en se basant uniquement sur le plan.

— En effet.

Histoire de satisfaire sa curiosité, Connors jeta un coup d'œil dans l'une des pièces. Le bureau, de toute évidence : poste de travail, miniréfrigérateur, étagères bien remplies, photos de famille. Un petit divan.

— Cette pièce est suffisamment vaste pour servir de chambre, remarqua-t-il.

Il s'éloigna dans le couloir, s'arrêta sur le seuil de la chambre du garçon. Son visage se durcit.

— Quel âge avait-il ?

— Douze ans.

— Où étions-nous, à cet âge-là, Eve ? Certainement pas dans un cocon comme celui-ci, entourés de tous nos trésors. Mais bon Dieu ! Quel monstre faut-il être pour s'introduire ici et tuer un gamin dans son sommeil ?

— C'est ce que j'ai l'intention de découvrir.

— Tu y parviendras, souffla-t-il en se détournant. Le bureau est au moins aussi spacieux, ajouta-t-il. Le garçon aurait parfaitement pu dormir de l'autre côté du couloir.

— Soit ils connaissaient la maison de l'intérieur, soit ils l'ont surveillée et ont noté les habitudes des Swisher : vérifié quelles lumières s'éteignaient ou s'allumaient, et à quelle heure. Avec des lunettes de vision nocturne et un équipement de surveillance, ils n'ont eu aucun mal à voir à travers les rideaux.

Elle se dirigea vers la chambre des parents.

— D'après Morris, c'est la même main qui a égorgé la domestique et les deux individus de sexe masculin. L'autre s'est chargé des victimes féminines. Ils avaient de toute évidence choisi leurs cibles à l'avance. Pas de discussion, pas de gestes inutiles. J'ai pensé à des droïdes. Des droïdes assassins.

— Très coûteux, commenta Connors. Et risqué dans une situation comme celle-ci. En outre, pourquoi deux – pourquoi doubler le coût, ainsi que le travail de programmation, alors qu'un seul suffisait ?

— Non, je ne pense pas que ce soit l'œuvre de droïdes, murmura Eve en gagnant la chambre de la fille. Ce sont des humains qui ont fait cela. Et même si, en surface, cela apparaît comme un crime froid et efficace, c'était un acte personnel. Pour en arriver à trancher la gorge d'une enfant, il faut que ce soit personnel.

— Très personnel, acquiesça Connors en lui frottant doucement le dos. Ces enfants endormis n'étaient en rien une menace.

Désormais, cette maison serait peuplée de démons, songea-t-il. Des fantômes brutaux aux mains couvertes de sang. Comme ceux qui les hantaient, elle et lui, leur rappelant sans cesse les horreurs auxquelles ils avaient survécu.

— Les enfants étaient peut-être directement visés. À moins que l'un, voire plusieurs membres de la maisonnée, n'ait détenu une information qui présentait une menace. Du coup, on les massacre tous, au cas où ils auraient partagé cette information avec les autres.

— Non.

Elle soupira et hocha la tête.

— Non, si les meurtriers avaient eu ce genre de crainte, ils auraient commencé par s'assurer, par l'intimidation, la torture ou le chantage, que rien n'avait filtré à l'extérieur. Ils auraient analysé les disques durs, fouillé partout, au cas où l'info serait dissimulée quelque part. Or, le temps de l'intervention était beaucoup trop court.

— Ils ne sont pas aussi malins qu'ils le croient, observa Connors.

— Parce que ?

— Parce qu'ils auraient dû emporter quelques objets de valeur, retourner les tiroirs. Faire croire à un cambriolage. Ou taillader les victimes pour donner l'impression d'un acte perpétré par un psychopathe.

Eve rit tout bas.

— Très juste. Pourquoi s'en sont-ils abstenus ? Par orgueil. Par fierté pour leur travail. Excellent... Excellent, parce que c'est un élément, alors que je n'ai rien. Le néant. Je savais bien que tu me serais utile.

— Je suis ton humble serviteur, répliqua-t-il en lui prenant la main, tandis qu'ils redescendaient. Mais tu as tort de dire que tu n'as rien. Tu as ton instinct, ton intelligence et ta détermination. Et un témoin.

— Ouais, marmonna-t-elle, mais elle n'avait pas envie de penser à Nixie pour le moment. Qu'est-ce qui pourrait t'inciter à achever une famille entière ? Pas *toi*, personnellement, bien sûr, mais de manière hypothétique.

— J'apprécie la nuance. Parce qu'elle a fait du mal à la mienne, ou présentait une menace.

— Swisher était avocat. Droit de la famille.

— Intéressant, concéda Connors tandis qu'ils franchissaient la porte.

— Elle était nutritionniste, et avait une belle clientèle. Imaginons que Swisher ait perdu – ou gagné une affaire –, et que cela ait énervé un de ses clients. Ou que sa femme ait vexé la mère d'un enfant obèse, qu'un de ses patients soit mort. Les enfants étaient inscrits dans des écoles privées. Peut-être que l'un d'entre eux a eu maille à partir avec un camarade de classe.

— Les possibilités sont innombrables.

— Il ne reste plus qu'à tomber sur la bonne.

— L'un des adultes avait peut-être une liaison avec le conjoint de quelqu'un d'autre. C'est une situation qui fâche.

Eve grimpa dans son véhicule.

— On se penche là-dessus. Mais pour l'instant, on n'a pas grand-chose à se mettre sous la dent. L'union de ces deux-là semblait solide ; toute leur existence tournait autour de la vie de famille. Ils partaient en vacances ensemble, sortaient ensemble. Selon moi, ils n'avaient pas le temps d'aller s'amuser ailleurs. En tout cas, pour le moment, rien ne pointe dans cette direction. Quant au quadrillage du voisinage, il n'a pas donné grand-chose, ajouta-t-elle en démarrant. Personne n'a rien remarqué. Selon moi, l'un d'entre eux habite le quartier, ou alors, ils avaient un faux permis de stationnement, ou encore, ils ont pris ce putain de métro, hélé un taxi qui les aura déposés à quelques centaines de mètres de leur destination. Bref, mystère...

— Eve, moins de vingt-quatre heures se sont écoulées depuis le crime.

Elle jeta un ultime coup d'œil à la maison dans le rétroviseur.

— J'ai l'impression que cela fait bien plus longtemps.

Eve trouvait toujours bizarre que Summerset se matérialise dans le vestibule, tel un cauchemar récurrent, à la minute où elle entrait. Mais cela lui parut encore plus bizarre de le découvrir en compagnie d'une petite fille blonde.

Ses cheveux étaient lisses et brillants, comme s'ils venaient d'être lavés. Qui s'en était chargé? se demanda-t-elle. La gamine, ou Summerset? La pensée que ce pouvait être ce dernier lui donna des frissons.

Cela dit, la petite semblait très à l'aise. Elle le tenait par la main, et le chat était vautré à ses pieds.

— Quel accueil sympathique! s'exclama Connors en ôtant son manteau. Comment vas-tu, Nixie?

Elle posa sur lui ses immenses yeux bleus et ébaucha un semblant de sourire.

— Bien. On a fait une tarte aux pommes.

— Pas possible! s'exclama Connors en se penchant pour ramasser Galahad qui s'était levé pour se frotter contre ses jambes. C'est mon dessert préféré.

— J'en ai fait une toute petite, avec les restes, précisa Nixie avant de braquer le regard sur Eve. Vous les avez attrapés?

— Non.

Eve jeta sa veste sur la rampe de l'escalier. Pour une fois, Summerset se garda de faire la moindre remarque.

— Les enquêtes de ce genre prennent du temps.

— Pourquoi ? Dans les séries, ce n'est pas long.

— Ce n'est pas un film, riposta Eve, pressée de s'enfermer dans son bureau pour réfléchir. Je t'ai promis de les arrêter, et je le ferai, ajouta-t-elle.

— Quand ?

Elle étouffa un juron. Connors posa une main réconfortante sur son bras et intervint :

— Sais-tu que le lieutenant Dallas est le meilleur flic de cette ville, Nixie ?

— Pourquoi ?

— Parce qu'elle va au bout des choses. Parce qu'elle se soucie vraiment de ceux qui souffrent. Si un de mes proches était touché, j'exigerais que ce soit Dallas qui prenne l'affaire en main.

— Baxter dit que c'est une sacrée botteuse de fesses.

Cette fois, Connors ne put s'empêcher de sourire ouvertement.

— Il a raison.

— Où sont-ils ? s'enquit Eve. Baxter et Trueheart ?

— Dans votre bureau, répondit Summerset. Le dîner sera servi dans un quart d'heure. Nixie, nous allons mettre le couvert.

— Je vais juste...

Connors prit la main de sa femme, la pressa.

— Nous arrivons tout de suite, dit-il.

— J'ai du boulot, râla Eve, tandis qu'ils gravissaient l'escalier. Je n'ai pas le temps de...

— Il me semble important de le prendre. Une heure, ce n'est pas la fin du monde, Eve, et cette enfant a besoin de vivre une vie aussi normale que possible. Un repas à table, c'est l'idéal.

— Manger sur une surface plane ou devant son poste de travail, c'est du pareil au même.

— Tu as peur d'elle.

Eve s'arrêta net, plissa les yeux.

— D'où est-ce que tu tiens cela ?

— Parce que moi aussi, j'ai peur d'elle.

Une lueur de colère dansa dans les prunelles d'Eve puis, tout à coup, elle se détendit.

— Vraiment ? *Vraiment ?* Tu ne dis pas ça juste pour m'amadouer ?

— Ce regard, empli de courage, de terreur et de chagrin. Quoi de plus terrifiant ? Elle est là, devant nous, menue, ravissante, en attente... Nous sommes censés lui apporter des réponses, et nous en sommes incapables.

Eve laissa échapper un soupir.

— Je n'ai même pas encore découvert toutes les questions.

— Nous allons donc dîner avec elle, et lui montrer dans la mesure de nos moyens que le monde n'est pas totalement pourri.

— D'accord, mais il faut que je parle à mes hommes.

— Je te retrouve en bas. Dans un quart d'heure.

Dans son bureau, elle tomba sur deux flics qui, de toute évidence, avaient vidé son Autochef. Ils travaillaient tout en mangeant avec appétit. Sur les écrans muraux étaient affichés les clichés de chaque chambre, de chaque victime.

— Un steak, commenta Baxter en engloutissant une bouchée de viande. Je ne sais plus à quand remonte ma dernière entrecôte authentique ! Dallas, si je n'avais pas la bouche pleine, je vous embrasserais.

— Summerset nous a donné l'autorisation, précisa Trueheart en offrant un sourire plein d'espoir à Eve.

Celle-ci se contenta de hausser les épaules, puis se tourna vers les écrans.

— Votre avis ?

Baxter continua de manger, mais son expression s'était assombrie.

— Je suis d'accord avec tout ce que vous avez écrit dans votre rapport. C'est un boulot de pro. Même sans témoin oculaire, j'aurais dit qu'ils étaient deux ou plus, et qu'ils ont agi sacrément vite. Le médecin légiste a transmis les résultats des analyses toxicologiques. Aucune des victimes n'avait avalé la moindre substance illicite. Aucune drogue n'a été trouvée sur les lieux. Ces gens-là se soignaient uniquement à l'homéopathie et aux plantes.

— Ce qui colle parfaitement avec le métier de la mère, murmura Eve. Les techniciens sont rentrés bredouilles. Vous avez filé vos dossiers à un collègue ?

— Sans remords, répondit Baxter. Désormais, Carmichael me déteste. Je suis comblé.

— Vous êtes libres tous les deux pour ce soir. Revenez à 8 heures précises. Vous devrez à la fois surveiller la fillette et m'analyser les fichiers de tous les clients des Swisher. Si quelqu'un a quelque chose à se reprocher – ne serait-ce qu'un P-V de stationnement – vous approfondissez. Vous vous intéresserez aux clients, à leurs proches, leurs amis et associés, leurs voisins et leurs animaux de compagnie. On va chercher jusqu'à ce qu'on trouve.

— Et la domestique ?

— Je m'en occupe tout à l'heure. Vous n'omettez personne, pas même les enfants : école, activités, copains, où ils jouent, où ils mangent…

— Ça fait du monde, fit remarquer Baxter.

— Il suffit d'un nom.

Eve chassa momentanément de son esprit les images de steak et de meurtre pour déguster du poulet frit, tout en s'efforçant d'entretenir une conversation banale. De quoi parlait-on à table avec une enfant de neuf ans ?

Ils utilisaient rarement la salle à manger – du moins, Eve. C'était tellement plus facile d'avaler un truc vite fait dans son bureau. Cependant, elle pouvait difficilement se plaindre : les couverts scintillaient, un feu crépitait dans la cheminée, et des arômes alléchants flottaient dans l'air.

— Pourquoi tout est si chic ? demanda Nixie.

— C'est à lui qu'il faut poser la question, répondit Eve, en pointant sa fourchette en direction de son mari. C'est sa maison.

— J'irai à l'école, demain?

Eve cligna des yeux, hésita, puis comprit que Connors ne viendrait pas à son secours.

— Non.

— Quand est-ce que je vais y retourner?

Une douleur commençait à lui tarauder la nuque.

— Je n'en sais rien.

— Mais si je ne vais pas en classe, je vais prendre du retard. Et si on prend du retard, on n'a plus le droit de participer à l'orchestre ou aux pièces de théâtre.

Les yeux de Nixie étaient brillants de larmes.

Ah! Eh bien...

— Pour le moment, on peut s'arranger pour que tu suives tes cours ici, intervint Connors d'un ton neutre. Tu aimes l'école?

— Assez. Qui va m'aider pour mes devoirs? C'était toujours papa, avant.

Non, songea Eve. Pas question. Elle ne s'aventurerait pas dans ce territoire même si on lui plaçait une bombe sous les fesses.

— Le lieutenant et moi n'avons jamais été des élèves brillants. Mais Summerset pourrait te donner un coup de main.

— Je ne retournerai jamais dans ma maison. Je ne verrai plus jamais ma maman et mon papa, ni Coyle ou Linnie. Je ne veux pas qu'ils soient morts.

Très bien, se dit Eve. C'était une enfant, mais elle n'en demeurait pas moins le témoin numéro un. Malgré tous leurs efforts, l'enquête était sur la table, à côté du poulet frit.

Tant mieux.

— Explique-moi ce que chacun faisait. La journée avant le drame.

Connors voulut objecter, mais Eve l'en découragea d'un signe de tête.

— Tout ce dont tu te souviens.

— Papa a dû crier après Coyle parce qu'il s'était levé au dernier moment. Il se lève toujours au dernier moment, et après, tout le monde doit se presser. Maman se fâche quand on doit se presser parce que le petit-déjeuner, c'est le repas le plus important.

— Qu'avez-vous mangé?

— Des fruits et des céréales. Dans la cuisine, précisa Nixie tout en savourant une asperge. C'est Inga qui le prépare. Et du jus de fruits. Papa a bu un café, il a droit à une tasse. Coyle voulait des nouvelles aérobaskets, mais maman a dit non, et il a dit que c'était nul. Ensuite, on a pris nos affaires et on est allés à l'école.

— Quelqu'un s'est servi du communicateur?

— Non.

— Personne n'est venu sonner à votre porte?

Nixie découpa soigneusement une bouchée de poulet. Ses manières étaient irréprochables. Elle prit soin d'avaler, avant de répondre.

— Non.

— Comment vous êtes-vous rendus à l'école?

— Papa nous a accompagnés à pied parce qu'il ne faisait pas trop froid. Quand il fait froid, on prend un taxi. Après, il va à son travail. Maman descend au sous-sol, dans son cabinet. Inga devait aller faire des courses parce que Linnie allait venir après la classe, et que maman voulait des fruits frais.

— Ton papa ou ta maman semblaient-ils préoccupés?

— Coyle boudait, et n'avait pas bu tout son jus d'orange, alors maman l'a grondé. Est-ce que je peux les voir, même s'ils sont morts?

Son menton trembla.

— Je peux les voir?

— J'arrangerai cela. Il faudra peut-être patienter un peu. Tu t'entends bien avec Baxter et Trueheart?

— Baxter est rigolo, et Trueheart est gentil. Il connaît plein de jeux. Quand vous aurez attrapé les méchants, je pourrai les voir aussi?

— Oui.

— D'accord.

Nixie fixa son assiette, hocha lentement la tête.

— D'accord.

— J'ai l'impression de sortir d'une cellule d'interrogatoire après un face-à-face avec un pro.

Eve fit jouer les muscles de ses épaules en pénétrant dans son bureau.

— Tu t'en es très bien tirée. J'ai pensé que tu poussais le bouchon un peu loin quand tu lui as demandé de te raconter la journée précédant les meurtres, mais tu avais raison. Elle a besoin d'en parler.

— Elle y pensera de toute façon. Peut-être qu'un détail lui reviendra à l'esprit.

Eve s'installa devant son ordinateur, réfléchit.

— Et maintenant, je vais t'avouer quelque chose – mais si tu le répètes à qui que ce soit, je fais un nœud de marin avec ta langue ; je remercie le ciel que Summerset soit là.

Connors sourit en s'appuyant contre le bureau d'Eve.

— Pardon, tu peux répéter, là ?

Elle lui coula un regard noir.

— Si tu tiens à ta langue, attention ! Tout ce que je dis, c'est que Nixie semble à l'aise avec lui, et qu'il a l'air de savoir s'y prendre avec elle.

— Il a élevé son propre enfant, avant de me prendre sous son aile. Il a toujours eu un faible pour les enfants vulnérables.

— Il n'y a pas une once de faiblesse chez lui, mais il se débrouille à merveille avec elle. Alors, youpi !

Elle se passa la main dans les cheveux.

— Je reverrai les Dyson demain. Tout dépendra de l'évolution de la situation, mais je pense que, d'ici un jour ou deux, on pourrait la laisser avec eux dans un lieu sécurisé. Ce soir, je me concentre sur la gouvernante. Il faut que j'envoie un mémo à Peabody… Elle connaît le directeur de l'école de Nixie ; elle s'y rendra demain matin pour qu'on lui donne les devoirs de la petite. Dis-moi, comment peut-on avoir envie de poursuivre sa scolarité quand on a un prétexte pour y échapper ?

— Aucune idée. C'est peut-être comme ton métier pour toi, ou le mien pour moi. Un élément essentiel.

— L'école, c'est comme la prison.

— Je l'ai toujours pensé, en effet. Mais peut-être avons-nous tort.

Il se pencha vers elle, effleura sa fossette sur le menton.

— Tu veux de l'aide ?

— Tu n'as pas de travail ?

— Un peu de ci, un peu de ça, mais rien qui m'empêche d'assister le meilleur flic de New York.

— Tu parles ! Tu connais le système de sécurité des Swisher. Tu pourrais contacter Feeney chez lui, échanger des infos avec lui. Tenter de découvrir comment ces salauds s'y sont pris pour saboter le dispositif.

— Entendu… La journée a été longue, ajouta-t-il en lui caressant la joue.

— J'ai encore de l'énergie.

— Gardes-en un peu pour moi, lança-t-il avant de regagner son bureau.

Restée seule, elle commanda un pot de café bien serré, puis demanda à son ordinateur l'affichage de toutes les données concernant Inga.

Elle examina sa fiche d'identité et sa photo. Un physique agréable, sans plus. Eve se demanda si Keelie Swisher l'avait choisie précisément parce qu'elle n'était ni trop jeune ni trop belle pour tenter son mari.

Quelles que fussent ses exigences, son choix s'était avéré judicieux, car Inga avait passé de nombreuses années au service de la famille. Suffisamment pour voir les enfants grandir.

Elle-même n'en avait pas. Un mariage, un divorce, employée de maison à temps plein dès vingt-cinq ans. Eve avait du mal à comprendre comment on pouvait décider de ramasser les saletés des autres, mais après tout, les goûts et les couleurs…

Ses revenus étaient stables, raisonnables, vu son métier ; ses dépenses, normales.

« Normal, normal, normal, songea Eve. Eh bien, Inga, voyons cela de plus près. »

Une heure plus tard, elle arpentait la pièce de long en large.

Rien. Inga avait mené une existence si banale qu'elle en était limite ennuyeuse. Elle travaillait, faisait ses courses, prenait des vacances deux fois par an – une fois avec ses employeurs, l'autre, du moins depuis les cinq dernières années, avec deux amies, dans un centre de relaxation situé dans le nord de l'État de New York.

Eve se promit d'interroger ces deux femmes ; mais jusqu'ici, leurs fichiers n'avaient rien laissé apparaître de suspect.

L'ex d'Inga vivait à Chicago ; il était remarié et avait un fils. Il occupait un poste administratif chez un fournisseur de matériel de restaurants et n'avait pas mis les pieds à New York depuis sept ans.

L'idée que la domestique ait pu voir ou entendre quelque chose en achetant un kilo de prunes ou un paquet de lessive paraissait absurde.

Mais la vie était pleine d'absurdités qui s'achevaient dans le sang.

Connors la rejoignit.

— Je suis dans une impasse, annonça-t-elle. Il me reste encore quelques voies à explorer, mais Inga apparaît de plus en plus comme un tiers innocent.

— Feeney et moi sommes d'accord sur un point. Le décodeur utilisé par les assassins est probablement un produit maison, confectionné par un expert ayant accès aux matériaux. S'il a été acheté, il provient forcément d'une source militaire, policière ou sécuritaire. Ou du marché noir. Ce dispositif n'est pas disponible dans les magasins d'électronique.

— Ça ne nous avance guère, mais ça colle.

— Si on laissait tomber pour ce soir ?

— Tu as raison, convint-elle, avant d'ordonner l'extinction de l'ordinateur. Demain, je commencerai ici ; ensuite, je laisserai à Baxter et à Trueheart le soin de veiller sur le témoin.

— Quant à moi, je soumettrai le problème à quelques-uns de mes spécialistes, au cas où l'un d'entre eux pourrait nous fournir des données spécifiques sur le système de sécurité.

— Aucune des victimes n'avait suivi un entraînement militaire, marmonna-t-elle tandis qu'ils prenaient le chemin de leur chambre. Je n'ai trouvé aucun lien avec le crime organisé ou les paramilitaires. Si je me fie à leurs dossiers, les Swisher étaient blancs comme neige, ils s'intéressaient peu à la politique. Seule obsession : le dévouement de madame à la nutrition.

— Peut-être que leur est tombé entre les mains par accident quelque chose qu'on voulait récupérer.

— Quand on est aussi doué pour neutraliser les alarmes, on se contente de pénétrer dans la maison lorsqu'il n'y a personne et de se servir. On ne tue pas toute la famille. Non, les Swisher sont morts parce que quelqu'un les voulait morts.

— Certainement. Que dirais-tu d'un verre de vin ?

Elle faillit refuser. Mais il n'y avait pas que les Swisher – eux aussi avaient une vie privée.

— Bonne idée, répondit-elle. Il faut que je laisse tout ça reposer.

Connors se plaça devant elle et lui mordilla le menton.

— J'en ai une autre, encore meilleure…

— Me déshabiller, je parie ! Chez toi, c'est une habitude.

— Mais il y a différentes façons de s'y prendre ; c'est ça la clé du succès !

Eve s'esclaffa.

— Tôt ou tard, tu finiras par manquer d'imagination.

— Ainsi, on me défie ! Tiens ! Je propose qu'on déguste notre vin au bord de la piscine.

— Décidément, tes idées me séduisent de plus en pl…

Elle se tut et pivota sur elle-même en entendant le hurlement de Nixie.

6

Ne sachant pas dans quelle chambre était installée la petite, elle courut en direction des cris. Au détour du couloir, Connors la dépassa. Elle lui emboîta le pas, et ils franchirent ensemble une porte ouverte.

La pièce était nimbée d'une douce lumière. Sur le lit à baldaquin, une montagne d'oreillers et un joli couvre-lit en dentelle blanche. Quelqu'un – Summerset, sans doute – avait disposé un vase rempli de fleurs sur la table, près de la fenêtre. En se précipitant à l'intérieur, Eve faillit trébucher sur le chat qui battait en retraite – à moins qu'il ne montât la garde.

La fillette était assise au milieu du lit, les bras croisés sur le visage, et poussait des cris stridents comme si on la frappait à coups de marteau.

Connors fut près d'elle le premier. Plus tard, Eve se dirait que c'était parce qu'il avait l'habitude de rassurer une femme victime de cauchemars, alors qu'elle-même se contentait de les subir.

Il prit Nixie dans ses bras et la serra contre lui, lui caressa le visage en chuchotant son prénom, même lorsqu'elle se débattit.

Eve n'avait pas eu le temps de réagir que la porte de l'ascenseur enchâssée dans le mur du fond s'ouvrit. Summerset émergea de la cabine.

— C'est normal, lâcha-t-il. Je m'y attendais.

— Maman !

Épuisée par sa lutte, Nixie laissa retomber sa tête sur l'épaule de Connors.

— Je veux ma maman.

— Je sais, oui. Je sais. Je suis désolé.

Eve le vit effleurer le front de la fillette d'un baiser. Un geste qui lui parut étrangement naturel.

— Ils viennent me chercher. Ils vont me tuer.

— Mais non. Ce n'était qu'un mauvais rêve.

Connors s'assit, Nixie pelotonnée contre lui.

— Un très mauvais rêve. Mais ici, comme tu peux le constater, tu n'as rien à craindre. Avec moi, le lieutenant et Summerset.

Il tapota le lit, et le chat bondit souplement vers eux.

— Tiens, regarde ! Galahad aussi est là pour te protéger.

— J'ai vu le sang. Est-ce que j'en ai sur moi ?

— Non.

— Je vais lui donner un calmant.

Ouvrant un panneau mural, Summerset pressa une série de boutons sur l'Autochef.

— Tiens, Nixie, bois ceci, d'accord ?

Elle cacha son visage au creux du cou de Connors.

— J'ai peur dans le noir.

— Il ne fait pas très noir. Mais si tu veux, on peut augmenter la lumière, lui proposa Connors.

Il commanda une augmentation de la puissance lumineuse de dix pour cent.

— C'est mieux ainsi ?

— Je crois qu'ils sont dans l'armoire, murmura-t-elle en s'accrochant à sa chemise. Je crois qu'ils sont cachés dans l'armoire.

Cette fois, Eve savait quoi faire. Elle alla se planter devant l'armoire, l'ouvrit et l'inspecta minutieusement sous le regard attentif de Nixie.

— Personne ne peut entrer ici, expliqua-t-elle d'un ton neutre. Personne. Mon rôle est de te protéger, et c'est ce que je ferai.

— Mais s'ils vous tuent ?

— Beaucoup de gens ont essayé. Je ne les ai pas laissés faire.

— Parce que vous êtes une botteuse de fesses.

— Tu l'as dit. Allez, bois, à présent.

Nixie but docilement, et Summerset prit le relais. Il s'installa près d'elle et lui parla tout bas, jusqu'à ce que ses paupières tombent.

En observant cette scène, Eve fut bouleversée. Elle savait ce que c'était que d'être prisonnière de cauchemars de ce genre. La douleur, le sang, la peur et l'agonie.

Même lorsque c'était fini, les images vous hantaient.

Summerset se leva, s'écarta du lit.

— Je pense que ça ira. J'ai programmé sa chambre sur l'écran de contrôle, au cas où elle se réveillerait de nouveau. Pour l'heure, le mieux, c'est qu'elle dorme.

— Et moi, j'ai intérêt à découvrir ces salauds, marmonna Eve. Ça ne ressuscitera pas ses parents, mais au moins, elle saura pourquoi ils sont morts, et elle saura que les coupables sont en prison. Ce sera plus efficace qu'un calmant.

Elle sortit et se rendit droit dans sa chambre. En jurant, elle se percha sur le bras du canapé pour retirer ses boots et les lança à travers la pièce, histoire de se défouler.

Elle les fixait d'un air mauvais quand Connors apparut.

— Tu crois qu'elle va revivre ce drame dans ses rêves jusqu'à la fin de sa vie ? Il n'existe donc pas un moyen de se débarrasser de ces images ? De les extirper de son cerveau comme une putain de tumeur ?

— Je n'en sais rien.

— Je ne voulais pas la toucher. Quelle sorte de femme suis-je donc, Connors ? C'est une enfant, elle hurlait de terreur et moi, j'avais peur de m'approcher, alors j'ai hésité. Juste un instant, mais j'ai hésité, parce que je savais exactement ce qui se passait dans sa tête.

Elle enleva son holster, le jeta de côté.

— J'étais là, devant elle, et je voyais mon père, le sang partout.

— Je l'ai consolée, et toi, tu lui as prouvé qu'aucun monstre ne se cachait dans le placard. Chacun fait ce qu'il sait faire, Eve. Pourquoi exiger plus de toi-même ?

— Bon Dieu, Connors! s'écria-t-elle. J'examine des cadavres sans ciller. Je cuisine témoins et suspects sans le moindre atermoiement. Je n'hésite pas à nager dans une mare de sang pour atteindre mon but. Pourtant, j'ai été incapable de traverser cette pièce pour réconforter cette petite. Suis-je insensible? Suis-je froide à ce point?

— Froide, toi? Seigneur, Eve, tu es tout le contraire! répliqua-t-il en la rejoignant pour poser les mains sur ses épaules. Tu es une écorchée vive, et parfois je me demande comment tu arrives à le supporter. Et si tu prends de la distance dans certains cas, ce n'est pas une preuve de froideur. Ce n'est pas un défaut. C'est une question de survie.

— Mira m'a dit... il n'y a pas très longtemps... elle m'a dit qu'à une époque – avant de te rencontrer – elle me donnait environ trois ans avant de craquer. Et de ne plus pouvoir exercer ce métier.

— Pourquoi?

— Parce que mon boulot était tout ce qui me restait. Je ne pouvais penser à rien d'autre. Je m'y refusais peut-être. Si j'avais persisté dans cette voie, je pense que je me serais aigrie. Si je n'avais pas mon travail, Connors, je ne pourrais pas survivre. Mais si je ne t'avais pas, toi, je n'aurais pas *envie* de survivre.

— C'est pareil pour moi, murmura-t-il en pressant les lèvres contre son front. Avant toi, je n'avais qu'un but: gagner. Gagner à n'importe quel prix. Mais on a beau avoir les poches pleines à craquer, il reste des espaces vides. Tu les as comblés. Deux âmes perdues. Aujourd'hui, nous nous sommes trouvés.

Elle s'accrocha à son cou.

— Je ne veux pas du vin, ni de la piscine. Je ne veux que toi.

— Je suis là. Maintenant et pour toujours.

— Prends-moi, souffla-t-elle en s'attaquant aux boutons de sa chemise. Sans préliminaires.

Il la souleva, la transporta jusqu'à l'estrade, tomba avec elle sur le lit.

Il lui mordilla le sein à travers l'étoffe de son chemisier, et elle frémit de la tête aux pieds.

Elle s'arqua vers lui, s'abandonna, se laissa submerger par ce désir désespéré dont la puissance balayait tous les doutes, toutes les peurs, tous les soucis.

Elle enfouit les doigts dans ses cheveux, tira sa tête vers elle pour l'embrasser. Ah! Ce goût exquis, ces lèvres fermes et pleines, cette langue vive et habile. Le raclement de ses dents, ces morsures brèves, érotiques, à la limite de la douleur.

Sens-moi, savoure-moi. Je suis avec toi.

Les mains d'Eve s'impatientaient, écartaient les pans de sa chemise. Et lui la dévêtait tout aussi avidement.

Sa peau était brûlante, son cœur battait furieusement sous ses caresses. Les démons qui la hantaient, ces monstres qu'ils savaient tous deux dissimulés à jamais dans les placards, rendaient les armes, vaincus par la passion.

Il la hissa plus haut, ficha les dents dans son épaule, arrachant ce qui restait de son chemisier. Elle portait sa chaîne avec un diamant en forme de larme autour du cou. Dans la pénombre, il voyait scintiller le joyau, de même qu'il voyait briller ses yeux. Ah, ce regard! Il donnerait tout – sa vie et son âme – pour qu'elle continue à le dévisager avec une telle intensité.

Soudés l'un à l'autre, ils roulèrent sur le lit. Elle entoura ses hanches de ses jambes et plongea son regard dans le sien.

— Maintenant, chuchota-t-elle. Maintenant. Vite... Oui... Ô mon dieu!

— Ne ferme pas les yeux. Ne ferme pas les yeux... Eve...

Les mains tremblantes, elle encadra son visage.

— Je te vois. Je te vois. Connors.

Le lendemain matin, Eve apprit avec soulagement qu'un petit-déjeuner avec Nixie ne figurait pas à l'ordre du jour. C'était lâche et mesquin de sa part, mais elle n'avait pas le courage d'affronter les questions, et surtout ce regard si direct, avant d'avoir avalé quelques litres de café.

Elle reprit donc sa routine quotidienne : une douche brûlante, suivie d'un séchage en cabine, pendant que Connors parcourait ses rapports financiers sur l'écran mural de la chambre.

Après un premier café, Eve ouvrit son armoire et en sortit un pantalon.

— Mange des œufs, ordonna Connors.

— Je veux revoir certains documents dans mon bureau avant l'arrivée des autres.

— Mange des œufs d'abord, insista son mari.

Elle leva les yeux au ciel et enfila un chemisier.

Elle fonça vers lui, s'empara de son assiette et engloutit deux bouchées de son omelette.

— Pas les miens ! protesta-t-il.

— Fallait le préciser ! riposta-t-elle, la bouche pleine. Où est le chat ?

— Avec la petite, je suppose. Il est assez malin pour deviner qu'elle ne refusera pas, comme nous, de partager son repas avec lui.

Pour le prouver, Connors reprit son assiette.

— Programme ton propre menu.

— Je ne veux plus rien, décréta-t-elle, mais elle lui piqua tout de même une tranche de bacon. Je serai sur le terrain la plus grande partie de la journée. Il faudra peut-être que je demande deux agents pour remplacer Baxter et Trueheart. Cela te pose problème ?

— Quoi ? Que la maison soit infestée de flics ? Pourquoi cela me poserait-il un problème ?

Eve esquissa un sourire.

— Je vais voir les Dyson. Il se peut qu'on la transfère ce soir, demain au plus tard.

— Cette enfant est la bienvenue ici, le temps qu'il faudra. Et c'est aussi valable pour ceux qui sont censés s'occuper d'elle. Je suis sincère.

— Je sais. Tu es plus gentil que moi.

Elle se pencha, l'embrassa, attrapa son holster.

— Je suis sincère… Les Dyson étant désignés comme tuteurs légaux, je peux contourner les services de protection de l'enfance et les emmener tous dans un endroit sécurisé sans laisser de traces.

— Tu crains que les assassins cherchent à achever ce qu'ils ont commencé.

— C'est probable. Il faut donc prendre toutes les précautions.

— Tu lui as promis qu'elle pourrait voir sa famille. Est-ce bien raisonnable ?

Eve récupéra ses boots à l'autre bout de la chambre.

— C'est indispensable. C'est le seul moyen de commencer à faire son deuil. Il faudra attendre que la voie soit sécurisée et que Mira donne son feu vert. Mais ensuite, ce sera à elle de jouer. Désormais, c'est sa réalité.

— Tu as raison, bien sûr. Mais elle paraissait si petite dans ce lit, hier soir. C'est la première fois que je suis confronté à ce genre de situation. Une enfant qui a tout perdu. Toi, tu sais ce que c'est.

Une fois chaussée, Eve resta assise sur le bras du canapé.

— Tu en as vu autant à Dochas, rétorqua-t-elle, songeant au refuge qu'il avait construit. Pire, même. C'est ce qui t'a incité à fonder l'association.

— Je n'étais pas impliqué aussi personnellement. Veux-tu que Louise te donne un coup de main ?

Louise Dimatto, militante et médecin, directrice du centre Dochas – elle pourrait leur être utile, songea Eve, mais elle secoua la tête.

— À ce stade, je préfère éviter les tiers. Surtout les civils. Bon, il faut que je me prépare avant l'arrivée des autres. Si tu as du nouveau concernant le système de sécurité, préviens-moi.

— Entendu.

Elle effleura ses lèvres d'un baiser tendre.

— À plus, camarade !

Elle était prête à se mettre au travail, à faire ce qu'elle savait faire. Baxter et Trueheart se concentreraient sur la paperasserie. Feeney et son équipe de la DDE – assistés de leur « expert civil » – approfondiraient leurs analyses des appareils électroniques. Pendant ce temps, Peabody et elle poursuivraient leurs interrogatoires.

Les assassins avaient probablement été engagés pour cette mission. Ils devaient être loin. Peut-être hors planète. Une fois qu'elle aurait trouvé les racines, elle remonterait le tronc, puis casserait les branches pourries.

Or, ces racines étaient enterrées quelque part dans la vie même d'une famille ordinaire.

— Une famille ordinaire, lança-t-elle à Peabody lorsque celle-ci entra. Le père, la mère, le frère et la sœur. Vous êtes au courant.

— Bonjour à vous aussi ! rétorqua Peabody d'un ton allègre. Quelle belle journée d'automne ! Un peu fraîche, certes, mais les couleurs sont superbes. Vous disiez ?

— Quelle mouche vous a piquée ?

— J'ai très bien commencé ma journée, répliqua Peabody en souriant. Si vous voyez ce que je veux dire.

— Je n'ai aucune envie de le savoir. Franchement.

Eve pressa sa paume sur sa paupière gauche, qui tressautait.

— Pourquoi m'obligez-vous sans cesse à vous imaginer en train de copuler avec McNab ?

Le sourire de Peabody s'élargit.

— Ça met un peu de piquant dans mon existence. Enfin, peu importe, j'ai croisé Nixie. Comment s'est passée la nuit ?

— Elle a fait un cauchemar, on lui a donné un calmant. Souhaitez-vous discuter mode ou actualités pendant que nous y sommes ?

— Ben dites donc, vous vous êtes assise sur un cactus, marmonna Peabody. Vous parliez d'une famille normale.

— Ah ! Je constate que vous êtes enfin prête à vous mettre au boulot.

D'un geste, Eve indiqua le tableau sur lequel elle avait accroché les photos de la scène du crime ainsi que celles des Swisher, tous vivants et souriant à l'objectif.

— Les familles ont des habitudes. J'ai réussi à savoir à peu près comment s'était déroulée la matinée précédant le meurtre ; j'ai donc une idée de celles des Swisher : petit-déjeuner tous ensemble, chamailleries avec les mômes, c'est le père qui les accompagne à pied à l'école, etc.

— Parfait.

— Quelqu'un chargé de les filer aura noté ces détails. Pas compliqué, le cas échéant, de faire disparaître celui qui pose problème. J'en déduis donc que c'était la famille dans son ensemble. Et de un.

Elle s'écarta du tableau.

— Deux : ils sont en contact avec toutes sortes de personnes au cours d'une journée, clients, collègues, voisins, commerçants, amis, professeurs. Un ou plusieurs de ces individus non seulement veut leur mort, mais a les moyens de les éliminer.

— D'accord, mais d'après ce que nous savons, aucun d'entre eux ne se sentait menacé. À en juger par leurs profils, s'ils avaient eu peur, ils se seraient manifestés auprès de la police. Ces gens-là respectent la loi. Quand on respecte la loi, on croit au système et à sa capacité à vous protéger.

— Très juste. En admettant qu'il y ait eu une querelle ou un litige, aucun des adultes ne l'a pris suffisamment au sérieux pour aller jusque-là. Ou alors l'incident s'est produit il y a longtemps, et ils l'ont plus ou moins oublié.

— Ah ! Il y a peut-être eu une menace antérieurement, et une plainte a été déposée.

— Lancez une recherche, ordonna Eve.

Elle se retourna comme Baxter et Trueheart faisaient leur apparition.

Une heure plus tard, chacun des membres de l'équipe s'attelait à sa tâche respective, et Eve franchissait le portail au volant de sa voiture.

— On commence par les Dyson, annonça-t-elle à Peabody. Ensuite, on interrogera les voisins.

— Je n'ai trouvé aucune plainte officielle déposée par les Swisher ou leur domestique au cours des deux dernières années.

— Insistez. La vengeance est un plat qui se mange froid.

Les Dyson habitaient un duplex dans un immeuble sécurisé de l'Upper West Side. Avant même de s'être garée, Eve repéra deux fourgonnettes des médias.

— Saloperies de fuites, grommela-t-elle.

Elle descendit de son véhicule, claqua violemment la portière.

Le portier avait appelé du renfort – une initiative intelligente. Deux gorilles l'aidaient à refouler les reporters.

Elle agita son insigne. Le soulagement du gardien fut visible, ce qui était une réaction inhabituelle.

— Lieutenant…

À peine avait-il prononcé ce mot qu'une horde affamée se rua sur elle. Les questions fusèrent, mais Eve les ignora.

— Une conférence de presse aura lieu plus tard dans la journée, au Central. D'ici là, je vous conseille vivement de dégager sans quoi je vous arrête tous pour troubles de l'ordre public.

— Est-il vrai que Linnie Dyson a été assassinée par erreur ?

Eve ravala sa colère.

— À mes yeux, le meurtre d'une enfant de neuf ans est toujours une erreur. Pour l'heure, ma déclaration se résume à ceci : toutes les ressources de la police seront utilisées pour identifier les responsables de ce crime. L'enquête est en cours, et nous suivons toutes les pistes possibles. Le prochain qui me pose une question, ajouta-t-elle, sera exclu de la conférence de presse officielle. Qui plus est, vous serez accusé d'obstruction à la justice et jeté en cellule si vous ne fichez pas le camp illico afin que je puisse faire mon boulot.

Elle fonça en avant, et les journalistes se dispersèrent telle une nuée de moineaux.

— Bien joué, lui murmura le portier en s'effaçant pour la laisser entrer.

Il lui emboîta le pas, laissant aux deux armoires à glace le soin de repousser les obstinés.

— Vous voulez voir les Dyson, reprit-il. Ils ne veulent pas être dérangés.

— Je regrette. Je n'ai pas le choix.

— Je comprends. Si vous permettez, je vais les prévenir de votre arrivée. Cela leur laissera quelques minutes pour... Seigneur Dieu, souffla-t-il, le regard soudain embué de larmes. Cette petite fille. Je la voyais chaque jour. Elle était si mignonne. Je ne peux pas croire... Pardon.

Il sortit un mouchoir de sa poche, s'essuya la figure.

— Vous connaissiez aussi Nixie Swisher.

— Nixie Pixie. C'est ainsi que je l'appelais, parfois. Ces gamines étaient comme deux sœurs. D'après les infos de ce matin, elle va bien. Elle est vivante.

Il était grand, et en bonne santé.

— Quel est votre nom ?

— Springer. Kirk Springer.

— Je ne peux rien vous dire pour l'instant, Springer. Ce serait enfreindre la procédure. Vous voyez défiler beaucoup de monde ici, et dans la rue. Avez-vous remarqué quelque chose, ces derniers temps, un véhicule inconnu garé dans les parages, par exemple ?

— Non.

Il s'éclaircit la voix.

— On a des caméras de sécurité à l'entrée. Je peux demander les copies des disques, si vous voulez.

— Merci. Cela m'arrangerait.

— À votre service. Cette gosse, quel chou ! Excusez-moi, j'appelle là-haut. Euh... Lieutenant, les Dyson sont des gens bien. Ils ont toujours un mot gentil. Ils n'oublient jamais un anniversaire, ou Noël. Alors, si je peux faire quelque chose.

— Merci, Springer.

Comme il s'éloignait, Eve se pencha vers Peabody.

— Faites une recherche sur lui.

— Mais, lieutenant, vous ne pensez pas que…

— Non, mais faites-le quand même. Obtenez les noms de ses collègues, des membres de l'équipe de sécurité, du gérant, du personnel de maintenance. Passez-les tous au crible.

— C'est l'appartement 6-B, lieutenant, annonça Springer en revenant. À gauche de l'ascenseur. Mme Dyson vous attend. Encore merci de m'avoir débarrassé de ces requins.

— Pas de problème. Springer, si un détail vous revient, contactez-moi au Central.

Comme elles s'engouffraient dans l'ascenseur, Peabody lut les données affichées sur l'écran de son mini-ordinateur.

— Marié, deux enfants, réside dans l'Upper West Side. Casier judiciaire vierge. Employé dans cet immeuble depuis neuf ans.

— Entraînement policier ou militaire?

— Non. En revanche, pour travailler ici, il a dû suivre une formation orientée sur la sécurité.

Eve opina, émergea de la cabine, vira à gauche. Elle appuya sur la sonnette du 6-B. La porte s'ouvrit presque aussitôt.

Jenny Dyson paraissait plus âgée que la veille. Blême, avec ce regard lointain qu'Eve avait vu aux victimes d'accident qui luttaient entre le choc et la douleur.

— Merci de nous recevoir, madame.

— Vous l'avez trouvé. Celui qui a tué ma Linnie.

— Non, madame. Pouvons-nous entrer?

— Je croyais que vous étiez venue nous dire… J'ai pensé que… Oui, oui, entrez, je vous en prie… Mon mari dort. Il a pris un sédatif. Il ne… Vous comprenez, ils étaient si proches, Linnie et son papa.

Elle plaqua la main sur sa bouche, secoua la tête.

110

— Asseyons-nous, madame Dyson, proposa Peabody en lui prenant le bras pour l'entraîner jusqu'au canapé.

Le décor était audacieux, plein de couleurs vives et de formes imposantes. Un immense tableau représentant ce qui ressemblait à un coucher de soleil ornait le mur au-dessus du canapé.

Les écrans muraux étaient éteints, les tables, d'une blancheur éclatante, et les rideaux rouges encadrant la baie vitrée, soigneusement fermés. Dans cette ambiance gaie, Jenny Dyson n'en paraissait que plus pâle, une sorte de silhouette floue.

— Je n'ai rien pris. Le médecin me l'a pourtant conseillé, mais je n'ai rien pris, murmura-t-elle en se tordant les mains. Si j'avalais un calmant, je ne ressentirais plus rien, n'est-ce pas ? Nous sommes allés la voir.

— Nous le savons, répondit Eve en prenant place dans un fauteuil violet.

— Le docteur a dit qu'elle n'avait pas souffert.

— Non. Je sais que ce n'est pas le moment, mais...

— Vous avez des enfants ?

— Non.

— Alors, vous ne pouvez pas comprendre. Elle était toute notre vie. Elle était si belle ! Drôle et charmante. Heureuse. Nous avons élevé une fillette heureuse. Mais nous avons échoué. J'ai échoué. Je ne l'ai pas protégée. Je suis sa mère, et je n'ai pas su veiller sur elle...

— Madame Dyson, coupa Eve, vous avez raison, je ne peux pas comprendre, pas vraiment, ce que vous éprouvez, ce que vous traversez. Mais je sais une chose. Vous m'écoutez ?

— Oui.

— Il ne s'agit pas de ce que vous avez fait ou pas pour protéger Linnie. Vous n'avez en aucun cas échoué. Cette tragédie vous dépasse, nous dépasse tous, hormis ceux qui en sont à l'origine. Eux seuls sont responsables. Désormais, Linnie est à nous aussi. Nous ne pouvons plus la protéger, mais nous pouvons lui rendre justice. Nous nous battrons pour elle. Vous devez vous y résoudre vous aussi.

— Que puis-je faire?

— Vous étiez amis avec les Swisher.

— Oui.

— L'un d'entre eux craignait-il pour sa sécurité?

— Non. Il est vrai que parfois Keelie et moi évoquions la folie qui sévit dans cette ville. Les précautions à prendre. Mais c'était sur un plan très général.

— Et leur couple?

— Pardon?

— Vous étiez amis. Se serait-elle confiée à vous si elle avait eu une relation extraconjugale, ou si elle soupçonnait son mari de la tromper?

— Ils… ils s'aimaient. Keelie n'aurait jamais… Non, Keelie ne s'intéressait à personne d'autre, et elle avait confiance en Grant. C'était une famille stable, unie. Comme nous. Nous étions amis parce que nous avions beaucoup de points communs.

— Tous deux avaient des clients. Rien à signaler de ce côté?

— Bien sûr, il y avait des difficultés, des situations irritantes. Certains patients attendaient de Keelie des miracles, ou un résultat immédiat. Ou bien ils venaient la consulter alors qu'ils auraient eu tout intérêt à s'adresser à un chirurgien esthétique dans la mesure où ils ne voulaient rien changer à leur mode de vie. Quant à Grant, il traitait souvent des dossiers délicats.

— Des menaces?

— Non. Rien de sérieux.

Elle fixa les rideaux rouges, derrière Eve.

— Une patiente de Keelie qui exigeait un remboursement, ou portait plainte parce qu'elle n'avait pas assez maigri, alors qu'elle s'empiffrait de chips. Grant avait de temps en temps maille à partir avec des confrères – justement parce qu'ils étaient avocats. Mais la plupart de leurs clients étaient satisfaits. Tous deux avaient une excellente réputation, bâtie sur le bouche-à-oreille. Ils étaient appréciés.

— Savez-vous s'ils ont été mêlés, à une époque, à des activités illégales?

— C'étaient des gens droits, qui voulaient être des modèles pour leurs enfants. Grant plaisantait parfois à propos de ses frasques d'étudiant ; il a été arrêté, une fois, pour possession de Zoner. Il a eu tellement peur qu'il n'a plus jamais recommencé...

— Comment vous êtes-vous arrangée pour que Linnie passe la nuit chez eux ?

Jenny frémit. Elle se redressa, croisa et décroisa les mains.

— Je... j'ai demandé à Keelie si elle pouvait accueillir Linnie après la classe et la garder pour la nuit. Il y avait école le lendemain, mais Keelie a accepté, car elle était ravie que Matt et moi ayons réussi à louer une suite pour fêter notre anniversaire de mariage.

— C'était prévu depuis longtemps ?

— Oh ! Six ou sept semaines. Mais nous n'avons rien dit aux filles avant la veille, au cas où il y aurait eu un imprévu. Elles étaient tellement excitées ! Ô mon Dieu...

Elle se plia en deux et se balança d'avant en arrière.

— Linnie m'a dit... elle a dit que c'était comme si elle recevait un cadeau, elle aussi.

— Nixie venait souvent ici.

— Oui.

— Comment venait-elle ?

— Comment ?

Jenny cligna des yeux.

— Soit l'un de ses parents l'amenait, soit l'un d'entre nous allait la chercher.

— Linnie et elle ne sortaient jamais seules ?

— Jamais. Linnie s'en plaignait, car nombre de ses camarades de classe avaient le droit de se rendre seules au parc. Mais Matt et moi la trouvions trop jeune.

— Et les Swisher, avec Nixie ?

— Même chose. Nous étions sur la même longueur d'onde.

— Avec Coyle ?

— Coyle était plus grand, et c'était un garçon. Je sais que c'est sexiste, mais c'est ainsi. Ils le surveillaient de près, mais il avait le droit de sortir avec ses copains, à condition de préciser où il allait. Et il était toujours joignable sur son communicateur.

— Il ne leur a jamais causé de soucis ?

— C'était un adolescent sympathique, répondit Jenny, le menton tremblant. Son acte le plus rebelle, à mon avis, consistait à piquer en douce des friandises. Keelie était parfaitement au courant. C'était un fou de sport, et en cas de bêtise, ses parents l'auraient privé de base-ball. Il n'aurait jamais pris le risque.

Peabody effleura le bras de Jenny.

— Voulez-vous que nous contactions quelqu'un pour vous ? Quelqu'un qui pourrait venir vous tenir compagnie ?

— Ma mère ne va pas tarder. Je lui avais dit de rester chez elle, mais pour finir, je l'ai rappelée.

— Madame Dyson, nous allons devoir aborder le problème de l'accueil de Nixie.

— Nixie ?

— Vous et votre mari êtes ses tuteurs légaux.

— Oui, soupira-t-elle en se passant la main dans les cheveux. Nous... Ils voulaient être sûrs que Coyle et Nixie ne... Je... je n'arrive plus à penser.

Elle bondit du canapé en voyant son mari descendre l'escalier.

Il chancelait, son visage était flasque à cause des somnifères. Il était en caleçon blanc.

— Jenny ?

— Oui, mon chéri, je suis là.

Elle se précipita vers lui.

— J'ai fait un cauchemar. Un cauchemar horrible. Linnie.

— Chut ! Chut ! le rassura-t-elle en lui caressant les cheveux.

Elle jeta un coup d'œil à Eve par-dessus son épaule.

— Je ne peux pas. Je ne peux pas. Je vous en prie, allez-vous-en, maintenant ! S'il vous plaît.

7

Dans l'esprit d'Eve, le mariage était une sorte de course d'obstacles. Il fallait apprendre à franchir les haies, à passer sous les barres, à s'arrêter et à changer de direction.

Elle avait du travail et aurait nettement préféré avancer. Mais elle se dit que lorsqu'on se permettait de confier une gamine inconnue à son conjoint, on se devait au moins de le prévenir quand on pressentait que le séjour risquait de se prolonger.

Elle s'accorda cinq minutes de pause sur le trottoir et sortit son communicateur.

À sa grande surprise, ce fut lui qui répondit. Un sentiment de culpabilité la submergea quand elle décela une lueur d'agacement dans ses yeux.

— Désolée de te déranger. Je peux te rappeler plus tard.

— Non, ça va... Tu as un problème ?

— Peut-être. Je n'en sais rien. C'est simplement mon instinct qui parle : je voulais t'avertir que la petite pourrait rester chez nous plus longtemps que prévu.

— Je t'ai dit qu'elle était la bienvenue aussi longtemps...

Il détourna brièvement le regard de l'objectif, et elle le vit lever la main.

— Une minute, Caro.

— Écoute, on peut en discuter plus tard.

— Non, termine. Pourquoi penses-tu qu'elle ne pourra pas aller chez les Dyson ?

— Ils sont dans un état pitoyable, et ma visite n'a rien arrangé. Je te le répète, c'est mon instinct qui parle. J'envisage de contacter la grand-mère quand j'aurai un instant. Et puis, il y a une demi-sœur quelque part, du côté paternel. Ça pourrait être une solution temporaire, jusqu'à ce que les Dyson se... se remettent.

— Pourquoi pas ? En attendant, elle est très bien où elle est.

Il fronça les sourcils.

— Tu penses que cela pourrait durer... Combien de temps ? Plusieurs semaines ?

— C'est possible. Un proche devrait assurer l'intérim. Je pourrais faire intervenir l'assistante sociale, mais je n'y tiens pas. Du moins si je peux l'éviter. Je me trompe peut-être au sujet des Dyson, mais je me suis dit qu'il valait mieux que tu sois au courant pour la petite.

— On se débrouillera.

— Très bien. Navrée de t'avoir importuné.

— Pas de problème ! À tout à l'heure à la maison.

Il coupa la communication, mais demeura préoccupé. Il pensa à l'enfant qu'ils avaient recueillie, à ceux qu'elle avait perdus. Il avait une réunion, mais il décida que ses six interlocuteurs pouvaient patienter un moment. À quoi bon avoir du pouvoir si l'on n'en abusait pas de temps en temps ?

Il transféra le dossier Swisher qu'Eve avait sauvegardé sur son ordinateur personnel, et parcourut la liste des relations familiales.

Elles commencèrent à frapper aux portes, à l'est, puis à l'ouest de la maison des Swisher. Nombre d'entre elles restèrent fermées, les gens étant à leur travail. Celles qui daignèrent s'ouvrir ne les menèrent nulle part.

Rien vu. Un crime abominable. Une tragédie. Rien entendu. C'est affreux.

— Votre diagnostic, Peabody ?

— Des individus choqués, désemparés – et soulagés d'avoir été épargnés. Une bonne dose de peur.

— En effet. Que nous disent-ils au sujet des victimes ?

— Une famille sympathique, chaleureuse. Des enfants bien élevés.

— Ce n'est pas un univers auquel nous sommes habituées, n'est-ce pas ? On a un peu l'impression d'atterrir sur une autre planète où les occupants confectionnent des gâteaux pour les distribuer à des passants inconnus.

— Je ne refuserais pas un cookie.

Eve se dirigea vers le bâtiment suivant qui, selon ses notes, abritait plusieurs familles.

— Il y a le quartier, aussi. Composé essentiellement de foyers à doubles revenus. À 2 heures du matin, en pleine semaine, ils dorment tous.

Elle scruta la rue. À la mi-journée, la circulation était fluide. Au beau milieu de la nuit, le secteur devait être aussi tranquille qu'un cimetière.

— Avec un peu de chance, on tombera sur quelqu'un qui a eu une insomnie, et qui a jeté un coup d'œil par la fenêtre au bon moment. Ou décidé de prendre l'air. S'ils ont remarqué quoi que ce soit, ils le diront aux flics. Une famille entière décimée, ça fiche la trouille. Quand on veut se sentir en sécurité, on prévient les flics dès qu'un détail cloche.

Elle appuya sur la sonnette. L'interphone grésilla.

— Qui êtes-vous ?

— Département de police de New York, répondit Eve en présentant son insigne devant l'objectif. Lieutenant Dallas et inspecteur Peabody.

— Comment puis-je en être sûre ?

— Madame, vous avez mon insigne sous les yeux.

— Je pourrais en avoir un, moi aussi, pourtant je n'appartiens pas à la police.

— Un point pour vous. Vous arrivez à lire mon numéro ?

— Je ne suis pas aveugle !

— Comme je suis dehors, et vous à l'intérieur, il m'est difficile de le savoir. Cependant, vous pouvez vérifier mon identité en joignant le Central et en leur donnant mon numéro.

— Et si vous l'avez volé à un vrai policier? Les gens se font assassiner dans leur lit, de nos jours.

— Justement, madame, c'est la raison de notre présence. Nous souhaitons parler avec vous des Swisher.

— Comment savoir si ce n'est pas vous qui les avez tués?

— Pardon?

Excédée, Eve se tourna vers une jeune femme qui approchait sur le trottoir. Chargée d'un cabas, elle arborait une masse considérable de cheveux rouges à mèches dorées, une combinaison moulante vert pomme et un blouson ample.

— Vous essayez de discuter avec Mme Grentz?

— J'essaie, oui. Police.

— Oui, j'ai bien compris.

Elle gravit les marches du perron.

— Madame Grentz! C'est moi, Hildy. J'ai vos viennoiseries.

— Pourquoi ne pas l'avoir dit plus tôt?

La porte s'ouvrit enfin, après moult bruits de verrous et grincements. Eve baissa le nez. Mme Grentz mesurait à peine un mètre cinquante, elle était maigre comme un haricot et aussi vieille que Mathusalem. Sur sa tête était perchée une perruque à peine plus foncée que sa peau ridée.

— Je suis venue avec les flics! annonça Hildy d'un ton enjoué.

— Tu es en état d'arrestation?

— Mais non. Ils veulent juste discuter. À propos de ce qui est arrivé aux Swisher.

— Bon, bon, d'accord.

Agitant la main comme pour refouler une nuée de mouches, elle s'éloigna.

— Mme Grentz est ma propriétaire, expliqua Hildy. J'habite en dessous. Elle n'est pas méchante, mais elle est complètement siphonnée. Je vous conseille d'aller vous asseoir tant qu'elle est d'humeur à vous recevoir. Je vais ranger ses viennoiseries.

— Merci.

L'espace était rempli à ras bord. D'objets de valeur, nota Eve en se faufilant entre tables, chaises, lampes et tableaux empilés contre les murs.

Une odeur un peu rance imprégnait l'atmosphère, mélange de poudre de riz, de grand âge et de fleurs fanées.

Mme Grentz prit place dans un fauteuil, cala les pieds sur un pouf minuscule et croisa les bras sur ses seins inexistants.

— Une famille entière, assassinée dans son sommeil.

— Vous connaissiez les Swisher ?

— Bien sûr que je connaissais les Swisher. Je vis ici depuis quatre-vingt-huit ans, figurez-vous ! J'ai tout vu, tout entendu.

— Par exemple ?

— Le monde part en quenouille.

Elle déplia l'un de ses bras osseux pour taper sur l'accoudoir.

— Sexe et violence, sexe et violence. Personne ne sera changé en statue de sel, cette fois-ci. Tout va brûler. C'est bien fait. On récolte ce qu'on sème.

— Bien sûr. Pouvez-vous me dire si vous avez remarqué quoi que ce soit d'inhabituel, le soir du meurtre ?

— J'ai une bonne ouïe et une bonne vue.

Elle se pencha en avant, le regard brillant.

— Je sais qui les a tués.

— Qui ?

— Les Français.

— Comment le savez-vous, madame Grentz ?

— Parce qu'ils sont *français* ! s'écria-t-elle en se frappant la cuisse de la main. La dernière fois qu'ils ont foutu la pagaïe, on leur a bien botté les fesses, non ? Croyez-moi, depuis, ils préparent leur revanche. Quand quelqu'un est assassiné dans son propre lit, c'est forcément un Français le meurtrier. J'en mettrais ma main au feu.

Peabody laissa échapper un son, entre le ricanement et le soupir, mais Eve l'ignora.

— Je vous remercie de ces renseignements, dit-elle en se levant.

— Vous avez entendu quelqu'un parler français la nuit du drame ?

Cette question valut à Peabody un coup d'œil apitoyé de la part de Dallas.

— On ne les entend pas, ma chère. Ils sont aussi silencieux que des serpents, ces Français.

— Merci, madame Grentz, vous nous avez été d'une aide précieuse, conclut Eve.

— On ne peut pas faire confiance à des gens qui mangent des escargots.

— Non, madame. Vous avez raison. Nous trouverons la sortie.

Hildy les attendait sur le seuil, hilare.

— Étrange mais fascinante, n'est-ce pas ? Madame Grentz, je descends, à présent.

— Et mes viennoiseries ?

— Dans la cuisine. À bientôt. Continuez à marcher, ajouta-t-elle à l'intention d'Eve, et ne vous retournez pas. On ne sait jamais ce qui pourrait lui passer par la tête.

— Avez-vous quelques minutes à nous consacrer, Hildy ?

— Bien sûr.

Son cabas sous le bras, elle les conduisit à l'entrée de son appartement, situé en demi-sous-sol.

— En fait, c'est mon arrière-grand-tante – par alliance –, mais elle aime bien que je l'appelle Mme Grentz. Son mari est mort depuis trente ans. Je ne l'ai pas connu.

L'appartement était coloré et accueillant.

— Je lui loue ce logement, enfin… c'est son fils qui paie le loyer. Je suis une sorte de gouvernante non officielle. Je m'occupe d'elle et de son ménage. Ce que vous avez vu là-haut, ce n'est rien. Elle est pleine aux as. Vous voulez vous asseoir ?

— Volontiers.

— Oui, elle est carrément millionnaire. Mon rôle, c'est de veiller à ce que les alarmes soient toujours branchées, et de lui porter secours, au cas où elle trébucherait contre un de ses meubles et se casserait le fémur. Elle porte un dispositif électronique sur elle.

Hildy sortit un petit récepteur de sa poche.

— Si elle tombe, si elle est souffrante, elle me bipe. Je fais ses courses, j'écoute ses délires. C'est un arrangement qui me convient. D'autant qu'elle ne m'embête pas ; elle est même assez rigolote.

— Depuis combien de temps habitez-vous ici ?

— Six mois, bientôt sept. Je suis écrivain – enfin, j'y travaille –, c'est donc un arrangement idéal pour moi. Vous voulez boire quelque chose ?

— Non, merci. Vous connaissiez les Swisher ?

— Vaguement. On se croisait souvent, on se saluait. Mais on n'était pas vraiment sur la même longueur d'onde.

— C'est-à-dire ?

— Très conformistes. Conservateurs, avec un C majuscule. Gentils. Charmants. Ils me demandaient toujours des nouvelles de Mme Grentz. Ce n'est pas si courant de nos jours. Je connaissais un peu mieux les enfants.

Elle leva la main, ferma brièvement les yeux.

— J'essaie de me dire que c'était leur destin, mais bon Dieu ! Des mômes ! Je crois que Coyle avait un petit faible pour moi. C'était mignon comme tout.

— Vous les voyiez souvent dans le quartier, alors.

— Bien sûr. Surtout Coyle. Ils ne laissaient pas beaucoup sortir la petite. Lui me proposait d'aller me faire les courses, ou de m'accompagner jusqu'au marché. Parfois, il faisait du skate avec ses copains. On se disait bonjour, on discutait.

— Vous est-il arrivé de le voir avec quelqu'un qui n'était pas du quartier ?

— Non. C'était un garçon adorable. Élevé à l'ancienne, du moins comparé à moi. Toujours poli, un peu timide. Passionné par le sport.

— Et leurs allées et venues ? Les écrivains ont le sens de l'observation, il me semble, non ?

— C'est important de noter les détails. On ne sait jamais quand on peut en avoir besoin.

Elle enroula une mèche autour de son doigt.

— En fait, j'ai pensé à un truc que je n'ai pas signalé aux flics qui m'ont interrogée la première fois. J'étais bouleversée, vous comprenez.

— Bien sûr. De quoi s'agit-il?

— Je ne sais pas si c'est important, mais ça m'est venu ce matin. Le soir du crime...

Elle se tortilla, esquissa un sourire penaud.

— Si je vous avoue avoir commis un petit délit de rien du tout, je risque d'avoir des ennuis?

— Nous ne sommes pas venues pour vous harceler, Hildy. Nous sommes ici pour découvrir les assassins de cinq personnes.

Hildy prit une grande inspiration.

— Très bien. Parfois, quand j'écris tard dans la nuit, ou quand Mme Grentz m'a particulièrement énervée... enfin, vous l'avez vue, non? Elle est drôle, mais usante.

— Oui.

— Donc, je monte sur le toit.

Elle pointa l'index vers le plafond.

— C'est un coin agréable; j'aime m'y réfugier pour traîner, réfléchir. Il m'arrive d'y fumer un petit Zoner. Ici, c'est impossible. Si Mme Grentz descendait (et elle le fait de temps en temps), si elle sentait l'odeur (elle a le flair d'un limier), elle piquerait sa crise. Résultat, quand je suis d'humeur, ce n'est pas fréquent, mais...

— Nous ne sommes pas des Stup, et peu nous importe si vous vous offrez une dose de Zoner de temps en temps.

— Bon. Alors, j'étais là-haut. Il était tard parce que j'avais pas mal bossé. J'allais redescendre – la fatigue plus le Zoner, j'avais sommeil. Je regarde autour de moi, comme ça, pour rien, et j'aperçois deux types. Bien bâtis. Du beau muscle. Ça ne m'a pas perturbée, même après le meurtre et le passage de vos collègues, mais en y repensant...

— Pourriez-vous les décrire?

— Difficile. Ils étaient blancs, tous les deux. Leurs mains et de petites parties de leur visage étaient blanches. Mon angle de vision n'était pas idéal. Mais je me rappelle la façon dont ils marchaient, côte à côte, comme au pas de charge. Sans échanger un mot ainsi qu'on le fait quand on se balade avec un copain tard dans la nuit. Juste une, deux, une, deux, jusqu'au coin.

— Quel coin ?

— Euh, à l'ouest, vers Riverside.

— Comment étaient-ils habillés ?

— Tout en noir, avec ces espèces de bonnets de laine qu'on enfonce sur la tête.

— Des cagoules ?

— C'est ça ! Ils portaient chacun un sac en bandoulière. Vous savez, j'adore observer les gens, surtout quand ils n'en sont pas conscients. Et ils étaient drôlement bien bâtis.

— Quel âge ?

— Aucune idée. Franchement. Je n'ai pas vu leur visage, et de toute façon, je me concentrais sur leur corps. Mais ce qui m'a frappée par la suite, c'est qu'ils étaient totalement silencieux. Si je ne m'étais pas approchée de la rambarde au moment où ils passaient, je n'aurais jamais su qu'ils étaient là.

Eve se leva.

— Hildy, nous allons monter sur le toit.

— C'est une touche, déclara Peabody en repartant.

Eve s'était immobilisée sur le trottoir et contemplait le toit.

— Ce sont des détails. Et les détails comptent.

Elle regagna la maison des Swisher, examina le toit qu'elles venaient de quitter.

— S'ils avaient levé les yeux, ils l'auraient aperçue, au moins en silhouette. Mais ils étaient confiants. Ils avançaient au pas de charge. Pas pressés, mais disciplinés. Ils avaient sûrement un véhicule dans les parages. En stationnement légal, soit dans un parking, soit dans la rue. La rue, c'est plus facile, à condition de trouver une place. Dans le doute, ils ont peut-être opté pour un parking.

— Une voiture volée ? suggéra Peabody.

— Ç'aurait été stupide. Parce que ça laisse une trace. Piquez une caisse, le propriétaire va s'énerver et porter plainte. À moins qu'ils n'en aient emprunté une sur un parking longue durée, et ne l'aient ramenée ensuite. Mais pourquoi ? Quand on est équipé comme ils l'étaient, on a du fric, des soutiens. Son propre véhicule. Rien de clinquant, ajouta-t-elle en se balançant d'avant en arrière. Rien qui attire l'attention, et le chauffeur respecte le code de la route à la lettre.

Elle se dirigea vers l'ouest en réfléchissant à voix haute :

— Mission accomplie, ils ressortent, s'en vont tranquillement. Sans bruit. Aux aguets, le regard qui va de gauche à droite. Il ne leur vient pas à l'esprit de lever la tête. Erreur. Erreur, ou arrogance. À moins que ce ne soit l'excitation après coup... Ils regagnent leur bagnole, y rangent leurs sacs – ils s'en débarrasseront plus tard. Retournent au Q.G.

— Le Q.G. ?

— Je parie que c'est le terme qu'ils ont employé. Un lieu sûr pour faire le point, échanger des anecdotes de guerre, s'entraîner.

Elle avait flairé leur odeur, et elle les traquerait jusqu'à ce qu'elle les coince.

À l'angle de la 81e et de Riverside, elle scruta les alentours. Jusqu'où avaient-ils marché ? Combien de personnes les avaient vus s'éloigner de la scène du crime, leurs sacs pleins de sang ?

— Contactez Baxter, ordonna Eve. Je veux des noms.

Elle s'appelait Meredith Newman ; elle était surmenée et sous-payée. Elle ne manquait pas une occasion de vous le rappeler, tout en se considérant comme une martyre de notre temps, suant sang et eau pour la cause.

À une époque, dans sa jeunesse, elle s'était imaginée dans la peau d'une militante. Elle avait travaillé et œuvré avec la ferveur d'une convertie. Mais des années de dévouement, les dossiers inextricables et la futilité de sa tâche avaient fini par la décourager.

Dans ses fantasmes, elle rencontrait un homme, beau, sexy et *nageant* dans le fric. Bien entendu, elle démissionnait sur-le-champ. Fini les montagnes de paperasseries, les visites à domicile désespérantes. Envolés, les femmes et les enfants battus.

En attendant ce jour merveilleux, il fallait bien tenir le coup.

Elle s'apprêtait à effectuer une visite à domicile, et savait d'avance ce qu'elle allait y trouver : deux enfants dégoûtants, une mère défoncée. À quoi bon insister ? Rien ne changerait jamais. L'indifférence avait pris le pas sur l'optimisme. Selon elle, les chances de réintégration étaient de l'ordre de un pour cinquante.

Les quarante-neuf autres étaient pour elle.

Elle avait mal aux pieds parce qu'elle avait fait la bêtise de s'acheter une paire de chaussures qu'elle n'avait pas les moyens de s'offrir. Pas avec son salaire. Elle était déprimée parce que l'homme qu'elle fréquentait plus ou moins depuis cinq semaines lui avait avoué qu'elle lui fichait le bourdon et l'avait envoyée promener.

Trente-trois ans, célibataire, aucun amant à l'horizon, une vie sociale inexistante. Elle en avait tellement marre de son métier qu'elle était au bord du suicide.

Elle marchait, tête baissée comme d'habitude, pour ne pas voir la saleté, la poussière, les gens.

Elle détestait la Cité Alphabet, les hommes qui traînaient devant les porches et se frottaient l'entrejambe quand elle passait. Elle haïssait la puanteur des ordures – le parfum urbain – et ce *bruit* ! Rugissements de moteurs, hurlements d'avertisseurs, cacophonie de voix qui lui transperçaient les tympans.

Encore huit semaines, trois jours et douze heures à tirer avant les vacances. Elle n'était pas certaine de tenir le coup. Elle n'était même pas sûre de tenir jusqu'à son prochain jour de congé, dans trois jours.

Elle ne tiendrait pas.

Elle ne fit pas attention au crissement des freins, un bruit parasite parmi tant d'autres dans cette ville qu'elle vomissait.

Le coup à l'épaule ne fut qu'une irritation de plus.

Puis, brusquement, un vertige la saisit, et sa vision se voila. Comme dans un rêve, elle eut l'impression d'être soulevée, propulsée dans les airs. Même une fois dans la camionnette, les yeux et la bouche recouverts de ruban adhésif, rien ne lui parut réel. Aucun cri ne lui échappa lorsque la seringue s'enfonça dans sa chair.

Au milieu de l'après-midi, Eve et Peabody avaient interrogé trois des patients de Keelie et deux des clients de son mari. La suivante sur leur liste – elles avaient opté pour une progression géographique – était une patiente de Keelie.

Jan Uger, une femme corpulente, fuma trois cigarettes pendant les vingt minutes que dura l'entretien. Quand elle ne pompait pas, elle suçait l'un des bonbons disposés dans une coupe, près d'elle.

Ses cheveux étaient relevés et formaient une grosse boule lissée au silicone. Elle avait des bajoues, un trio de mentons, la peau jaunâtre, et un comportement odieux.

— Un charlatan ! déclara-t-elle en agitant sa cigarette. Voilà ce qu'elle était. Elle m'a dit qu'elle ne pouvait pas m'aider si je ne respectais pas le régime. On n'est pas dans un camp militaire, tout de même ?

— Vous les avez fréquentés, à une époque, riposta Eve.

— J'ai fait trois ans dans l'armée. C'est là que j'ai connu mon Stu. Il a servi notre pays pendant quinze ans. Tout ce temps, j'ai joué les épouses attentionnées et élevé nos deux enfants. C'est à cause d'eux que j'ai pris du poids, assura-t-elle en engloutissant un autre bonbon. J'ai essayé toutes sortes de régimes, mais... Notre assurance ne couvre pas la chirurgie esthétique. Les radins. Sauf si on accepte de consulter un nutritionniste agréé pendant six mois. Donc, je suis allée voir cette illuminée, j'ai écouté ses conneries. Et que s'est-il passé ?

Elle suçait si fort son bonbon qu'Eve craignit qu'elle ne s'étrangle.

— Je vais vous dire ce qui s'est passé. J'ai pris *deux* kilos en deux mois. Ce n'est pas que ça ennuie Stu. Il en a plus dans les mains, qu'il me dit. Mais j'ai tenu les six mois. Est-ce qu'elle a donné son accord pour l'intervention ? Pas du tout !

— Cela vous a mise en colère.

— Pas qu'un peu. D'après elle, je n'étais pas une bonne candidate. De quoi elle se mêle ? Tout ce que je lui demandais, c'était de me signer une lettre pour que l'assurance paie la facture. Les gens comme elle me font gerber.

— Vous vous êtes disputée avec Mme Swisher ?

— Je lui ai dit ce que je pensais d'elle et de son putain de « régime », et je lui ai dit que j'allais la traîner devant les tribunaux. Je l'aurais fait, mais à quoi bon ? Son mari est avocat ! Tout le monde sait qu'ils se serrent les coudes. Mais je suis désolée qu'ils soient morts, ajouta-t-elle après coup.

— Votre mari est un militaire à la retraite, employé par...

— Il est agent de sécurité au centre commercial Sky. Difficile de s'en sortir avec sa pension. Et puis, mon Stu aime être actif. En plus, il bénéficie d'une meilleure mutuelle. Encore dix-huit mois, et j'aurai droit à ma liposuccion.

« Continue à t'empiffrer, et il faudra une tronçonneuse pour t'élaguer », songea Eve.

— Le fait est que vous étiez tous deux mécontents des services de Mme Swisher.

— Évidemment ! Elle nous a pris notre pognon sans rien nous donner en échange.

— C'est agaçant, en effet. Je suppose que vous avez voulu une compensation ?

— Je me suis fait un malin plaisir de dire partout que c'est une nulle. J'ai beaucoup d'amis, et Stu aussi.

— À votre place, j'aurais cherché à obtenir réparation d'une autre manière, plus tangible. Peut-être avez-vous réclamé un remboursement ?

— Ça n'aurait servi à rien.

— Votre mari était-il à la maison, hier soir ? Entre 1 heure et 3 heures du matin ?

— Où voulez-vous qu'il soit à 1 heure du matin ? Qu'est-ce que c'est que ce cirque ?

— Nous enquêtons sur un homicide. D'après son dossier, votre mari était dans la police militaire.

— Pendant huit ans. Et alors ?

— Quand il s'est plaint à ses copains de la façon dont Mme Swisher vous avait traitée, cela a dû les échauffer...

— On pourrait l'imaginer. Seulement voilà, les gens n'ont pas beaucoup de sympathie pour les femmes dans mon état.

— C'est regrettable. Vous n'avez pas d'amis ou de proches qui pourraient vous avancer l'argent de l'opération ?

Jan Uger souffla un nuage de fumée, goba un bonbon.

— Vous rigolez ? Je suis fille de militaire, et mon père est mort en service quand j'avais seize ans. Dans la famille de Stu, ils sont presque tous ouvriers. Vous savez combien ça coûte, une liposuccion ?

Elle parcourut Eve du regard, fit la moue.

— Combien vous avez payé, vous ?

Eve marqua une pause devant l'immeuble.

— Vous croyez que j'aurais dû me sentir insultée ?

— Je suppose que c'était une sorte de compliment, hasarda Peabody. Remarquez, j'ai une grand-tante à moitié française, et j'ai été un peu vexée par les remarques de Mme Grentz.

Elle prit place dans la voiture.

— Celle-là, on la raye de la liste, conclut Peabody.

— Oui. Elle n'a ni la cervelle ni les moyens. Les dossiers militaires du mari sont irréprochables. En outre, d'après sa fiche d'identité, il est trop vieux et trop gros.

— Il aurait pu tirer les ficelles, mais...

— Certes. Mais c'est difficile à imaginer quand on voit sa femme... Ils ne sont pas du genre à décimer une famille entière par vengeance. Non... Elle est exaspérante, lui aussi sans doute, mais ce ne sont pas des lumières, ni des tueurs de sang-froid.

— Selon moi, celui qui est à l'origine de ce crime est quelqu'un de discret. Ce n'est pas quelqu'un qui brandit des menaces du style : Je vous traînerai devant les tribunaux. Notre assassin a la tête sur les épaules, et un sérieux sens de l'organisation. Je ne sais pas ce qui l'a incité à supprimer ces gens, mais c'est certainement un événement qui remonte à loin. Il aura patienté, attendu son heure, et fait en sorte de ne laisser aucune trace.

Eve tourna la tête vers elle.

— Votre perspicacité me réjouit le cœur, Peabody. À moins que ce ne soit le hot-dog au soja que vous m'avez obligée à manger tout à l'heure.

— Mon Dieu, Dallas, le rouge me monte aux joues ! À moins que ce ne soit l'effet du hot-dog.

Elle se frappa la poitrine du poing, laissa échapper un rot presque délicat.

— Ce devait être le hot-dog, conclut-elle.

— Maintenant que nous avons tiré cette affaire au clair, concentrons-nous sur notre liste.

Peabody commanda l'affichage de toutes les coordonnées sur l'ordinateur de bord, puis se pencha et le caressa en roucoulant :

— Jolie voiture, bonne voiture. Voiture intelligente. Et qui nous a procuré cette merveille ?

— Peabody, vous me l'avez déjà faite, celle-là.

— Je sais, mais... Oh ! regardez le communicateur qui clignote !

Secouant la tête, Eve répondit.

— Dallas.

— J'ai un tuyau pour vous, annonça Nadine. Enlèvement d'une jeune femme, Avenue B, jetée en un clin d'œil dans une camionnette.

— Si elle est vivante, ce n'est pas de mon ressort. Désolée.

— Cruelle vérité ! Le hic, c'est qu'un témoin l'a reconnue et a pris la peine d'en informer les agents envoyés sur place. Il s'agirait d'une assistante sociale, une certaine Meredith Newman. J'entends ça, et je me dis, tiens, tiens, n'est-ce pas justement la…

— … la déléguée des services de protection de l'enfance affectée à l'affaire Swisher.

— Je file sur les lieux faire quelques interviews. J'ai pensé que la nouvelle pourrait vous intéresser.

— Nous arrivons. Ne parlez à personne, Nadine. Laissez-moi intervenir d'abord.

Nadine ouvrit la bouche pour protester. Eve coupa la transmission et enfonça l'accélérateur.

8

Eve repéra la camionnette de Channel 75 sur une zone de livraison de l'Avenue B. Elle passa devant et se gara en double file à côté d'un véhicule de police.

Elle aperçut aussi Nadine, son tailleur bleu roi ressortant telle une fleur exotique dans cette forêt de chemises grisâtres et de béton sale.

Elle était en train de discuter avec un trio de traîne-savates sous un porche, mais les abandonna immédiatement pour se ruer vers Eve.

— Je n'ai jamais dit que je ne poserais pas de questions, attaqua-t-elle, mais je n'ai rien enregistré. Pour l'instant. Votre agent est à l'intérieur, avec la femme qui prétend avoir assisté à l'enlèvement et reconnu la victime. Bonjour, Peabody. Comment allez-vous ?

— De mieux en mieux, merci.

Eve fixa la fourgonnette d'un air sévère.

— Interdiction de filmer.

— Nous sommes dans la rue, lui rappela Nadine. C'est un lieu public...

— Nadine, savez-vous pourquoi je vous donne des infos sur le déroulement de mes enquêtes ? Parce qu'un scoop, pour vous, n'est pas un but en soi. Vous avez ce don rare de vous intéresser aux individus concernés, et je sais qu'en aucun cas vous ne les sacrifieriez dans le simple but d'apparaître à l'écran.

Nadine soupira.

— Merde.

— Interdiction de filmer, répéta Eve, avant de se diriger vers les trois badauds. Qu'avez-vous vu ? leur lança-t-elle. Que savez-vous ?

Le plus maigre d'entre eux, un métis au teint grêlé, lui adressa un sourire, et frotta le pouce contre l'index.

— Inspecteur Peabody, dit Eve d'un ton posé, le regard glacial. Selon vous, cet individu, qui pourrait être le témoin d'un crime, vient-il de demander un pot-de-vin à un représentant de la police de New York en échange d'informations concernant ledit crime ?

— Il me semble que c'est le cas, lieutenant.

— Mes associés et moi, on a besoin de blé. C'est donnant, donnant.

— Inspecteur, quelle est en général ma réaction à ce genre de proposition ?

— En général, lieutenant, vous expédiez le sujet en question, ainsi que ses associés, au Central pour obstruction à la justice et entrave à enquête policière. Vous en profitez pour vérifier le casier du sujet et/ou de ses associés. S'ils sont fichés, vous dépensez une énergie considérable à gâcher leur journée et à leur rendre la vie infernale, au moins à court terme.

— Exactement, inspecteur. Merci. Tu as pigé, connard ?

L'autre afficha un air blessé.

— Pas de blé ?

— Ah ! Pigé. Je recommence : Qu'avez-vous vu ? Que savez-vous ?

— Si je dis rien, vous m'embarquez ?

— Deux bonnes réponses d'affilée. Tu veux tenter ta chance une troisième fois ?

— Ben, merde. Je vois la gonzesse au grand nez qui vient par ici, l'air de flairer un truc qui lui plaît pas. Elle est moche, mais on s'emmerde, alors je commence à la charrier. Et là, tout à coup, la camionnette déboule. À toute allure ! Deux types en descendent, à l'arrière. Ils l'attrapent chacun par un côté, la soulèvent, la jettent dedans, crac, boum, ils se barrent ! On les aurait bien empêchés, mais tout s'est passé trop vite. Pigé ?

— Pouvez-vous me décrire ces deux hommes ?

— Des vrais Ninjas ! répondit-il en jetant un coup d'œil à ses copains qui acquiescèrent d'un hochement de tête. Tout en noir, avec des espèces de masques.

— Et la camionnette ?

— Noire aussi.

— La marque, le modèle, la plaque d'immatriculation ?

— Qu'est-ce que j'en sais ? J'ai pas de camionnette, moi ! Grosse et noire, silencieuse. Il devait y avoir un type au volant, mais je l'ai pas vu. Je regardais pas. La gonzesse au grand nez, elle a même pas crié. Pas le temps. C'est bon, ça vous va ?

— Oui. Votre nom ?

— Euh... Ramon. Ramon Pasquell. En liberté conditionnelle. Si j'étais pas là en train de tchatcher avec vous, je chercherais du boulot.

— Je comprends. Ramon, si un détail vous revient, à toi ou à tes associés, contactez-moi au Central.

Elle lui tendit sa carte et un billet de vingt dollars.

— Waouh ! s'exclama-t-il, enchanté. Pour un grand nez, vous êtes sympa.

— Charmeur ! lança-t-elle, avant de pénétrer dans l'immeuble.

— Vous n'avez pas un grand nez ! s'indigna Peabody. Au contraire, il est fin et élégant.

— Grand nez égale fonctionnaire, flic, assistante sociale ; aux yeux des losers comme Ramon, c'est du pareil au même.

— Ah ! Pigé. Apparemment, le témoin se trouve au troisième. Minnie Cable.

Un coup d'œil sur la porte défoncée de l'ascenseur suffit à convaincre Eve : elles monteraient à pied. Pourquoi ces cages d'escalier empestaient-elles toujours l'urine et le vomi ?

Un agent surgit d'une porte, au troisième. Avant même d'avoir vu l'insigne d'Eve, il sut qu'elles étaient de la maison.

— Lieutenant, vous avez fait vite. Je viens tout juste de demander des inspecteurs en renfort.

— Laissez tomber. Cet incident pourrait avoir un lien avec l'enquête sur laquelle nous travaillons en ce moment. Vous croyez que le témoin peut m'être utile ?

— Elle a tout vu. Elle est fragile, mais elle a vu l'enlèvement, reconnu la victime. Meredith Newman. Services de protection de l'enfance. J'ai contacté l'organisme, et ça colle. Newman avait rendez-vous ici pour une vérification.

— Très bien. Annulez votre demande de renfort. Je préviendrai le Central après avoir parlé avec le témoin. J'aimerais que vous m'attendiez en bas. De toute façon, ma voiture coince la vôtre. Vous me ferez votre rapport quand j'en aurai terminé ici.

— Bien, lieutenant.

Comme il s'éloignait, Eve dévisagea Peabody, dont le visage ruisselait de sueur. On aurait dû risquer l'ascenseur, songea-t-elle.

— Peabody, vous tenez le coup ?

— Oui, oui, murmura celle-ci en s'essuyant avec un mouchoir. Je m'essouffle encore assez vite, mais c'est un bon exercice. Tout va bien.

— Sinon, dites-le. Inutile de jouer les héroïnes.

Eve frappa. Derrière la porte, elle percevait déjà des cris, des sanglots. Trois voix, dont deux appartenaient à des enfants.

Décidément, cette semaine, tout tournait autour des mômes !

— Police, madame Cable.

— Je viens juste de parler à un flic.

Une jeune femme harassée, un gamin dans les bras, l'autre accroché à la jambe, leur ouvrit. Elle avait des cheveux blonds coupés court, une silhouette un peu lourde, et les yeux rouges des junkies.

— Lieutenant Dallas, inspecteur Peabody. Nous aimerions entrer.

— J'ai tout raconté à l'autre type. Doux Jésus, Lolo, tu peux me lâcher deux minutes ? Désolée, ils sont très énervés.

Peabody sourit.

— Bonjour, Lolo. Tu veux venir t'asseoir par ici avec moi ?

Les enfants adoraient Peabody. Ce n'était pas la première fois qu'Eve le remarquait. Celui-ci, une version miniature de sa mère, se détacha de sa jambe sans hésiter, glissa sa main dans celle de Peabody, et s'éloigna avec elle en babillant.

Ils n'allèrent pas très loin. La salle de séjour en forme de L était petite, équipée d'une kitchenette. Quelques jouets traînaient sur le sol. La fillette se précipita pour les montrer à sa nouvelle copine.

— J'étais ici, à la fenêtre, expliqua Minnie.

Elle recala son cadet sur sa hanche. Ce dernier avait de grands yeux de hibou et une couronne de boucles brunes.

— Je la guettais. Mlle Newman. Elle ne croyait pas que je m'en sortirais, que je laisserais tomber la drogue. Mais j'ai réussi. Je suis clean depuis six mois maintenant.

— Excellent.

Si elle continuait dans cette voie, un jour, peut-être, ses yeux perdraient de leur rougeur.

— Ils voulaient m'enlever mes gosses. Il fallait que je me désintoxique pour eux, alors je l'ai fait. C'est pas leur faute si j'ai déconné. La dope, c'est fini. Je suis ma thérapie, je me soumets aux contrôles inopinés. Je suis clean. Si Mlle Newman me donne son accord, je pourrai conserver mon statut de mère professionnelle et toucher les allocs. J'ai besoin de cet argent pour payer le loyer, la nourriture et...

— Je contacterai les services de protection de l'enfance pour leur signaler que je suis passée, et que tout est OK. Votre appartement est propre, ajouta Eve.

— J'ai tout nettoyé. Avec les petits, il y a du désordre, mais ce n'est jamais sale. Dès que j'aurai de quoi, on ira s'installer dans un meilleur quartier. Pour le moment, c'est le mieux que je puisse faire. Je veux pas bousiller mes gosses.

— C'est ce que je constate. Une autre assistante sociale viendra vous rendre visite. Vous ne perdrez pas vos droits.

— Tant mieux.

Elle blottit son visage dans le cou de son fils.

— Désolée. Je parle de moi et de mes soucis, alors que cette pauvre femme s'est fait enlever.

— Dites-moi ce que vous avez vu.

— J'étais là, à la fenêtre. J'étais nerveuse, parce qu'elle ne m'aimait pas. Non, c'est pas ça… Elle s'en fichait. Complètement.

— Vous étiez ici ? s'enquit Eve en s'avançant.

Dans la rue, des conducteurs brandissaient le poing, exaspérés par l'embouteillage que provoquait sa voiture garée en double file.

— Ouais. J'avais Bits dans les bras, comme maintenant. J'étais en train de lui expliquer qu'elle et Lolo devaient être sages. Je l'ai vue arriver de là-bas.

Minnie pointa le doigt.

— Elle marchait tête baissée. Au début, je n'ai pas vu son visage. Mais je savais que c'était elle. J'allais reculer, au cas où elle aurait regardé par ici, mais au même moment, la camionnette a surgi à toute allure. Les pneus ont crissé quand elle a freiné. Deux types ont bondi de l'arrière et se sont jetés sur elle. Ils l'ont attrapée et soulevée. Vlan ! Ils l'ont balancée à l'intérieur, sont remontés à bord et ont filé. J'ai prévenu la police tout de suite. J'ai peut-être perdu une ou deux minutes, parce que j'étais sous le choc. Tout s'est passé en un clin d'œil. La police ne va pas s'imaginer que j'y suis pour quelque chose, j'espère ? Parce qu'elle venait chez moi, et que je suis une junkie ?

— Vous ne parlez pas comme une junkie, Minnie.

Un sourire éclaira son regard.

— Les petits sont mignons, observa Peabody tandis qu'Eve et elle redescendaient. Cette fille est une battante. Elle s'en sortira.

Eve opina. Les junkies qu'elle connaissait – y compris sa propre mère – se souciaient davantage de leur prochaine dose que de leur enfant. Minnie était sur la bonne voie.

Dès qu'elles furent dehors, Eve fit signe à Nadine de la rejoindre.

— Vous pouvez procéder à vos interviews, mais ne mentionnez aucun nom. Je ne veux pas que les ravisseurs sachent que nous avons établi un lien entre cette affaire et les meurtres Swisher.

— Or, c'est le cas.

— En effet. Mais si cette info est divulguée, c'est la mort assurée pour Newman. Par ailleurs, ce serait bien de susciter l'intérêt du public vis-à-vis de Minnie Cable. Ex-junkie qui s'efforce de se remettre sur le droit chemin pour élever ses enfants, bla-bla-bla. C'est elle qui a prévenu les flics. Mais que ce soit bien clair : elle n'a pas été capable de nous décrire les protagonistes.

— Non ?

— Non. Deux types vêtus de noir, masqués. Ils ont agi très vite. Elle n'a pas eu le temps de définir leur taille, leur âge, leur poids. Rien. Débrouillez-vous.

— Compris.

Eve se détourna. Ses talons aiguilles cliquetant sur le trottoir, Nadine lui courut après.

— Hé ! C'est tout ?

— Pour l'instant, c'est tout. Nadine ?

Eve marqua une pause, le temps de lui glisser un coup d'œil.

— Merci pour le tuyau, lâcha-t-elle avant de foncer vers l'agent pour entendre son rapport.

Assise dans un bureau des services de protection de l'enfance, Eve s'efforçait de garder son calme. Elle détestait ces endroits. Un sentiment irrépressible de peur la saisissait toujours. C'était idiot, mais elle n'y pouvait rien. Les démons du passé remontaient inexorablement à la surface.

La femme installée devant l'ordinateur n'avait pourtant rien d'un monstre. *Ils te jetteront dans une fosse, fillette. Noire, profonde, remplie d'araignées.* Elle avait plutôt l'air d'une gentille grand-mère. Ronde, des cheveux bien coiffés encadrant un visage avenant, elle portait une robe à fleurs informe, et sentait la framboise.

Mais son regard était sombre, las et soucieux.

— Elle n'est pas venue, et ne décroche pas son communicateur, confia Renny Townsten, la supérieure de Newman. Tous nos représentants, hommes ou femmes, sont équipés d'alarmes de secours. Ils se rendent souvent dans des quartiers sensibles, chez des sujets violents. Ils sont entraînés à se défendre en cas de besoin, et tenus de suivre des formations supplémentaires chaque année. Meredith n'est pas une débutante. En fait...

— En fait ?

— À mon avis, elle est au bout du rouleau. Je pense qu'elle tiendra encore un an, deux au maximum. Elle fait son boulot, lieutenant, mais elle a perdu la foi. Comme la plupart d'entre nous au bout de quelques années. Si la situation ne s'arrange pas, d'ici six mois, elle se contentera de pointer. Le fait est...

— Le fait est ?

— Qu'elle n'aurait jamais dû vous laisser intervenir dans l'affaire Swisher. Elle n'aurait pas dû vous autoriser à emmener cette enfant. Elle n'a même pas demandé vos coordonnées, et le lendemain matin, c'est tout juste si elle s'est penchée sur le dossier.

— Je ne lui ai pas vraiment laissé le choix.

— Et elle ne vous a pas tenu tête. Elle aurait dû au moins vous accompagner avec la fillette, et rédiger un rapport. Au lieu de quoi, elle est rentrée chez elle.

L'irritation puis l'inquiétude se lurent sur les traits de Townsten.

— J'ai peur qu'elle n'ait été séquestrée par un de ses clients. Ils ont une fâcheuse tendance à nous reprocher – comme à vous – leurs failles et leurs échecs.

— Et sa vie personnelle ?

— Je ne sais pas grand-chose. Ce n'est pas le genre bavarde. Je sais qu'elle fréquentait quelqu'un, ces derniers temps, mais il semble qu'ils aient rompu. Mlle Newman est une solitaire, et c'est là que le bât blesse. Dans ce métier, si l'on se replie sur soi, on craque bien avant la retraite.

Elle avait beau savoir que c'était une perte de temps, Eve respecta la procédure. Elle consulta les fichiers de Newman, nota les noms et les adresses. Puis, en compagnie de Peabody, elle alla chez l'assistante sociale.

L'espace séjour/cuisine était plus vaste que celui de Minnie Cable, mais nettement plus austère. Il était d'une propreté frisant l'asepsie : murs blancs et nus, stores baissés, un canapé aux lignes épurées, un seul fauteuil.

Dans la chambre, le lit était impeccablement fait. Un ordinateur trônait sur une petite table, ainsi que deux boîtes de disques, soigneusement étiquetés.

— C'est triste, vous ne trouvez pas ? murmura Peabody. Je pense aux différents logements que nous avons vus aujourd'hui : l'incroyable malle aux trésors de Mme Grentz, le joyeux bazar chez Hildy. Et même l'appartement minable de Minnie Cable. Ces lieux respirent la vie. Ici, on a l'impression d'être dans une boîte à chaussures. Une femme seule, sans vie personnelle.

— Pourquoi ne l'ont-ils pas enlevée ici, Peabody ? Pourquoi prendre le risque d'agir en pleine rue quand ils sont capables de se glisser dans une maison hautement sécurisée et d'égorger cinq personnes en moins de temps qu'il n'en faut pour livrer une pizza ?

— Hum. Ils étaient pressés. Ils veulent savoir ce qu'elle sait.

— C'est probable. En partie. Selon moi, ils ont l'intention de la retenir un bout de temps. Dans un lieu sûr.

Elle se mit à marcher en rond et poursuivit sa réflexion.

— Ils ont opté pour cette solution parce qu'ils en avaient la capacité. Ils se déplacent très vite, les témoins ne voient pas grand-chose. Deux types en noir qui sautent d'une camionnette noire. Pan, pan ! Le choix du quartier n'est pas innocent : personne ne va se ruer chez les flics, en tout cas, pas tout de suite. Et il faudra un certain temps pour qu'on s'aperçoive que Newman manque à l'appel. Et plus encore pour qu'on fasse le lien avec l'affaire Swisher.

Eve s'immobilisa.

— Quand ils en auront fini avec elle, ils s'en débarrasseront.

Elle sortit son communicateur. Quand Baxter apparut à l'écran, elle aboya :

— Transmission privée. Rendez-vous dans une pièce sécurisée.

— Je suis seul avec Trueheart, Dallas. La gamine est en bas. On la surveille sur l'écran.

— L'assistante sociale affectée à son affaire vient d'être enlevée. La description des ravisseurs correspond à celle de nos suspects. Ne quittez pas le témoin des yeux.

— Pas de risque. Vous craignez qu'ils tentent de la kidnapper ?

— S'ils apprennent où elle est, ils essaieront. Elle ne doit quitter la maison sous aucun prétexte. Attendez de mes nouvelles.

Elle coupa la communication, appela Connors.

— Ils ont l'assistante sociale. Elle ne sait pas où est la petite, mais j'ai alerté Baxter.

— Compris. Je transmets à Summerset, ajouta-t-il, et à son ton, elle devina qu'il était en pleine réunion. Je peux être là-bas dans trente minutes.

— Ils ne te devanceront pas. Newman sait juste que je l'ai emmenée, mais sois prudent. S'ils font le lien entre la petite et moi, ils le feront avec toi. Il n'est pas exclu qu'ils envisagent un autre enlèvement.

— Je te renvoie ton conseil.

Cette fois, ce fut Connors qui raccrocha.

— Peabody, ramassez les disques, les répertoires, les agendas. Contactez la DDE pour qu'on vienne chercher son ordinateur. On va suivre la procédure.

— Vous pensez qu'elle a combien de temps devant elle ?

Eve balaya du regard la pièce sans âme.

— Pas assez.

Quand elle refit surface, Meredith eut l'impression d'avoir un pic à glace fiché au milieu du front, d'où irradiait la douleur. Elle crut au début que c'était la migraine qui l'empêchait de voir.

Elle eut une nausée, comme si elle avait avalé un aliment périmé, mais lorsqu'elle voulut poser la main sur son estomac, son bras refusa de bouger.

Dans le lointain, elle perçut un murmure de voix.

Puis elle se rappela. Elle longeait l'Avenue B, en route pour une vérification à domicile. Quelque chose… quelqu'un…

La terreur la submergea, tel un raz-de-marée. Elle voulut crier, mais ne réussit qu'à émettre un gémissement pitoyable.

Elle était dans le noir, incapable de bouger, de voir ou de parler. Son cœur bondit quand on lui effleura la joue.

— Le sujet est conscient. Meredith Newman, vous êtes dans un endroit sécurisé. Nous allons vous interroger. Si vous répondez à nos questions, il ne vous arrivera rien. Je vais enlever le ruban adhésif de votre bouche. Ensuite, vous me direz si vous avez compris.

Le papier collant fut arraché d'un coup sec, et elle cria, moins de douleur que de peur. Elle eut droit à deux gifles.

— Je vous ai demandé de me dire si vous compreniez ?

— Non. Non, je ne comprends pas. Qui êtes-vous ? Qu'est-ce…

Elle poussa un hurlement, son corps tressaillit de douleur.

— Vous aurez mal chaque fois que vous refuserez de répondre, chaque fois que vous mentirez ou désobéirez. Vous avez compris ?

— Oui. Je vous en prie, ne me faites pas de mal.

— Il n'y a pas de raisons que nous vous fassions du mal si vous répondez à nos questions. Vous avez peur, Meredith ?

— Oui. Très peur.

— Parfait. Vous avez dit la vérité.

Elle ne voyait pas, mais elle entendait. Une série de bips, la respiration de son ravisseur. Et celle de quelqu'un d'autre. Deux. Ils étaient deux à s'être jetés sur elle.

— Que voulez-vous ?

De nouveau, elle tressauta, le souffle coupé. Une odeur de chair brûlée lui chatouilla les narines. Une femme s'esclaffa.

— Ce n'est pas à vous de poser les questions.

Une deuxième voix ; plus sèche que la première. Non, ce n'était pas une femme. Elle s'était trompée. Quelle importance ?

« Mon Dieu, supplia-t-elle en silence, aidez-moi ! »

Elle crut distinguer une faible lueur, à sa gauche. L'obscurité n'était pas totale. Tant mieux. Ses yeux étaient bandés.

Ils ne voulaient pas qu'elle les voie. Qu'elle puisse les identifier. Dieu merci ! Ils n'allaient pas la tuer.

Mais ils n'hésiteraient pas à la torturer.

— Où est Nixie Swisher ?

— Qui ?

La douleur lui déchira les entrailles. Ses cris résonnèrent dans la pièce, et les larmes inondèrent ses joues.

— Je vous en prie, je vous en prie…

— Je vous en prie, je vous en prie, ironisa une voix de femme, caricaturant la sienne. Bordel ! Elle a fait sous elle.

Meredith cria de nouveau en recevant le seau d'eau glacée. Elle se mit à sangloter en se rendant compte qu'elle était nue, trempée et souillée.

— Où est Nixie Swisher ?

— Je ne sais pas qui c'est.

Tremblante, elle se prépara au coup, qui ne vint pas.

— Vous vous appelez Meredith Newman.

— Oui. Oui. Oui.

— En votre qualité d'assistante sociale, avez-vous la responsabilité du dossier Nixie Swisher ?

— Je… je… j'en ai tellement. Je ne me rappelle plus. Je vous en supplie, ne me faites pas mal. Je ne me rappelle plus.

— Registre bleu, dit quelqu'un derrière elle.

— Vous êtes surmenée, Meredith ?

— Oui.

— Je comprends. Le système vous aspire, vous vide totalement. La roue tourne et finit par vous écraser. Vous en avez assez, n'est-ce pas ?

— Oui. Oui.

— Mais vous n'en êtes pas encore sortie. Dites-moi, Meredith, combien de familles avez-vous détruites ?

— Je… j'essaie de les aider.

— Vous n'êtes qu'un simple rouage de la machine infernale. Mais à présent, c'est vous qu'elle broie, n'est-ce pas ? Avez-vous envie de vous échapper, Meredith ?

Un goût de vomi imprégnait sa bouche.

— Oui. Arrêtez, je vous en supplie…

— Nixie Swisher. Laissez-moi vous rafraîchir la mémoire. Une petite fille de neuf ans, qui n'était pas dans son lit alors qu'elle aurait dû s'y trouver. Une enfant désobéissante. Les enfants désobéissants méritent d'être punis, non ?

Elle ouvrit la bouche, incertaine.

— Oui, murmura-t-elle en priant pour que ce soit la réponse attendue.

— Vous vous souvenez d'elle, à présent ? La fillette qui n'était pas dans son lit ? Grant et Keelie Swisher, ses parents décédés. Exécutés pour avoir commis des actes odieux. Égorgés, Meredith.

Sa voix s'était légèrement altérée, teintée d'une sorte de ferveur.

— Oui, oui, je m'en souviens.

— Où est-elle ?

— Je n'en sais rien. Je vous jure que je n'en sais rien.

— L'aiguille penche vers le bleu, annonça l'autre individu.

— Impact.

Elle hurla de toutes ses forces.

— Vous vous êtes rendue chez les Swisher la nuit de l'exécution.

Tout son corps frémissait. La bave coulait sur son menton.

143

— Avez-vous parlé avec Nixie Swisher?

— Entretien, examen médical. Examen médical, entretien. La routine. Pas de blessures apparentes. État de choc.

— Qu'a-t-elle vu?

— Je ne vois rien.

— Nixie Swisher? Qu'a-t-elle vu?

— Des hommes. Deux hommes. Des couteaux. Du sang. On va se cacher. Se cacher pour être en sécurité.

— Nous la perdons.

— Stimulant.

Meredith Newman se remit à pleurer.

— Arrêtez, je vous en supplie! Je n'en peux plus.

— La survivante de l'exécution Swisher. Que vous a-t-elle dit?

— Elle a dit...

Meredith leur raconta tout ce qu'elle savait.

— C'est très bien, Meredith. Très concis. Et maintenant, où est Nixie Swisher?

— Ils ne me l'ont pas dit. Le flic l'a emmenée. C'est contraire au règlement, mais elle a du poids.

— Vous êtes son assistante sociale: on a dû vous informer du lieu où on l'emmenait. Votre rôle est de veiller sur elle.

— Ils sont passés outre. Je ne sais pas. Protection policière.

Elle souffrait tellement qu'elle ne sentait plus rien.

— Très bien, Meredith. Vous allez me donner les adresses de tous les refuges sécurisés que vous connaissez.

— Je ne... je vais essayer, mais je ne les connais pas tous. Ce n'est pas moi la responsable.

— Non, vous n'êtes qu'un rouage de la machine. Qui a emmené Nixie Swisher?

— Le flic des homicides. Dallas. Le lieutenant Dallas.

— Le lieutenant Dallas. Excellent, Meredith.

— Je vous ai dit tout ce que je savais. Vous allez me relâcher?

— Oui. Bientôt.

— De l'eau, s'il vous plaît. Est-ce que je peux avoir un verre d'eau ?

— Le lieutenant Dallas vous a-t-elle précisé où elle emmenait Nixie Swisher ?

— Non. Je vous le jure. Elle l'a prise en charge. Ce n'est pas réglementaire, mais elle a insisté. Moi, j'avais hâte de rentrer chez moi. De quitter cette maison. J'aurais dû escorter la petite jusqu'au refuge, mais Dallas m'a évincée.

— Avez-vous été en contact avec le lieutenant Dallas, depuis ?

— Non. Les chefs ont pris le relais. Ils ne me disent rien. C'est une affaire sensible. Je suis juste…

— Un rouage de la machine.

— Je ne sais rien. Vous allez me libérer, maintenant ?

— Oui. Vous pouvez partir.

La lame lui entailla la gorge si proprement qu'elle ne la sentit pas.

9

Eve entra dans sa propre maison comme s'il s'agissait d'une opération policière.

— Personne n'entre, personne ne sort sans mon autorisation ! aboya-t-elle à l'intention de Summerset. Pigé ?

— Certainement.

— Où est la gosse ?

— Dans la salle de jeu, avec l'officier Trueheart.

Summerset remonta la manche de sa veste pour découvrir l'écran miniature fixé à son poignet. Elle vit Trueheart et Nixie se déchaîner sur l'un des flippers classiques de Connors.

— J'ai pris la précaution d'épingler un transmetteur sur son pull, ajouta-t-il. Dès qu'elle change de pièce, il bipe.

Malgré elle, Eve fut impressionnée.

— Charmant.

— Ils ne toucheront pas à cette petite.

Elle le dévisagea. Il avait perdu un enfant, une petite fille à peine plus âgée que celle-ci. Quoi qu'elle pense de lui, elle savait qu'il ne reculerait devant rien pour protéger Nixie.

— Non. Où est Connors ?

— Dans son bureau privé.

— Parfait.

Il s'agissait de la pièce qu'il avait équipée de matériel non enregistré – et donc illégal. Eve avait beau faire confiance à Peabody, il y avait des limites.

— Allez mettre Baxter au courant, ordonna-t-elle à sa coéquipière. Je vais faire le point avec Connors, puis nous nous réunirons dans mon bureau.

Tandis que Peabody attaquait l'escalier, Eve se dirigea vers l'ascenseur. Elle s'arrêta soudain.

— Il me les faut vivants, lança-t-elle à Summerset.

— Un seul vivant suffirait.

Elle pivota vers lui.

— Elle doit être protégée. Tous les moyens seront bons, y compris l'élimination, le cas échéant. Mais avant de vous exciter, écoutez ceci : deux hommes ont enlevé Meredith Newman en pleine rue ; il y avait un chauffeur, ce qui fait qu'ils étaient trois. Peut-être plus. Si je ne parviens pas à en coincer un pour le cuisiner, cette petite ne sera jamais en sécurité. Plus j'en récupère en état de marche, plus j'ai de chances de les neutraliser tous. De connaître le pourquoi. Sans le pourquoi, elle ne sera sans doute jamais tranquille. Et elle ne saura jamais la vérité. Il faut savoir pour pouvoir faire son deuil.

Impassible, Summerset opina.

— Vous avez raison, lieutenant.

Eve s'engouffra dans la cabine.

Connors savait qu'elle était de retour, et qu'elle ne tarderait pas à le rejoindre. Il ferma donc son fichier et en ouvrit un autre.

Le moment lui semblait mal choisi pour lui avouer que l'une des tâches qu'il avait confiées à son ordinateur consistait en une vérification approfondie – et techniquement illégale – du passé de tous les proches de Nixie.

Il avait éliminé d'emblée la grand-mère comme tuteur possible. Son casier judiciaire relevait plusieurs arrestations pour possession de drogue, et elle collectionnait les amants ; le dernier en date était un compagnon sous licence.

Qu'il porte sur cette femme un jugement moral était de la plus haute ironie dans la mesure où lui-même avait endossé le rôle de tuteur légal de la fillette alors qu'il avait commis des délits bien plus graves.

Mais il se l'autorisa tout de même. En aucun cas il ne confierait Nixie à ce genre de personne. Elle méritait mieux.

Il avait débusqué le père biologique de Grant Swisher. Une recherche fastidieuse, pour un résultat décourageant. L'homme était au chômage ; il avait effectué deux séjours en prison pour vol.

Le cas de la demi-sœur semblait plus prometteur. Avocate d'affaires à Philadelphie, elle était mariée, sans enfants. Son casier judiciaire était vierge, elle gagnait confortablement sa vie. Elle avait eu un premier mari, avocat lui aussi, pendant sept ans.

Elle pourrait offrir un foyer stable à la petite.

Il s'adossa à son siège. De quoi se mêlait-il ? Cela ne le concernait en rien.

Tu parles ! Qu'il le veuille ou non, il se sentait responsable de l'avenir de Nixie.

Il avait vu sa chambre, et ce à quoi elle avait échappé.

Il avait vu la chambre de son frère. Le sang séché sur les draps, sur les murs.

Pourquoi cette vision lui avait-elle rappelé son propre drame ? Il ne pensait plus à cette époque, ou si rarement. Il n'était – il ne serait plus jamais – plus hanté par les cauchemars, comme Eve. Il en avait fini avec tout cela.

Mais aujourd'hui, les souvenirs remontaient à la surface.

Il se rappelait la vue de son propre sang. La douleur atroce qui l'avait transpercé tandis qu'il émergeait de l'inconscience, seul dans une allée sombre après avoir été sauvagement battu par son père.

Ce dernier avait-il eu l'intention de le tuer ? Pourquoi ne s'était-il encore jamais posé la question ? Après tout, son père avait déjà tué.

Connors contempla une photo de sa mère, et de lui, bébé. Quel joli visage ! Même après les passages à tabac de ce salaud, elle était restée belle.

Jusqu'au jour où Patrick Connors l'avait assassinée de ses propres mains et jetée dans la rivière. Et aujourd'hui, son fils ne se souvenait pas d'elle, de sa voix ou de son parfum. Elle l'avait aimé, pourtant. Elle était morte parce qu'elle avait voulu lui offrir une famille.

Quelques années plus tard, Patrick Connors, cette ordure, avait-il cherché à tuer son propre fils, ou s'était-il simplement défoulé comme d'habitude ?

Prends-en de la graine, fiston. La vie n'est qu'une suite de bonnes leçons.

Connors se passa les mains dans les cheveux, pressa les doigts sur ses tempes. La voix de ce monstre résonnait dans sa tête. C'était insupportable. Il faillit se lever pour se verser un whisky, histoire de se décontracter.

Mais ce serait un signe de faiblesse. N'avait-il pas prouvé, jour après jour, qu'il ne sombrerait jamais dans ce travers ?

Contrairement à ce pauvre Coyle, Connors avait survécu. Il s'en était sorti parce que Summerset l'avait découvert et pris sous son aile.

Une petite fille comme Nixie Swisher n'en méritait-elle pas autant ?

Il l'aiderait, pour elle – et pour lui. Avant que la voix de son père résonne à nouveau dans sa tête.

Il chassa de son esprit les souvenirs, les questions et le désespoir, et attendit sa femme.

La pièce était très lumineuse, parfaitement sécurisée. Il était assis devant son immense console noire en forme de U, les manches de sa chemise roulées, ses cheveux noués en catogan.

Concentré sur son travail.

La console avait un aspect futuriste, et son pilote rappelait à Eve un pirate aux commandes d'un vaisseau spatial.

Les écrans muraux affichaient les données concernant différents secteurs de ses activités, les ordinateurs multipliant les rapports en temps réel.

— Lieutenant.

— Je suis désolée des problèmes que je vais sans doute provoquer.

Aussitôt, il ordonna l'arrêt de toutes les opérations.

— Tu es déprimée, déclara-t-il du même ton que celui avec lequel il venait de s'adresser à ses machines. Du coup, je te pardonnerai cette remarque insultante.

— Connors…

— Eve…

Il se leva, vint vers elle.

— Nous formons une équipe, toi et moi. Tu n'as pas à t'excuser pour avoir fait ce qui te semblait indispensable pour protéger une petite fille innocente et désemparée.

— J'aurais pu l'emmener dans un refuge sécurisé. Aujourd'hui, je me suis interrogée sur ce point au moins une demi-douzaine de fois. Newman connaît plusieurs d'entre eux. Ils vont lui soutirer les adresses. J'ai une nuée de flics qui s'affairent pour évacuer les habitants de ces lieux qui devraient être sûrs. Au cas où.

Une lueur dansa dans les prunelles de Connors.

— Une seconde.

Il regagna sa console au pas de charge, brancha un communicateur.

— Dochas. Code rouge, immédiat et jusqu'à nouvel ordre.

— Oh, Seigneur !

— C'est réglé, annonça-t-il en se tournant vers elle. J'ai des dispositifs spéciaux pour ce genre de chose.

Il revint vers elle, indiqua l'écran d'un signe de tête.

— Chaque centimètre carré du mur d'enceinte et du portail est sécurisé.

— Un ado a réussi à passer, un jour, avec un décodeur maison.

Eve eut la satisfaction de constater qu'elle avait réussi à le perturber momentanément.

— Jamie n'est pas un adolescent comme les autres. Je te ferai remarquer qu'il n'a pas été capable de neutraliser les systèmes de secours. Du reste, je les ai modifiés depuis. Crois-moi, Eve, ils n'entreront pas ici.

— Je te crois.

Elle se planta devant la fenêtre.

— Newman ne sait pas que la petite est ici. J'ai pris cette décision sans la consulter. Si j'ai omis de le lui pré-

ciser, c'est surtout parce qu'elle m'agaçait prodigieuse-
ment. C'était ma façon à moi de la remettre à sa place.
J'ai plus de pouvoir que toi, et bla-bla-bla ; futile, mais
efficace.

— Grâce à quoi – et j'ajoute que ton côté futile me
plaît beaucoup – Nixie n'a rien à craindre.

— J'ai eu de la chance. Tant mieux. J'ai ordonné que
sa supérieure soit mise à l'abri. On a fait disparaître
toute la paperasserie. J'ai mis aussi Mira sous surveillance, par précaution. Elle est furieuse contre moi.

— Sa sécurité passe avant tout.

— J'ai affecté une patrouille à la résidence de Peabody.
Elle travaille avec moi, ils pourraient la prendre pour
cible.

— McNab et elle peuvent s'installer ici.

— Nous formerions une grande et heureuse famille.
Non. Si nous changeons trop nos habitudes, ils com-
prendront qu'on les attend au tournant.

— Eve, tu sais aussi bien que moi qu'ils ne vont pas
débarquer ici ce soir, même s'ils ont la conviction que
l'enfant est avec nous. Ils sont prudents et organisés.
Ils maîtrisent leurs interventions. Pour pénétrer dans
le domaine, il faudrait qu'ils puissent obtenir ou simu-
ler mon système. Cette tâche à elle seule exigerait des
semaines de travail. Ça m'étonnerait que tu n'aies pas
lancé un calcul de probabilités sur ce point, comme je
l'ai fait.

— Un peu plus de douze pour cent... Mais je ne veux
prendre aucun risque, conclut-elle en lui faisant face.

— Et le taux de menaces envers toi ?

Comme elle ne répondait rien, il haussa les sourcils.

— Quatre-vingt-seize, précisa-t-il.

— Tu arrives juste derrière moi, camarade, avec
quatre-vingt-onze.

— Ça m'énerve que tu me devances de cinq pour cent.
Tu t'apprêtais à me demander – et j'emploie ce verbe sans
ironie – de m'enfermer dans cette pièce. Allons-nous
nous quereller à ce sujet jusqu'à ce que je sois obligé de
te jeter ce cinq pour cent à la figure ?

Songeuse, elle se balança d'avant en arrière.

— J'avais préparé un argument de choc.

— Je te propose de le réserver pour une autre fois.

— Avec plaisir.

Le communicateur interne bipa.

— Connors ! répondit-il sans bouger, les yeux rivés sur Eve.

— Suivant vos instructions, j'informe le lieutenant que le capitaine Feeney et l'inspecteur McNab requièrent l'autorisation de franchir le portail.

— Vous avez vérifié leur identité visuellement et par empreinte vocale ? demanda-t-elle à Summerset.

— Évidemment.

— C'est bon. Je réunis mon équipe, annonça-t-elle à son mari. Cela ne t'ennuie pas de participer ?

— Au contraire. Accorde-moi quelques minutes pour terminer ce que j'avais commencé, et je vous rejoins.

Elle alla jusqu'à l'ascenseur, commanda l'ouverture des portes.

— Connors ? Le souci, avec les calculs de probabilités, c'est qu'ils n'incluent pas tous les éléments. Ils n'analysent pas les émotions humaines. L'ordinateur ne prend pas en compte le fait que, si quelqu'un s'attaquait à toi, cela me détruirait. S'ils se servaient de toi, s'ils mettaient ta vie en jeu, je ferais n'importe quoi pour te récupérer. En conséquence, je pense que tu es plus en danger que moi.

Elle disparut dans la cabine avant qu'il puisse rétorquer.

Eve leur laissa le temps de s'installer, d'échanger des banalités, de grignoter quelques gourmandises. Elle ignora même les roucoulements des tourtereaux, Peabody et son alter ego Ian McNab, de la DDE.

— Très bien, les enfants. Si vous avez fini votre goûter, nous pouvons peut-être commencer ?

— Succulent, commenta McNab en engloutissant la dernière part de tarte aux pommes.

Il était affublé d'un T-shirt moulant orange et d'un pantalon bleu électrique orné de boucles argentées le long de chaque jambe. À cela s'ajoutaient une surchemise à pois multicolores et des aérobottes recouvertes de damiers scintillants.

Sa queue-de-cheval blonde mettait en valeur son visage aux traits fins, et les trois anneaux orange et bleu à ses oreilles.

— Ravi que cela vous plaise, inspecteur. Et maintenant, peut-être pourriez-vous me soumettre votre rapport. À moins que vous n'ayez encore faim ?

Bien que délivrée d'un ton posé, cette réflexion empreinte de sarcasme produisit l'effet désiré.

— Non, lieutenant. Notre équipe a analysé toutes les transmissions opérées sur les communicateurs utilisés par les victimes et la survivante. Nous n'avons rien relevé de particulier au cours des trente derniers jours : il s'agit de communications banales entre eux, avec leurs amis et leurs clients, pour raisons personnelles et professionnelles. Nous avons transcrit toutes les conversations pour vos archives.

— Trente jours ?

— Les Swisher vidaient leurs communicateurs tous les mois. C'est très courant. Nous approfondissons nos recherches afin de récupérer les transmissions effacées avant ce délai. Quant aux disques durs, les fichiers sont tout ce qu'il y a de banal.

— À savoir ?

— Jeux, listes de choses à faire, menus, rendez-vous, anniversaires. Des trucs de famille, des trucs d'école, des renseignements en vue de leurs prochaines vacances. Les ordinateurs des adultes contenaient des dossiers sur leurs clients, des commentaires, des rapports, des relevés de compte. Rien ne nous a sauté aux yeux. S'ils avaient des problèmes ou craignaient d'en avoir, ils ne l'ont noté nulle part. Et ils n'en ont discuté avec personne via leur communicateur.

Il jeta un coup d'œil sur le tableau où Dallas avait affiché les photos des victimes, et son regard vert d'eau s'assombrit.

— Je passe un temps fou avec cette famille depuis quelques jours. Selon moi, d'après les données électroniques dont nous disposons actuellement, ils ne se doutaient de rien.

Elle opina, concentra son attention sur Feeney.

— La sécurité.

— Neutralisée. À distance et sur site. Le scanner de diagnostic n'a pas su localiser la source, mais quand nous avons démonté le système, nous sommes tombés sur des particules microscopiques – des traces de fibres optiques. Ils ont vraisemblablement utilisé un décodeur portable. Un matériel hautement sophistiqué. Il fallait un outillage et un opérateur de première qualité pour réussir ce défi en si peu de temps. L'un au moins des suspects a des connaissances élargies en matière d'électronique.

Feeney chercha du regard la confirmation de Connors, qui hocha la tête.

— Leur appareil devait être de petite taille. Le cambrioleur lambda n'a pas de quoi s'offrir un dispositif de ce type, capable de réagir à une telle vitesse. Le système ne présentant aucun signe de sabotage, j'en conclus que ces individus n'étaient pas assez habiles pour passer en mode manuel.

— Autrement dit, le cas échéant, ils n'auraient pas pu compter sur...

Elle leva la main, remua les doigts. Ce qui le fit sourire.

— Exactement. En outre, ils avaient besoin d'un dispositif conçu spécialement pour ce système, et configuré à l'avance, de façon à ne pas perdre une minute.

— Ce qui confirme la thèse selon laquelle ils connaissaient le système, savaient ce qu'ils allaient trouver, et l'avaient étudié soit en le dupliquant, soit en acquérant le même, soit encore en l'examinant sur place.

— Pour cela, il leur aurait fallu des heures, à la fois à l'intérieur et à l'extérieur de la maison, sans qu'on leur pose de questions.

Eve eut une petite moue à l'intention de Connors.

— Des heures?

— C'est un système très sûr, Dallas, répliqua Feeney. Il ne suffit pas de le regarder pour le neutraliser.

— Peabody, vous avez effectué une recherche sur les personnes ayant acheté ledit système de sécurité?

— Oui, lieutenant, et la liste est longue. J'ai déjà commencé à faire un tri: en ville, hors de la ville, hors de l'État, hors du pays et hors planète. Ensuite, j'ai éliminé tous ceux effectués avant que les Swisher n'acquièrent le leur. En ce qui concerne le critère «en ville», j'ai pu réduire le nombre d'environ six pour cent.

— Par quel moyen?

— Eh bien, j'ai séparé les femmes célibataires des femmes mariées et mères de famille, puis j'ai vérifié si ces dernières avaient fait appel à la maintenance depuis leur acquisition. Le profil indique que les assassins ne sont pas des hommes ayant une famille, et d'après le calcul de probabilités, c'était la méthode la plus efficace à quatre-vingt-dix pour cent. Pour l'instant.

— Avez-vous vérifié tous ceux qui n'ont pas été installés par la société?

Peabody ouvrit la bouche, la referma, se racla la gorge.

— Non, lieutenant. Je m'en occupe.

— Divisez la liste entre vous. Peu importent les calculs de probabilités: pour l'instant, vous n'éliminez ni les familles ni les femmes célibataires. L'un d'entre eux a peut-être une petite amie, ou une complice. C'est peut-être un installateur agréé. À moins que ce ne soit l'un de ces gentils voisins qui vous disent: «Laissez-moi vous poser cet appareil, cela vous fera faire des économies.» Il s'agit d'un système conçu pour des particuliers, mais rien n'interdit une telle acquisition par une entreprise. Ne laissons rien passer.

Eve se percha sur le bord de son bureau, se rappela soudain le café qu'elle s'était servi avant le début de la réunion. Elle s'empara de sa tasse, en but une gorgée. Il était tiède.

— Baxter, reprit-elle. La liste des clients.

— Les affaires marchaient bien pour les deux. Le droit de la famille, ça rapporte, et Swisher gagnait souvent ses procès. Il traitait essentiellement des affaires de protection des droits de l'enfant, de droits de garde et de divorces, alors que son associé se concentrait sur les problèmes de maltraitance, de dissolution de cohabitation, de pension alimentaire. Mais ils ne se cantonnaient pas à une spécialité, et tous deux présentent un bon pourcentage d'actes gratuits.

Il posa le pied sur son genou, lissa machinalement son pantalon.

— Elle non plus ne chômait pas. Beaucoup de consultations. Elle semble avoir eu une préférence pour les familles et les couples, sans pour autant dédaigner les personnes seules. Elle aussi modulait ses tarifs en fonction des revenus de ses patients. Pas seulement des obèses, ajouta-t-il. Elle s'intéressait aussi aux comportements alimentaires déréglés, à l'hygiène de vie. Elle n'hésitait pas à contacter le médecin traitant et effectuait des visites à domicile.

— À domicile ?

— Elle se rendait chez eux ou sur leur lieu de travail. Elle étudiait leur style de vie, recommandait des changements, pas uniquement sur le plan alimentaire, mais aussi en matière de sports, de loisirs, de gestion du stress. Ce genre de traitement n'est pas donné, mais apparemment, elle avait une excellente réputation. Bien entendu, il existe quelques clients insatisfaits, des deux côtés.

— Croisez les infos. Et tâchez de recenser les dossiers traités par le cabinet de Swisher dans lesquels Meredith Newman a été affectée en tant qu'assistante sociale. Ce pourrait être intéressant. Trueheart ?

— Lieutenant.

Longiligne, presque attendrissant de jeunesse dans son uniforme, il se mit au garde-à-vous.

— Vous avez passé du temps avec le témoin.

— C'est une gentille petite, lieutenant.

— Avez-vous obtenu d'autres détails ?

— Elle n'en parle pas beaucoup. Elle a craqué à deux ou trois reprises. Elle ne devient pas hystérique. Simplement, elle s'assoit et se met à pleurer. J'essaie de la distraire. Elle semble à l'aise avec moi et avec Summerset, mais elle vous réclame souvent.

— Ah bon ?

— Oui. Elle demande quand vous allez revenir, ce que vous faites. Quand vous allez l'emmener voir ses parents et son frère. Si vous avez attrapé les meurtriers. Je ne connais pas grand-chose à la psychologie des enfants, mais à mon avis, elle va tenir le coup, jusqu'à ce que vous les ayez bouclés.

— Parfait. Venons-en à Meredith Newman. En général, dans une affaire de ce genre, les noms des représentants des services de protection de l'enfance restent confidentiels. Cependant, ce n'est pas bien compliqué d'accéder aux données. Un individu intéressé par la question et doté de quelques connaissances en matière de piratage informatique peut s'immiscer dans les fichiers de cette administration sans peine. Feeney, mettez votre équipe là-dessus. On ne sait jamais, on aura peut-être une touche. La victime a été enlevée en plein jour, devant témoins, sur le trottoir de l'Avenue B. La rapidité et le succès de l'enlèvement laissent à penser qu'ils ont de l'expérience en ce domaine. On sait aussi qu'ils étaient trois. Il y avait sûrement un chauffeur. Ils n'auraient pas pris le risque de mettre leur véhicule en mode automatique. Nous devons supposer que le lien entre Newman et Nixie Swisher est le mobile de cet enlèvement. Nous devons supposer que les ravisseurs n'en sont pas à leur premier coup de cette nature, qu'ils ont de bonnes connaissances en matière d'électronique et de sécurité, et ne craignent pas de tuer de sang-froid.

— Militaires ou paramilitaires, intervint Feeney. Espionnage ou forces spéciales. Ce qui est sûr, c'est que ce ne sont pas des citoyens lambda.

— Si ce sont des militaires, on s'apercevra sans doute tôt ou tard qu'ils ont rendu leur tablier – à moins qu'ils n'aient été promus au rang de général grâce à leurs talents particuliers. D'une façon ou d'une autre, ces hommes ont foulé le terrain et ils se sont mouillés. Ils sont loin d'être rouillés, donc, ils sont restés dans la partie.

— Je pencherais plutôt pour des paramilitaires, remarqua Connors. Chez les militaires, on teste les recrues pour définir leur personnalité, une prédilection à tuer pour le profit ou la satisfaction personnels.

— Les mercenaires tuent pour leur profit personnel, et sont souvent rattachés aux militaires.

— Certes, mais ici, personne n'a parlé d'argent.

— On n'est peut-être pas encore au courant, mais je suis plutôt d'accord. Je pense aussi qu'il faut un certain type de personnalité pour égorger un enfant dans son sommeil. Ils emploient des tactiques de terroristes. Je crois que c'est dans cette direction qu'il faut chercher.

— Il faut donc élargir la prospection, intervint Baxter. Inventorier les terroristes connus ou les membres d'organisations marginales.

— Cherchez des équipes de deux ou plus, qui travaillent ensemble ou ont suivi des entraînements en commun. Ensuite, il faut cibler celles qui ont sévi à New York ces dernières années.

— Ils ont peut-être été engagés sur contrat, argua Baxter. Amenés à New York uniquement pour cette mission.

— Ça m'étonnerait. Si c'était le cas, ils auraient disparu dans l'heure. Or, ils sont encore là, puisqu'ils ont enlevé Newman. L'un ou les deux avaient ciblé les Swisher pour une raison précise. Ce qui signifie qu'à un moment ou à un autre, l'un ou plusieurs d'entre eux ont croisé l'un ou plusieurs des Swisher sur leur chemin. Ce sont des pros. Commencez par les hommes de trente à soixante ans. Blancs, ou à peau claire. Ils – ou leur organisation – ont les poches bien remplies. Cherchez l'argent.

Elle se frotta la nuque, avala le reste de son café froid.

— Ils ont un local dans la ville ou en banlieue proche. Un quartier général. Un lieu discret. La seule explication à l'enlèvement de Newman, c'est qu'ils voulaient lui soutirer des renseignements sur Nixie Swisher. Pour cela, il leur fallait un abri sûr.

— On va croiser les infos jusqu'à ce que le sang jaillisse de nos oreilles, lieutenant, promit McNab. On ne s'en plaint pas, ajouta-t-il précipitamment. Quand on voit ces photos…

— Alors, au boulot.

Elle consulta sa montre.

— Baxter, vous êtes bien installé ?

— Impeccable.

— Trueheart, vous pourriez confier le témoin à Summerset pendant un quart d'heure. Mira ne va pas tarder à arriver, elle prendra le relais. Dès que vous serez libre, rejoignez Baxter. Feeney, McNab, et vous pouvez travailler ici, dans le labo ?

— Sans problème.

— Je vous rejoins, annonça Connors. Mais avant cela, lieutenant, si je pouvais avoir une minute.

— Pas davantage. Peabody ?

— Je descends avec Trueheart dire bonjour à Nixie.

Eve se tourna vers Connors.

— Je dois contacter le commandant et lui présenter mon rapport, alors sois bref.

Il alla fermer la porte derrière Peabody.

— Quoi ? reprit Eve en fourrant machinalement les mains dans ses poches. Tu es fâché ?

— Non.

Sans la quitter des yeux, il revint vers elle.

— Non, répéta-t-il, puis il prit son visage entre ses mains et l'embrassa.

— Doux Jésus ! souffla-t-elle en le repoussant. Ce n'est vraiment pas le moment…

— Chut ! fit-il, le visage grave. Je tiens à ma peau. Je ferai ce qu'il faut, et plus encore, pour la protéger afin que tu n'aies pas à t'inquiéter pour moi. Je t'aime, Eve. Je ferai attention parce que je t'aime.

— Je n'aurais pas dû te dire…

— Chut ! répéta-t-il. Je n'ai pas terminé. De ton côté, tu feras attention à toi. Tu es courageuse, mais pas téméraire, je le sais. De même que je sais que tu prendras des risques par sens du devoir. Ne me cache rien. Quand tu auras trouvé le moyen de te poser en appât dans cette affaire, je veux être au courant.

Il la connaissait par cœur, songea-t-elle. Il la connaissait, la comprenait, l'acceptait telle qu'elle était et l'aimait malgré tout. Que pouvait-on demander de plus ?

— Je ne ferai rien de tel sans t'en parler, commença-t-elle. J'y penserai, enchaîna-t-elle comme il la fixait, et puis je craquerai. Je ne prendrai aucune initiative de ce genre sans être absolument certaine de pouvoir leur échapper. Parce que moi aussi je t'aime. Si je décide de tenter quelque chose, j'en discuterai d'abord avec toi.

— Entendu. Je ne t'ai pas posé la question, et je sais que tu es pressée, mais as-tu pu parler de Nixie aux Dyson ?

— Avec elle, pas lui ; ils sont dans un état pitoyable. Je vais leur laisser encore deux ou trois jours de répit. Je sais que c'est compliqué, mais…

— Pas du tout. C'est seulement qu'elle serait plus à l'aise parmi des gens qu'elle connaît bien.

Un instant, il envisagea de lui révéler ce qu'il avait appris sur les proches de Nixie, puis il se ravisa. Elle avait assez de soucis comme ça. Et, pour des raisons qu'il ne s'expliquait pas, il avait envie de s'en occuper lui-même.

— Summerset m'a dit à peu près la même chose que Trueheart, reprit-il. Elle tient le coup, elle pleure, elle se ressaisit. Elle est en deuil, et elle n'a personne de son entourage avec qui partager son chagrin.

— J'en toucherai deux mots à Mira. Elle pourrait peut-être aller voir les Dyson. Elle serait sûrement plus habile que moi.

— C'est possible. Je vais rejoindre les gars de la DDE. Mange au moins une barre de céréales avec le litre de café que tu t'apprêtes à avaler.

— Gnan, gnan, gnan ! lança-t-elle derrière lui.

Mais dès qu'il eut passé la porte, elle sortit une barre de céréales de son tiroir.

10

Mira et son escorte de sécurité ayant franchi le portail, Eve vint les accueillir à la porte. Profitant de la présence de ces officiers supplémentaires, elle leur ordonna d'effectuer une inspection au scanner de tout le domaine.

— Vous prenez beaucoup de précautions, fit remarquer Mira. Vous pensez vraiment qu'ils risquent d'envahir la propriété ?

— Newman ne sait pas où j'ai emmené la petite. Il serait donc logique qu'ils tentent leur chance ici.

Elle jeta un coup d'œil derrière elle, dans le vestibule. Trueheart avait emmené Nixie dans la salle de jeu, mais elle pouvait apparaître inopinément.

— Si on allait sur la terrasse ? proposa-t-elle.

Elle fit une pause en apercevant le petit droïde argenté en train d'aspirer les feuilles mortes.

— Incroyable ! marmonna-t-elle.

Au son de sa voix, le robot quitta discrètement la terrasse et s'éloigna le long d'une des innombrables allées sillonnant le parc.

— Je me demande ce qu'il en fait une fois qu'il a tout englouti.

— Je suppose qu'il les transforme en une sorte de pulpe ou de compost. Dennis songe régulièrement à s'offrir une merveille de ce genre, puis se ravise. J'ai l'impression qu'il prend plaisir à ratisser lui-même.

— Pourquoi ?

— C'est une tâche qui n'exige aucune réflexion et lui permet d'être dehors. Bien entendu, si nous avions un parc comme le vôtre, le problème serait différent. Dieu que c'est beau, ici, même à l'approche de l'hiver.

Eve contempla les pelouses verdoyantes, parsemées d'arbres exotiques, de tonnelles et de fontaines, le tout cerné par un épais mur de pierre.

— Il y a beaucoup d'allées et venues, mais on peut difficilement faire mieux en matière de sécurité.

— J'imagine que c'est assez pénible. Après tout, c'est votre maison.

— J'assume. Écoutez, il fait plus frais que je ne l'imaginais. Vous pouvez tenir le coup quelques instants ?

— Sans problème.

Mira portait une veste, alors qu'Eve était en chemisier.

— Ce doit être gênant, tout ce monde chez vous.

— On se croirait au Central. Cependant, s'il leur vient à l'esprit que Nixie est avec nous, le défi ne leur paraîtra que plus excitant. Plus la mission est dangereuse, plus valorisante sera la récompense.

— Mais vous ne pensez pas qu'ils savent qu'elle est ici.

— Sous la torture, n'importe quelle assistante sociale cracherait le morceau. Et je ne lui en voudrais pas. Tout ce qu'elle sait, a priori, c'est que j'ai emmené le témoin au mépris du règlement, pas que je l'ai recueillie chez moi. Mais ses ravisseurs pourraient en arriver à cette conclusion. À leur place, c'est le raisonnement que je tiendrais.

— Emmener un témoin chez soi est une initiative peu commune, et complètement contraire aux procédures standards. Néanmoins, il est possible, en effet, qu'ils tiennent ce raisonnement. En outre, vous craignez que, moi aussi, sous la torture, je ne fasse des révélations.

— Je ne remets absolument pas en cause votre intégrité.

— Non.

Mira repoussa la mèche de cheveux.

— Je ne le prends pas ainsi. Vous avez probablement raison. Je finirais par succomber, malgré mon désir de protéger les autres. C'est donc ce qui vous a poussée à mettre ma résidence sous surveillance et à m'assigner des gardes du corps. Je vous en remercie, et je vous demande de m'excuser pour avoir protesté.

— Pour autant, mes précautions n'ont pas empêché Palmer de vous atteindre, la dernière fois.

Mira, psychologue et profiler, et Eve, chargée de l'enquête, avaient envoyé Palmer en prison. Son accès de folie meurtrière lorsqu'il s'était échappé, l'hiver précédent, avait failli coûter la vie à Mira. À toutes les deux, quand il avait séquestré Mira dans un sous-sol pour inciter Eve à se rendre à sa parodie de fête de la Saint-Sylvestre.

— Il ne vous a pas épargnée, pourtant, vous lui avez tenu tête.

— Il voulait juste que je souffre et que je meure. Dans le cas présent... À propos, où est Nixie ?

— Avec Trueheart. Je ne savais pas où vous souhaiteriez vous installer avec elle.

— Où sera-t-elle le plus à l'aise, selon vous ?

Eve fixa Mira, déconcertée.

— Euh... je n'en sais rien. Il m'a semblé qu'elle se plaisait dans le salon, l'autre fois.

— Une pièce magnifique, et très confortable, mais un tantinet intimidante pour une enfant qui n'est guère habituée à l'opulence. Où passe-t-elle l'essentiel de son temps ?

— Je ne sais pas trop non plus. Elle traîne pas mal avec Summerset, mais il se glisse partout dans cette satanée baraque. Trueheart l'emmène souvent dans la salle de jeu.

— C'est idéal.

— Très bien.

Comme Eve hésitait à retourner dans la maison, Mira lui demanda :

— Comment va-t-elle ?

— Elle a fait un cauchemar cette nuit. Elle s'est réveillée en hurlant. Elle était persuadée qu'ils venaient la chercher, qu'ils étaient cachés dans l'armoire, sous le lit.

— Rien de plus naturel. Je m'inquiéterais davantage si elle ne manifestait aucune peur. Si elle refoulait ses émotions.

— Comme je l'ai fait moi-même.

— Vous vous en êtes sortie à votre façon, la rassura Mira en lui effleurant le bras. Vous êtes forte. Cette enfant a des bases solides. Son univers vient de s'écrouler, mais je pense qu'elle retrouvera son équilibre. À condition de suivre une thérapie, d'être bien entourée, et de vivre une vie la plus normale possible.

Eve se ressaisit.

— Justement. Sa situation n'a rien à voir avec la mienne. Mais…

— C'est une fillette traumatisée.

— Elle a assisté à des meurtres. Moi, j'en ai commis un.

— Pourquoi vous obstinez-vous à qualifier votre acte de meurtre ? s'écria Mira. Vous savez très bien que ce n'était pas le cas. Vous luttiez pour survivre. Si l'un de ces monstres avait trouvé Nixie et que, par miracle, elle ait réussi à le tuer pour sauver sa peau, la traiteriez-vous de meurtrière ? Lieutenant.

— Non.

Paupières closes, Eve chassa de son esprit les images du passé.

— Non. J'ai fait ce que je devais faire. Comme elle. J'ai tué. Elle s'est cachée.

— Eve, murmura Mira en lui caressant la joue. Vous n'aviez nulle part où vous cacher.

— Non, c'est vrai.

Elle devait à tout prix s'écarter sous peine de s'effondrer.

— Elle a eu raison. Elle a agi avec intelligence. Elle a trouvé la force de ramper dans une mare de sang pour survivre.

— Comme vous. Face à elle, vous ne pouvez vous empêcher d'établir des comparaisons avec votre propre histoire.

— Je me suis vue. Quand je l'ai découverte dans la salle de bains, couverte de sang. L'espace d'un instant,

164

je me suis vue dans cette chambre glaciale, à Dallas. Et j'ai failli m'enfuir. Bon sang, j'ai failli l'abandonner !

— Vous ne l'avez pas fait. Ce que vous avez ressenti est normal. Les similarités...

— Je sais, interrompit Eve. Je projette mon cas sur le sien. Je connais le terme... Mais je tiens bon. Si je vous en ai parlé, c'est parce qu'il me semble important que vous soyez au courant de mon état psychologique.

— Et je compte sur vous pour me le dire, si vous craquez. Pour votre bien autant que pour le sien. À ce stade, je pense que votre présence auprès d'elle est un atout. Elle sent que vous compatissez, et cela la rassure. Vous n'êtes pas uniquement une figure d'autorité. Vous êtes son sauveur.

Eve se tourna vers la porte, l'ouvrit.

— Elle s'est sauvée elle-même.

Une fois à l'intérieur, elle s'immobilisa, le temps de se rappeler le chemin de la salle de jeu.

— Si vous éprouvez le besoin d'en reparler...

— Je vous préviendrai... Par ici. Nous l'avons mise sous surveillance. Elle est équipée d'un transmetteur.

— On ne prend jamais trop de précautions.

— J'ai discuté avec ses tuteurs légaux. Les parents de Linnie Dyson. Ils sont très ébranlés. Je me suis dit que ce serait peut-être plus facile si vous alliez leur rendre visite à ma place.

— Je ferai ce que je pourrai. Pour Nixie, ce serait certainement une bonne chose de les rencontrer, de leur parler.

Eve s'arrêta en entendant les bips et les sonneries des flippers. Ils avaient laissé la porte ouverte.

— Un dernier mot avant que vous ne les rejoigniez. L'enlèvement de Newman, c'était une étape logique, pour se couvrir. Mais c'était aussi une forme de provocation. Ils ont agi en plein jour, devant témoins. Ils ont pris des risques considérables. Ils ont beau être des professionnels entraînés, je suis sûre qu'ils ont savouré la bouffée d'adrénaline.

— C'est un trait commun à tous ceux qui exercent des métiers dangereux. C'est en partie ce qui les pousse à faire ce qu'ils font.

— Et plus ils soutireront d'informations à Newman, plus ils jubileront.

— Oui.

Eve poussa un profond soupir.

— Elle est morte, n'est-ce pas ? Dès lors qu'ils n'ont plus rien à apprendre d'elle, ils n'ont pas de raisons de la garder en vie.

— Malheureusement, oui. Vous n'auriez pas pu la sauver.

— J'aurais pu prévoir le coup, ordonner les mesures de sécurité plus tôt. Cela ne m'est pas venu à l'esprit. Mais puisque ruminer sur le passé ne sert à rien, je vais me concentrer sur l'avenir. Ils sont là, ajouta-t-elle en indiquant la pièce.

— Vous devriez entrer. Elle a besoin de vous voir régulièrement, précisa Mira comme Eve reculait. Juste une minute.

— D'accord.

Debout sur un tabouret, Nixie se démenait sur un flipper. Eve ne put s'empêcher de remarquer que c'était celui des flics et des voleurs – l'appareil préféré de Connors. Trueheart l'encourageait avec un enthousiasme juvénile.

— Tu l'as ! Tu l'as ! C'est bon ! Vas-y, Nixie !

Une ébauche de sourire flottait sur les lèvres de la fillette, qui était par ailleurs très concentrée.

Eve aperçut un plein bol de pop-corn sur l'une des tables. L'écran mural montrait un clip de Mavis. Celle-ci, en tenue scintillante très légère, se déhanchait au milieu d'une nuée de pirates presque nus.

Eve crut reconnaître la chanson. Une sombre histoire de cœur brisé et d'amour naufragé.

— Je ne suis pas certaine que cette vidéo, si amusante soit-elle, convienne à une fillette de l'âge de Nixie.

— Hein ? fit Eve en lançant un coup d'œil à Mira. Oh, merde ! Vous croyez que je dois l'arrêter ?

— Surtout pas !

Mira tapota la main d'Eve, et patienta jusqu'à ce que Nixie lâche les manettes.

— Je n'ai toujours pas eu le meilleur score ! se plaignit-elle.

— Tu m'as battu à plate couture, lui rappela Trueheart.

— Mais je n'ai pas battu Connors. Peut-être qu'il triche.

— Ça ne m'étonnerait pas de lui, commenta Eve. Mais je l'ai vu à l'œuvre sur ce machin. Il est imbattable.

Elle espérait que son ton décontracté rassurerait Nixie. Mais dès qu'elle sauta de son tabouret, celle-ci la fixa d'un air interrogateur.

— Non, répondit Eve, ayant deviné sa question. Pas encore. Quand je les aurai trouvés, tu seras la première avertie.

— Bonjour, Nixie.

Mira s'approcha de la fillette.

— Tu n'as peut-être pas battu un record, mais ton résultat m'a impressionnée.

— J'aurais pu faire mieux.

— Peut-être qu'un de ces jours, Connors jouera avec toi. Il pourra te montrer ses trucs.

Une lueur d'intérêt s'alluma dans les prunelles de Nixie.

— Vous croyez ?

— Propose-le-lui, tu verras bien. Bonjour, officier Trueheart.

— Docteur Mira. Heureux de vous voir.

— Vous connaissez tous les policiers ? s'enquit Nixie.

— Pas tous, mais un bon nombre. J'aimerais bavarder avec toi, Nixie, mais avant, tu pourrais m'apprendre à manipuler cette machine. Ça m'a l'air très amusant.

— Oui. Si vous voulez.

— Je vais commencer par arrêter la vidéo.

— Mais c'est Mavis ! Elle est trop top !

— C'est mon avis aussi, rétorqua Mira. J'ai tous ses disques à la maison. Sais-tu que le lieutenant Dallas et Mavis sont de grandes amies ?

— Vous rigolez !

— Eve ?

— Hein ?

Eve sursauta ; elle était en train de se demander en quoi Mavis et ses compagnons pouvaient choquer une enfant qui avait assisté au massacre de sa famille.

— Euh, oui, oui. Mavis et moi, nous sommes de vieilles copines.

— Vous lui parlez ? En personne ?

— Bien sûr.

— Elle vient ici, parfois ?

— Tout le temps.

Eve subit de nouveau le regard acéré de la fillette, changea de position, tenta de penser sécurité et procédure, se sentit fondre.

— Écoute, si c'est possible, et si elle n'est pas trop occupée, je m'arrangerai pour qu'elle passe bientôt. Tu pourras la rencontrer et...

— Pour de vrai ?

— Non, pour de faux. Nom de Dieu !

— Ce n'est pas bien de jurer devant moi, répliqua Nixie d'un air offusqué.

— Alors retourne-toi, pour que je puisse jurer dans ton dos. Tout baigne ? ajouta Eve en coulant un regard désespéré en direction de Mira. J'ai du boulot.

— Tout va bien.

— Trueheart, suivez-moi.

— Oui, lieutenant. À plus tard, Nixie.

Avant qu'Eve franchisse le seuil, la petite la rattrapa.

— Dallas. Ils vous appellent tous Dallas. Sauf elle. La doctoresse.

— Oui, et alors ?

— Vous vous en allez ?

— Non, je vais travailler ici un moment.

— D'accord.

Nixie rejoignit Mira.

— Je vais vous apprendre à jouer au flipper.

Le « moment » dura des heures. McNab avait peut-être exagéré en affirmant qu'il était prêt à travailler jusqu'à ce que le sang jaillisse de ses oreilles, mais Eve avait l'impression que ses yeux étaient sur le point de la lâcher. Elle enchaîna les recherches croisées dans l'espoir que des noms réapparaissent. Quand le soleil se coucha, elle se versa un autre café et poursuivit sa tâche.

— À table ! annonça Connors en entrant. Tu as expédié tes hommes chez eux pour qu'ils mangent, reprennent des forces et se reposent. Imite-les.

— Je vais avoir une touche. Forcément.

— L'ordinateur peut continuer à ronronner pendant que tu dînes. Nous descendons.

— Pourqu... Ah !

Elle se frotta le visage.

— Je comprends. De quoi allons-nous lui parler ?

— Nous trouverons.

— Tu sais quoi ? Elle me fait un peu peur. Comme tous les gosses, du reste. On dirait qu'ils savent des choses qu'on a oubliées, pourtant, ils vous harcèlent de questions. Quand Mira lui a appris que Mavis était une amie, elle a sauté au plafond.

Connors se percha sur le coin du bureau.

— Elle est fan de Mavis. Une mine d'or pour la conversation.

— Elle veut jouer au flipper avec toi. Elle a l'air d'aimer la compétition, et elle est vexée de ne pas réussir à atteindre tes scores.

— Vraiment ? s'exclama-t-il avec un large sourire. Voilà qui me plaît. Je lui proposerai une partie après le dîner. Autant que je m'exerce pour quand nous aurons nos propres enfants.

Eve ne blêmit pas, mais son regard se voila.

— Tu me mènes en bateau ?

Il lui tendit la main.

— J'ai du mal à résister à la tentation. Allez, sois une gentille fille et viens manger.

Alors qu'elle se levait, son communicateur bipa.

— Une seconde… C'est Whitney, ajouta-t-elle en voyant les données s'afficher sur l'écran numérique. Dallas.

— Lieutenant. Le refuge de la 82ᵉ Rue a été attaqué.

— La 82ᵉ…

Eve tapota sur son clavier pour faire apparaître les données.

— Preston et Knight.

— Morts, tous les deux.

Cette fois, elle pâlit.

— Morts, commandant ?

— Sur le site, confirma-t-il, le regard sombre, la voix monocorde. Le système de sécurité a été sabordé, les deux officiers exécutés. Rendez-vous sur les lieux immédiatement.

— Bien, commandant. Les autres refuges…

— J'ai donné l'ordre qu'on multiplie les patrouilles. Les rapports arrivent. Je vous retrouve sur place.

Le visage de Whitney disparut, et Eve demeura figée. Connors vint poser la main sur son épaule.

— Preston et Knight. Je les avais choisis moi-même. Deux flics solides, à l'instinct infaillible.

— Je suis désolé, Eve.

— Nous n'avions aucun témoin protégé dans cette planque, mais Newman devait connaître l'adresse, donc il fallait protéger l'endroit. Elle aussi est morte, maintenant. Le nombre de victimes s'élève désormais à huit.

Elle se leva, vérifia son arme.

— Deux bons flics. Je vais les traquer comme des chiens.

Quand il lui annonça qu'il l'accompagnait, elle ne discuta pas. Elle préférait qu'il prenne le volant le temps qu'elle se ressaisisse.

Comme elle descendait l'escalier au pas de course tout en enfilant sa veste, Nixie surgit dans le vestibule.

— On vous attend pour dîner.

— Nous devons sortir.

— Pour dîner?

— Non, intervint Connors en lui ébouriffant les cheveux. Le lieutenant a du travail. Je vais lui donner un coup de main.

Elle le dévisagea, puis posa les yeux sur Eve.

— Quelqu'un d'autre est mort?

Eve faillit mentir, se ravisa :

— Oui.

— Et s'ils viennent pendant que vous êtes partis? Si...

— Ils ne peuvent pas entrer, l'interrompit Connors. Tiens, ajouta-t-il en s'accroupissant devant la fillette, je te confie ce petit communicateur. Si tu as peur, tu peux t'adresser à Summerset, ou à l'un des policiers dans la maison. Mais si tu ne peux pas leur parler, appuie sur ce bouton. Tu vois?

— Il sert à quoi?

— À me signaler que tu veux me joindre. Si tu appuies dessus, mon appareil bipera deux fois, et je saurai que c'est toi. Mais ne t'en sers pas à moins d'en avoir vraiment besoin. D'accord?

— Je peux essayer maintenant, pour voir si ça marche?

— Bonne idée.

Elle enfonça la touche qu'il lui avait indiquée, et le communicateur dans la poche de Connors bipa deux fois.

— Ça marche.

— Bien sûr. Range-le dans ta poche, lui conseilla-t-il. Nous serons de retour dès que possible.

Comme par enchantement, Summerset était apparu. Connors lui fit un signe discret, enfila son manteau, puis se tourna vers Eve.

— Lieutenant, je te suis.

Quand Summerset s'avança pour lui prendre la main, Nixie attendit que la porte se referme, puis demanda :

— Pourquoi il l'appelle lieutenant, et pas Dallas, comme les autres?

— C'est une espèce de terme affectueux entre eux, expliqua-t-il. Si on dînait dans la cuisine, ce soir?

Ce n'était pas de la rage. Eve ne savait trop comment définir le sentiment qui lui étreignait la gorge, la tête et les entrailles devant un tel massacre. Deux hommes qu'elle avait envoyés à la mort.

Tous risquaient de tomber en service. Elle n'en était pas moins bouleversée, d'autant que c'était d'elle qu'ils avaient reçu leurs derniers ordres.

Les autres flics étaient silencieux, fermés. La scène était sécurisée. C'était à elle de jouer, à présent.

Le refuge était une construction post-Guerres urbaines de piètre qualité. Il n'avait pas été conçu pour durer. Pourtant, l'étroit bâtiment à deux étages avait tenu, coincé entre d'autres du même genre.

La municipalité l'avait racheté, ainsi que beaucoup d'autres, à bas prix. Ils étaient assez mal entretenus, mais les systèmes de sécurité étaient de qualité.

Malgré cela, les assassins avaient réussi à pénétrer à l'intérieur. Non seulement ils étaient entrés, mais ils avaient éliminé deux policiers expérimentés.

L'arme de Knight était encore dans son étui, mais Preston avait eu le temps de dégainer. Son pistolet, au pied des marches sur lesquelles il gisait, était couvert de sang.

Knight était à plat ventre, à un mètre de la cuisine. Une assiette brisée, un gobelet de café et un sandwich étaient éparpillés devant lui.

Sur l'écran de divertissement défilaient les images d'un match des Arena Ball. L'écran de sécurité était noir.

— Ils ont descendu Knight en premier, constata-t-elle d'une voix rauque. Ils l'ont surpris alors qu'il sortait de la cuisine. S'ils s'étaient attaqués à Preston, Knight aurait dégainé. Preston descend l'escalier pour les affronter, mais ils sont plus rapides que lui.

Elle s'accroupit, ramassa l'arme.

— Il a tiré au moins un coup avant de tomber. Messieurs, quadrillez le quartier. Je veux savoir si quelqu'un a entendu une détonation, des cris, si on a vu un de ces salauds.

— Lieutenant...

172

Elle se contenta de tourner la tête, et son expression suffit à calmer l'uniforme.

— Bien, lieutenant.

— Ils les ont égorgés. Leur jeu favori. Mais on ne s'attaque pas à des flics sans risque. Avant cela, ils les ont neutralisés… Dard incapacitant à longue portée, déclara-t-elle en examinant la minuscule marque de brûlure sur la chemise de Preston. Cette fois, ils ont pris des précautions. C'est moins facile que d'assassiner des enfants. Bordel de merde, comment ont-ils pu entrer ? Comment se sont-ils débrouillés pour prendre deux flics de court ?

— C'est un système standard de la police, murmura Connors, touché par l'ampleur de son émotion. Un système efficace, mais banal. Si ce sont des experts, comme on le croit, il ne leur a pas fallu deux minutes pour le bloquer et entrer.

— Preston et Knight étaient de bons flics, insista-t-elle. Trop bons pour rester là sans bouger. Knight est dans la cuisine en train de se préparer un putain de sandwich. Il a un écran de sécurité sous les yeux. Il y en a d'autres à l'étage. Quand l'écran s'éteint, on déclenche un Code Rouge. Il ne s'est donc pas éteint. Pas tout de suite. Que fabriquait Preston là-haut ?

Elle enjamba le corps et monta.

Deux chambres, une salle de bains ; toutes les fenêtres étaient équipées de barreaux et de dispositifs électroniques. Elle aperçut le communicateur dans la première chambre, écouta la dernière transmission. Une communication sans image. Elle reconnut sa propre voix.

— Dallas, lieutenant Eve. Les suspects sont maîtrisés. Je répète, les suspects sont maîtrisés et en route pour le Central. Rendez-vous là-bas.

— Nom de Dieu ! marmonna Eve.

— Lieutenant ?

La voix de Preston trahissait la perplexité, mais pas l'inquiétude.

— Vous êtes sur le communicateur interne de la maison.

— Je sais. Bien reçu ?

— Oui, lieutenant, mais...

— À tout de suite.

Perturbé, Preston n'avait pas coupé immédiatement la communication.

— Hé, Knight ! Dallas a coincé ces salauds... Comment veux-tu que je le sache ? Elle était aussi bavarde qu'à son habitude. Fais-moi un sand...

Suivaient un claquement, un cri, des bruits de pas.

— Un simulateur vocal, constata Connors, qui l'avait rejointe. Le son est un peu métallique. Si Preston avait eu un instant pour y réfléchir, il aurait envisagé cette possibilité et tenté de te contacter.

— Un qui utilise le simulateur, deux qui font irruption. Ils en attirent un à l'étage, l'occupent le temps qu'il faut. Ils sont bien équipés, peut-être ont-ils des détecteurs de chaleur corporelle. Ils savaient où se trouvaient Knight et Preston. Un en haut, un en bas.

— S'ils avaient des capteurs, ils savaient qu'il n'y avait que deux personnes dans la maison. Deux adultes.

Elle composa le numéro de la DDE.

— Certains refuges possèdent une pièce blindée, pour contrecarrer ce genre de surveillance. On peut supposer que le témoin protégé y est enfermé. Inutile de vérifier, une fois qu'on a l'adresse.

Elle quitta la pièce et descendit. Whitney surgissait comme elle atteignait le bas de l'escalier.

— Commandant.

— Lieutenant.

Il salua Connors d'un signe de tête et s'approcha du premier corps. Sans un mot. Puis, sans quitter des yeux ses hommes à terre, il déclara d'une voix dangereusement calme :

— Ils ne savent pas ce qui les attend. Mais ils ne vont pas tarder à l'apprendre. Au rapport.

Eve effectua ses tâches méticuleusement : rapport, enregistrement, relevé d'indices, tout en réprimant la tempête qui faisait rage en elle.

Elle se tint près de Morris tandis qu'il entamait son examen sur site.

— Neutralisés d'abord. Tous deux ont une marque sur le torse.

— Preston avait dû descendre quatre ou cinq marches. Il a eu le temps de tirer, précisa Eve. Il en a peut-être touché un. Il n'y a aucune trace sur les murs. Les techniciens ont passé les lieux au peigne fin. Rien. Pas de balle perdue.

— Selon moi, il s'est écroulé. J'en saurai davantage quand j'aurai approfondi mes analyses, mais les hématomes et la position du corps indiquent qu'il a été propulsé vers l'arrière, puis qu'il s'est affaissé et a glissé. On lui a tranché la gorge à l'endroit où il a atterri.

— Pour égorger Knight, ils ont dû lui soulever la tête.

Eve alla se planter devant l'entrée principale.

— Ils entrent ensemble, l'un debout, l'autre accroupi. À en juger par l'angle de tir, c'est ce dernier qui vise Knight. L'autre s'attaque à Preston. Ils se déplacent vite, et sans heurt.

L'arme au point elle s'avança jusqu'au corps de Knight, mima la scène.

— Cette fois, l'entaille est l'œuvre d'une main gauche, commenta-t-elle. Ils sont pleins de ressources ces salopards. Le pistolet paralysant dans la main droite, le couteau dans la gauche.

Morris ne dit rien, se contentant de l'observer.

— Le second se précipite vers Preston, se penche, l'égorge, puis il monte, laissant à son complice le soin d'inspecter le rez-de-chaussée. Vu la surface, il leur faut moins de quatre-vingt-dix secondes pour s'assurer qu'il n'y a personne d'autre. Le tout n'a pas duré plus de trois minutes. Le sang que l'on voit par terre ici, dans la cuisine et dans les toilettes, est sûrement celui de Knight. Là-haut, ce sera celui de Preston. D'après les traces, on peut affirmer qu'ils ont agi très vite. Regardez...

Elle fonça jusqu'au seuil de la cuisine, balaya son arme de droite à gauche.

— Vous voyez ce sang, là ?

Elle se tourna vers l'escalier.

— Preston n'aurait pas dû se montrer. Il a agi spontanément, parce qu'il n'a pensé qu'à son partenaire au lieu de se fier à son instinct de flic. Résultat, il est mort.

Elle rangea son revolver dans son étui.

— Merde.

— Je m'occupe d'eux, Dallas.

— On va les enterrer vivants, Morris.

— Oui.

Elle sortit. La plupart des journalistes regroupés devant le bâtiment s'étaient dispersés, Whitney leur ayant fait une brève déclaration.

Elle aperçut cependant Nadine en compagnie de Connors, près de son véhicule. Un sursaut de rage la submergea, et elle se rua vers la présentatrice, prête à la couvrir d'insultes. Mais quand Nadine pivota vers elle, ses joues étaient sillonnées de larmes.

— Je les connaissais, dit-elle avant qu'Eve puisse prononcer un mot. Je les connaissais.

— D'accord. D'accord.

— Knight et moi... on avait l'habitude de flirter. Rien de sérieux, mais on jouait le jeu... Preston me montrait souvent des photos de son gosse. Il avait un petit garçon.

— Je sais. Vous devriez prendre quelques jours de congé, Nadine.

— Quand vous les aurez coincés, répliqua-t-elle en s'essuyant le visage. Je ne sais pas pourquoi je réagis aussi vivement. Ce n'est pas la première fois que quelqu'un que je connais est...

— Preston en a peut-être touché un. Je vous confie cela d'amie à amie, pas de flic à reporter. Parce qu'on les connaissait toutes les deux, et que la pensée que l'un des meurtriers soit blessé m'encourage.

— Merci.

Eve s'adressa à Connors :

— Il faut que je termine ici, puis que j'aille au Central. Je ne sais pas à quelle heure je rentrerai.

— Tiens-moi au courant.

— Bien sûr.

Elle songea à ce qu'il lui avait dit un peu plus tôt sur les risques qu'elle devait prendre. Et à ce qu'il avait dû ressentir en découvrant ces deux flics baignant dans leur sang. Aussi, malgré la présence de Nadine, de ses collègues, des techniciens et des quelques badauds qu'on n'avait pas réussi à refouler, elle s'approcha de lui, posa la main sur sa joue, effleura ses lèvres des siennes.

— Si tu veux, je peux demander à une patrouille de te ramener.

Il lui sourit.

— Certainement pas ! Nadine, je vous dépose ?

— Un baiser comme celui-là, et je me retrouve en orbite, assura la journaliste. Mais je me contenterai d'une balade en voiture jusqu'aux studios. Dallas, si vous avez besoin d'une paire d'yeux ou de mains supplémentaires, comptez sur moi. Et je ne vous demande aucun tuyau en échange.

— Je m'en souviendrai. À plus tard !

Eve tourna les talons, et s'engouffra dans le bâtiment qui empestait la mort.

11

Quand un flic tombait en service, l'info se répandait comme une traînée de poudre. Le temps qu'Eve atteigne le Central, et la nouvelle avait serpenté à travers les méandres des couloirs, s'était glissée dans les box et les bureaux. L'atmosphère était électrique.

Elle franchit le seuil de la salle commune, s'arrêta. Elle avait horreur des discours. Elle préférait les débriefings ou les ordres. Mais elle était l'officier supérieur, et ses hommes méritaient d'apprendre la vérité de sa bouche.

Ils étaient tous à leur poste de travail, à répondre aux communications, à rédiger des rapports, à enregistrer les dépositions de civils, victimes ou coupables.

L'air sentait le mauvais faux café, l'aspartame, la sueur, le graillon. Et la fureur, dont l'odeur était presque palpable.

Lorsqu'elle entra, tous les bruits cessèrent, hormis les gémissements de l'un des civils. Les communicateurs continuèrent de biper, mais tout le monde les ignora.

Elle avait du sang sur les mains, et savait qu'aucun des flics présents n'ignorait d'où il venait.

— Les inspecteurs Owen Knight et James Preston sont tombés en service ce soir, aux alentours de 20 h 15. Ils ont été assassinés dans l'exercice de leur métier. L'inspecteur Knight laisse une mère, un père et une sœur. L'inspecteur Preston laisse une épouse, un fils de trois ans, ses parents et grands-parents. Vous pouvez faire un don en leur nom à la Fondation des survivants. Inspecteur Jannson, voulez-vous coordonner les opérations ?

— Bien sûr, lieutenant, répondit la jeune femme. Avez-vous des précisions, lieutenant ?

— Nous pensons que les événements de ce soir sont liés aux meurtres Swisher. Cinq civils, dont deux mineurs. Preston, Knight, chacun d'entre nous est chargé de protéger et d'assurer la sécurité des habitants de cette ville. À la brigade des homicides, nous sommes également chargés de rendre justice aux victimes en appréhendant les assassins. Nous avons l'habitude de résoudre nos enquêtes, et celle-ci ne fera pas exception. Nous le devons aux cinq civils, dont deux mineurs, ainsi qu'à tous ceux qui les pleurent. Nous le devons à nos collègues. Nous traquerons les coupables et nous les arrêterons.

Elle marqua un temps d'arrêt.

— D'ici là, toute demande de congé pour raisons personnelles, vacances ou maladie, passera par moi. Vous travaillerez sur cette affaire en plus de vos dossiers en cours, et rédigerez un rapport quotidien. Lors du changement de service, vous êtes priés de vous rendre à la salle de réunion pour y recevoir vos ordres. Ce sera tout.

En se dirigeant vers son bureau, elle n'entendit personne se plaindre.

Elle ferma la porte, programma un café, puis s'assit.

Un représentant de la police et un psychologue du département avaient sans doute déjà averti les familles. Un souci de moins pour le moment. Mais elle serait bien obligée de leur présenter ses condoléances lors des obsèques.

Elle voulait pouvoir leur dire : nous avons mis hors d'état de nuire ces ordures qui ont tué votre mari, votre fils, votre frère, votre père.

Elle se pinça l'arête du nez, puis se leva pour accrocher les photos de la scène du crime sur son tableau.

Après quoi, elle s'attaqua à la rédaction de son rapport.

Ils ne s'étaient pas aventurés dans les autres refuges. Parce qu'ils savaient que leur cible ne s'y trouvait pas.

Ils l'avaient compris tout de suite en tombant sur deux flics armés chargés de surveiller une maison vide.

Ils les avaient tués par provocation, décréta-t-elle. C'était une sorte de message. Mais quelle en était la signification ? Quand on élimine deux flics, on s'attend forcément à ce que toutes les forces de police soient sur le pied de guerre. Alors, pourquoi ? Pour prouver qu'on est plus malin, plus fort, mieux équipé. Et qu'on n'est pas dupe : on sait que vous avez la gamine, et on veut la récupérer.

Newman avait pourtant dû leur expliquer que Nixie serait incapable de les identifier. Mais on n'est jamais trop prudent.

« Non, songea Eve, moi non plus, je n'aurais pas laissé pendouiller ce fil après avoir pris toutes ces précautions. Après tout, c'est un peu vexant de se faire doubler par une gamine de neuf ans, non ? »

Elle s'adossa à son fauteuil, fit jouer les muscles de ses épaules. Il faut être fier de son travail pour être aussi efficace. Or, la mission ne sera accomplie que le jour où Nixie Swisher sera morte.

— Alors, qu'allez-vous faire maintenant ? interrogea-t-elle à voix haute.

On frappa à la porte, et Peabody entra.

— Vous ne m'avez pas appelée. J'ai entendu la nouvelle au journal.

— Je vais avoir besoin de vous demain. En pleine forme.

— Quelle connerie !

Eve ne bougea pas, mais ses oreilles se mirent à bourdonner.

— Inspecteur, vous poussez un peu loin le bouchon.

— Je suis votre coéquipière. Cette affaire me concerne autant que vous. Je connaissais ces gars.

— Et moi, je suis votre supérieure, je vous conseille donc de surveiller votre langage si vous ne voulez pas vous retrouver avec un blâme dans votre dossier.

— Je me fiche de mon dossier ! Vous pouvez aller au diable, avec mon dossier !

Lentement, Eve quitta son siège. Peabody avança le menton, serra les dents – et les poings.

— Vous allez me frapper, inspecteur? Vous serez par terre avant même d'avoir levé le bras.

— Possible.

Depuis le temps qu'elles travaillaient ensemble, Eve avait vu Peabody furieuse, blessée, triste et de mauvaise humeur. Elle ne l'avait encore jamais vue dans un tel état de rage. Elle devait faire un choix, et vite. Foncer, ou s'effacer. Elle n'opta ni pour l'un ni pour l'autre.

— Vous êtes magnifique quand vous êtes en colère.

Peabody cligna des yeux une fois, deux fois.

— Dallas...

— Toute rouge, bouillonnante. Si j'avais un faible pour les filles, je vous sauterais dessus.

Un frémissement parcourut le menton de Peabody, se transforma en un sourire contraint. La crise était passée.

— Si je ne vous ai pas prévenue, c'est pour les raisons que je viens de vous donner. Plus celle-ci.

D'un mouvement preste, elle lui tapa dans les côtes.

Le souffle coupé, Peabody pâlit, puis son visage prit une teinte verdâtre.

— C'est méchant. Même venant de vous.

— Oui, mais votre réaction en dit long: vous n'êtes pas encore guérie à cent pour cent. Si vous ne vous reposez pas suffisamment, vous ne me serez d'aucune utilité.

Eve s'approcha de l'Autochef et commanda une bouteille d'eau pendant que Peabody prenait appui contre le bureau et tentait de retrouver une respiration normale.

— Je ne peux pas me permettre de m'inquiéter pour vous, or, je m'inquiète. Et je n'aime pas vous voir souffrir.

— Pour un peu, j'oublierais le coup de poing que vous venez de m'assener.

— Ce n'était qu'une petite tape de rien du tout, preuve que j'ai raison. Tenez, buvez, ajouta Eve en lui tendant la bouteille. Vous avez failli mourir.

— Ben, oui, Dallas, mais...

— Vous avez failli mourir, répéta Eve, et j'ai eu très peur. Très, très peur.

— Je sais. Je comprends.

— Je vous ai autorisée à vous remettre au boulot parce que les médecins m'avaient assuré que vous pouviez supporter une charge de travail légère. Je ne vous chasse pas de cette enquête, parce que je sais pertinemment que si j'étais à votre place, le fait de m'occuper l'esprit m'aiderait à oublier que j'ai failli y passer.

— C'est vrai. Je me suis réveillée en sueur plusieurs fois ces dernières semaines. Mais je vais mieux. J'ai besoin de travailler.

— Tout à fait d'accord. Si je ne vous ai pas appelée ce soir, en plus de toutes les raisons déjà citées, c'est parce que...

Elle ferma la porte.

— C'est moi qui ai affecté Knight et Preston à ce refuge. Moi aussi, je les connaissais bien, et aujourd'hui, à cause de moi, ils sont morts. Il fallait d'abord que je rumine. Seule. Maintenant que j'ai fini, mettons-nous au boulot.

Peabody s'assit.

— Je n'étais pas fâchée contre vous. Enfin, si, mais c'était plus facile de vous en vouloir que de...

— Je sais. Commandez du café.

— Pas possible! Vous m'offrez un café?

— C'était pour moi, mais vous pouvez en boire un aussi.

Peabody alla programmer l'Autochef. En attendant sa commande, elle examina les photos sur le tableau.

— Qu'est-ce qu'on a?

Eve lui résuma la situation.

— Vous avez une copie de la transmission? J'aimerais l'entendre.

Eve s'exécuta. Peabody écouta attentivement l'enregistrement en buvant son café à petites gorgées.

— C'est pas mal... mais j'aurais tout de suite su que ce n'était pas votre voix. Bien sûr, comme il ne vous entend pas tous les jours, je comprends qu'il ait pu être induit en erreur. Initialement. S'il avait eu dix secondes de plus, il se serait dit : pas d'image, elle ne m'a pas appelé par mon nom ou mon grade, ce n'est pas à elle d'informer tous les agents... Il sait que vous êtes trop occupée avec les suspects.

— Il n'a pas eu les dix secondes de plus. Il se lève pour décrocher le communicateur interne. Il n'y en a qu'un seul dans la maison, dans cette pièce sécurisée, dont l'usage est réservé aux policiers seulement quand un témoin se trouve sur les lieux. Avec leur matériel ultra-sophistiqué, ces salauds le localisent. Ensuite, c'est simple comme bonjour. Ils l'appellent, le maintiennent en ligne quelques minutes, le temps de décoder l'alarme. Il n'a pas encore raccroché qu'ils ont déjà franchi la porte.

— Qui a prévenu les secours ?

— Ils devaient contacter le Central toutes les heures. Quand on n'a pas eu de leurs nouvelles, on a envoyé une équipe sur place. Jusqu'ici, le quadrillage du quartier n'a rien donné.

— Ces refuges sont parfaitement isolés. Personne n'aurait entendu un coup de feu.

— L'entrée est au rez-de-chaussée, il fallait bien qu'ils ferment la porte derrière eux. Ils rusent. Une fois à l'intérieur, l'un d'entre eux claque la porte. Knight surgit, crie pour alerter son camarade, mais il tombe avant d'avoir pu dégainer son arme. Preston répond, parvient à tirer une fois, s'écroule. Ils les égorgent, fouillent la baraque – pas question d'oublier quoi que ce soit cette fois-ci. Et ils s'en vont.

— Ils devaient avoir un véhicule quelque part.

— Le troisième homme. Plus un quatrième, peut-être. Un pour conduire, l'autre pour manipuler l'équipement électronique. De l'intérieur de la maison, les types annoncent que la cible n'est pas là. Le véhicule repart, sans doute au Q.G. Nos assassins s'éloignent tranquillement à pied. C'est plus discret.

— Quelqu'un les a peut-être vus entrer ou sortir de la maison.

— Il faut l'espérer.

— Nous n'avons toujours aucune idée du mobile.

— Nous travaillons avec ce que nous savons. Ce sont des experts en électronique, ils opèrent dans le style commando. Ils sont plusieurs. Ils forment une équipe parfaitement rodée. Ce groupe, ou l'un de ses membres, a ordonné ou commandité les meurtres des Swisher. Il se pourrait que… Quoi ? s'exclama-t-elle, exaspérée, tandis qu'on frappait à la porte.

— Désolée, lieutenant.

Jannson entra.

— Qu'y a-t-il, inspecteur ?

— J'ai commencé à récolter des dons pour la Fondation des survivants.

— Nous en discuterons plus tard.

— Non, lieutenant. J'étais en bas, à l'accueil, et pendant qu'il cherchait son argent, un agent m'a parlé d'une prostituée, en cellule de dégrisement ; elle prétend savoir des choses sur les événements de ce soir. Il était énervé parce qu'ils la ramassent sans arrêt et qu'elle cherche toujours à tirer parti de la situation. Il pense qu'elle a dû entendre des collègues parler de Knight et de Preston, et qu'elle essaie d'attirer l'attention sur elle. Je sais que c'est un peu tiré par les cheveux, mais je m'en serais voulu de laisser passer l'incident. Ils l'ont récupérée sur la 89ᵉ Ouest. À cinq blocs seulement de la scène du crime.

— Faites-la monter en salle d'interrogatoire. Nous allons la cuisiner. Voyez s'il reste un box de libre.

— C'est déjà fait. Vous pouvez utiliser le box A.

— Amenez-la-moi. Vous voulez participer ?

Jannson hésita.

— Si nous sommes trois, elle risque de se prendre trop au sérieux. Je resterai dans la salle d'observation.

— Qu'on me transmette son casier. Merci, Jannson. Beau travail.

Ophelia Washburn était plus qu'usée. C'était une loque. Noire, les hanches larges, elle était dotée d'une paire de seins énormes que son débardeur pailleté luttait férocement pour maintenir en place. Sa coiffure était imposante, et ses lèvres pulpeuses peintes aux couleurs de son haut. Quant au reste de son maquillage, il semblait proclamer haut et fort : « Attention, pute ! Demandez les tarifs ! »

Mais aucun de ces artifices ne pouvait masquer le fait qu'Ophelia n'était plus de première jeunesse. Elle devait approcher les cinquante ans.

— Ophelia, commença Eve d'un ton léger, presque amical. Je constate que votre licence est périmée, et que vous avez déjà trois autres violations à votre actif au cours des dix-huit derniers mois.

— Non, justement. Ce flic, il m'a accusée d'être en possession de substances illégales ; je lui ai *expliqué* que c'est le client qui les avait mises dans ma poche. Croyez-moi, on ne peut pas faire confiance aux clients. Bon, on me supprime ma licence. Comment voulez-vous que je bouffe si je peux pas bosser ? Qui est-ce que je gêne ? Je vais à toutes mes consultations médicales. C'est marqué dans mon fichier. Je suis nickel.

— Je vois par ailleurs que les analyses révèlent la présence d'Exotica et de Go dans votre sang.

— Oui, ben, c'est sûrement une erreur, ou alors, c'est le client. Vous savez, il y en a qui veulent qu'on frotte du Go sur leur queue. Faites-lui une pipe, et vlan ! Vous l'avez dans le baba.

Eve inclina la tête de côté, comme si elle trouvait cette information fascinante.

— Vous savez que vous risquez de perdre définitivement votre licence.

— Vous pouvez m'arranger ça. Parce que j'ai quelque chose à vous offrir en échange.

— Quoi, Ophelia ?

— D'abord, vous m'arrangez ça.

— Peabody, ai-je l'air d'avoir récemment subi une lobotomie ?

— Non. En tout cas, vous m'avez l'air suffisamment lucide pour refuser d'effacer ce casier avant d'avoir reçu des informations pertinentes.

Ophelia grogna :

— C'est quoi, *pertinentes* ?

— Ophelia, deux flics sont morts, rétorqua Eve, cette fois d'une voix glaciale. Vous en avez entendu parler. Si vous me menez en bateau dans le seul but de récupérer votre licence, je veillerai personnellement à ce qu'on vous la retire, et que les flics vous harcèlent jusqu'à la fin de vos jours.

— Pas la peine de vous foutre en rogne, marmonna Ophelia avec une moue boudeuse. J'essaie simplement de nous sortir toutes les deux d'une impasse.

— Alors dites-moi ce que vous savez, et si cela m'est utile, je vous libérerai

— Avec ma licence ?

— Avec votre licence.

— Cool. Bon, donc, voilà. Je tapinais sur la 92ᵉ. En général, je travaille dans le centre-ville, mais vu ma situation actuelle, j'ai été obligée de changer de secteur. Et puis, on fait de meilleurs coups dans l'Upper West. À cette heure-là, vous avez tous les cadres qui rentrent chez eux après avoir bu un verre. Je leur propose une petite gâterie en passant.

— Dans la rue.

— Eh bien… Il se trouve que j'ai un deal avec un traiteur qui me prête son arrière-boutique. Il prend sa com, et moi, je suis tranquille.

— D'accord. Continuez.

Visiblement rassurée, Ophelia sourit.

— Bref, je démarre ma journée. J'ai déjà fait une pipe, je suis de bonne humeur. Il fait beau, il y a du monde. Beaucoup de clients potentiels. Et là, j'aperçois deux mecs. Mmm… Grands, beaux, musclés, l'air méchant. Je me dis que je pourrais me faire un doublon. Je m'approche et je leur propose une petite fête. À tarif préférentiel. Je suis là, devant eux. Faut y aller en douceur, vanter la marchandise. L'un d'eux me regarde fixement, mais je pige tout de suite que ça l'intéresse pas. Quand on est dans le métier depuis toutes ces années, comme moi, on reconnaît ce genre d'expression. Ils ne disent rien, ils se séparent et passent chacun d'un côté de moi. C'est là que j'ai senti l'odeur.

— Laquelle ?

— L'odeur du sang frais. Je vous garantis que j'ai pas traîné. Je pars dans l'autre sens, je marche vite. Je suis tellement secouée que j'offre mes services à un flic en civil. Il me demande ma licence. Et j'atterris ici, où j'entends parler de deux flics morts dans le quartier. Alors je dis...

— Revenons en arrière un instant. Vous avez vu du sang sur ces individus ?

— Non, je l'ai senti.

— Comment saviez-vous que c'était du sang ?

— Ben, merde, vous avez jamais senti l'odeur du sang ? Surtout quand il est frais. Mon grand-père a une ferme dans le Kentucky. Il élève des cochons. Je lui filais un coup de main, à une époque. Croyez-moi, ces deux-là empestaient le sang frais.

Eve eut un sursaut d'excitation, mais garda son calme.

— Pouvez-vous me les décrire ?

— Grands, costauds. Blancs. Il fallait que je lève la tête pour les regarder, mais bon, je suis plutôt petite, même en talons. Ils étaient vraiment... imposants.

— Vous avez précisé qu'ils étaient beaux.

— Oui, d'après ce que j'ai vu. Ils portaient des lunettes de soleil et des bonnets noirs. J'ai pas vu leurs yeux, mais quand on vous dévisage comme ça, c'est inutile. Ils se ressemblaient vaguement, il me semble, mais comme c'étaient des Blancs...

— Comment étaient-ils habillés ?

— En noir. J'ai pas vraiment fait attention, mais on aurait dit des vêtements de qualité. Ils avaient des sacs aussi, avec des bandoulières. Environ de cette taille, ajouta-t-elle en écartant les mains d'une vingtaine de centimètres. Maintenant que j'y repense, l'un d'eux m'a cognée avec son sac en me croisant. Il était dur, et c'est là que j'ai senti l'odeur du sang.

— Dans quelle direction allaient-ils ? Est ou ouest ?

— Ouest, du côté de la Huitième Avenue. L'un des deux boitait. Comme s'il avait mal à la jambe, ou que ses chaussures le serraient.

Preston en avait donc touché un, songea Eve.

— Couleur des cheveux ? Signes distinctifs ?

— Je sais pas.

Eve se retint. Si elle insistait trop, Ophelia risquait d'inventer des détails, histoire de remplir les trous.

— Vous les reconnaîtriez ?

— Possible.

— J'aimerais que vous travailliez avec un dessinateur de la police.

— Pas possible ! J'ai encore jamais fait un truc pareil. J'ai dû vous filer un bon tuyau.

— Peut-être. En tout cas, assez intéressant pour que je vous arrange le coup de la licence.

— Vous êtes trop top. Les filles, c'est pas mon truc, mais si le cœur vous en dit, je vous prends gratis.

— J'y songerai. En attendant, j'aimerais que vous patientiez ici, le temps que je convoque un portraitiste.

— Vous me renvoyez pas en cellule ?

— Non.

En se levant, Eve décida d'en rajouter une couche :

— La nouvelle n'a pas encore été divulguée, mais elle le sera demain matin. On offre toujours une récompense aux témoins qui nous aident dans les affaires d'assassinats de flics. Si les renseignements que vous m'avez fournis me permettent d'arrêter les coupables, elle sera pour vous.

Ophelia arrondit les yeux.

— C'est une blague !

— Merci de votre coopération.

Dès qu'elles eurent quitté le box, Peabody s'accrocha au bras d'Eve.

— C'est dans la poche, Dallas. Elle les a vus.

— Oui. Bravo, inspecteur ! lança-t-elle à l'intention de Jannson, qui émergeait de la salle d'observation.

— Bravo à vous, lieutenant. Vous avez su la prendre. Je m'occupe du dessinateur.

— Exigez Yancy, c'est le meilleur. Qu'il vienne ici. Je ne veux pas que les médias l'apprennent tout de suite. Quant à Ophelia, appelez-la Marie Dupont, ou ce que vous voudrez, sur tous les rapports.

— Entendu.

Eve se tourna vers Peabody.

— Je veux qu'elle reste au Central. Elle ne doit redescendre dans la rue sous aucun prétexte. Ces types-là ont du pif ; ils la retrouveraient. Qui plus est, si elle sort, elle en parlera à tout le monde. Installez-la dans une cellule confortable. Donnez-lui tout ce qu'elle demande, dans la limite du raisonnable.

— Tout de suite, lieutenant.

Peabody retourna dans le box. En regagnant son bureau, Eve sortit son communicateur de sa poche. L'image de Connors apparut presque aussitôt à l'écran, et elle devina qu'il attendait son appel.

— Je risque d'en avoir encore pour un moment. J'ai peut-être quelque chose.

— Que peux-tu me dire ?

— Une prostituée les a sollicités à quelques pas de la scène du crime. Je te raconterai plus tard, mais je la garde ici, et Yancy va se mettre au boulot avec elle.

— Que puis-je faire ?

— C'est drôle que tu me poses la question.

Elle ferma la porte derrière elle.

— Tu te sens d'attaque pour une besogne fastidieuse ?

— Je préfère la qualifier de tâche informatique avancée. Tu as une lueur dans l'œil qui me réjouit, lieutenant.

— J'ai réfléchi, et je me suis dit que la famille Swisher n'a peut-être pas été la première. J'ai l'intention de creuser cette piste. Je constate une sorte de crescendo... c'est bien le terme que tu emploies quand tu traînes à ces concerts symphoniques, non ?

— En effet, mon Eve chérie et inculte.

— Crescendo, cela sous-entend une montée en puissance. Il est donc fort possible que les Swisher n'aient pas été les seuls ni les premiers.

189

— Feeney et toi avez parcouru les fichiers de l'IRCCA à la recherche de crimes semblables.

— Pas nécessairement semblables – pas uniquement les attaques à domicile avec massacre. Voici notre théorie. Si quelqu'un était suffisamment fou de rage contre l'un ou plusieurs des membres du foyer Swisher, il se pourrait qu'il le soit contre un ou plusieurs autres individus. En conséquence, nous devons remonter en arrière, mettre le doigt sur des connexions logiques. Le personnel des écoles – toute personne ayant un lien avec les établissements, décédée ou disparue au cours des trois dernières années, par exemple. Ces types sont persévérants, mais ils sont aussi prétentieux et orgueilleux. Ils ne patienteraient pas beaucoup plus longtemps.

— Il y a aussi les thérapeutes et médecins avec lesquels Keelie et Grant travaillaient.

— Tu as tout compris. Les avocats qui se sont présentés contre Swisher, les juges qui présidaient les procès, les travailleurs sociaux. Les clients des deux parties – morts ou disparus.

— Toujours sur une période de trois ans ?

— Oui – merde, non ! Va pour six ans. Mieux vaut assurer ses arrières. Si j'ai raison, et que les Swisher représentaient le feu d'artifice final, quelque chose nous sautera aux yeux. Les événements qui ont suivi ne sont qu'une opération de nettoyage, à cause d'une petite erreur de parcours. De lien en lien, je finirai bien par les avoir.

— Qu'est-ce que tu es sexy quand tu te mets en colère.

— Je le serai encore plus si tu mets le doigt sur quelque chose. Tu es plus doué que moi pour ce genre d'exercice.

— Mon amour, tu es une véritable amazone, au lit.

— Au boulot, camarade… Je m'occupe des écoles. À la moindre touche, contacte-moi.

Elle fonça vers l'Autochef, se ravisa. Elle n'avait pas besoin de café, elle était assez excitée comme ça. Elle opta pour une bouteille d'eau, ouvrit sa porte, et s'immobilisa juste avant de heurter Whitney.

— Commandant. Je ne savais pas que vous étiez dans la maison.

— Je suis allé présenter mes condoléances aux familles de Knight et de Preston. Tiens, ajouta-t-il, le café est transparent, maintenant ? Et en bouteille ?

— C'est de l'eau, commandant. J'ai pensé qu'il valait mieux limiter ma dose de caféine.

— Eh bien, moi, j'aurais bien besoin d'un petit remontant.

— Bien sûr, commandant.

Elle posa ses affaires et alla se planter devant l'Autochef.

— Je sais que vous avez une réunion dans quelques instants. Vous y serez. Je sais aussi que vous avez convoqué un portraitiste pour travailler avec un témoin potentiel.

— Je pense que c'est du solide, commandant. J'ai demandé l'inspecteur Yancy. Je n'ai pas encore eu le temps de rédiger mon rapport.

Il accepta la tasse qu'elle lui tendait.

— J'ai aperçu l'inspecteur Peabody, elle m'a résumé l'essentiel de l'entretien. J'assisterai à votre réunion, vous pourrez donc me donner les détails à ce moment-là. Mais auparavant, il y a un point dont j'aimerais discuter avec vous.

Comme il fermait la porte, Eve redressa les épaules, geste qui lui rappela Trueheart.

— Asseyez-vous, lieutenant.

Elle prit la chaise réservée aux visiteurs afin de lui laisser son propre fauteuil, nettement plus solide. Cependant, Whitney resta debout.

— Il est toujours difficile de perdre des hommes. Difficile d'accepter qu'ils soient tombés pour avoir obéi à vos ordres... Ce n'est pas la première fois que cela arrive.

— Non, commandant.

— Mais c'est chaque fois douloureux. Obéir aux ordres est moins pesant que de les dispenser. Vous devez supporter cette charge, et surtout éviter de remettre vos décisions en question. Vous avez fait ce que vous aviez à faire, vos hommes aussi. Nous en perdrons peut-être d'autres avant de coincer ces ordures. Vous ne pouvez vous permettre la moindre hésitation lorsqu'il s'agit de donner des ordres, ni de douter de vos initiatives.

— J'ai assumé, commandant.

— Vous avez commencé. Mais cela reviendra vous tarauder. Si vous en éprouvez le besoin, adressez-vous à Mira ou à l'un de nos psychologues.

— Je surmonterai cette épreuve. Si je n'y parvenais pas, aucun de mes hommes ne me ferait confiance. J'ai compris cela le jour où j'ai accepté ma promotion au grade de lieutenant. Ce n'est pas la première fois que j'affiche des photos de mes collègues sur ce tableau. Je sais pertinemment que ce ne sera pas la dernière.

— Vous devriez être capitaine.

Eve ne dit rien.

— Vous savez qu'on ne vous a pas proposé de passer l'examen pour des raisons essentiellement politiques.

— J'en connais les raisons, commandant, et je les accepte.

— Vous ne les connaissez pas toutes. Je pourrais tirer des ficelles, pousser le chef dans ses retranchements, faire jouer quelques pistons.

— Certainement pas.

Il ébaucha un sourire.

— Rassurez-vous, Dallas, je ne suis pas prêt à caser l'un de mes meilleurs flics derrière un bureau. Quant à vous, vous n'êtes pas prête à assumer un rôle purement administratif.

— En effet, commandant.

— Nous le saurons tous deux quand vous le serez, conclut-il en ouvrant la porte. Je vous retrouve en salle de réunion.

12

De retour dans son bureau, Connors s'attela à sa tâche. Il était toujours surpris de constater à quel point il prenait plaisir à travailler pour les flics. Il avait pourtant passé une grande partie de sa vie à les éviter, à leur échapper ou à les doubler.

Aujourd'hui, non seulement il était le mari – follement amoureux – d'un lieutenant, mais il consacrait des heures innombrables à collaborer avec la police.

La vie était décidément imprévisible.

Peut-être était-ce le côté ludique qui l'attirait : reconstituer un puzzle en s'aidant de faits, d'indices, et de son instinct.

Ils formaient une bonne équipe, Dallas et lui, songeat-il en se versant un cognac avant de se mettre au travail. Elle, avec son sens inné de la justice, lui, avec son passé de délinquant.

S'il en avait terminé avec ce milieu, l'instinct demeurait.

Il avait tué. De sang-froid, violemment. Il savait ce que c'était que de prendre une vie, et ce qui pouvait conduire un être humain à mettre un terme à l'existence d'un autre.

Eve l'acceptait. Peut-être ne le lui pardonnerait-elle pas, mais elle l'acceptait. Mieux, elle comprenait, et c'était là le miracle.

Mais même dans les pires moments, jamais il n'avait éliminé un innocent. Jamais il n'avait assassiné un enfant. Malheureusement, comme Eve, il savait que le mal existait, et qu'il prenait plaisir à s'attaquer aux faibles et aux innocents.

Il se revoyait, chemise souillée, nez en sang, regard dur et plein de défi, en haut des marches du taudis où il avait vécu autrefois à Dublin.

Il revoyait son père, Patrick Connors, immense et menaçant, chancelant sous l'effet de la boisson.

Tu crois que deux ou trois portefeuilles minables suffisent pour gagner ta journée ? Donne-moi le reste, espèce de fils de pute.

Il revoyait la botte se levant vers lui, la façon dont il l'avait esquivée. Pas assez vite, cependant, pas cette fois. Une sensation atroce l'envahit à ce souvenir, l'impression de sombrer dans un puits sans fond. Avait-il crié ? Curieusement, il était incapable de se le rappeler. Avait-il hurlé, juré, ou simplement dégringolé l'escalier comme une chiffe molle ?

Ce qu'il n'oubliait pas, c'était le rire de son père. Quel âge avait-il ? Cinq ans ? Six ans ? Quelle importance ?

Tout ça pour dix livres qu'il avait empochées en douce.

Nixie n'avait jamais été battue par un père ivrogne.

Pourtant, le mal et la cruauté faisaient déjà partie de sa vie. Pauvre petite.

Jetant un coup d'œil sur le moniteur, il la vit, roulée en boule sous les couvertures.

Un jour, elle se remettrait. Pour l'heure, elle ne ressentait que douleur, chagrin et confusion. Mais elle remonterait la pente, elle se reconstruirait.

Le mieux qu'il puisse faire pour l'y aider, c'était de faire en sorte que justice soit rendue.

Il lança une série de recherches simultanées sur chacun des adultes Swisher, puis une vérification en cas d'homonymes. Ensuite, il se pencha sur le cas des Dyson. Eve n'approuverait sans doute pas, mais après tout, ils étaient les tuteurs désignés de Nixie. Il voulait s'assurer qu'ils n'avaient rien à se reprocher.

Parallèlement, il poursuivit sa recherche de noms de terroristes connus, membres d'organisations paramilitaires ou marginales.

Il avait l'intention d'aller plus loin, mais pour cela, il devrait se servir de son matériel non enregistré. Même là, ce serait délicat – ce qui redoublait son plaisir. Il était en quête de noms d'opérateurs spéciaux – des agences militaires et gouvernementales spécialisées dans l'électronique. Une fois sa liste en main, il effectuerait des croisements avec les données concernant les Swisher.

Son plan était de laisser les ordinateurs travailler pendant qu'il se réfugierait dans son bureau privé. Mais en se tournant vers le moniteur, il vit Nixie bouger.

Il l'observa, craignant un nouveau cauchemar. Il se demanda s'il n'avait pas commis une erreur en insistant pour prendre le relais de Summerset. Les cauchemars, il connaissait, mais en matière d'enfants il n'était qu'un novice pathétique.

Un instant plus tard, elle s'assit. Elle s'empara du communicateur qu'il lui avait confié, et qu'elle avait caché sous l'oreiller, effleura les touches des doigts. Puis elle scruta la pièce. Elle était si menue, si perdue, que Connors en eut le cœur brisé.

Il s'apprêtait à la rejoindre pour la réconforter quand elle descendit du lit. Sans doute avait-elle envie de faire pipi, ou de boire un verre d'eau. Elle était assez grande pour se débrouiller toute seule, non ?

Pourtant, au lieu de se diriger vers la salle de bains, elle vint se planter devant le scanner domestique.

— Est-ce que Dallas est là ? demanda-t-elle d'une toute petite voix.

Dallas, lieutenant Eve, n'est pas actuellement sur les lieux.

Nixie se frotta les yeux, renifla. Une fois de plus, Connors se dit qu'il devrait se précipiter à son chevet.

— Et Connors ?

Connors est dans son bureau.

— Je ne sais pas où c'est. Il faut m'expliquer.

Connors se leva, se rassit, tandis que le robot indiquait à Nixie le chemin à suivre. Qu'elle vienne jusqu'à lui, décida-t-il. C'était mieux ainsi. Ce serait plus naturel que de l'intercepter, lui révélant – bien qu'elle fût assez intelligente pour s'en douter – qu'elle était surveillée, y compris dans son sommeil.

Il se massa la nuque.

— Ordinateur, poursuivre les recherches, mode texte uniquement, sauvegarde interne. Pas d'affichage pour le moment.

Bien reçu.

Il s'attaqua à un autre dossier, personnel celui-ci, et entreprit de peaufiner les plans d'un nouveau secteur du complexe hôtelier Olympus en attendant Nixie.

Quand elle surgit sur le seuil, il leva la tête, haussa un sourcil, sourit.

— Coucou, Nixie. Il est tard, non ?

— Je me suis réveillée. Où est Dallas ?

— Elle travaille. Tu veux entrer ?

— Je n'ai pas le droit de me lever la nuit, avoua-t-elle d'une voix tremblante.

Elle devait repenser à ce qui lui était arrivé la dernière fois qu'elle avait désobéi.

— Puisque tu es debout, viens me tenir compagnie. À moins que tu ne préfères que je te raccompagne jusqu'à ta chambre ?

En pyjama rose, elle se rapprocha.

— Elle est avec les morts ?

— Non. Elle mène son enquête.

— Mais, maman, papa, Coyle et Linnie et Inga, ils sont morts en premier. Elle a dit qu'elle allait trouver qui les avait tués. Elle a dit qu'elle…

— Elle cherche, l'interrompit Connors, désemparé. Le plus important, pour l'heure, c'est de découvrir qui sont les coupables. Elle ne s'arrêtera pas avant d'avoir trouvé.

— Et si elle met des années et des années ?

— Elle ne cessera jamais.

— J'ai rêvé qu'ils n'étaient pas morts.

Les larmes roulèrent sur ses joues.

— Ils n'étaient pas morts, et on était tous là où on devait être. Maman et Inga dans la cuisine, en train de bavarder. Papa, qui faisait rire maman en essayant de voler une friandise. Linnie et moi, on jouait à se déguiser, et Coyle se moquait de nous. Ils n'étaient pas morts, jusqu'à ce que je me réveille. Je ne veux pas qu'ils soient morts. Ils m'ont laissée toute seule. C'est pas juste.

— Ce n'est pas juste.

Connors vint vers elle, la souleva dans ses bras et la serra contre lui.

— Ils m'ont laissée toute seule.

— Ils ne l'ont pas fait exprès. Mais j'imagine qu'ils sont tous contents de savoir que tu n'as pas été blessée.

— Comment ils peuvent être contents puisqu'ils sont morts ?

Terrifiante logique des enfants, songea-t-il. Il retourna s'asseoir, et la cala sur ses genoux.

— Tu ne crois pas que, quand on meurt, il se peut qu'on aille dans un autre endroit ?

— Le paradis ?

— Par exemple.

— Je ne sais pas. Peut-être.

Elle tourna la tête, soupira.

— Mais je ne veux pas qu'ils soient ailleurs. Je les veux avec moi, comme dans mon rêve.

— Je sais. Je n'ai jamais eu de frère. C'est comment ?

— Un frère, ça peut être méchant parfois, surtout quand il est plus grand. Mais on peut se défendre. D'autres fois, ils sont gentils, on peut jouer ensemble et raconter des blagues. Coyle jouait au base-ball, j'aimais bien assister à ses matchs. Vous croyez qu'on joue au base-ball au paradis ?

— Certainement. Ce ne serait pas le paradis si on ne pouvait pas s'y amuser.

— Si j'avais été dans mon lit, je serais au paradis avec eux. J'aurais voulu…

— Chut ! coupa-t-il en encadrant son visage des deux mains. Tu ne dois pas penser à cela. Si tu n'es pas partie avec eux, c'est qu'il y avait une raison. Si difficile que ce soit, tu dois vivre ta vie et découvrir quelle est cette raison. C'est douloureux d'être seul, je le sais.

Son visage se ferma.

— C'est pas vrai. Vous n'êtes pas seul.

— Je l'ai été. Quelqu'un m'a enlevé ma mère avant que je sois assez grand pour la connaître.

— Elle est au paradis ?

— Je suis sûr que oui.

— Ça non plus, c'est pas juste.

Elle se blottit contre lui, lui tapota le bras d'un geste réconfortant qui le bouleversa. Malgré son désespoir, elle trouvait le moyen de le consoler. Était-ce une qualité innée, ou le résultat de son éducation ?

— Je ne vais pas te dire que je sais ce que tu ressens, mais je peux t'assurer que je sais ce que c'est que d'être seul, en colère, et d'avoir peur. Mais, quoi que tu en penses maintenant, ça s'arrange avec le temps.

— Quand ?

— Petit à petit.

Il lui effleura les cheveux d'un baiser.

Elle soupira, puis tourna la tête pour contempler le tableau accroché au mur. Eve et lui, sous la tonnelle en fleur, le jour de leur mariage…

— On dirait pas un policier, là.

— Pas en apparence, en tout cas. C'est un cadeau qu'elle m'a offert pour notre anniversaire de mariage. Je l'ai suspendu là, bien que ce soit un peu égoïste de ma part, pour pouvoir la contempler quand elle me manque.

— On a des tas de photos à la maison.

— Veux-tu que quelqu'un te les apporte ?

— Je veux bien.

— Je m'en occupe.

— Je peux rester ici un moment avec vous ?

— Bien sûr. Tiens, regarde ! Je suis en train de travailler sur les plans d'un immense complexe de loisirs hors planète.

— Le complexe Olympus. J'en ai entendu parler. Des grands hôtels, des parcs d'attractions, une plage et des salles de jeu. On devait y aller un jour. Peut-être.

— Tu vois ce premier écran ? Ce sont les plans des villas. Nous allons y créer une rivière artificielle.

— C'est possible ?

— Je vais te montrer ce que j'ai imaginé.

Pendant que Connors expliquait à Nixie comment concevoir une rivière artificielle, Eve rencontrait Yancy.

— Donnez-moi de bonnes nouvelles.

— Disons que je préfère rester prudent.

Il était jeune, et Peabody l'aurait sûrement qualifié de mignon. C'était surtout le meilleur dessinateur de portraits-robots de la ville. Eve l'avait traqué jusque dans son antre, un box de taille imposante, rempli d'écrans, d'ordinateurs, de carnets à dessin et de crayons.

— C'est-à-dire ?

— Votre témoin est enthousiaste, et elle a le sens de l'observation. Cela joue en notre faveur. Par ailleurs, elle a tendance à enjoliver, et fait preuve d'une imagination débordante. Mais j'arrive à faire le tri, et nous progressons.

— Où est-elle ?

— Dans sa cellule. Salut, Peabody !

— Je viens de l'installer, annonça celle-ci en les rejoignant. Je lui ai donné un écran de divertissement, des oreillers supplémentaires, un repas, une bière.

— Une bière ? s'exclama Eve.

— Vous avez dit « dans la limite du raisonnable », lui rappela Peabody. Pas « dans la limite du règlement ». Elle est ravie, bien qu'un peu contrariée d'avoir dû nous remettre son communicateur. Bref, elle est à l'abri, et j'ai confié à Invansky le rôle de baby-sitter.

— Je m'étonne que notre témoin soit en train de boire de la bière en regardant un film, au lieu de nous procurer une description détaillée de nos assassins.

— C'est mon idée, lieutenant, intervint Yancy. Elle était à bout. Quand elle se sera un peu changé les idées, on pourra reprendre.

— D'accord, marmonna Eve en se passant la main dans les cheveux. Montrez-moi ce que vous avez.

— Ordinateur, partage d'écran, commanda-t-il. Images en cours.

Eve étudia les esquisses. Elles étaient assez sommaires, ce qui l'étonna de la part de Yancy. Toutes deux représentaient des visages carrés au menton volontaire, d'individus entre quarante et cinquante ans. Les sourcils étaient droits et clairs, les bouches sévères mais sensuelles. Ils étaient coiffés de bonnets noirs enfoncés sur le front, et la partie supérieure de leur visage disparaissait derrière des lunettes de soleil.

— Il faut me virer ces verres teintés.

— C'est mon intention. Je vais déjà lancer quelques calculs de probabilités à partir de ces ébauches, mais j'aurai plus de chances de faire une touche après une deuxième session avec Ophelia.

— Ce que j'ai là est insuffisant, Yancy.

— Accordez-moi jusqu'à demain. Je vous le répète, elle a un bon sens de l'observation, mais son point de vue est assez impressionniste, global. Il faut que je la cuisine encore pour qu'elle me révèle d'autres détails.

— En attendant, elle se vide l'esprit en buvant de la bière devant une vidéo. J'ai deux flics à la morgue, bordel !

— Je sais ce que je fais.

À l'immense surprise d'Eve, Yancy se leva et se planta devant elle.

— Je ne traîne pas sous prétexte que je n'ai jamais collaboré avec Knight et Preston. Si vous voulez des résultats, fichez-moi la paix !

Elle aurait pu le réprimander. Elle se retint de justesse.

— Du calme, inspecteur.

Il frémit, crispa la mâchoire, mais s'écarta légèrement.

— Vous avez raison, concéda Eve. Vous connaissez votre boulot, et je vous mets des bâtons dans les roues. Nous sommes tous à cran. J'ai insisté pour que ce soit vous parce que vous êtes le meilleur. Je sais aussi que vous avez pris sur votre temps libre pour répondre à mon appel.

Il se détendit.

— Je suis désolé, Dallas. C'est très frustrant pour moi de ne pas parvenir à mes fins plus rapidement. Je l'ai un peu bousculée lors de la première séance. Je dois la laisser souffler.

— Vous êtes à peu près certain de la structure faciale ?

— Aussi certain qu'il est possible de l'être. Elle a une vision d'ensemble et, selon moi, elle a mis dans le mille, au moins pour l'un d'eux. Si elle a vu juste pour les deux, ces types-là pourraient être frères ou cousins. Voire père et fils.

— Transférez-moi des copies, voulez-vous ? Je vais commencer avec ça. Et j'essaierai de vous lâcher un peu.

Il la remercia d'un sourire.

La maison était silencieuse. Eve avait failli rester dormir au Central. Elle n'aurait pas hésité si elle n'avait hébergé chez elle une fillette de neuf ans témoin d'un crime. Trois flics patrouillaient dans le parc, trois autres étaient à l'intérieur – une situation qui devait exaspérer Connors.

Il avait beau s'être bâti une forteresse, il détestait se retrouver en état de siège.

Elle s'attendait qu'il soit couché – il était 3 heures du matin. Pourtant, d'après le scanner interne de la maison, il était encore dans son bureau. Elle passa par le sien, y déposa ses dossiers, puis franchit la porte séparant les deux pièces.

Elle ne sut trop quoi penser quand elle vit la petite endormie dans le lit d'appoint, Connors assis près d'elle, paupières closes.

Elle ne put s'empêcher de se demander comment il arrivait à dormir ainsi, appuyé au mur.

— Elle était agitée, murmura-t-il sans ouvrir les yeux. J'avais pris le relais pour cette nuit. Quand elle s'est réveillée, je l'ai laissée venir à moi.

— Un cauchemar?

— Pire. Elle a rêvé qu'ils étaient encore tous vivants.

Cette fois, son regard bleu la dévisagea.

— Elle m'a tenu compagnie un moment. Elle avait peur de retourner dans sa chambre, alors je l'ai installée ici. Elle m'a demandé de rester auprès d'elle. Apparemment, nous nous sommes tous deux assoupis. L'ordinateur a poursuivi ses recherches en mode silencieux. Je n'ai pas eu le temps d'y jeter un coup d'œil.

— Ça peut attendre demain matin. Qu'est-ce qu'on fait d'elle? On ne peut pas la laisser ici.

— Eh bien… Je pourrais essayer de la remettre dans son lit. Si elle se réveille, tu prendras la relève.

— Merde. Débrouille-toi pour qu'elle ne se réveille pas.

Il se leva.

— Je vais employer la même méthode qu'avec toi. En général, ça marche.

Il glissa les bras sous le corps de la fillette, qui poussa un gémissement, s'agita. Eve et Connors échangèrent un regard affolé, mais Nixie se laissa aller contre l'épaule de ce dernier.

Il se dirigea vers l'ascenseur qu'Eve ouvrit à l'aide de la commande manuelle. Tous deux retinrent leur souffle jusqu'à ce que Nixie soit sous ses couvertures. Ils quittèrent la chambre à reculons, comme si le lit contenait une bombe.

— À quelle heure Summerset reprend-il du service? s'enquit Eve.

— À 6 heures.

— Trois heures. Ça devrait aller.

— Je l'espère. Sincèrement. J'ai besoin de dormir, et toi aussi… Du nouveau?

— Yancy a commencé à travailler sur les portraits-robots.

Dans la chambre, elle ôta sa veste.

— J'ai la cervelle en compote, déclara-t-elle. Je compte retourner au Central vers 7 heures. Si tu tombes sur des noms intéressants, tu pourras me les envoyer là-bas.

Elle retira ses chaussures, se déshabilla.

— Tu es assez fatigué pour ne pas râler si je te demande de rester travailler ici demain ?

— Pour l'instant, oui. Mais d'ici le lever du soleil, je serai sans doute en pleine forme.

— On se disputera plus tard, alors.

Ils s'allongèrent. Connors glissa le bras autour de sa taille, et elle se lova contre lui.

— C'est noté.

Il ne se réveilla pas avant elle – une surprise de plus. Ce fut le bip du moniteur situé à l'autre extrémité de la pièce qui la tira de sa torpeur. Consultant sa montre, elle constata qu'il était 6 heures.

Dans la pénombre, elle distingua sa silhouette, la ligne de son menton, la masse de ses cheveux. Pendant la nuit, elle s'était tournée face à lui. En quête de... De quoi ? De réconfort, de sérénité, de chaleur.

Un instant, elle regretta de ne pas pouvoir se blottir contre lui et se réfugier de nouveau dans le sommeil. Son corps, son esprit lui semblaient si lourds de fatigue. Elle allait devoir chercher très loin l'énergie et le courage pour affronter la journée.

La ligne de son nez, la courbe de sa joue, ses lèvres... Il était magnifique. Et il était à elle.

Le seul fait de le contempler lui remonta le moral.

— Je sens ton regard sur moi, murmura-t-il d'une voix endormie.

— Comment se fait-il que tu ne sois pas déjà en train de gagner ton million de dollars quotidien ?

— Parce que je dors. Je gagnerai mon million plus tard.

— Tes batteries sont à plat ? le taquina-t-elle en refermant les doigts sur son sexe. Ah ! Apparemment, pas trop...

— J'ai des réserves. Tu sais ce qui arrive aux prédateurs sexuels ?

— Forcément. Je suis flic, répondit-elle en roulant sur lui. Moi aussi, j'ai besoin de recharger mes batteries. Tu sais que le sexe est le meilleur des remontants ?

— J'ai entendu des rumeurs à ce sujet.

Il lui caressa les cheveux tandis qu'elle laissait courir ses lèvres le long de son corps.

La réaction de Connors ne se fit pas attendre.

— Tu triches ! Mais continue.

Elle rit, lui mordilla l'intérieur de la cuisse, se redressa pour l'enfourcher.

Quand tout à coup une voix s'éleva derrière eux :

— Où est Dallas ?

— Bordel de merde !

Eve bondit et, cherchant instinctivement son arme, se gratifia d'une claque retentissante sur la hanche. Sur le moniteur, elle aperçut Nixie près du scanner de sa chambre.

— Seigneur, elle ne dort donc jamais ?

— Summerset va y aller.

Cependant, Connors s'était redressé et observait l'enfant.

— On ne peut pas s'envoyer en l'air avec une môme à deux pas, lâcha Eve. C'est... indécent.

— Indécent, je ne crois pas. Intimidant, plutôt. Ah ! Voilà Summerset à la rescousse.

Il poussa un soupir et suivit le majordome des yeux.

— Bon ! Tant pis. Si on essayait la douche ? Avec l'eau qui coule et la porte fermée...

— Non, ça m'a coupé l'envie. Il faut que j'aille bosser. Rendors-toi.

Connors se laissa retomber sur ses oreillers tandis qu'elle se précipitait vers la salle de bains.

— C'est ça, oui ! lança-t-il.

Elle venait de pénétrer dans la cabine de séchage quand il surgit.

— Elle veut des photos de sa famille. Tu peux lui en trouver ?

— Je m'en charge. Je passe dans mon bureau, au cas où il y aurait du nouveau depuis que nous nous sommes couchés. Ensuite, je file au Central.

— Je vérifie les résultats des recherches avant que tu ne t'en ailles – à condition que tu prennes un petit-déjeuner.

— Je mangerai là-haut. Si tu veux savoir où on en est, rejoins-moi.

— Dès que je serai habillé.

Elle retourna dans la chambre, saisit au vol des sous-vêtements, un pantalon, un chemisier. Elle était en train de boutonner celui-ci quand le communicateur interne bipa.

— Couper la vidéo, ordonna-t-elle, avant d'aboyer : Quoi ?

— Comme vous êtes levés, Nixie souhaiterait vous dire deux mots, annonça Summerset.

— Je m'apprête à monter dans mon bureau.

— Dans la mesure où vous n'avez ni l'un ni l'autre déjeuné, elle pourrait peut-être se joindre à vous ?

— Je ne suis pas encore...

— Je sais programmer le café ! intervint la voix de Nixie.

— Très bien, parfait. Va là-bas. J'arrive.

Elle enfila ses boots en grommelant. Une partie de jambes en l'air l'aurait détendue, mais non, il fallait que cette petite vienne la harceler jusque dans son lit.

Elle attacha son holster, fonça vers l'armoire et décrocha une veste au hasard. Elle avait du boulot, nom de nom ! Mais voilà, elle allait attaquer la journée face à une gamine au regard triste. Pour la centième fois, elle allait devoir lui expliquer que non, elle n'avait pas encore attrapé les assassins qui avaient massacré sa famille.

— Bordel de merde !

Le tableau, songea-t-elle. Il était en plein milieu de son bureau, couvert de photos. Elle piqua un sprint jusqu'à la chambre de Nixie. Personne. Elle gagna son bureau au pas de course.

Encore en pyjama, la fillette était clouée sur place devant les clichés des victimes. Furieuse contre elle-même, contre Summerset, contre le monde entier, Eve alla se planter entre Nixie et le tableau.

— Ceci ne te regarde pas.

— Je les avais vus avant. En vrai. Ma maman et mon papa. Je les ai vus avant. Vous m'avez dit que je pourrais aller les revoir. C'est mes parents, pas les vôtres.

Elle essaya de contourner Eve. Instinctivement, celle-ci la souleva du sol et pivota.

— Ça ne t'aidera pas de les voir dans cet état.

Nixie se débattit, lui donna des coups de pied.

— Et vous, alors ? Pourquoi vous avez le droit de regarder leurs photos ?

— Parce que c'est mon métier. C'est tout. Il faut que tu l'acceptes. Arrête ! J'ai dit, arrête ! Regarde-moi.

Quand Nixie s'immobilisa, Eve resserra son étreinte. Si seulement Connors ou Peabody ou même – mon Dieu ! – Summerset était là !

— Regarde-moi, Nixie.

Elle attendit que la petite lève les yeux vers elle.

— Tu es folle de rage, et tu en as parfaitement le droit. Ils t'ont volé ta famille. Mets-toi en colère. Sois triste, pleure. Ces salauds n'avaient pas le droit de faire cela.

— Mais ils l'ont fait.

— En effet. Et la nuit dernière, ils ont tué deux de mes hommes. Alors, moi aussi, je suis folle de rage.

— Vous allez les tuer quand vous les aurez retrouvés ?

— J'en aurai envie, oui. Mais ce n'est pas dans mes attributions, à moins que ma vie ou celle de quelqu'un d'autre ne soit en danger. Si je les tue parce que je suis en colère, ou triste, je ne serai pas mieux qu'eux. Laisse-moi résoudre cette affaire.

— S'ils essaient de me tuer, vous les tuerez d'abord ?

— Oui.

Nixie la dévisagea, hocha la tête.

— Je peux préparer le café. Je sais le faire.

— Ce serait bien. Je prends le mien noir.

Pendant que Nixie allait à la cuisine, Eve s'empara de la couverture sur son fauteuil de repos et la drapa sur le tableau. Puis elle pressa les mains sur son visage.

Dure journée en perspective.

13

À peine Summerset eut-il quitté la pièce avec Nixie qu'Eve se rua vers son poste de travail.

Connors se versa une dernière tasse de café avant de se lever.

— Dans certaines sociétés primitives, passer vingt minutes devant son petit-déjeuner est considéré comme normal.

— Et maintenant, j'ai du retard.

Elle parcourut les rapports d'autopsie de Knight et de Preston, les constats préliminaires concernant la sécurité et l'électronique du refuge.

— Il faut que j'y aille.

— Laisse-moi d'abord te montrer ce que j'ai trouvé.

— Connors ! Elle a vu le tableau avec les photos.

— Nom d'un chien ! Quand...

— J'avais demandé à Summerset de me l'envoyer, je ne peux donc même pas le lui reprocher. Je n'ai pas réfléchi – j'étais agacée de devoir m'occuper d'elle avant de me mettre au boulot. Et ensuite...

Elle secoua la tête.

— Le temps que je réalise, et que je me précipite ici, il était trop tard.

Connors posa sa tasse.

— Comment a-t-elle réagi ?

— Elle a plus de cran qu'on ne s'y attendrait de la part d'une enfant. Mais elle n'oubliera pas. Jamais. Je dois en parler avec Mira. Merde ! s'écria-t-elle en flanquant un coup de pied dans son bureau. Comment ai-je pu être à ce point stupide ?

— Ce n'est pas ta faute, du moins pas exclusivement. Nous sommes tous responsables. Nous ne sommes pas habitués à avoir un enfant dans la maison. Moi non plus, je n'y avais pas songé. Elle aurait très bien pu passer ici hier soir en venant me voir. Ça ne m'a même pas traversé l'esprit.

— On est tout de même censés être plus malins que cela, non ? Responsables ?

— On l'est, je pense. Mais là, c'est un peu comme de plonger dans une piscine quand on ne sait pas nager.

— Il faut absolument la confier aux Dyson, à des gens qui ont l'habitude des enfants. Elle a déjà assez de problèmes sans que j'en rajoute.

— Si tu veux leur proposer de s'installer ici, je n'y vois aucun inconvénient. Au contraire, le plus vite sera le mieux.

— Je vais leur demander de passer au Central.

— Laisse-moi te montrer les résultats de mes recherches d'hier soir.

L'entraînant dans son propre bureau, il commanda l'affichage des données.

— Dix-neuf noms, annonça-t-il. C'est beaucoup. Certains d'entre eux sont peut-être morts de causes naturelles, ce qui réduirait considérablement le champ, mais...

— C'est énorme, fit-elle en étudiant l'écran mural. Cinq croisements avec les deux. Les Swisher n'étaient pas les premiers. J'en ai la conviction. Je prends cette liste.

— Je peux t'aider, si tu veux. Euh... un peu plus tard, précisa-t-il en consultant sa montre. Je suis en retard, moi aussi. J'ai des dossiers à relire ici, puis des réunions en ville à partir de 9 heures.

— Tu m'avais dit que tu travaillerais depuis la maison.

— Non. Je t'ai dit qu'on se disputerait à ce sujet ce matin.

Du bout du doigt, il lui effleura le menton.

— Mes affaires ne peuvent pas attendre plus que les tiennes, lieutenant. En outre, si on nous surveille, on pourrait s'interroger sur le fait que je reste enfermé ici alors que je devrais me retrouver ici ou là. Je te promets de faire très attention. Je ne prendrai aucun risque inutile.

— Je crains que nos définitions du « risque inutile » ne diffèrent.

— Pas tant que cela. Viens !

— Je suis là.

— Plus près.

En riant, il l'attira dans ses bras.

— Je m'inquiète pour toi, tu t'inquiètes pour moi. Nous sommes à égalité.

— S'il t'arrive quoi que ce soit, je te botte les fesses.

— Idem.

N'ayant d'autre choix que de se satisfaire de cet échange de promesses, Eve affronta les embouteillages. Même le ciel était bouché, encombré d'aérotrams et d'airbus, et d'hélicos de la police de la circulation qui essayait désespérément de canaliser le tout.

On avait beau affirmer que les routes aériennes étaient plus fluides, Eve décida de supporter le bruit et la puanteur des rues.

Elle se faufila le long de la Neuvième Avenue, pour se retrouver dans un nouveau bouchon provoqué par un glissa-gril qui venait de se renverser. Les piétons s'étaient rués sur les boissons et en-cas qui roulaient sur l'asphalte, tandis que le commerçant bondissait en tous sens en hurlant des invectives.

L'espace d'un éclair, elle regretta de ne pas avoir le temps de s'immiscer dans ce début d'émeute. Ç'aurait été une façon réjouissante d'entamer la journée. Au lieu de cela, elle alerta le Central, et résolut son propre dilemme en mettant la sirène à plein volume et en actionnant la fonction verticale.

Waouh ! Décidément, son nouveau véhicule était une merveille de technologie.

Elle survola le chaos, aperçut le propriétaire du glissa-gril en train de brandir le poing, et se laissa transporter vers le sud en mode automatique.

Elle profita de ce bref moment de répit pour passer quelques appels. Elle laissa un message aux Dyson, un autre à Mira, réserva une salle de conférence pour 10 heures, convoqua les membres de son équipe. Autant de tâches qu'elle déléguait à Peabody à l'époque où celle-ci était son assistante et non sa coéquipière.

Lorsqu'elle arriva au Central, Peabody était là, collée contre McNab.

— Figurez-vous que j'ai pris un petit-déjeuner, ce matin! annonça Eve. Je suis d'une humeur de chien.

— Je dis au revoir à mon chéri, riposta Peabody en embrassant McNab sur la bouche avec fougue.

— N'en rajoutez pas. On est dans un commissariat, pas dans un sex-shop. Réservez vos papouilles pour plus tard.

— Il reste encore deux minutes de rab avant la prise de service, fit remarquer McNab en pinçant les fesses de Peabody. À plus, ma poule.

— Salut, l'étalon.

— Je vous en prie! s'exclama Eve en plaquant la main sur son estomac. J'aimerais digérer mes gaufres en paix.

— Des gaufres? Vous avez mangé des gaufres? En quel honneur?

— Au paradis, c'est la routine. Dans mon bureau.

— Parlez-moi des gaufres, supplia Peabody en lui emboîtant précipitamment le pas. Elles étaient comment? Aux fraises avec de la chantilly? Ou ruisselantes de sirop d'érable? Je suis au régime. Enfin, plus ou moins. Je n'ai pris qu'une boisson hyperprotéinée. C'est immonde, mais ça n'augmente pas le volume de mon derrière.

— Peabody, j'ai eu l'occasion d'observer à maintes reprises – bien malgré moi et à contrecœur – que l'individu avec qui vous avez choisi de cohabiter semble avoir une affection toute particulière pour votre derrière.

— Oui, concéda-t-elle avec un sourire rêveur. C'est vrai, n'est-ce pas?

— Alors pourquoi – je vous pose la question bien malgré moi et à contrecœur – cette obsession concernant la taille et la forme de cette partie de votre anatomie ?

— J'ai une silhouette et un métabolisme qui exigent une attention sans relâche, sous peine de ressembler à un tonneau. J'ai ma fierté. Tout le monde n'a pas la chance d'être mince comme un fil.

— Maintenant que nous avons éclairci ce point, j'aimerais un café.

Eve avait prévu de marquer un temps d'arrêt, puis de gratifier Peabody de son Regard Destructeur. Mais sa partenaire fonça droit sur l'Autochef.

— Je suppose que ce qui est arrivé à Knight et à Preston nous a fait réfléchir, McNab et moi. Du coup, on se dit qu'il faut profiter de notre bonheur à chaque instant. C'est rare qu'il m'accompagne jusqu'ici

Elle tendit sa tasse à Eve, ramassa la sienne.

— Je comprends.

D'un geste, Eve l'invita à s'asseoir, tandis qu'elle-même s'appuyait contre sa table.

— Je vous ai laissé un message, ainsi qu'à tous vos collègues. Réunion à 10 heures précises, salle C. J'espère que Yancy pourra nous présenter des portraits-robots de nos suspects. D'ici là, j'ai des fichiers à rechercher. Morris a autopsié Knight et Preston. Rien de nouveau. Neutralisés au pistolet hypodermique, puis égorgés. Les analyses toxicologiques n'ont rien révélé. J'attends que le labo me confirme que l'arme de Preston a servi avant qu'il ne tombe.

— J'espère qu'il les a touchés.

— D'après Ophelia, l'un d'eux boitait, lui rappela Eve. Selon moi, Preston leur en a collé un avant de mourir. Du côté de la DDE, rien de neuf. Voyons si nous pouvons croiser certaines infos avec les fichiers des relations des Swisher aujourd'hui disparues ou décédées.

— Je m'y mets tout de suite.

— Votre portion de la liste est attachée au courrier électronique vocal que je vous ai adressé. Si vous avez la moindre touche, prévenez-moi.

— Pas de problème.

Peabody tourna les talons, s'arrêta.

— Les gaufres. Allez, Dallas, fraises et chantilly, ou sirop d'érable ?

— Inondées de sirop d'érable.

— Mmm…

Poussant un soupir, Peabody sortit, et Eve s'attela à sa tâche.

Brenegan, Jaynene, trente-cinq ans, morte le 10 février 2055. Médecin urgentiste. Tuée à coups de poignard lors d'une tentative de vol sur le parking de l'hôpital West Side Memorial. Suspect identifié et appréhendé. Testé positif au Zeus. Actuellement en prison à Rikers.

Connors avait ajouté une note : « *Brenegan a soigné le bras fracturé de Coyle Swisher – blessé lors d'un match de base-ball –, et témoigné pour Swisher dans l'affaire Vemere contre Trent, en mai 2055, puis dans l'affaire Kirkendall contre Kirkendall, en septembre 2053.* »

Décidément, cet homme allait au fond des choses.

Elle jetterait un coup d'œil sur les dossiers Vemere/Trent et Kirkendall. Pour l'heure, Brenegan restait sur sa liste. Elle aussi allait au fond des choses.

Cruz, Pedro, soixante-douze ans. Greffier. Mort de maladie cardio-vasculaire le 22 octobre 2058. L'autopsie confirme le diagnostic.

Note de Connors : « *Cruz a assisté à plusieurs des procès de Swisher, et consulté Keelie Swisher pour des conseils en nutrition.* »

Bof ! se dit Eve en le classant en fin de liste.

Hill, Lindi et Hester, respectivement trente-deux et vingt-neuf ans. Lesbiennes mariées. Décédées dans un accident de la route le 2 août 2057. Faute du conducteur Fein, Kirk, accusé d'ivresse au volant, excès de vitesse et deux homicides involontaires. Interné au complexe de réhabilitation Weizt.

« Les épouses Hill ont engagé Swisher pour les assister dans leur projet d'adoption d'un enfant. La procédure était en cours lorsqu'elles sont mortes. Toutes deux étaient aussi des patientes de Keelie Swisher. »

Pas de mobile, décréta Eve en les rayant.

Mooreland, Amity, vingt-huit ans. Décédée le 17 mai 2059. Danseuse. Violée et assassinée par son ex-compagnon. Lawrence Jez, écroué, condamné à la perpétuité, Attica.

« Mooreland avait engagé Swisher pour mettre un terme à son contrat de cohabitation et poursuivre Lawrence pour pertes de salaires dues à blessures diverses. Elle a consulté Keelie Swisher régulièrement jusqu'à son décès. »

Lawrence Jez méritait une recherche plus approfondie. Mooreland gardait sa place sur la liste.

Moss, Thomas. Cinquante-deux ans. Décédé le 6 septembre 2057. Juge aux affaires familiales. Tué avec son fils, Moss, Evan, quatorze ans, dans l'explosion de leur voiture.

— Bingo ! murmura Eve.

Moss a présidé plusieurs des procès de Swisher. Son épouse, Suzanna, était une patiente de Keelie Swisher. Les enquêtes pour homicide sont toujours en cours.

— Ordinateur, rechercher tous les procès avec Swisher, Grant, avocat, et le juge Thomas Moss, président.

Sur quelle période ?

— Tous les procès.

Bien reçu. Recherche en cours...

Eve se leva et se mit à arpenter la pièce. Une bombe dans une voiture. La méthode différait, elle était moins personnelle que le couteau. Mais c'était une technique militaire. Une tactique terroriste. Il y avait donc corrélation avec les paramètres des profils.

Un enfant était mort. Était-ce prévu ou était-ce un accident ?

Elle revint vers l'ordinateur, s'en éloigna. Sa machine avait tendance à se détraquer malgré les interventions répétées de McNab, elle n'osait donc pas lancer une série de tâches simultanées et complexes.

— Dallas !

Peabody avait surgi sur le seuil.

— J'ai une touche. Je crois. Une assistante sociale, rattachée à l'une des affaires de Swisher. Étranglée dans son lit, l'an dernier. Les enquêteurs se sont beaucoup intéressés à son petit ami, mais n'ont pas réussi à le coffrer. Le dossier n'est pas clos. Aucun signe d'effraction dans l'appartement. Aucune trace d'agression ni de vol. Strangulation manuelle. Aucune trace de passage d'autres individus hormis la victime, le petit ami et une collègue. Ces deux derniers avaient des alibis solides.

— Qui était sur l'affaire ?

— Les inspecteurs Howard et Little, du poste 62.

— Contactez-les, qu'ils vous transmettent tout ce qu'ils ont. Et vérifiez le dossier de la victime. Voyez si elle a témoigné dans un procès de Swisher présidé par le juge Thomas Moss.

— Ah ! Vous aussi, vous avez eu une touche.

— On dirait, oui.

Recherche terminée.

Eve se tourna vers son écran.

— Affichage. Bon, Moss et Swisher travaillaient souvent ensemble. On va croiser ces renseignements avec ceux de votre victime. Nom ?

— Karin Duberry, trente-cinq ans au moment du décès, célibataire, pas d'enfants.

— Lieutenant ?

Un des inspecteurs se tenait à l'entrée du bureau.

— Désolé de vous déranger, mais vous avez de la visite. Une certaine Mme Dyson et un avocat.

Eve fourragea dans ses cheveux. Elle ne pouvait pas refuser de les recevoir.

— Conduisez-les dans la salle de détente. J'arrive. Peabody, au boulot. Je reviens dès que possible.

Elle appela le bureau de Mira. Celle-ci était en rendez-vous, aussi laissa-t-elle un message à son assistante.

Après quoi, carrant les épaules, elle se prépara à un entretien difficile.

Elle trouva Jenny Dyson assise à l'une des tables rondes de la salle de détente, la tête penchée vers celle de Dave Rangle. Tous deux semblaient hagards.

— Madame Dyson, monsieur Rangle. Je vous remercie d'avoir pris le temps de venir me voir.

Jenny se redressa.

— J'avais l'intention de passer aujourd'hui, avant même d'avoir reçu votre message. Mais d'abord, j'aimerais savoir si votre enquête a progressé.

— Nous avons une ou deux pistes. Nous les poursuivons. D'ailleurs, monsieur Rangle...

— Dave.

— Dave, je souhaiterais m'entretenir quelques instants seul à seul lorsque nous en aurons terminé.

— Bien sûr.

Eve s'installa en face d'eux.

— Êtes-vous ici en tant que représentant légal de Mme Dyson, ou associé de M. Swisher ?

— Les deux. Je sais, comme vous, que Grant et Keelie Swisher avaient désigné Jenny et Matt comme tuteurs légaux de leurs enfants en cas de malheur. Je... Comment va-t-elle ? Nixie ? Vous avez des nouvelles ?

— Elle tient le coup. Elle suit une thérapie. Elle est en sécurité.

— Si vous pouviez lui dire qu'elle ne quitte pas mes pensées. Nous...

Il s'interrompit lorsque Jenny posa la main sur son bras.

— J'y reviendrai plus tard. Pour l'heure, nous sommes ici pour discuter du problème de la garde.

— Nous ne pouvons pas la prendre, souffla Jenny.

— Pour sa sécurité comme pour le bien de l'enquête, je ne peux pas vous la confier tout de suite. Cependant...

— Jamais.

— Pardon ?

— Jenny, murmura Dave, avant de croiser le regard d'Eve. Jenny m'a demandé de dissoudre cette clause.

Matt et elle se sentent incapables d'assumer cette charge. J'ai accepté sa requête et je dois la soumettre au tribunal dans la journée.

— Nixie n'a plus personne.

— Ma fille est morte, dit Jenny d'une voix haletante. Mon bébé est mort. Mon mari est anéanti. Nous enterrons tout à l'heure notre petite Linnie, et je crains qu'il n'y survive pas.

— Madame Dyson.

— Non ! Écoutez-moi !

Autour d'eux, quelques têtes se levèrent.

— Nous ne pouvons pas la recueillir. Une telle chose n'aurait jamais dû arriver. S'il s'était agi d'un accident, nous aurions pris Nixie et Coyle.

— Mais il s'agit d'un meurtre, donc vous ne voulez pas ?

— Lieutenant, voulut intervenir Dave.

— Nous ne pouvons pas ! coupa Jenny. C'est trop dur. Notre bébé est mort. Nous adorions Keelie et Grant, leurs enfants. Nous formions presque une famille.

— Le peu de famille qui lui reste ne se soucie pas d'elle, souligna Eve. Si vous avez été désignés comme tuteurs, c'était pour une raison.

— Croyez-vous que je n'en sois pas consciente ? glapit Jenny. Que je ne ressente rien pour cette enfant, au-delà de mon propre chagrin ? Une partie de moi a envie de l'étreindre, de la réconforter. Mais l'autre peine à prononcer son nom. Je ne supporte pas l'idée de la voir, de la toucher.

Les larmes ruisselaient sur ses joues, à présent.

— Je ne peux pas m'empêcher de penser que c'est elle qui devait mourir, et non ma Linnie. C'est elle que nous devrions enterrer aujourd'hui, pas mon bout de chou. Je m'en veux, lieutenant, mais c'est plus fort que moi. Je ne pourrai jamais la regarder sans me demander pourquoi, sans regretter... Quant à mon mari, cela le rendrait fou.

— Elle n'est pour rien dans ce qui est arrivé cette nuit-là.

— Oh, je le sais ! Mais si j'accepte sa garde, je finirai par le lui reprocher...

Elle se leva abruptement.

— Je dois y aller. Mon mari a besoin de moi.

— Jenny, si tu veux bien m'accorder quelques minutes avec le lieutenant.

— Prends tout ton temps. Je rentre par mes propres moyens. J'ai besoin d'être seule.

— Je ne sais pas si c'est une bonne idée, fit Dave en se levant à son tour comme elle s'éloignait.

— Ne bougez pas.

Sortant son communicateur, Eve donna le nom de Dyson, sa description, sa localisation et exigea qu'un officier en civil la suive discrètement jusque chez elle.

— C'est une femme bien, lieutenant. Je sais que cela peut vous paraître ignoble, mais cette démarche lui coûte, croyez-moi.

— Heureusement. Votre tribunal des affaires familiales ne défend-il pas les droits de l'enfant ?

— Nous devons penser à l'intérêt de l'enfant. Après avoir discuté avec Jenny et rencontré Matt, je ne suis pas certain que les obliger à recueillir Nixie soit dans l'intérêt de cette petite.

— Vous pourriez repousser le délai de quelques jours. Leur laisser le temps de changer d'avis.

— Je dois soumettre la requête. Je peux ralentir le processus, et je le ferai. Mais je peux vous assurer qu'ils ne changeront pas d'avis. Ils quittent la ville tout de suite après les obsèques. Ils ont déjà prévu de s'installer dans sa famille à elle, au nord de l'État. Matt a obtenu un congé sans solde, elle ferme son cabinet. C'est...

Il leva les mains, les laissa retomber dans un geste d'impuissance.

— Leurs vies sont détruites. Ils en construiront peut-être une nouvelle. Je le leur souhaite. Mais ce ne sera plus jamais comme avant. Nixie fait partie de ce qu'ils ont perdu... Je ferai tout ce que je peux pour Nixie. Je dois pouvoir obtenir une garde provisoire. Je vais contacter ce qu'il lui reste de famille.

— Vous devez absolument me tenir au courant.

— Bien entendu. Je suis vraiment désolé. C'est abominable pour tout le monde. Puis-je vous offrir quelque chose à boire ? J'ai besoin d'un verre d'eau pour avaler un comprimé. J'ai un début de migraine.

— Non, merci. Allez-y.

Il se leva, alla chercher une bouteille d'eau, revint, avala un cachet.

— Lieutenant, les Dyson sont des gens bien. Ce n'est pas facile pour Jenny de tourner le dos à Nixie, de renoncer à la promesse faite à ses amis. Elle ne se le pardonnera jamais, mais elle est désemparée. Quant à Matt, il est en miettes. Moi-même, j'ai du mal à tenir.

— Surtout, ne craquez pas. Ce n'est pas le moment. J'aimerais avoir votre avis concernant certaines des affaires de Grant Swisher.

— Je vous dirai tout ce que je sais. Sinon, vous pouvez vous adresser à Sade. Elle a une mémoire fabuleuse.

— Les procès présidés par le juge Thomas Moss.

— Le juge Moss ? Il est mort il y a plusieurs années. Une tragédie. Il était avec son fils. Leur voiture a explosé. On n'a jamais appréhendé les coupables.

— Je suis au courant. Vous rappelez-vous d'autres affaires impliquant Swisher en tant qu'avocat, le juge Moss en tant que président, et une assistante sociale, une certaine Karin Duberry ?

— Duberry.

Il se frotta la nuque, réfléchit.

— Ce nom me dit quelque chose, mais je ne vois pas… Attendez.

Il sortit son communicateur de poche. Quelques secondes plus tard, Sade apparaissait sur l'écran.

— Grant a-t-il travaillé en collaboration avec une représentante des services de protection de l'enfance, Karin Duberry ?

— Celle qui a été étranglée l'an dernier ?

— Je ne…

Il consulta Eve du regard, et elle hocha la tête.

— Oui.

— Bien sûr. À plusieurs reprises. Dans le même camp et dans le camp opposé.

— Et sous la présidence du juge Thomas Moss ?

— Forcément, j'imagine. Ce serait logique. Quel est le problème, Dave ?

— Je ne sais pas.

— Vous permettez ? fit Eve en s'emparant de son communicateur. Lieutenant Dallas. Avez-vous le souvenir de menaces éventuellement proférées par un client mécontent dans une affaire conduite par Swisher, Moss et Duberry ?

— Rien ne me vient à l'esprit spontanément. On peut toujours consulter les dossiers. Vous croyez que ceux qui ont assassiné Grant ont aussi tué le juge Moss et l'assistante sociale ?

— C'est une piste parmi d'autres. Restez à disposition, je vous prie.

— Vous pouvez compter sur moi.

Elle rendit son communicateur à Dave.

— Merci, Sade. Je passe te prendre à 14 h 30, dit-il avant de couper la transmission. Je l'emmène à l'enterrement, ajouta-t-il à l'adresse d'Eve. Je peux parcourir les archives moi-même si vous voulez, lieutenant. Quelque chose me reviendra peut-être.

— Si c'est le cas, contactez-moi.

— Certainement. Avant de partir, je me demandais si… si vous aviez une idée de la date à laquelle je pourrais organiser l'enterrement ? En tant qu'associé et ami de Grant, j'ai pensé que c'était à moi de m'en charger. J'aimerais en parler avec Nixie.

— Il vous faudra attendre un peu. Je ne peux autoriser Nixie à y assister avant d'être sûre qu'elle n'est plus en danger.

— Entendu, mais si vous pouviez juste…

Il souleva sa mallette, l'ouvrit.

— Voici une photo que Grant conservait sur son bureau. Je pense que cela lui ferait plaisir de l'avoir.

Eve contempla les quatre visages souriants. Le bras du père posé sur l'épaule du fils, la main sur celle de son épouse, l'autre bras serrant sa fille contre lui. La mère tenait le fils par la taille et la fille par la main.

Une belle journée d'été.

— C'est moi qui l'ai prise lors d'un week-end au bord de la mer. Je m'en souviens, je voulais essayer mon nouvel appareil…

Il se racla la gorge.

— Grant adorait cette photo. Il me manque terriblement. Nixie serait heureuse de la récupérer.

— Je la lui donnerai.

Quand il fut parti, Eve demeura assise un long moment, les yeux rivés sur le cliché. Ils ne savaient pas, à cet instant-là, que c'était leur dernier été ensemble.

Ce devait être extraordinaire de grandir dans une famille aussi unie. De savoir qu'il y avait des êtres sur qui vous pouviez compter pour vous protéger.

Eve n'avait jamais connu cela. Elle avait grandi dans un univers de violence absolue, où les adultes profitaient de votre faiblesse pour abuser de vous.

— Eve.

Elle sursauta, lâcha la photo. Mira s'assit en face d'elle.

— Une jolie famille.

— Qui n'est plus.

— Non, vous vous trompez. Elle continuera à exister grâce à ces moments-là. Et Nixie y puisera du réconfort.

— C'est l'associé du père qui vient de me l'apporter. Il est passé avec Jenny Dyson. Son mari et elle refusent de recueillir Nixie.

— Ah ! soupira Mira. C'est ce que je craignais.

— Vous vous en doutiez ?

— Je le craignais, répéta-t-elle. Elle leur rappelle trop ce qu'ils ont perdu.

— Et qu'est-ce qu'elle va devenir ? Plonger dans la spirale infernale du système sous prétexte que des salopards ont massacré les siens ? s'écria Eve en serrant le poing.

— Il vaudrait peut-être mieux pour elle qu'elle se retrouve dans une famille d'accueil, ou chez un parent.

Elle souffre du syndrome du survivant, en plus de tout le reste, et les Dyson ne feraient que lui rappeler qu'elle en a réchappé.

— Donc, on la flanque chez des inconnus, marmonna Eve amère. Les dés sont jetés : soit elle a de la chance et tombe sur des gens qui s'intéressent à son sort, soit elle atterrit chez des charognards qui font ça pour le fric.

— Elle n'est pas vous, Eve.

— Pour ça, non ! Pour elle, c'est peut-être même pire.

— Pourquoi ?

— Parce qu'elle a connu ceci, répliqua Eve en désignant la photo. Et maintenant, c'est fini. Quand on naît dans le caniveau, on ne peut qu'aller vers le haut. Elle ne peut que descendre.

— Je l'aiderai. Je lui trouverai un foyer stable et uni. Je ferai pression. Vous pouvez intervenir vous aussi.

— Mouais…

Eve s'adossa à sa chaise, ferma brièvement les yeux.

— Je verrai cela plus tard. Pour l'heure, j'ai des pistes à explorer.

— Il y avait autre chose dont vous vouliez me parler ?

Eve se leva, raconta à Mira l'incident du tableau dans son bureau.

— Nous en discuterons lors de notre prochaine séance.

— Parfait. À présent, je vais harceler Yancy.

— Bonne chance !

Ce ne serait pas du luxe, pensa Eve. Il était temps que la chance lui sourie.

14

Eve trouva Yancy dans un petit box en verre de son secteur, en train de boire du café maison en compagnie d'Ophelia. Celle-ci était aussi peinturlurée que la veille. Sous la lumière cruelle des néons, elle correspondait parfaitement à l'image qu'on se faisait d'une pute en plein jour : usée, vulgaire, et pas particulièrement sympathique.

Pourtant, Yancy flirtait avec elle.

— Alors, cette ordure me dit de chanter. Il dit que c'est la seule façon pour lui de bander. Il me demande de chanter « Dieu bénisse l'Amérique ». Incroyable, non ?

— Comment avez-vous réagi ?

— À votre avis ? J'ai chanté. Je connais à peu près la mélodie, mais pour les paroles, j'ai dû inventer pas mal. Et nous voilà, moi à m'occuper de lui, serrés sous un porche, à fredonner en duo.

— Que s'est-il passé ?

— Ça a fini par marcher. Après ça, c'est devenu un fidèle. Tous les mardis soir, on s'offrait notre petit spectacle. Je me suis même dégoté une tenue bleu, blanc, rouge. Histoire de lui en donner pour son argent.

— Vous rencontrez toutes sortes d'énergumènes dans votre métier.

— C'est rien de le dire ! Pas plus tard que la semaine dernière...

— Désolée de vous interrompre, coupa Eve d'un ton sec, mais j'ai besoin de voir l'inspecteur Yancy. Inspecteur ?

— Je reviens tout de suite, Ophelia.

— Oh, la la ! Elle m'a l'air capable de bouffer des cailloux et de vous les recracher dans les yeux, celle-là, marmonna Ophelia en gratifiant Yancy d'un clin d'œil. Faites attention à vous, beau gosse.

Dès qu'ils furent sortis, la porte refermée derrière eux, Eve explosa :

— Vous jouez à quoi exactement ?

— Je la chauffe.

— Elle a eu son lit, ses repas, son écran de divertissement, tout ça aux frais de la police. Si vous voulez mon avis, elle est assez chaude pour se mettre à suer. Il me faut des résultats, inspecteur, pas une collection d'anecdotes.

— Je sais ce que je fais, pas vous. Et avant de m'attaquer, attendez que j'aie terminé.

— Je prends rendez-vous – dès que vous m'aurez dit quand vous comptez avoir terminé.

— Si je n'ai rien d'utilisable d'ici une heure, c'est que c'est fichu.

— Allez-y. Débrouillez-vous. Apportez-moi votre portrait-robot en salle C.

Ils se tournèrent le dos. Eve s'éloigna, ignorant les regards intrigués des collègues alentour.

Peabody était déjà en salle de réunion. Elle n'avait pas perdu ses bonnes habitudes d'assistante. Tout était prêt.

— J'ai trois noms pour vous, Dallas, qui collent avec les paramètres de notre profil.

— Il y en a au moins une qui bosse, commenta Eve.

Flattée, Peabody continua de classer ses disques soigneusement étiquetés.

— Le premier vit en ville ; le deuxième est toujours en activité, basé à Fort Drum, Brooklyn. Le troisième est copropriétaire d'une salle d'arts martiaux dans le Queens.

— Donc, ils sont tous à New York. C'est pratique. Quel est leur rapport avec les Swisher ?

— Le premier, un sergent à la retraite, était un client – divorcé avec enfants. Swisher lui a obtenu un bon deal, du moins vu de l'extérieur. Partage raisonnablement équitable des biens du ménage, visites libres pour les enfants mineurs.

— Où est madame ?

— Westchester. Remariée. En ce qui concerne le deuxième, c'est sa femme qui a fait appel à Swisher. Elle a porté plainte pour coups et blessures, et Swisher a gagné le procès. Elle a obtenu la garde des enfants, et un pourcentage considérable du salaire mensuel de ce type en guise de pension alimentaire. Elle s'est installée à Philadelphie, avec le statut de parent isolé.

— Il a perdu la femme et les gamins, et il a dû payer pour ça. C'est énervant, en effet. Le dernier ?

— Un cas similaire au précédent. La conjointe – cliente de Swisher – a témoigné à huis clos. Elle se plaignait d'être régulièrement maltraitée depuis douze ans. Deux enfants mineurs. Son affaire était limite, mais Swisher a remporté le morceau. Et elle s'est volatilisée.

— Elle est portée disparue ?

— On n'a plus eu de nouvelles d'elle ni de ses enfants, depuis le lendemain du jour où le tribunal a penché en sa faveur. Je n'ai pas encore tous les détails, mais il semble qu'elle se soit enfuie. À moins que...

— À moins qu'il ne l'ait rattrapée.

— Sa sœur a signalé sa disparition. La sœur et les parents ont déménagé dans le Nebraska.

— Le Nebraska ? Qui peut bien vivre dans le Nebraska ?

— J'y suis déjà allée. C'est très beau, vous savez.

— Mouais. Pourvu que je ne sois pas obligée de m'y rendre.

Elle contempla le tableau que Peabody avait préparé pour la réunion.

— On va interroger ces trois types, rendre visite aux responsables des enquêtes sur les affaires Duberry et Moss, et examiner de près le rapport de disparition dans le troisième dossier. Je veux aussi me pencher sur une histoire de vol suivi d'homicide. Une femme médecin urgentiste éliminée dans le parking de son hôpital. On interroge les témoins concernés, on essaie de recouper.

Et si Yancy daigne nous proposer un portrait-robot digne de ce nom, on démasque le coupable.

— Les dessins de Yancy sont de l'or, lui rappela Peabody. S'il réussit à arracher une description convenable à cette prostituée, on devrait pouvoir sortir un nom de la base de données.

— Une étape à la fois.

Elle jeta un coup d'œil à Feeney, qui venait d'entrer avec McNab. Ce dernier lança un regard suggestif à Peabody, qu'Eve s'efforça d'ignorer. Vivant ensemble depuis peu, ils en étaient encore au stade des roucoulements. Malgré elle, Eve avait hâte qu'ils en reviennent à leurs chamailleries d'avant.

— Posez la main sur ma coéquipière dans cette pièce, McNab, et je vous arrache ces boucles d'oreilles.

Par réflexe, il porta la main à ses quatre anneaux turquoise.

Feeney secoua la tête et glissa à Dallas :

— Si vous voulez mon avis, ils sont encore plus câlins qu'avant de cohabiter. Vivement qu'ils recommencent à se disputer. Ils me flanquent la chair de poule.

Eve fut soulagée de constater qu'au moins un des membres de l'équipe montrait un peu de bon sens. Par esprit de solidarité, elle lui tapota l'épaule.

Baxter et Trueheart arrivèrent à leur tour, se servirent un café.

— L'inspecteur Yancy devrait nous rejoindre d'ici peu, annonça Eve. Si le témoin est à la hauteur, on aura des visages. En attendant, nous avons établi quelques liens.

Se servant à la fois du tableau et de l'écran mural, elle résuma la situation.

— Si ces mêmes personnes ont tué Moss, Duberry et la famille Swisher, le premier constat, c'est que ces meurtres ont été méticuleusement planifiés dans le temps. Le ou les individus qui tirent les ficelles sont patients et prudents. Il ne s'agit en aucun cas d'un psychopathe en plein délire, mais d'un homme déterminé, qui s'est donné une mission. Un homme qui a des relations, la capacité et/ou les ressources financières pour engager des sbires. Il ne travaille pas seul. Il œuvre au sein d'une équipe bien rodée.

— Des tueurs de flics, lâcha Baxter.

— Des tueurs de flics, confirma Eve. Mais le fait qu'ils étaient flics n'a aucun rapport. C'étaient des obstacles, rien de plus.

— Mais pas des dommages collatéraux.

Trueheart parut surpris, voire un peu gêné, de s'être exprimé à voix haute.

— Ce que je veux dire, lieutenant, c'est que les inspecteurs Knight et Preston n'étaient pas, du point de vue des assassins, de simples passants ou des victimes innocentes. Ils étaient en quelque sorte les… gardiens de l'ennemi.

— Exact. Il s'agit là d'une petite guerre, très personnelle. Aux objectifs spécifiques. L'un d'entre eux n'a pas été atteint. Nixie Swisher…

Elle afficha la photo de Nixie sur l'écran.

— D'après ce que nous savons, elle ne présente aucune menace pour eux. C'est une enfant. Elle n'a rien vu qui puisse mener à leur identification. Ce qu'elle a vu, ce qu'elle savait, était déjà connu de nos services. Sa mort ne leur apportera rien de plus. Il est probable qu'ils ont enlevé Meredith Newman, qu'ils l'ont interrogée sous la torture et ont acquis la certitude que la survivante ne savait rien qui puisse les mettre en péril.

— Mais ils s'en fichent, observa Baxter. À leurs yeux, la besogne demeure inachevée. Ils montent une nouvelle opération afin de la retrouver et de la supprimer, et descendent deux flics à la place.

— Leur mission n'a pas abouti, c'est donc un échec. Que voulaient-ils des Swisher ?

— Leur vie, répliqua Baxter.

— La famille. La destruction de leur famille. Tu as pris la mienne, je te prends la tienne. Alors, ils continuent de traquer la petite, affichant ainsi leur besoin d'aller jusqu'au bout, jusqu'à la perfection. Les meurtres de Knight et de Preston sont un message : ils se battront contre l'ennemi, ils élimineront les obstacles. Ils accompliront leur mission.

— Pas question, déclara Feeney.

— Pas question, approuva Eve. Inspecteur Peabody ?

Peabody sursauta, cligna des yeux.

— Lieutenant ?

— Mettez le reste de l'équipe au courant des résultats de votre toute dernière recherche.

Peabody se leva, se racla la gorge.

— Sur ordre du lieutenant Dallas, j'ai lancé une recherche sur tout individu correspondant au profil, et ayant été impliqué dans un procès ou une affaire traitée par Swisher, Moss et Duberry. Nous avons trois noms. Le premier, Donaldson, John Jay, sergent dans le corps de marines à la retraite.

Elle commanda l'affichage de sa photo sur l'écran et résuma le dossier.

— Une tête de con.

Baxter haussa les épaules quand Eve lui coula un regard noir.

— C'est comme ça que mon grand-père appelait les marines. Il était dans l'armée pendant les Guerres Urbaines.

— Trueheart et vous vous occuperez de la tête de con. Il est possible qu'il ait mal accepté la décision du tribunal. Peabody, le suivant ?

— Glick, Victor, lieutenant-colonel en activité, basé à Fort Drum, Brooklyn.

Quand Peabody eut conclu son topo, Eve se tourna vers Feeney et McNab.

— Un peu de travail sur le terrain à Brooklyn, ça vous dit ?

— Pas de problème.

— Peabody et moi prenons le troisième. Peabody ?

— Kirkendall, Roger, sergent à la retraite.

Elle termina, puis se rassit, visiblement soulagée.

— Nous avons aussi établi un lien entre Kirkendall, enchaîna Eve, et une certaine Brenegan, Jaynene, urgentiste, poignardée à mort dans le parking devant son hôpital. Il semble qu'on ait arrêté le coupable, un junkie, mais une vérification ne serait pas inutile. Baxter, vous contacterez les enquêteurs à ce sujet.

— Vous croyez qu'ils ont engagé quelqu'un pour éliminer le médecin ?

— Non. Ils sont trop malins pour ça, mais je ne veux rien laisser au hasard. Il nous faudra des autorisations pour accéder aux dossiers militaires complets de ces trois individus, ajouta Eve. Ce qui ne se fera pas sur un simple claquement de doigts. Je me propose d'entamer la procédure. À moins que j'en aie fini avec la paperasserie et que je puisse m'en charger moi-même, j'aimerais que vous rencontriez l'enquêteur principal sur l'affaire Duberry.

Elle se tut : Yancy venait d'apparaître.

— Lieutenant.

Il s'approcha, lui tendit un disque.

— Comme convenu.

— Asseyez-vous, inspecteur. Nous vous écoutons.

Elle glissa le disque dans l'ordinateur et afficha les images sur deux écrans.

Ils découvrirent deux visages pratiquement identiques. Menton carré, air de brute, sourcils pâles, cheveux coupés ras. Lèvres fermes, nez aquilins. Oreilles collées au crâne. Regards froids et clairs. Ils devaient avoir la cinquantaine.

— Le témoin s'est montré coopératif, commença Yancy. Elle les a vus tous deux de près. Malheureusement, ajouta-t-il en jetant un coup d'œil à Eve, elle n'est pas claire concernant les détails. Tous deux portaient des bonnets et des lunettes de soleil, comme nous allons le voir dans les esquisses suivantes. Néanmoins, à force de discussion, et en me basant sur certains éléments tels que la couleur naturelle des yeux – d'après la blondeur des sourcils – et leur forme – en fonction de la structure du visage – nous pouvons supposer…

— Avec quel degré de précision ?

— Je pense être assez près de la vérité. J'ai lancé un calcul de probabilités à partir de ces dessins et des éléments fournies par le témoin. Le résultat donne plus de quatre-vingt-seize pour cent de fiabilité. Par ailleurs, le témoin se rappelait bien leurs silhouettes. Portraits suivants.

Eve examina les deux hommes musclés, aux épaules larges et aux hanches minces. Tous deux étaient habillés en noir : col roulé, pantalon droit, bottes de saut. Tous deux portaient un sac en bandoulière. Yancy avait ajouté des projections de taille et de poids.

Un mètre quatre-vingt-cinq, et environ quatre-vingt-dix kilos pour le suspect numéro un, un mètre quatre-vingts, même poids, pour le suspect numéro deux.

— Vous êtes sûr de vous, inspecteur ?

— Oui, lieutenant.

— Ni l'un ni l'autre ne correspond aux individus que Peabody a sortis de la liste, commenta McNab. La silhouette colle à peu près pour le premier, mais pas les visages.

— En effet, concéda Eve, déçue. Mais cela n'exclut pas la possibilité que ces hommes-ci soient des soldats – mercenaires ou travaillant sur ordre –, et que l'un de ceux de notre liste soit la tête pensante. Il faut recouper ces images et ces données avec celles du système. Occupez-vous-en, Yancy, ajouta-t-elle après une brève hésitation. Vous avez l'œil.

Il se décontracta enfin.

— Entendu.

— Alors mettons-nous au boulot. Yancy, vous êtes un emmerdeur, mais vous travaillez comme un chef.

Elle commença par consulter Whitney.

— J'ai franchi la première étape pour obtenir les dossiers militaires complets. Comme je m'y attendais, ma requête a été rejetée. Je vais retenter ma chance.

— Je m'en charge, dit-il tout en examinant les portraits-robots. Ils doivent être frères. Ils se ressemblent comme deux gouttes d'eau. À moins que votre témoin ne se soit trompé.

— Yancy ne l'a pas lâchée. Et il est méticuleux. Oui, ils pourraient être frères, ce qui expliquerait leur complicité dans le travail. Ils pourraient même être jumeaux.

— On les bouclera dans des cages voisines quand vous nous les ramènerez.

Frères, ils l'étaient. Unis par les mêmes valeurs, les mêmes désirs, le même entraînement. Des machines.

L'obsession de l'un était l'obsession de l'autre.

Ils se levaient à la même heure chaque jour, se couchaient à la même heure chaque soir, dans des chambres identiques. Ils mangeaient la même nourriture, priaient les mêmes dieux, dans un synchronisme parfait.

Ils se vouaient un amour brutal, qu'ils auraient désigné sous le nom de loyauté.

À présent, tandis que le premier, dégoulinant de sueur, enchaînait des pompes malgré sa jambe blessée, l'autre était assis devant la console de commandement, ses yeux pâles scrutant les écrans.

La pièce où ils travaillaient était dépourvue de fenêtres. Elle était équipée d'une sortie souterraine d'urgence, et s'autodétruirait au cas où le système de sécurité serait compromis.

Elle contenait assez de vivres pour subsister à deux pendant une année entière. À une époque, ils avaient envisagé de s'en servir à la fois comme abri et comme poste de commandement quand l'objectif de leur organisation serait atteint, et que la ville au-dessus de leurs têtes serait entre leurs mains.

Aujourd'hui, c'était un abri et un poste de commandement à des fins plus personnelles.

Ils avaient travaillé ensemble pour une cause à plus grande échelle pendant presque une décennie. Ils œuvraient depuis six ans sur ce projet plus personnel. Cette fois, ils iraient jusqu'au bout. Quel qu'en soit le coût.

Le premier s'arrêta et se pencha pour ramasser un flacon contenant de l'eau filtrée et des électrolytes.

— Comment va ta jambe? lui demanda son frère.

— Quatre-vingts pour cent. Demain, ce sera cent. Ce salaud de flic a tiré plus vite que son ombre.

— Il est mort. Nous en éliminerons d'autres, mais avant cela, nous devons atteindre notre cible principale.

Sur l'un des écrans, le ravissant visage de Nixie souriait.

— Ils l'ont peut-être expédiée hors de la ville.

— Non. Dallas voudra la garder près d'elle. Les flics vont et viennent dans sa maison, mais il y a peu de chances qu'elle ait recueilli la cible chez elle. Cela étant, elle n'est sûrement pas loin.

— On s'occupe de Dallas.

— Elle s'y attend. Il faut agir en douceur. Le système de sécurité de Connors est au moins aussi efficace que le nôtre. Voire meilleur. Et ses poches sont mieux remplies, malgré nos fonds d'urgence.

— Ils n'ont rien qui puisse les mettre sur notre piste. Ça nous laisse du temps. Ce serait un coup énorme, qui permettrait de reprendre la mission initiale, si on réussissait à pénétrer chez Connors, à l'égorger dans son lit et à descendre sa femme au passage. Le message inciterait nos membres à se regrouper, et nous aurions toutes les infos nécessaires pour compléter notre mission ici.

L'homme à la console se retourna.

— On va commencer par établir des tactiques.

Selon Eve, la salle d'arts martiaux du Queens avait des allures de palace. Ou de temple.

L'entrée était décorée dans un style à la fois sobre et chatoyant – un parfum d'Asie, avec jardins de sable japonais, gongs et autres effluves d'encens, dans un univers de murs blancs et de plafonds laqués rouge.

En guise de sièges, autour des tables basses, des coussins rouges ornés de symboles en fil d'or. En guise de portes, des écrans de papier.

La jeune femme assise en tailleur sur un pouf, devant un poste de travail, les salua d'un signe de tête, joignit les mains et s'inclina.

— En quoi puis-je vous être utile ?

Elle portait un peignoir rouge agrémenté d'un dragon noir, et sa tête était rasée.

— Roger Kirkendall, dit Eve en lui montrant son insigne.

Elle sourit, révélant des dents superbes, d'une blancheur éclatante.

— Je regrette, M. Kirkendall n'est pas parmi nous. Puis-je vous demander à quel sujet vous souhaitez le voir ?

— Non. Où est-il ?

— Je crois savoir qu'il est en voyage, répondit l'hôtesse, d'un ton poli mais sec. Peut-être voudriez-vous rencontrer son associé, M. Lu ? Voulez-vous que je l'informe de votre présence ?

— Faites.

Eve pivota, scruta la salle.

— Plutôt chic pour un dojo. Les affaires marchent. Pas mal, pour un retraité de l'armée.

— M. Lu va venir vous chercher. Voulez-vous une boisson ? Un thé vert ? Une eau minérale ?

— Non, merci. Depuis combien de temps travaillez-vous ici ?

— Trois ans.

— Donc, vous connaissez Kirkendall.

— Je n'ai pas eu le plaisir de le rencontrer.

L'un des écrans glissa, et un homme en kimono et ceinture noirs apparut. Le Maître, devina Eve.

Pieds nus, il mesurait à peine un mètre soixante-quinze. Comme la jeune femme, sa tête était rasée. Comme elle, il joignit les mains et s'inclina.

— Je vous souhaite la bienvenue. Si vous voulez bien me suivre dans mon bureau. Je suis Lu, dit-il en la précédant dans un étroit couloir blanc.

— Dallas, lieutenant ; Peabody, inspecteur. Police de New York. À quoi servent toutes ces pièces ?

— Elles sont destinées à la méditation.

Il salua un homme en peignoir blanc qui transportait une théière et deux tasses sur un plateau.

Eve le regarda disparaître derrière un écran qu'il referma derrière lui.

Un peu plus loin, elle entendit des bruits de chute et de corps à corps. Sans un mot, elle dépassa Lu et s'avança jusqu'à un autre écran.

La salle était immense, divisée en sections. Dans l'une d'entre elles, six élèves exécutaient un kata avec grâce et souplesse. Ailleurs, d'autres élèves de niveaux divers luttaient, supervisés par une ceinture noire.

— Nous enseignons le tai-chi, le karaté, le tai kwon do et l'aikido, expliqua Lu. Ainsi que d'autres méthodes. Nos cours s'adressent aux débutants comme aux experts.

— Vous offrez autre chose que du thé et de la méditation dans vos petites pièces ?

— Oui. De l'eau minérale, répliqua-t-il, impavide. Si vous voulez en visiter une actuellement disponible, je vous prierai simplement d'ôter vos chaussures avant d'y pénétrer.

— On verra ça plus tard.

Il la conduisit dans un petit bureau simple et attrayant.

— Voulez-vous vous asseoir ?

— Non, merci. Je suis bien debout. J'ai besoin de parler à Kirkendall.

— Il est en voyage.

— Où ?

— Je ne peux pas vous le dire. Il va un peu partout.

— Vous ne savez pas comment joindre votre associé ?

— Je crains que non. C'est un problème concernant le dojo ?

— Dans ses papiers officiels, il cite cette adresse comme résidence principale.

— Il n'habite pas ici, répondit Lu, imperturbable. Il s'agit sûrement d'une erreur.

— Quand avez-vous parlé avec lui pour la dernière fois ?

— Il y a six ans.

— Six ans ? Vous n'avez pas adressé la parole à votre associé depuis six ans ?

— C'est exact. M. Kirkendall m'a fait une proposition qui me paraissait intéressante. À l'époque, je possédais un petit dojo à Okinawa. J'ai pu monter celui-ci grâce à quelques succès dans des tournois et à la diffusion de disques d'entraînement.

— Lu. Le Dragon. Je vous reconnais.

Il esquissa un sourire, s'inclina légèrement.

— J'en suis honoré.

— Vous étiez un champion. Trois médailles d'or aux jeux Olympiques, recordman du monde. Ils utilisent vos vidéos à l'école de police.

— Vous vous intéressez aux arts martiaux ?

— Oui, surtout exécutés par un maître. Vous avez eu une carrière exemplaire, Maître Lu.

— Les dieux m'ont favorisé.

— Que vous a proposé Kirkendall ?

— De devenir son associé. Il me fournissait des fonds conséquents, ce local, et m'accordait toute liberté pour gérer l'école à ma façon. Son argent, mon expertise et ma réputation. J'ai accepté.

— Vous ne trouvez pas étrange qu'il ne soit pas venu aux nouvelles depuis six ans ?

— Il avait envie de voyager l'esprit libre. C'est un excentrique, je crois.

— Comment se rémunère-t-il ?

— Tous les rapports financiers lui parviennent par courrier électronique, de même que sa part des bénéfices, qui est versée sur un compte à Zurich. Je reçois confirmation dès réception desdits documents. Il y a eu un souci concernant le transfert d'argent ?

— Pas que je sache. C'est tout ? Vous ne le voyez jamais, vous n'êtes jamais en contact avec un intermédiaire, un représentant ?

— Il tenait beaucoup à cet arrangement. Dans la mesure où cela me convient et ne fait de mal à personne, je n'y voyais pas d'inconvénient.

— Il va falloir que vous me remettiez tous les documents papier et les courriers électroniques sur vos transferts d'argent et vos communications.

— Avant d'accepter ou de refuser, je dois vous en demander la raison.

— Son nom est apparu dans une enquête sur une série d'homicides.

— Mais il est en voyage.

— À moins qu'il ne soit tout près d'ici. Peabody, montrez les portraits-robots à M. Lu.

Peabody s'exécuta.

— Monsieur Lu, reconnaissez-vous l'un de ces hommes ?

— On dirait des jumeaux. Non, leurs visages ne me sont pas familiers, répondit-il avec, pour la première fois, une lueur de détresse dans son regard impassible. Qui sont-ils ? Qu'ont-ils fait ?

— Nous souhaiterions les interroger à propos de plusieurs meurtres, dont ceux de deux enfants.

Lu aspira une grande bouffée d'air.

— La tragédie, cette famille, il y a quelques jours… J'en ai entendu parler. J'ai un enfant, lieutenant. Mon épouse, qui vous a accueillie… nous avons un enfant. Il a quatre ans… D'après les médias, ces gens dormaient tranquillement chez eux. Ils étaient sans défense. On les a égorgés. Est-ce vrai ?

— Oui.

— Aucune sanction ne pourra rétablir la balance. Pas même la mort.

— La justice ne rétablit pas toujours la balance, Maître Lu, mais nous n'avons rien de mieux.

— Oui.

Il demeura immobile un instant.

— Vous pensez que l'homme que j'appelle mon associé est mêlé à ces assassinats ?

— C'est une possibilité.

— Je vous fournirai tout ce dont vous avez besoin. Je ferai ce que je pourrai. Un moment…

Il s'approcha de son ordinateur, lança quelques ordres en japonais.

— Quand devez-vous renvoyer un rapport ou un paiement à M. Kirkendall ?

— Pas avant décembre.

— Vous n'avez jamais aucun contact avec lui ? Quand vous avez une question, un problème ?

— C'est arrivé, mais c'est très rare.

— Nous pouvons peut-être travailler à partir de là. Je vais vous présenter quelqu'un de la Division de détection électronique qui va analyser votre ordinateur ou tout autre appareil dont vous vous seriez servi pour joindre M. Kirkendall.

— Uniquement celui-ci. Votre agent peut se déplacer, ou vous pouvez l'emporter si vous préférez. Si vous voulez bien patienter quelques minutes, je viens de demander la liste de toutes les communications et transmissions effectuées depuis le début de notre association.

— Très bien.

Il était bouleversé. Il se maîtrisait, mais il luttait contre les émotions qui le submergeaient à l'idée d'avoir peut-être travaillé toutes ces années avec un meurtrier.

— Maître Lu, commença Eve d'un ton plein de respect, il faut plus que le talent, l'entraînement et la discipline pour accomplir ce que vous avez accompli sans jamais s'incliner devant un adversaire. Comment y êtes-vous parvenu ?

— L'entraînement, bien sûr, une discipline à la fois physique et mentale. Spirituelle, si vous voulez. L'instinct, aussi. Savoir anticiper les mouvements de l'autre, croire en sa propre force. Et puis, ajouta-t-il avec un bref sourire charmeur, j'aime gagner.

Eve lui sourit en retour.

— Moi aussi.

15

Connors n'avait pas prévu ce trajet en navette jusqu'à Philadelphie. Il serait obligé de rattraper le temps perdu. Tant pis. Il n'avait pas le choix.

Il ne pouvait pas – ne voulait pas – discuter de la situation de Nixie par communicateur. Il tenait absolument à rencontrer Leesa Corday en tête à tête, seule façon de la jauger vraiment.

Il n'avait eu aucun mal à obtenir un rendez-vous. Sans doute s'imaginait-elle qu'il envisageait de l'engager, ou de racheter sa société. Il s'en débrouillerait.

Ce ne serait pas bien difficile de lui fournir du travail en guise de compensation. Après tout, l'argent avait son utilité.

L'entreprise jouissait d'une réputation solide. Il s'était renseigné. Bien qu'il n'eût pas dévoilé le but de sa visite, il eut droit à un traitement VIP. Dans l'immense hall noir et argent, l'assistant de Corday vint l'accueillir et le guida vers un ascenseur privé.

Il lui proposa à boire, ou quoi que ce soit qu'il pourrait désirer. Visiblement, il avait reçu l'ordre de se plier à ses moindres désirs. Le genre d'attitude qui irritait Connors.

L'étage où travaillait Corday était tout en blanc cassé et rouge chatoyant, doté d'innombrables portes translucides automatiques et d'un gigantesque poste de travail central, commandé par cinq autres assistants. Corday l'attendait, debout – une position stratégique –, derrière son bureau en forme de L qui dominait la ville.

Sa photo d'identité lui avait rendu justice. Il savait qu'elle avait trente-huit ans, où elle se faisait coiffer, et où elle avait acheté son élégant tailleur à fines rayures.

Sur le plan financier, elle avait largement de quoi engager une gouvernante, inscrire Nixie dans des établissements de qualité. Si elle avait besoin d'un petit encouragement, il lui proposerait de monter un fidéicommis pour les futures études de Nixie.

Il était prêt à négocier.

Elle avait un visage agréable, aux traits doux. Ses cheveux châtain clair étaient coupés court.

Sa tenue mettait en valeur sa silhouette parfaite. Elle vint vers lui en souriant et lui tendit la main.

— Monsieur Connors. Vous avez fait bon voyage, j'espère ?

— Excellent.

— Que puis-je vous offrir ? Un café ?

— Volontiers, si vous en prenez un.

— David ?

Elle se détourna de son assistant, qui s'empressa de s'exécuter.

D'un geste, elle invita Connors à s'asseoir dans la partie salon, attendit qu'il prenne place dans un des grands fauteuils noirs.

— Je vous remercie de me recevoir ainsi à la dernière minute.

— Je vous en prie. Vous avez d'autres rendez-vous à Philadelphie ?

— Pas aujourd'hui.

L'assistant revint avec un plateau chargé d'un pot de café, de tasses et de soucoupes, d'un petit bol de sucre en morceaux et d'un carafon de véritable crème fraîche.

— Merci, David. Je ne répondrai à aucun appel. Comment aimez-vous votre café ? ajouta-t-elle à l'intention de Connors.

— Noir, merci. Madame Corday, je sais que votre temps est précieux.

Elle esquissa un sourire, croisa les jambes.

— J'ai tout mon temps.

Acceptant sa tasse, Connors décida de couper court aux politesses.

— En fait, je suis ici pour un problème personnel, concernant votre nièce.

Son regard noisette croisa celui de Connors. Elle haussa les sourcils, intriguée.

— Ma nièce? Je n'ai pas de nièce.

— Nixie, la fille de votre demi-frère.

— Mon demi-frère? Je suppose que vous faites allusion à... Grant. Mon père a été marié avec sa mère pendant une courte période. Je ne le considère pas du tout comme mon demi-frère.

— Savez-vous que lui, son épouse et leur fils ont été assassinés récemment?

— Non.

Elle posa sa tasse.

— Mon Dieu, mais c'est affreux! Comment?

— Des individus se sont introduits dans leur maison et les ont égorgés, ainsi qu'une petite fille venue passer la nuit avec la leur, Nixie. Nixie n'était pas dans la chambre au moment du drame et elle a survécu.

— C'est abominable! J'ai en effet vaguement entendu la nouvelle par les médias, mais je n'avais pas du tout fait le lien. Je n'ai aucun contact avec Grant depuis des années. Quel choc!

— Je suis désolé de vous bousculer ainsi, mais ce qui me préoccupe maintenant, c'est le sort de Nixie.

— Je ne comprends pas, murmura-t-elle en tripotant son rang de perles. Vous connaissiez Grant?

— Non. Mon intervention n'a eu lieu qu'après les meurtres.

— Je vois. Votre femme appartient à la police de New York, n'est-ce pas?

— Oui. C'est elle qui est chargée de l'enquête.

Il marqua une pause, mais elle ne l'interrogea pas sur l'évolution de l'affaire.

— Pour l'heure, Nixie est à l'abri dans un lieu sûr. Mais elle ne peut pas y rester indéfiniment.

— Enfin, les services de protection de l'enfance...

— Votre demi-frère et son épouse avaient désigné des tuteurs légaux ; malheureusement, les circonstances les empêchent de respecter leur engagement. Résultat, cette enfant n'a plus personne pour s'occuper d'elle. Je suis venu vous solliciter à ce sujet. Vous seriez la mieux placée pour la recueillir.

— Moi ?

Elle eut un mouvement brutal de la tête, comme s'il l'avait giflée.

— C'est impossible. Hors de question.

— Madame Corday, vous êtes son parent le plus proche sur la planète.

— Je suis à peine de sa famille.

— Peu importe. Vous êtes un maillon de la famille. Or, celle-ci a été massacrée sous ses yeux. C'est une enfant innocente ; elle a du chagrin et elle a peur.

— Je suis sincèrement désolée de ce qui est arrivé, mais je n'en suis pas responsable. Je ne suis pas non plus responsable d'elle.

— Qui, alors ?

— Un système a été mis en place pour faire face à ce genre d'événements. Franchement, j'ai du mal à comprendre votre initiative. Comment voulez-vous que je prenne en charge une enfant que je n'ai jamais rencontrée ?

Connors savait reconnaître ses échecs. Le mieux aurait été d'en rester là. Mais il ne put s'y résoudre.

— Votre demi-frère…

— Pourquoi vous entêtez-vous à employer ce terme ? coupa-t-elle, agacée. Mon père a vécu avec sa mère pendant moins de deux ans. Je connaissais à peine cet homme. Je n'en avais aucune envie.

— Elle n'a personne.

— Ce n'est pas ma faute.

— Non, c'est la faute des hommes qui ont pénétré chez elle, et tranché la gorge de ses parents, de son frère et de son amie. Si bien que, désormais, elle n'a plus de foyer.

— C'est une tragédie, j'en conviens. Néanmoins, ce n'est pas moi qui vais jouer les sauveteurs – même si cela me coûte un contrat avec les Entreprises Connors. Et cela m'irrite que vous osiez me harceler ainsi.

— Je le vois, en effet. Vous ne m'avez même pas demandé si elle avait été blessée.

— Je m'en moque !

La colère, ou peut-être l'embarras, colora ses joues.

— J'ai ma vie, ma carrière. Si je voulais des enfants, j'en ferais. Je n'ai aucune intention d'élever ceux des autres.

— Je me suis donc fourvoyé, déclara-t-il en se levant. Je vous ai fait perdre votre temps, et j'ai perdu le mien.

— La mère de Grant a jeté mon père dehors quand j'avais dix ans. Elle n'a été pour lui qu'une femme parmi tant d'autres. Quelle raison aurais-je de recueillir sa fille ?

— Aucune, apparemment.

Il sortit, davantage furieux contre lui-même que contre elle.

Eve émergea du dojo, scruta la rue, les véhicules garés, les passants.

— Il y a peu de chances pour qu'ils nous aient traquées jusqu'ici, commenta Peabody, sur ses talons. Quand bien même ils auraient le matériel et les hommes pour surveiller le Central vingt-quatre heures sur vingt-quatre, il faudrait qu'ils soient particulièrement doués, ou chanceux, pour nous repérer.

— Jusqu'ici, ils se sont révélés efficaces et chanceux. On n'est jamais trop prudent.

Eve sortit un scanner de sa poche.

— Ce n'est pas un appareil standard.

— Non, c'est un des prototypes de Connors. Eux s'attendent que je sois équipée par la police.

— Avec vous, Dallas, je me sens au chaud et en sécurité. Et j'ai faim. J'ai aperçu un traiteur juste à côté.

— Je crois que je vais oublier les traiteurs pendant un temps. Je me demanderai toujours s'il n'y a pas une pute dans l'arrière-boutique, à côté des stocks de hachis végétarien.

— Génial. Non seulement je suis interdite de traiteur, mais en plus, j'ai été privée de gaufres ce matin. Il y a un chinois, en face. Un rouleau de printemps, ça vous tente ?

— C'est parfait, mais dépêchez-vous.

Eve passa son véhicule au scanner, en quête d'explosifs ou de mouchards. Elle se mettait au volant quand Peabody retraversa la rue au pas de course.

— Désolée, ils n'ont pas de Pepsi. Je vous ai pris un Fizzy au citron.

— Ce devrait être interdit de gérer un commerce de ce genre sans vendre de Pepsi, grommela Eve en démarrant.

— À propos de commerce de ce genre, savez-vous ce qu'Ophelia compte faire avec l'argent de la récompense ?

— Si elle l'empoche.

— D'accord, si elle l'empoche. Bref, son copain traiteur et elle envisagaient de s'associer le jour où elle aurait un peu de sous. Donc, si elle touche la prime, ils pourront ouvrir un sexe club.

— Comme s'il n'y en avait pas déjà assez à New York.

— Ce sera un sexe club traiteur. Plutôt innovant, non ? Au menu, salade folle et batifolage, d'une pierre deux coups.

— Doux Jésus ! Qu'on ne me parle plus de traiteur.

— Je trouve l'idée intéressante, commenta Peabody avant d'engloutir un minirouleau de printemps. Vous voulez que je joigne Feeney, pour qu'il s'attaque à l'analyse des transmissions ?

— Non, je m'en charge. Contactez Baxter, dites-lui de faire passer l'affaire Brenegan en priorité. Et voyez avec le commandant, s'il a eu plus de chance que moi avec l'administration. Prévenez-le que Kirkendall devient notre principal suspect, et que Baxter travaille sur un dossier classé qui pourrait être lié à notre enquête. Non, pas avec ce communicateur, ajouta-t-elle. On va mélanger les moyens de communication. Utilisez votre appareil personnel. Ensuite, vous ferez le point avec les autres membres de l'équipe en utilisant votre communicateur officiel.

— Vous pensez qu'ils essaient de nous localiser par le biais de nos échanges ?

— Je pense qu'il faut se méfier de tout.

Elle programma sur le GPS l'adresse de Sade Tully, leur prochaine étape.

L'immeuble était modeste, à deux pas du cabinet. Eve nota l'absence de gardien. La sécurité était de qualité moyenne. La lecture de son insigne leur permit d'entrer, mais quelques coups de sonnette au hasard auraient sans doute suffi. Dans le hall étroit, elle appuya sur le bouton de l'étage de Sade et étudia les lieux.

Deux caméras de sécurité – en fonction ou en panne. Une porte coupe-feu menant à l'escalier. Il y avait une troisième caméra dans l'ascenseur minuscule, et deux objectifs standards à chaque extrémité du couloir, à l'étage.

L'appartement était équipé d'un judas électronique et d'une porte blindée. Eve sonna, patienta. Plusieurs loquets cliquetèrent, et Sade leur ouvrit.

— Mon Dieu ! Il est arrivé quelque chose à Dave ?

— Non. Désolée de vous avoir inquiétée. Pouvons-nous entrer ?

— Oui, oui, bien sûr, fit-elle en se passant la main dans les cheveux. J'ai les nerfs à fleur de peau, je l'avoue. J'étais en train de me préparer pour les obsèques de Linnie. Je n'ai jamais assisté à l'enterrement d'un enfant. Ça ne devrait pas exister. Nous avons fermé le cabinet pour la journée. Dave doit passer me chercher d'ici peu.

L'appartement était joli, très clair. Un canapé dernier cri dans un camaïeu de bleus et de verts trônait non loin du coin-repas installé devant deux fenêtres encadrées de rideaux. Des affiches des monuments de la ville égayaient les murs.

— Dave nous a dit que vous aviez une mémoire infaillible. Vous vous rappelez facilement les noms, les détails.

— C'est pour cela qu'ils me paient royalement. Vous voulez vous asseoir ? Puis-je vous offrir… ? Je ne sais pas ce que j'ai. Je n'ai pas fait de courses depuis…

— Nous n'avons besoin de rien, merci, l'interrompit Peabody d'un ton rassurant. C'est sympathique, ici. Superbe, le canapé.

— Il me plaît. L'appartement. L'immeuble est calme, je peux me rendre à mon travail à pied. Et quand j'ai envie de m'amuser, j'ai un métro tout à côté qui m'emmène directement dans le centre.

— Un logement comme celui-ci, dans ce quartier, ce n'est pas donné, fit remarquer Eve.

— Je le partage avec une amie. Enfin, je le partageais, rectifia-t-elle. Jilly est hôtesse de l'air sur la ligne New York/Vegas II, mais elle m'a appris il y a deux jours qu'elle s'installait sur Vegas II.

Sade haussa les épaules.

— Ce n'est pas grave. Mon salaire me permet de payer le loyer seule. Grant et Dave… Dave n'est pas radin. On m'augmente régulièrement… Ma tenue est-elle correcte ? Un tailleur noir, c'est peut-être un peu morbide, non ? Des funérailles, c'est toujours morbide, mais…

— C'est parfait, assura Peabody.

— D'accord, d'accord. Après tout, quelle importance ? Qui va se soucier de ce que je porte, quand… Je vais me chercher de l'eau. Vous en voulez ?

— Non, allez-y.

Eve la suivit cependant jusque dans la cuisine.

— Sade, vous souvenez-vous d'une affaire que Grant a traitée ? Kirkendall contre Kirkendall. Diane était sa cliente.

— Laissez-moi réfléchir…

Elle s'empara d'une bouteille d'eau minérale dans le réfrigérateur, s'appuya contre le plan de travail rouge pivoine.

— Une affaire de divorce et de garde d'enfants. Le type la battait. Un militaire – enfin, à l'époque, il était retraité. Un vrai salaud. Ils avaient deux enfants, un garçon et une fille. Diane s'est enfin bougée le jour où il s'est attaqué aux mômes.

Elle but, songeuse.

— Apparemment, il se prenait pour le général de service. Un vrai tyran, oui. Emplois du temps, ordres, discipline. Il les avait sous sa coupe. Elle a fini par se réfugier dans un foyer, et l'un des directeurs de l'établissement lui a recommandé notre cabinet. Elle était terrifiée. Nous voyons défiler beaucoup de cas comme celui-là. Trop.

— Le tribunal lui a accordé la garde exclusive des enfants.

— Le juge l'a soutenue jusqu'au bout. Grant a travaillé très dur sur ce dossier.

Son regard se voila de larmes. Elle but longuement, ravala un sanglot.

— Elle était dans un état assez pitoyable, comme la plupart de ces femmes. Elle refusait d'appeler les flics, et quand les voisins s'inquiétaient, elle leur disait que tout allait bien. Elle fréquentait divers centres médicaux, de manière à ne pas éveiller de soupçons. Grant a passé des heures – gratuitement, en plus – à rechercher médecins, personnels de santé, à obtenir des évaluations psychiatriques. L'avocat de la partie adverse était redoutable. Il a tenté de prouver que Diane était instable, que ses blessures étaient la conséquence d'automutilations, ou de liaisons avec des hommes violents. Personne n'a été dupe, surtout quand Jaynene s'est présentée à la barre.

— Jaynene Brenegan ?

— Oui, confirma Sade, étonnée. Vous la connaissiez ?

— En quoi son témoignage était-il si important ?

— Elle était experte en traumatologie. Elle a carrément explosé les arguments de ce salaud. Elle a démontré que Diane était victime de maltraitances depuis des années, qu'il était impossible de se les infliger soi-même. Elle était intraitable, et ça les a bien énervés. Elle est décédée il y a deux ou trois ans. Un connard de junkie l'a poignardée dans le parking alors qu'elle quittait l'hôpital après son service. Il a prétendu qu'il l'avait trouvée morte, et qu'il s'est contenté de lui piquer son portefeuille, mais ils l'ont coffré.

— Diane Kirkendall a donc obtenu la garde exclusive des enfants.

— Oui. Lui avait droit à une visite mensuelle. Il ne les a jamais revus. Le lendemain, elle s'était volatilisée. Grant en était malade, comme nous tous. On craignait qu'il ne lui ait mis la main dessus.

— Vous pensiez qu'il aurait pu lui faire du mal.

— Grant en était convaincu. Mais les flics n'ont jamais retrouvé sa trace, ni celle des enfants.

— Kirkendall a-t-il proféré des menaces à son encontre ? Ou envers Grant ?

— Il était trop maître de lui pour cela. Un vrai glaçon. Jamais une suée, jamais un mot de trop. Mais, croyez-moi, sa colère était palpable.

Eve fit un signe de tête à Peabody, qui sortit les portraits-robots de son sac.

— Reconnaissez-vous ces hommes ?

Sade posa sa bouteille, examina attentivement les dessins.

— Non. Je ne les aurais pas oubliés. Ils font peur. Ce sont eux qui… Kirkendall ? s'exclama-t-elle. Vous croyez qu'il y a un rapport entre lui et ce qui est arrivé à Grant et à sa famille ? Le salopard !

— Nous avons des questions à lui poser.

— Ce pourrait être lui. Il en est capable. Vous savez, cette impression qu'on a avec certaines personnes. Il suffit d'un effleurement, d'un regard, pour que vous restiez cloué sur place. C'est ce qui se passe avec lui. Il vous glace les sangs. Mais, Seigneur, cela remonte à si loin ! Je venais d'être engagée, je vivais dans un studio à l'angle de la 100ᵉ Rue.

— Nous vérifions différentes pistes, expliqua Eve. Merci de votre aide. Ah ! Simple curiosité. Comment avez-vous trouvé cet appartement, cette amie ?

— À vrai dire, ce sont eux qui m'ont trouvée. J'ai fait la connaissance de Jilly dans un bar que je fréquentais pas mal. L'amie d'une amie d'une amie… Elle m'a raconté qu'elle cherchait quelqu'un pour partager son logement parce qu'elle y était rarement, vu son métier. J'ai sauté sur l'occasion.

— C'était après le procès ?

— Juste après, maintenant que j'y songe. Deux semaines... Pourquoi ?

— Avez-vous discuté de votre travail avec Jilly ? Des affaires que vous traitiez ? Donné des détails ?

— Rien de confidentiel, mais oui... Je lui racontais des anecdotes. Je me rappelle avoir évoqué le dossier Kirkendall – sans citer de noms. J'admirais l'acharnement de Grant à sauver cette pauvre femme et ses enfants. Ô mon Dieu ! Nous avons vécu ensemble presque six ans !

— Pouvez-vous me décliner son nom en entier ?

— Jilly Isenberry. Elle m'a accompagnée je ne sais combien de fois chez les Swisher. Elle a assisté à des soirées, à des barbecues. Dîné à leur table. Quand j'ai appris le drame, je l'ai contactée. Elle a pleuré. Elle a pleuré, mais elle ne revient pas. Je l'ai introduite dans leur maison.

— Vous n'êtes pas responsable. En revanche, ce que vous venez de nous révéler pourrait nous conduire à ceux qui le sont.

Eve invita Sade à venir s'asseoir et à leur parler de Jilly.

— Belle femme, constata Peabody en appelant le fichier de Jilly Isenberry sur l'écran du tableau de bord. Trente-huit ans, métisse, célibataire. Hôtesse de l'air, Orbital Transport, depuis 2053. Emplois précédents... waouh !

Eve fronça les sourcils.

— Waouh ?

— Avant d'être employée chez Orbital Transport, Mlle Isenberry était caporal dans l'armée américaine. Pendant douze ans. On aurait pu s'attendre qu'elle ait grimpé plus d'échelons sur une si longue période de temps.

— Et que douze années en tant que soldat vous préparent à autre chose qu'à servir des boissons à tous ces péquenauds en route pour le paradis du jeu. Je parie qu'à un moment ou à un autre, elle a servi sous les ordres de Kirkendall.

— Drôle de coïncidence.

— Ce n'en est pas une. Elle n'a rien changé, ni ses données ni son nom. Ils étaient persuadés d'être déjà loin le jour où on tomberait dessus – en admettant qu'on y parvienne. Nous savons donc qui, et nous savons pourquoi. Il ne nous reste plus qu'à retrouver ce fils de pute. Dallas, répondit-elle, comme son communicateur bipait.

— Un conseiller juridique rattaché aux Affaires militaires requiert une réunion d'urgence, l'informa Whitney. Dans mon bureau. Au plus vite.

— Je suis en route pour le Central, commandant.

Eve jaugea la circulation, la distance, puis actionna la sirène et enfonça l'accélérateur.

Peabody haletait encore quand elles atteignirent l'étage de Whitney.

— Mes yeux sont en place ? s'enquit-elle. Je déteste entrer en réunion quand ils sont tout blancs. Ça fait mauvais genre.

Pour le plaisir, Eve la gratifia d'une tape retentissante dans le dos.

— Voilà. Ils sont en place.

— Ce n'est pas drôle. Vous avez failli nous tuer à trois reprises.

— Deux, rectifia Eve. Le problème, dans cette ville, c'est que les gens ne respectent pas les sirènes. Ils continuent à avancer en fredonnant, comme si de rien n'était.

— Le Rapid Taxi que vous avez évité de justesse n'a pas fredonné. Il a poussé un cri effroyable.

— C'est vrai, concéda Eve en souriant à ce souvenir. Il aurait dû dégager la voie.

Le commandant et le reste de l'équipe les attendaient. Ainsi qu'une femme en tenue militaire de gala, en projection holographique.

« Elle s'est parée pour l'occasion, songea Eve, mais elle n'a pas pris la peine de se déplacer. »

— Lieutenant Dallas, inspecteur Peabody, voici le major Foyer, des forces armées des États-Unis, département juridique. Le major Foyer souhaiterait davantage d'explications avant de nous soumettre les dossiers militaires complets que vous avez demandés.

— Ces dossiers sont la propriété du gouvernement américain, rappela Foyer d'un ton sec. Il est de notre devoir de protéger les hommes et les femmes qui servent notre pays.

— Et le nôtre, c'est de protéger les citoyens de cette ville, riposta Eve. Certaines informations collectées au cours d'une enquête pour meurtre m'incitent à soupçonner l'implication de Kirkendall, Roger, ex-sergent de l'armée américaine.

— Une requête de cette nature exige plus que les soupçons d'un officier du secteur civil, lieutenant. Dans le Patriot Act révisé, section III, modifié en 2040, il est clairement signifié...

— « Que le gouvernement a carte blanche pour exiger et recevoir des données personnelles concernant n'importe quel citoyen, tout en gardant secrètes celles concernant son propre personnel. » Je sais comment cela fonctionne. Cependant, quand un membre des forces armées est soupçonné d'avoir commis des actes contre son gouvernement ou ses concitoyens, lesdits dossiers peuvent être transmis à la fois aux autorités militaires et civiles.

— Vos soupçons ne suffisent pas, lieutenant. Il faudrait des preuves...

— Commandant, avec votre permission ?

Il haussa un sourcil tandis qu'Eve se plantait devant son ordinateur, puis hocha la tête.

Eve appela le fichier Swisher.

— Afficher à l'écran les images des victimes et des scènes de crime.

Les photos apparurent, dures, sanglantes.

— C'est lui qui a fait cela.

— Vous croyez...

— Je le sais, corrigea Eve, avant de demander les photos de Knight et de Preston. Il a aussi tué ces deux collègues. C'est vous qui l'avez formé, mais vous n'y êtes pour rien. Il a détourné votre enseignement. En revanche, si vous refusez de coopérer, si vous entravez nos démarches pour traquer Roger Kirkendall et qu'il y a une nouvelle victime, vous serez considérée comme responsable.

— À ce stade, vos preuves sont loin d'être concluantes.

— Je vais vous en fournir d'autres. Et comme vous m'avez l'air d'une professionnelle aguerrie, ce que je vais vous dire ne vous surprendra guère. Il possède des parts dans une entreprise florissante du Queens, mais son associé ne l'a pas vu depuis six ans. Grant Swisher a représenté sa femme dans le procès pour la garde de leurs enfants ; c'est elle qui a gagné. Il y a deux ans, le juge Moss, qui présidait le tribunal, a été assassiné, ainsi que son fils, dans l'explosion de sa voiture causée par une bombe. Karin Duberry, l'assistante sociale des services de protection de l'enfance, a été retrouvée étranglée dans son appartement l'an dernier. À l'issue d'une nouvelle enquête sur le meurtre à coups de poignard du médecin ayant témoigné en faveur de Mme Kirkendall, nous découvrirons très probablement que Kirkendall en est aussi le responsable.

— Ce sont des concours de circonstances.

— Allons donc ! Jilly Isenberry, ex-caporal de l'armée américaine, partageait depuis bientôt six ans son appartement avec Sade Tully, juriste et assistante de Swisher. Isenberry s'est souvent rendue chez les Swisher où elle était accueillie comme une amie. Isenberry s'est débrouillée pour rencontrer Tully peu après le procès Kirkendall et lui proposer, comme par hasard, un logement charmant à quelques pas de son lieu de travail. De même que Kirkendall, Isenberry semble voyager énormément. Et je parie mon prochain salaire contre le vôtre qu'ils se connaissaient et ont servi ensemble.

— Un instant, lieutenant.

L'hologramme disparut.

— On vérifie mes allégations, pas vrai ? Radine. Je vous demande pardon, commandant, ajouta Eve en se tournant vers Whitney.

— C'est inutile.

— Tu n'as pas perdu ton temps, fit remarquer Feeney. Bon boulot, camarade !

— Nous sommes sur la bonne voie. Nous n'avons pas véritablement besoin des détails militaires pour le moment, mais je ne la laisserai pas nous faire barrage.

— Dans l'affaire du médecin, j'ai noté quelques ratés, intervint Baxter. Le type qu'ils ont bouclé affirmait l'avoir découverte morte et lui avoir simplement dérobé ses affaires personnelles. On l'a arrêté avant qu'il ait quitté le parking. Il était couvert de sang, mais ils n'ont jamais retrouvé l'arme du crime.

— Et dans sa déclaration ? Il n'a rien remarqué de particulier ?

— Il était shooté. Il avait un pistolet hypodermique fait maison dans la poche. Mais rien n'indique que la victime ait été neutralisée avec ce genre d'arme. Il avait déjà un casier. Condamné à plusieurs reprises pour recel de substances illégales, agressions et cambriolages. Les flics tombent sur lui à cinquante mètres d'un cadavre, ils ne sont pas allés chercher ailleurs.

— Je veux une copie du dossier, le rapport du médecin légiste, toute la doc disponible.

— C'est prêt.

L'hologramme reprit vie.

— Les pièces requises seront mises à votre disposition.

— Ajoutez-y le fichier d'Isenberry.

— Entendu. Ces officiers ne sont plus sous la juridiction du tribunal militaire. S'ils sont coupables de ces crimes, j'espère que vous les arrêterez.

— Merci, major, fit Whitney. Mon département et la ville de New York apprécient votre aide.

— Commandant. Lieutenant.

L'image se dissipa. Whitney reprit place derrière son bureau.

— En attendant les documents, mettez-nous au parfum.

Eve résuma la situation.

— Patient n'est pas le mot, souffla Baxter. La patience, c'est un chat devant un trou de souris. Ce type est comme une araignée qui s'est attachée pendant des années à tisser sa toile du Bronx au Bowery. Notre marine à la retraite semble ne rien avoir à se reprocher. Il était absent, la nuit des meurtres Swisher. Un tournoi de golf à Palm Springs. J'ai tout vérifié : moyens de transport, hôtel ; les témoins ne manquent pas.

— Quant au nôtre, enchaîna McNab, il était en manœuvres. Il a une section entière de soldats derrière lui. Peut-être se sont-ils inventé des alibis solides pour se couvrir, mais je n'y crois guère.

— C'est lui notre homme, reprit Eve en affichant la photo de Kirkendall à l'écran. Swisher l'a privé de sa femme et de ses enfants. Lesquels ont disparu immédiatement après le procès.

— Il les a rattrapés.

— Possible. Mais dans ce cas, pourquoi passer des années à planifier l'exécution de ceux qu'il juge responsables de sa perte ? Par esprit de vengeance ? S'il les a récupérés, ou punis, pourquoi a-t-il casé sa complice avec l'assistante de Swisher ? Pendant six ans ?

— Parce qu'ils ont réussi à lui échapper, suggéra Peabody. Pffuitt ! Évanouis dans la nature.

— C'est ce que je pense. Elle avait sans doute prévu de fuir, quelle que soit l'issue du procès. C'est drôlement énervant. Non seulement elle obtient la garde exclusive des enfants, mais en plus, elle lui file entre les doigts avec eux. Il n'a plus aucun contrôle sur eux. Donc, il colle sa complice avec Sade Tully dans l'espoir que celle-ci lui révélera où ils se trouvent. Sauf qu'elle ne savait rien. Elle est persuadée qu'ils sont morts. Il ne lui reste plus qu'à supprimer l'ennemi. Tous ceux qui ont osé le contrarier.

— Les documents arrivent, annonça Whitney.

— Dix-huit ans de bons et loyaux services, lut Eve. Il était tout jeune quand il s'est engagé. Pourquoi n'a-t-il pas fait ses vingt années ? Tiens, tiens ! Forces spéciales, opérations sous couverture. Grade cinq.

— Exécuteur, marmonna Baxter. Mon grand-père râle sans cesse contre ce genre de truc. Hors période de guerre, cela signifie qu'on peut recevoir l'ordre d'assassiner des cibles désignées.

— Poursuivez, lieutenant. Partage d'écran, afficher les données sur Isenberry.

— Ils ont servi ensemble. Ils étaient basés dans la même unité à Bagdad. Il était son sergent alors qu'elle était stagiaire. Je parie qu'ils s'entendaient bien. Potes en temps de guerre. Ils ont tous deux quitté l'uniforme à peu près à la même époque, aussi.

— Tous deux ont reçu des avertissements, nota Feeney.

— Dallas, interrompit Peabody, je ne vois aucune fratrie dans le fichier de Kirkendall. Ni de cousins de sexe masculin.

— Il faut approfondir les recherches. Je vais voir si Yancy a avancé, ensuite, j'ai une réunion, déclara Eve en consultant sa montre. Feeney, j'ai le feu vert de Tully : la DDE est autorisée à analyser tout le matériel de communication à son domicile. Avec un peu de chance, Isenberry s'en est servie pour contacter un complice. Par ailleurs, j'ai requis les services d'un expert consultant civil pour travailler sur d'autres indices électroniques.

— Si c'est le même que d'habitude, je n'y vois aucune objection.

— Baxter, Trueheart, les obsèques de Linnie Dyson vont commencer d'ici peu. Allez-y en tant que représentants du département de police, et ouvrez l'œil.

— Un enterrement d'enfant, grommela Baxter. Décidément, on tire toujours le gros lot.

— Rien, avoua Yancy. Pour l'instant, je suis bredouille. J'ai encore quelques recoupements à effectuer, mais...

— Nous avons l'appui des militaires. Demandez au contact de Whitney d'effectuer une recherche comparative concernant tous les hommes ayant servi sous les ordres de Kirkendall. Des types ayant reçu le même entraînement que lui. Ah ! Commencez par les inactifs et les retraités.

— D'accord. Vous savez, j'ai réfléchi. Ce genre de recherches vous laisse le temps de gamberger. Regardez ces types d'un peu plus près. On dirait des jumeaux.

— Oui. Nous en étions convenus. Ou plus probablement des frères. Sauf que Kirkendall n'en a pas.

— Eh bien, si on pense jumeaux – visages identiques, mais tailles différentes… Quand vous les observez, qu'est-ce qui leur manque ?

— Un soupçon d'humanité.

— Mais encore. Je passe ma vie avec des visages. Ce qui manque, Dallas, ce sont les rides, les cicatrices, les boutons, les défauts. Vous dites qu'ils ont suivi un solide entraînement physique, probablement militaire. Ils ont été plongés dans l'action. Pourtant, rien ne transparaît dans leur expression. Elle me l'aurait signalé, ajouta-t-il comme pour lui-même. Ophelia me l'aurait dit parce que, instinctivement, ce sont des détails que l'on retient. Mais en dehors du fait que l'un boitait, ces deux-là étaient parfaits.

— J'ai envisagé que ce soient des droïdes, mais les chances sont minces. Deux robots de ce calibre coûteraient une fortune, et c'est compliqué à programmer. C'est la raison pour laquelle les militaires ne les utilisent jamais dans les projets complexes.

— Je pense plutôt au remodelage, à la chirurgie esthétique. C'est du domaine du possible si on a l'argent.

— Merde. La taille et le poids du premier correspondent au profil de Kirkendall. La couleur de peau est proche.

— Pas le visage, enchaîna Yancy. Mais avec l'aide d'un bon chirurgien…

Il afficha la photo d'identité de Kirkendall, puis entreprit de la modifier.

— On élargit la mâchoire, on affine le nez. On gonfle la lèvre inférieure. Oui, avec *mucho dinero*… Je sais que les yeux ne collent pas, mais…

— Ils portaient des lunettes noires. Vous vous êtes basé sur des calculs de probabilité.

— On peut en altérer la forme et la couleur.

Eve fit quelques pas, revint.

— Voilà qui explique tout. Pourquoi passer tant d'années à tout planifier si soigneusement, à anticiper, et ne pas participer ?

— Si nous avons raison, qui est le deuxième ?

Eve examina les dessins.

— Bonne question.

16

Les feuilles mortes s'éparpillèrent tandis qu'Eve franchissait le portail.

— Le vent se lève, constata Peabody. Il va pleuvoir.

— Merci pour les prévisions.

— Ça va dénuder complètement les arbres. Je déteste cette période, au moins jusqu'à la première chute de neige.

— Vous pourriez leur tricoter des pulls avec vos copines Free-Age.

— Je suis plus habile à la broderie, rétorqua Peabody d'un ton placide comme Eve se garait devant le perron. Je n'ai pas touché à un ouvrage depuis des siècles, mais je pourrais m'y remettre. Je devrais y songer, d'ailleurs. Après tout, Noël approche.

— Oh, arrêtez! Nous sommes en octobre.

— Bientôt novembre. Cette année, je ne me laisserai pas déborder. J'ai déjà commencé à acheter mes cadeaux. C'est moins lourd pour mon budget, depuis que... hé! je suis inspecteur.

— Ce que vous prenez un malin plaisir à me rappeler, ainsi qu'à toute personne susceptible de l'entendre.

— Je me suis accordé un délai supplémentaire étant donné que j'ai été blessée en service. Mais j'ai réduit le rythme à une ou deux fois par semaine.

Elle descendit de voiture, aspira une grande bouffée d'air.

— Vous ne trouvez pas que ça sent délicieusement bon?

— Quoi?

— Ces parfums d'automne. De terre humide. Pour un peu, je ratisserais un gros tas de feuilles et je me jetterais dedans, comme quand j'étais môme.

Ce commentaire stoppa Eve dans son élan. Elle marmonna un juron, puis repartit au pas de charge et entra dans la maison.

Summerset, le spectre du vestibule, était là, costume noir et visage sombre.

— Vous avez enfin décidé de faire une apparition, observa-t-il.

— Oui. Prochaine étape : je vous dégage d'un coup de pied dans les fesses.

— Vous avez amené ici une enfant qui a besoin et attend que vous lui accordiez un peu de temps et d'attention.

— J'ai amené ici un témoin mineur qui a besoin et attend que je découvre qui a tué ses proches. Si vous ne pouvez pas vous en occuper d'ici là, j'engagerai un droïde baby-sitter pour prendre le relais.

— C'est tout ce qu'elle représente pour vous ? riposta-t-il d'une voix coupante. Un témoin mineur. Un droïde ferait preuve de plus de sentiments. C'est une enfant qui vient de vivre une tragédie abominable. Et il faut qu'on prenne des gants pour que vous acceptiez de passer quelques instants avec elle au petit-déjeuner.

— Je sais ce qu'elle a enduré et souffert, rétorqua Eve sur le même ton en agrippant la rampe d'escalier. C'est moi qui ai marché dans le sang que ces assassins ont laissé derrière eux. Alors gardez vos réflexions pour vous !

Elle gravit quelques marches, s'immobilisa, baissa les yeux sur lui.

— Elle ne vous appartient pas. Vous auriez intérêt à vous en souvenir.

Peabody s'était figée.

— Vous avez tort, murmura-t-elle à l'intention du majordome. J'ai pour règle de ne jamais m'immiscer entre vous deux, mais là, vous avez tort. D'une façon ou d'une autre, elle pense à cette petite, chaque minute du jour et de la nuit.

Elle emboîta le pas à Eve, qui fonça dans son bureau.

— Dallas…

— Ne dites rien.

— Il avait tort. Je tiens à le dire.

— Fichez-moi la paix un instant.

Elle avait besoin de digérer la rage, l'humiliation et la crainte qu'au fond il ait raison.

Elle avait voulu prendre de la distance, une distance indispensable pour maintenir une objectivité professionnelle. Elle n'avait pas à se le reprocher mais, sur le plan personnel, elle avait aussi pris de la distance. Comme pour s'empêcher de se projeter dans cette fillette qu'elle se devait de protéger. Désemparée, seule, terrifiée, blessée à vie.

C'était différent, se répéta-t-elle en arpentant la pièce. Elle ôta sa veste, la jeta sur un fauteuil. Mais les conséquences n'étaient-elles pas les mêmes ?

Comme elle, Nixie serait entraînée dans la spirale infernale du système. Peut-être la chance lui sourirait-elle. Peut-être pas. Et peut-être qu'elle passerait le restant de ses jours à revivre ce drame dans ses cauchemars.

Elle se planta devant la fenêtre, mais ne vit ni les feuilles soulevées par le vent ni les couleurs d'automne qui s'estompaient dans le crépuscule. Elle vit le visage du flic qui l'avait interrogée sur son lit d'hôpital quand elle avait huit ans.

Qui t'a fait du mal ? Comment t'appelles-tu ? Où sont ton papa et ta maman ?

Des faits, voilà ce qu'on lui demandait. Donne-moi des éléments pour que je puisse t'aider. Je ne peux pas me laisser aller à mes émotions parce que j'ai une mission à accomplir.

Elle ferma brièvement les yeux, se ressaisit. Elle aussi avait une mission à accomplir.

— Recherchez tous les associés connus et membres de la famille de Kirkendall, ordonna-t-elle sans se retourner. De même pour Isenberry. Au moindre recoupement, on fouille.

— Oui, lieutenant. Un café ?

— Volontiers. Merci.

Elle pivota à l'instant précis où Connors entrait. En la voyant, il s'arrêta, fronça les sourcils.

— Qu'est-ce qui ne va pas ?

— Un tas de cadavres à la morgue. Toujours la même chanson.

— Eve.

— Laisse tomber, veux-tu ?

Il lutta visiblement pour ne pas insister. Puis hocha brièvement la tête.

— Entendu. En quoi puis-je me rendre utile ?

— Nous avons un suspect. Kirkendall, Roger, ex-sergent de l'armée. Swisher représentait son épouse lors du procès pour la garde de leurs enfants. Le juge est mort il y a deux ans dans l'explosion de sa voiture. L'assistante sociale a été étranglée dans son lit. L'expert médical qui témoignait a été poignardé, et tout porte à croire que le connard coffré pour ce crime se trouvait simplement au mauvais endroit, au mauvais moment.

— On dirait que tu as mis la main sur ton assassin.

— Il n'est pas encore bouclé. Il est copropriétaire d'un dojo, dans le Queens. Un endroit somptueux. Son associé est Maître Lu.

— Lu le Dragon ?

— Lui-même.

Elle esquissa enfin un sourire, qui n'atteignit pas tout à fait son regard.

— Lu est clean, enchaîna-t-elle. Il traite avec Kirkendall par la magie du Net. Il lui envoie tous ses documents et paiements par courrier électronique. Il affirme ne pas avoir vu son associé depuis six ans. Je le crois.

— Et tu veux que je remonte à la source des transmissions et dépôts.

— Exact. Le matériel de Lu est dans ton labo. J'ai eu confirmation de la livraison.

— Je m'y mets tout de suite.

Cependant, il vint vers elle, lui caressa la joue.

— Je n'aime pas te voir si triste.

— Quand j'aurai clôturé ce dossier, j'aurai un grand sourire.

— J'en prends note, lieutenant, chuchota-t-il avant de l'embrasser.

Peabody attendit discrètement qu'il sorte avant de revenir avec le café.

— Je prends votre ordinateur de secours?

— Oui. Je vais creuser la théorie de Yancy. Si Kirkendall avait subi une importante opération esthétique de la face, ne se serait-il pas d'abord adressé à un chirurgien militaire? Après presque vingt ans dans l'armée, ça m'étonnerait qu'il ait fait confiance à un civil.

— Ce genre d'intervention doit être consigné, remarqua Peabody. On ne peut pas changer radicalement d'apparence, sans demander une nouvelle carte d'identité. Si Yancy a raison, ce n'est pas un plasticien en vogue que nous devons chercher.

— Les gars des services secrets se font remodeler le visage. De façon ponctuelle ou permanente. Voyons cela...

Elle s'installa devant son poste de travail, appela le dossier militaire de Kirkendall. À cet instant, Mira entra dans la pièce.

— Je suis désolée de vous déranger.

— Pas du tout, marmonna Eve. Qu'y a-t-il?

— Il faut que je vous parle de Nixie.

— Écoutez, vous êtes chargée de la suivre. Si vous voulez une séance avec elle, choisissez votre lieu. À condition que ce ne soit pas ici.

— Nous venons de nous voir. Elle a eu une journée difficile.

— Il faut qu'elle se ressaisisse.

— Eve.

— Je fais ce que j'ai à faire, répliqua Eve, sentant la rage l'envahir de nouveau. Je ne peux pas avancer si je suis sans cesse interrompue par des gens qui me conseillent vivement d'aller la consoler. Je ne peux pas...

— Lieutenant.

À l'autre extrémité de la pièce, Peabody arrondit le dos. Mira venait d'employer le ton autoritaire de sa propre mère.

— Oui, quoi ? Je suis tout ouïe.

Peabody se tassa davantage sur son siège.

— J'espère que cela vous soulage de vous défouler sur moi.

Si elle avait été certaine de ne pas se faire remarquer, Peabody aurait choisi ce moment pour disparaître.

— Cependant, enchaîna Mira d'une voix glaciale, nous parlons d'une enfant sous notre responsabilité, pas de vos mauvaises manières.

— Mais enfin, je...

— Cette enfant, l'interrompit Mira, a besoin de voir sa famille.

— Sa famille est à la morgue.

— J'en suis consciente, et elle aussi. Elle a besoin de les voir, de commencer son deuil. Vous et moi savons à quel point cette étape est importante pour les survivants.

— Je lui ai promis d'arranger une visite. Mais pour l'amour du ciel, pas là-bas ! Vous voulez emmener une gamine à la morgue, pour qu'elle voie ses parents enfermés dans des tiroirs ?

— Oui.

— La gorge tranchée ?

L'expression de Mira se teinta d'irritation.

— Vous savez pertinemment qu'il existe des moyens de maquiller les morts de manière à épargner les proches. J'ai contacté Morris ; il est d'accord pour le faire. Il sera impossible d'organiser la moindre cérémonie tant que l'affaire ne sera pas résolue et que nous ne serons pas assurés de sa sécurité. En attendant, il faut qu'elle puisse les voir.

— Si je la garde cloîtrée ici, c'est pour une bonne raison, grommela Eve. Bon, d'accord. Je peux vous fournir une voiture sécurisée pour vous faire l'aller-retour. Il faut que je coordonne l'opération avec Morris. Elle passera par la porte de service – ni vu ni connu. Il se débrouillera pour la conduire directement dans un salon mortuaire. Dix minutes, pas une de plus.

— C'est acceptable. Vous devez l'accompagner.

— Une seconde !

— Que cela vous plaise ou non, vous êtes sa pierre de touche. Vous étiez là quand elle les a vus pour la dernière fois. Elle compte sur vous pour démasquer les coupables. Nous serons prêtes à partir dès que vous aurez organisé le transport.

Eve resta pantoise, tandis que Mira quittait la pièce.

Elle opta pour le jetcoptère de Connors. Ce serait rapide, et il avait l'habitude de l'emprunter pour courir d'une réunion à l'autre. Du coup, elle allait devoir l'arracher à sa tâche, car elle ne faisait confiance à personne d'autre pour effectuer ce trajet sans incident.

— Les risques sont minimes, la rassura-t-il comme l'appareil atterrissait gracieusement au milieu de la pelouse. Nous voyagerons en mode privé. Quand bien même ils nous surveilleraient, ils seraient incapables de détecter la présence de Nixie à bord.

Eve fronça les sourcils en observant le ciel qui s'obscurcissait conformément aux prévisions de Peabody.

— Peut-être qu'ils se contenteront de nous faire exploser en vol.

Il ébaucha un sourire.

— Si tu le craignais vraiment, tu ne songerais même pas à l'emmener.

— Tu as raison. Je suis juste pressée d'en finir.

— Ne t'inquiète pas. Je prendrai toutes les précautions nécessaires. Cela ne devrait pas durer plus de trente minutes en tout.

— Alors allons-y.

D'un signe, elle invita Mira à les rejoindre avec Nixie, pendant que Connors échangeait quelques mots avec le pilote, puis prenait lui-même les commandes.

— Je ne suis jamais montée dans un hélicoptère, dit Nixie. C'est génial.

Mais elle glissa la main dans celle de Mira.

Connors tourna la tête, lui sourit.

— Prête ?

Elle opina, et ils décollèrent.

Eve nota qu'il manœuvrait plus en douceur que lorsqu'elle était son unique passager. Il aimait jouer les cowboys, accélérer, plonger, piquer… dans le seul but de la rendre folle. Cette fois-ci, malgré la vitesse, il pilotait comme s'il transportait un précieux chargement.

C'était ce qui lui manquait, à elle, cette attention aux détails, parce qu'elle était tellement focalisée sur la violence.

Trueheart jouait avec elle, Baxter plaisantait avec elle. Peabody trouvait toujours le mot juste. Summerset – ce démon à tête de crapaud – s'occupait d'elle sans problème.

Connors était fidèle à lui-même – tout en avouant que cette petite l'intimidait, il avait avec elle des échanges empreints de douceur.

Quant à elle, dès qu'elle se trouvait à moins de deux mètres de cette gamine, elle avait envie de prendre ses jambes à son cou. Avec les enfants, elle était dépourvue d'instinct.

Baissant la tête, elle vit que Nixie l'observait.

— Mira dit qu'on doit les mettre dans un endroit froid.

— Oui.

— Mais ils ne sentent plus le froid, alors ce n'est pas grave.

Eve faillit éluder le problème, se ravisa.

— Morris… le Dr Morris prend soin d'eux. C'est le meilleur de tous.

— On nous piste, souffla Connors.

Aussitôt, Eve pivota vers lui.

— Pardon ?

Il tapota une jauge entrecoupée de lignes vertes et rouges.

— Ils nous traquent. Du moins, ils essaient. Mais ils ne parviennent pas à débloquer le code. Ce doit être frustrant.

Elle examina les aiguilles, tenta de déchiffrer les symboles.

— Tu peux remonter à la source?

— C'est possible. J'ai mis l'ordinateur de bord en marche avant de décoller, il y travaille. Ce que je peux te dire, c'est qu'ils sont mobiles.

— Au sol ou dans les airs?

— Au sol. Ils sont malins. Ils tentent de cloner mon signal. Et, oui, ils ont détecté mes propres manips vis-à-vis d'eux. Ils viennent de décrocher.

Par prudence, il effectua un détour, navigua quelques minutes pour s'assurer qu'il n'y avait plus de danger. Enfin, ils atterrirent sur le toit de l'institut médico-légal.

Comme prévu, ce fut Morris qui les fit entrer par la porte de service.

— Nixie. Je suis le Dr Morris. Je suis très triste pour ta famille.

— Vous ne leur avez pas fait mal.

— Non. Je vais t'emmener les voir, à présent. Niveau B, commanda-t-il, et l'ascenseur entama sa descente. Je sais que le Dr Mira et le lieutenant Dallas t'ont tout expliqué, mais si tu as des questions, n'hésite pas.

— Je regarde une émission où un monsieur travaille sur les cadavres. Je n'ai pas la permission, mais Coyle a le droit, alors parfois je regarde en douce.

— *Dr La Mort*? Moi aussi, je la regarde.

Les portes de la cabine s'ouvrirent sur un long couloir blanc.

— C'est amusant, mais pas toujours exact. Par exemple, je ne poursuis jamais les méchants. Je laisse cela à la police, qui s'en débrouille très bien, comme le lieutenant Dallas.

— Vous devez les découper?

— Oui. J'essaie de trouver des indices qui pourraient aider la police.

— Vous avez trouvé quelque chose avec mon papa, ma maman et mon frère?

— Morris nous a beaucoup aidés, intervint Eve.

Ils s'immobilisèrent devant les portes à double battant d'un petit salon mortuaire. Nixie chercha la main d'Eve, mais celle-ci avait fourré les siennes dans ses poches. Elle se contenta de celle de Mira.

— Ils sont là-dedans ?

— Oui.

Morris marqua une pause.

— Tu te sens d'attaque ?

Elle hocha la tête.

Elle sentirait l'odeur de la mort, bien sûr. On avait beau faire, l'odeur restait. Elle ne l'oublierait jamais.

— Je peux voir mon papa d'abord ? S'il vous plaît.

Sa voix tremblait légèrement. Eve nota qu'elle était très pâle, mais que son expression était déterminée. Elle non plus n'oublierait jamais le courage de cette enfant devant le tiroir d'acier où reposait son père.

Morris avait masqué la plaie à la gorge. Il avait placé un drap blanc sur le corps. Mais un cadavre demeurait un cadavre.

— Je peux le toucher ?

— Oui.

Du bout du doigt, elle effleura la joue de son père.

— Il gratte. Parfois, il frotte sa figure contre la mienne, pour me faire rire. Il fait noir dans le tiroir.

— Je sais, mais là où il est, ce n'est pas noir.

Des larmes perlèrent au coin de ses yeux.

— Il n'en avait pas envie, mais il a été obligé d'aller au paradis.

Quand elle se pencha pour l'embrasser, l'estomac d'Eve se noua.

— Je pourrais peut-être voir Coyle, maintenant ? murmura-t-elle en acceptant le mouchoir que lui tendait Mira.

Elle caressa les cheveux de son frère, examina son visage.

— Peut-être que maintenant il peut jouer tout le temps au base-ball. C'est ce qu'il préfère.

Elle demanda à voir Inga.

— Quelquefois, elle nous préparait des cookies. Elle disait que c'était un secret entre nous, mais je sais qu'elle avait l'accord de maman… Linnie n'est pas là. Ils l'ont déjà emportée. Je n'ai pas pu lui dire au revoir. Je sais qu'ils sont fâchés contre moi.

— Pas du tout, protesta Eve. J'ai rencontré la mère de Linnie aujourd'hui. Elle ne t'en veut absolument pas. Elle est bouleversée, comme toi. Elle est triste, mais pas fâchée. Elle a demandé de tes nouvelles. Elle voulait être certaine que tu vas bien.

— Vous êtes sûre ? Jurez-le.

Au prix d'un effort surhumain, Eve soutint son regard.

— Je te jure qu'elle n'est pas fâchée. Je ne pouvais pas te laisser voir Linnie, c'est donc à moi que tu dois t'en prendre. C'était dangereux, et c'est moi qui ai pris cette décision.

— À cause des méchants ?

— Oui.

— Alors c'est leur faute, pas la vôtre. Maintenant, je voudrais voir maman, ajouta-t-elle en glissant sa main dans celle d'Eve.

Eve connaissait bien le visage de cette femme, à présent. Une jolie femme, qui avait transmis la forme de sa bouche à sa fille.

La main tremblante, Nixie toucha le visage au teint cireux. Elle posa la tête sur le drap qui recouvrait la poitrine de sa mère et laissa échapper un long gémissement douloureux.

Quand elle se fut calmée, Mira s'approcha, lui caressa la tête.

— Ta maman serait heureuse que tu sois venue, fière que tu aies eu ce courage. Tu peux lui dire au revoir, Nixie ?

— Je ne veux pas.

— Oh, mon trésor, je sais. Elle aussi. C'est si difficile.

— Son cœur ne bat pas. Quand je m'asseyais sur ses genoux et que je mettais ma tête là, je l'entendais battre.

Elle se redressa, chuchota un adieu.

— Merci d'avoir pris soin d'eux, dit-elle à Morris.

Hochant la tête, il alla leur ouvrir la porte. Quand Eve passa derrière Mira et Nixie, il lui confia :

— Dans ce métier, on se croit capable de tout supporter. Mais, mon Dieu, cette petite m'a terrassé.

— « La grâce habitait sa démarche, le paradis animait son regard, chacun de ses gestes évoquait amour et dignité. »

Morris adressa un faible sourire à Connors.

— Bien dit. Je vous raccompagne.

— D'où as-tu sorti cette citation ? demanda Eve à son mari.

— Du *Paradis perdu*. Un poème épique de Milton.

À leur retour, Mira envoya Nixie à l'étage avec Summerset en promettant de les rejoindre très vite.

Connors s'excusa pour aller se remettre au travail.

— Je sais que c'était dur pour vous, commença Mira.

— Il ne s'agit pas de moi.

— Toutes les affaires ont un rapport avec vous, dans une certaine mesure, sans quoi vous ne feriez pas aussi bien ce que vous faites. Vous avez le don de marier l'objectivité et la compassion.

— Ce n'est pas mon impression.

— Vous lui avez donné ce dont elle avait besoin. Elle guérira. Elle est solide. Mais il lui fallait cela pour entamer le processus.

— Il va lui falloir bien plus que cela, car les Dyson refusent de s'occuper d'elle.

— J'avais espéré… mais, après tout, c'est peut-être aussi bien pour les deux parties. Elle leur rappellerait celle qu'ils ont perdue, et inversement.

— Je ne tiens pas à ce qu'elle se retrouve dans les méandres du système. J'ai peut-être une autre solution. Je connais des gens qui seraient qualifiés pour veiller sur elle. Je pense que nous devrions contacter Richard DeBlass et Elizabeth Barrister.

— Excellente idée.

— Ils ont recueilli ce petit garçon que nous avons découvert sur la scène d'un crime, l'an dernier.

Eve changea de position, mal à l'aise dans son rôle d'assistante sociale.

— D'après moi, s'ils ont décidé de l'élever, c'est parce que leur propre fille a été assassinée. Bien qu'elle fût adulte et...

— Pour un parent, un enfant reste un enfant. L'âge n'y change rien.

— Si vous le dites. Bref, je suppose qu'ils voulaient avoir une chance de... Connors est intervenu auprès d'eux, il les a un peu poussés. D'après ce que je sais, tout se passe bien, et ils sont irréprochables. Ils accepteraient peut-être de s'occuper de Nixie.

— Cela me semble une très bonne idée. Vous allez leur en parler.

Terrain miné, songea Eve.

— Euh... il faut d'abord que j'en touche deux mots à Connors, il les connaît mieux que moi. Je ne suis que le flic qui a résolu l'affaire du meurtre de leur fille – et révélé d'affreux secrets de famille. Il est leur ami. Mais si ça marche, j'aurai besoin de votre soutien auprès des services de protection de l'enfance.

— Vous y avez déjà beaucoup réfléchi.

— Non, mais c'est la seule solution qui me soit venue à l'esprit depuis que Mme Dyson a lâché sa bombe, ce matin. Cette enfant a déjà suffisamment souffert. Je ne veux pas qu'elle soit malmenée par un système censé la protéger.

— Dès que vous aurez consulté Connors, prévenez-moi. À présent, je vais retrouver Nixie.

— Ah ! Une dernière chose.

Eve sortit la photo que Dave Rangle lui avait confiée.

— L'associé de son père m'a remis ceci pour elle. Swisher la conservait sur son bureau. Rangle a pensé que Nixie serait heureuse de l'avoir.

— Oui, elle sera contente, assura Mira. Vous ne pouviez choisir meilleur moment. Ainsi, elle pourra les imaginer tels qu'ils étaient plutôt que tels qu'elle les a vus à la morgue... Vous ne voulez pas la lui donner vous-même ? ajouta-t-elle.

Eve refusa d'un signe de tête.

— Très bien. Je m'en charge.

Mira se dirigea vers l'escalier, s'arrêta au bas des marches.

— Elle n'imagine pas combien cela a été difficile pour vous de rester auprès d'elle pendant qu'elle disait adieu aux siens. Mais moi, je le sais.

Nixie était sur les genoux de Summerset.

— Ils n'avaient pas l'air de dormir, expliqua-t-elle, la tête appuyée contre sa poitrine.

Il lui caressa doucement les cheveux.

— Certaines personnes, moi par exemple, pensent que quand on meurt, l'essentiel de notre être – l'esprit ou l'âme – peut faire des choix.

— Quel genre ?

— Certains d'entre eux peuvent dépendre de la vie que nous avons menée. Si l'on a fait de son mieux, on peut décider de se rendre dans un endroit de paix.

— Comme les anges sur un nuage.

— Peut-être.

Le chat entra, bondit sur le bras du fauteuil.

— Ou encore, enchaîna Summerset, dans un jardin où l'on peut se promener et jouer, rencontrer d'autres gens qui ont fait le même choix avant nous.

Nixie tendit la main, tapota le flanc de Galahad.

— Où Coyle peut jouer au base-ball ?

— Oui. Ou encore, on peut décider de revenir, de recommencer une nouvelle vie, dans le ventre d'une maman. Pour réussir encore mieux qu'auparavant, ou corriger ses erreurs, ou tout simplement parce qu'on ne se sent pas prêt à rejoindre ce lieu de paix.

— Alors, ils pourraient revenir sous la forme de bébés ? s'exclama-t-elle. Je les reconnaîtrais si je les voyais un jour ?

— Je pense que oui, dans un petit coin de ton cœur.

— Ça vous est déjà arrivé, de reconnaître quelqu'un qui était mort avant ?

— Je crois que oui. Il y en a une que j'espère reconnaître un jour. Malheureusement, je ne l'ai pas encore trouvée, murmura-t-il en se remémorant sa fille.

— Elle a peut-être préféré aller dans le jardin.

Il effleura le front de Nixie d'un baiser.

— C'est possible.

Summerset patienta presque une heure, jusqu'à ce que Peabody quitte enfin le bureau d'Eve. Il espérait qu'elle s'absenterait suffisamment longtemps pour qu'il puisse aller jusqu'au bout de son projet.

Lorsqu'il pénétra dans la pièce, Eve émergeait de la cuisine avec une tasse de café. Elle tressaillit, et un peu du liquide brûlant déborda.

— Merde ! Considérez cet endroit comme territoire de la police interdit d'accès aux crétins. Dont vous.

— Je n'ai besoin que d'une minute. Je voudrais m'excuser.

— Hein ?

— Je vous prie de m'excuser pour les remarques que j'ai faites tout à l'heure, dit-il d'une voix aussi crispée que celle d'Eve. Elles étaient erronées.

— En ce qui me concerne, elles le sont toujours. Bon, parfait. Maintenant, dégagez. Je bosse.

— Vous avez amené cette enfant ici pour assurer sa sécurité, continua-t-il. Je sais que vous vous acharnez à identifier et à capturer les ordures qui ont tué sa famille. Vous y consacrez des efforts considérables, du temps et de l'énergie, au point d'en avoir des cernes sous les yeux et de vous montrer encore plus désagréable que de coutume. Parce que vous manquez de sommeil et d'une nourriture saine.

— Pas possible.

— Votre esprit de repartie en pâtit.

— Et ça, ça vous va, comme repartie ?

Elle brandit le majeur dans les airs.

Summerset faillit tourner les talons et s'en aller. Mais Nixie lui avait raconté qu'Eve était restée à ses côtés pendant qu'elle disait adieu à sa mère.

— Elle a eu une dure journée, lieutenant. Quand je l'ai encouragée à faire une sieste, elle a eu un cauchemar. Elle vous a réclamée, mais vous ne vouliez... vous ne pouviez pas être là. À votre arrivée, j'étais dans tous mes états, et je me suis montré incorrect avec vous.

— D'accord. C'est bon.

Comme il pivotait sur ses talons, elle inspira à fond.

— Attendez !

Il s'arrêta, se tourna vers elle.

— Si je l'ai amenée ici, c'est parce que c'était, selon moi, l'endroit le plus sûr. Et parce que je savais qu'il y avait sur place quelqu'un qui était capable de s'occuper d'une fillette de neuf ans. Le fait de la savoir avec vous me permet de me consacrer à mon boulot.

— Je comprends. Je vous laisse travailler.

Eve s'assit, posa les pieds sur son bureau, but une gorgée de café. Pendant que son ordinateur brassait des données, elle examina les photos des victimes sur son tableau.

17

Eve prit des notes, lança des calculs de probabilités, réfléchit. Elle en avait assez de travailler uniquement sur son ordinateur. Elle avait envie d'action. Besoin de *bouger*.

Au lieu de quoi, elle s'étira et se replongea dans ses notes.

De Kirkendall contre Kirkendall à Moss.

De Moss à Duberry. Et, vraisemblablement, à Brene-gan.

À Swisher, Swisher, Swisher, Dyson et Snood.

À Newman.

À Knight et à Preston.

De Kirkendall à Isenberry.

Isenberry à Tully, et Tully à Rangle.

Ces deux derniers avaient été épargnés, alors que les occasions n'avaient pas manqué.

Les cibles étaient donc précises.

Et chaque fois, retour à Kirkendall contre Kirkendall.

— Quelle heure est-il dans le Nebraska ?

Peabody cligna des yeux, se frotta les paupières.

— Euh… Voyons, il est 17 h 20 ici, je pense qu'il y a une heure de décalage. Une heure de moins, probablement. Pourquoi, on part pour le Nebraska ?

— Je ferai tout ce que je peux pour l'éviter, répliqua Eve. Essayons d'abord la magie du communicateur.

Elle ouvrit le dossier de Diane Kirkendall, trouva le fichier concernant sa sœur.

— Turnbill, Roxanne. Quarante-trois ans. Mariée à Joshua, mère de Benjamin et de Samuel. Statut de mère professionnelle. Très bien, Roxanne, voyons un peu ce que vous savez au sujet de votre beau-frère.

Le visage qui surgit sur l'écran était celui d'un enfant, un garçon, décida Eve, en dépit du halo de cheveux blonds.

— Bonjour, ici Ben. Qui êtes-vous ?

— Ton père ou ta mère sont-ils là ?

— Ma mère, mais vous devez vous présenter, et ensuite, je vous dirai si vous pouvez ou non lui parler.

Voilà que les mômes la sermonnaient sur ses manières. Où allait le monde ?

— Je suis le lieutenant Dallas. Puis-je parler à ta maman ?

— D'accord.

L'image devint floue.

— *Maman !* C'est Dallas à l'appareil. Je peux avoir un cookie maintenant ?

— Un seul, Ben. Et ne crie pas près du communicateur. C'est grossier.

La mère avait les mêmes boucles que son fils, mais châtains. Son sourire crispé trahissait une certaine irritation.

— Oui ?

— Madame Turnbill ?

— C'est moi. Écoutez, nous nous sommes mis sur la liste orange, mais si vous…

— Je suis le lieutenant Dallas, du département de police de New York.

— Ah.

Le sourire s'estompa totalement.

— C'est à quel sujet ?

— Je vous appelle à propos de votre beau-frère, Roger Kirkendall.

— Il est mort ?

— Pas que je sache. J'essaie de le localiser pour l'interroger dans le cadre d'une enquête en cours. Savez-vous où je peux le trouver ?

— Non. Je ne peux pas vous aider. Je suis débordée, alors…

— Madame Turnbill, il faut absolument que je retrouve M. Kirkendall. Avez-vous été en contact der…

— Non, et je ne le souhaite pas, coupa-t-elle. Comment puis-je être sûre de votre identité ?

Eve tint son insigne devant l'objectif.

— Pouvez-vous lire mes coordonnées et mon numéro d'insigne ?

— Bien sûr, mais…

— Vous pouvez vérifier en vous adressant au commissariat central de Manhattan. Je vais vous donner un numéro, ça ne vous coûtera pas…

— J'essaie de les joindre… Ne quittez pas.

L'image se figea.

— Prudente, fit remarquer Peabody. Et un peu snob.

— Pas seulement. Elle a peur.

Tout en patientant, Eve réfléchit. Elle se surprit à calculer la durée d'un aller-retour dans le Nebraska, interrogatoire compris. Le visage de Roxanne réapparut.

— Très bien, lieutenant, fit-elle, le visage pâle, à présent. J'ai vérifié : vous appartenez à la brigade des homicides.

— Exact.

— Il a tué quelqu'un. Diane…

Elle s'interrompit, se mordit la lèvre.

— Qui est mort ?

— Nous voulons l'interroger sur les meurtres d'au moins sept personnes, dont deux officiers de police.

— À New York, hasarda-t-elle. Il a tué des gens à New York ?

— Nous voulons l'interroger sur des meurtres commis à New York.

— Je vois. Je suis désolée. Désolée. Je ne sais ni où il est ni ce qu'il fabrique. Et je n'ai pas envie de le savoir. Si j'étais au courant de quoi que ce soit, je vous le dirais. Malheureusement, je ne peux pas vous aider. À présent, je dois retourner auprès de mes enfants.

L'écran devint noir.

— Elle a encore peur de lui, commenta Peabody.

— Oui. Et sa sœur est vivante. C'est à cela qu'elle a pensé. Mon Dieu! Il a fini par rattraper Diane. Elle en sait peut-être plus qu'elle ne le croit. Nous devons la rencontrer.

— On part pour le Nebraska?

— Pas moi. Vous.

— Moi? Toute seule? En pleine nature?

— Emmenez McNab. Foncez, et rentrez dès ce soir. Vous serez plus diplomate que moi. Elle vous fera confiance.

Se servant du communicateur interne, Eve dérangea Connors dans son laboratoire.

— Il me faut un moyen de transport ultrarapide et sécurisé.

— Où allons-nous?

— Pas nous. Peabody. Dans le Nebraska. McNab l'accompagne. Ils ne devraient pas en avoir pour plus de deux heures. J'ai les coordonnées précises.

— Parfait, je m'en occupe. Accorde-moi une minute.

— Waouh! s'exclama Peabody. Un claquement de doigts, et bingo! C'est génial.

— C'est surtout pratique. N'hésitez pas à utiliser sa sœur si besoin est. Montrez-lui les photos des enfants morts.

— Dallas!

— Elle a des gosses. Si elle nous cache quelque chose, ça la fera craquer. On ne peut pas faire de sentiments. McNab est-il capable de jouer le rôle du méchant flic, à votre avis?

— Il est excellent dans les jeux de rôle quand c'est moi qui me mets dans la peau du témoin récalcitrant.

— Cuisinez-la. Elle doit savoir où est sa sœur. Cette dernière serait un outil précieux dans cette enquête.

Connors entra.

— Voici les documents pour le voyage. Le pilote vous attend.

— Merci, répondit Peabody en ramassant ses affaires. J'appelle McNab pour qu'il me retrouve là-bas.

— Prévenez-moi de votre arrivée, de votre départ et de votre retour ici, ordonna Eve.

— Oui, lieutenant.

Peabody sortit, et Connors se tourna vers Eve.

— J'ai des bribes ici ou là, mais je vais devoir me servir de mon matériel perso pour rassembler les pièces du puzzle.

— Montre-moi ce que tu as.

Il lui caressa le bras tandis qu'ils rejoignaient son labo secret.

— Tu es fatiguée, lieutenant.

— Un peu.

— La journée a été difficile d'un point de vue émotionnel.

Il débloqua le code d'entrée par commande vocale.

— Et Nixie?

— Mira est passée me voir avant de partir. Elle m'a dit qu'elle allait un peu mieux. Que la visite à la morgue... Seigneur! souffla-t-elle en se cachant le visage dans les mains. J'ai vraiment cru que j'allais m'effondrer.

— Je sais.

Elle secoua la tête.

— La façon dont elle a regardé son père, dont elle l'a touché. La tristesse de son regard. Elle l'aimait tant! Elle n'a jamais eu peur de lui. Nous ne savons pas ce que c'est. Je peux retrouver le monstre qui lui a infligé toutes ces souffrances, mais je ne peux pas comprendre ce qu'elle ressent. Du coup, comment veux-tu que je la console?

— C'est faux, murmura Connors en effleurant du doigt sa joue mouillée de larmes. Pour qui pleures-tu sinon pour elle?

— Je ne sais pas. Ce rapport d'enfant à parent, de parent à enfant... C'est différent de ce qu'on a connu... On l'en a privée... J'ai vu mon père, j'étais couverte de son sang. Je ne me souviens plus de ce que j'ai éprouvé. Un mélange de soulagement, de plaisir, de terreur... Il hante mes cauchemars, il me dit que ce n'est pas fini. Il a raison. Ça ne finira jamais. À travers Nixie, je m'en rends compte.

— C'est éprouvant pour toi. Cependant, nous n'y pouvons pas grand-chose. Pour rien au monde tu ne confierais cette enquête à un collègue. Tu ne le voudrais pas, et moi non plus. Tu ne te pardonnerais jamais de t'être dérobée sous des prétextes personnels.

— Quand je l'ai découverte, je me suis revue, recroquevillée, dégoulinante de sang. J'ai eu un flash.

— Pourtant, tu l'as ramenée ici. Preuve que tu fais face. Mon Eve chérie...

— Connors... des jours comme celui-ci, une partie de moi-même rêve de retourner dans cette chambre à Dallas. Pour pouvoir être au-dessus de lui, le couteau à la main.

Elle serra le poing comme si elle tenait le manche.

— Juste pour pouvoir le tuer une deuxième fois, mais aussi pour savoir ce que je ressens quand j'accomplis ce geste, revivre ce moment où je l'ai poignardé. Ainsi, je pourrais peut-être me débarrasser enfin de ce poids...

Elle poussa un profond soupir.

— Nixie n'éprouvera pas ce besoin. Parce qu'elle a pu poser la tête sur la poitrine de sa maman et pleurer. Elle aura des élans de tristesse, des cauchemars, mais elle se rappellera pourquoi elle a pu caresser le visage de son père, les cheveux de son frère, et sangloter sur la poitrine de sa mère.

— Elle se souviendra aussi du flic qui est resté près d'elle et lui a tenu la main.

— Ils vont la propulser dans le système, Connors. Parfois c'est pour le mieux, mais pas pour elle. Je ne veux pas qu'elle soit un numéro parmi d'autres. J'ai pensé à une solution éventuelle, mais je tenais à t'en parler d'abord.

Il se figea.

— Laquelle?

— Je me suis dit qu'on pourrait contacter Richard DeBlass et Elizabeth Barrister.

— Ah! Bien sûr. Richard et Beth, pourquoi pas?

Il tourna les talons et alla se planter devant la fenêtre.

— Si c'est une bonne idée, pourquoi es-tu fâché?

— Je ne le suis pas. J'aurais dû y songer moi-même. J'ai manqué de lucidité.

— Tu ne peux pas penser à tout.

— Apparemment, en effet.

— Quelque chose ne va pas, insista-t-elle.

Il voulut nier, éluder, mais ce ne serait qu'une erreur de plus.

— Je n'arrive pas à détacher mon esprit de cette petite. Non, ce n'est pas cela, pas uniquement. Depuis que je suis entré dans cette maison avec toi, je suis obsédé par ce que j'ai vu. Ces chambres où des enfants avaient dormi…

— C'est toujours plus dur quand les victimes sont mineures. J'aurais dû t'épargner cette épreuve.

— Je ne suis pas un bleu! s'écria-t-il en pivotant vers elle, furieux. Je ne suis pas une mauviette incapable de… Merde!

Il se tut, se passa les mains dans les cheveux.

Alarmée, Eve se précipita vers lui et entreprit de lui masser le dos.

— Eh! Eh! Eh! Qu'est-ce qui se passe?

— Ils dormaient! Ils étaient innocents. Ils avaient tout ce qui revient de droit aux enfants. L'amour, le confort, la sécurité. J'ai vu leur sang, et cela me déchire. Ça me déchire les entrailles. Et ça me renvoie à ce passé auquel je ne pense jamais. Et pourquoi j'y penserais, bon sang!

Elle ne lui demanda pas à quoi il faisait allusion, car son expression le trahissait. Ne lui avait-il pas dit, peu de temps auparavant, combien il détestait la voir triste? Comment lui expliquer ce qu'elle ressentait de le voir anéanti?

— On devrait peut-être s'asseoir une minute.

— Bordel de merde!

Il fonça vers la porte, la ferma d'un coup de pied.

— On n'oublie jamais, mais on apprend à vivre avec. C'est ce que j'ai fait. Je ne me suis pas rongé les sangs comme toi.

— Du coup, quand ça remonte, c'est peut-être pire.

Il s'appuya contre la porte et la dévisagea.

— Je me revois, couché dans une mare de mon propre sang, de vomi et de pisse, après une bastonnade. Pourtant je suis là, n'est-ce pas ? Beau costume, grande maison, une femme que j'aime plus que tout au monde. Il m'a abandonné là, probablement persuadé que j'étais mort. Il n'a même pas pris la peine de se débarrasser de moi, comme il l'avait fait avec ma mère. Je ne valais pas ça. Pourquoi ruminer là-dessus maintenant ? Mais je m'interroge, Eve. À quoi bon ? À quoi bon, quand on en arrive à une telle tragédie, et que ces enfants sont morts. Quand la seule qui a survécu n'a plus rien ni personne.

— Ce n'est pas toi qui distribues les cartes. Cesse de te torturer.

— J'ai triché, volé et rusé pour m'en sortir. Ce n'est pas un innocent qu'il a abandonné dans la ruelle.

— Tu dis des conneries.

— Je l'aurais tué, reprit-il, le regard glacial. Si quelqu'un ne l'avait pas fait avant moi, je l'aurais achevé. Ça non plus, je ne peux pas le changer.

Il poussa un profond soupir.

— Désolé de t'assommer avec mes états d'âme.

— Pas du tout. Quand c'est moi qui me répands, tu es toujours à l'écoute.

Il soupira de nouveau.

— Bon, pour conclure, je dois te dire que je suis allé à Philadelphie aujourd'hui.

— En quel honneur ? glapit-elle. Je t'avais bien dit que tu ne devais sous aucun prétexte te déplacer sans m'en avertir.

— Je n'avais pas l'intention de t'en parler – et pas parce que je craignais ta colère, lieutenant. En fait, j'ai perdu mon temps. J'étais sûr de réussir à arranger les choses. J'ai rendu visite à la demi-sœur de Grant Swisher. J'espérais la convaincre de s'occuper de Nixie, mais elle ne veut rien savoir.

Il se percha sur l'accoudoir d'un fauteuil.

— J'ai décidé de me dévouer entièrement à cette cause. Magnanime de ma part, non ?

— Tais-toi. Personne n'a le droit de t'étriper à part moi.

Elle s'approcha de lui, encadra son visage des mains et l'embrassa.

— Et je ne le fais pas – bien que je sois agacée que tu n'aies pas jugé utile de me prévenir – parce que tu as essayé d'aider. J'en suis fière. Cette idée ne m'aurait pas effleuré l'esprit.

— Je n'aurais pas hésité à l'acheter, le cas échéant. L'argent permet de résoudre toutes sortes de problèmes, et à quoi bon en avoir autant si on ne peut pas s'offrir ce qu'on veut ? Une bonne famille pour une orpheline, par exemple. J'avais éliminé d'emblée les grands-parents – au passage, j'ai retrouvé le grand-père – pour des raisons morales. La seule qui restait, celle que j'avais sélectionnée, a refusé de coopérer.

— Si elle ne veut pas de Nixie, celle-ci sera mieux ailleurs.

— Je sais. Le manque de cœur de cette femme m'a révolté, mais j'étais surtout furieux contre moi-même d'avoir imaginé qu'il me suffisait de claquer des doigts pour tout régler. Et agacé de ne pas être parvenu à mes fins. Si c'était si simple, je ne me sentirais pas coupable, n'est-ce pas ?

— De quoi ?

— De ne pas avoir envisagé de la garder avec nous.

— Avec nous ? Ici ? Chez nous ?

Il eut un rire las.

— Sur ce point au moins, nous sommes sur la même longueur d'onde. Nous ne sommes pas à la hauteur. Une grande maison, beaucoup d'argent, ça ne suffit pas.

— Je suis bien d'accord.

Il lui sourit.

— Je me suis demandé si je ferais un bon père. Je crois que oui. Nous serions des parents attentionnés, en dépit ou à cause de ce que nous avons vécu. Peut-être les deux. Mais ce n'est pas pour tout de suite. Ce n'est pas Nixie.

— Il n'y a pas à se sentir coupable.

— Mais en quoi suis-je différent de Leesa Corday, la demi-sœur de Swisher ?

— Tu cherches une solution. Tu vas en trouver une.

Il lui prit les mains, les couvrit de baisers.

— Merci de ton soutien, murmura-t-il. Je veux des enfants de toi, Eve.

Elle émit un son bizarre, qui le fit rire.

— Pas de panique, mon ange. Je ne parle pas d'aujourd'hui, ou de demain, ou de dans neuf mois. La présence de Nixie me met au parfum. Les mômes, c'est un sacré boulot !

— Pfuiitt !

— Il faut y consacrer du temps, et de l'énergie, tant psychologiquement que physiquement. Certes, les récompenses doivent être nombreuses. Ce lien que tu évoquais, nous méritons de le connaître. De le créer, quand nous serons prêts. Mais pour l'heure, nous ne le sommes ni l'un ni l'autre. Nous ne sommes pas équipés pour élever une fillette de bientôt dix ans. Ce serait de la folie.

Il revint vers elle, posa les lèvres sur son front.

— Mais je veux des enfants de toi, mon Eve adorée. Un jour.

— Un jour dans un lointain, très lointain avenir. Disons dans… une décennie ? Attends une seconde, tu as dit « des » enfants ?

Il s'écarta, sourit.

— Ma foi, rien n'échappe à mon flic préféré.

— Tu crois vraiment que si je te permettais de… planter quelque chose en moi, fit-elle en frémissant. Brrr, j'en ai la chair de poule. Si jamais je te pondais un bébé – une épreuve sans doute aussi agréable que de se faire transpercer les yeux –, tu crois vraiment que je m'exclamerais : « Youpi ! Quand est-ce qu'on recommence ? » Tu es tombé sur la tête ?

— Pas que je sache.

Il rit, l'embrassa.

— Je t'aime, et tout le reste est un flou artistique dans un futur embrumé. Quoi qu'il en soit, nous parlons de Nixie. Richard et Beth seraient parfaits. Je vais tâcher de les joindre ce soir. Il faudra organiser une rencontre.

— Je te conseille d'aller vite. Les Dyson s'étant désistés, les services de protection de l'enfance vont lancer la machine très bientôt. À présent, au boulot. Qu'est-ce que tu as trouvé ?

— Quelques noms qui se recoupent d'une façon ou d'une autre avec Kirkendall et Isenberry, répondit-il en se dirigeant vers sa console. Certains ont des liens avec la CIA, d'autres avec le HSO[1]... Tu pourras supporter ?

— Et toi ?

— Là-dessus, je me suis à peu près calmé. Ils ont regardé une enfant innocente et désespérée souffrir pour ce qu'ils estimaient être une cause plus importante. Je ne l'oublie pas, mais je fais avec.

— Je ne l'oublie pas, murmura Eve.

Par amour pour elle, il avait renoncé à se venger des représentants du HSO qui avaient assisté sans broncher à son supplice, toutes ces années auparavant, à Dallas. Ils avaient observé un homme en train de brutaliser sa propre fille sans intervenir.

— Je n'oublie pas ce que tu as fait pour moi.

— Plus exactement, ce que je n'ai pas fait. Bref, pour approfondir mes recherches sur ces individus, je vais avoir besoin de ceci.

Il posa la main sur un écran tactile.

— Démarrer opérations.

Connors identité vérifiée

La console prit vie, les lumières se mirent à clignoter, les machines, à ronronner. Eve vint se placer aux côtés de son mari, et son regard tomba sur la photo encadrée qu'il conservait là. Le bébé aux yeux bleus et aux épais cheveux noirs, blotti dans les bras de sa mère, à la main bandée.

— Encore une découverte intéressante, dit-il. Jette un coup d'œil.

Il commanda l'affichage d'une image sur l'écran mural.

---

1. HSO : Home Security Office, c'est-à-dire la sécurité civile. *(N.d.T.)*

— Clinton, Isaac P., retraité de l'armée américaine. Sergent. Il ressemble à Kirkendall, commenta-t-elle. Les yeux, la bouche. Même teint.

— Oui, cela m'a frappé aussi. Surtout quand j'ai vu sa date de naissance.

Il appela le fichier de Kirkendall.

— Même date. Même centre médical. Nom d'un chien. Les parents diffèrent, mais si les archives ont été modifiées. Si…

— J'ai l'impression que quelqu'un a piraté ces archives.

— Une adoption illégale ? Des jumeaux séparés à la naissance. C'est plutôt étrange, non ?

— Étrange, mais logique.

— Ils sont forcément au courant. Ils atterrissent dans le même régiment, suivent le même entraînement. Quand on se retrouve face à un type qui vous ressemble à ce point, on se pose des questions.

Connors s'assit et se mit à l'ouvrage, par commandes manuelles et vocales, pendant qu'Eve arpentait la pièce.

— Ce Clinton a déjà été marié ?

— Chut…

Connors étant occupé de son côté, elle vérifia elle-même.

— Tout en miroir, observa-t-elle. Il s'est marié la même année que Kirkendall. Un fils. L'épouse et l'enfant sont portés disparus un an avant que le punching-ball et les mômes de Kirkendall ne se volatilisent. Se sont-ils enfuis ? Les a-t-on éliminés ?

— Les noms des mères qui figurent sur les registres de l'hôpital correspondent à ceux des fichiers ultérieurs, annonça Connors.

— Fouille un peu. Vois si ce jour-là il n'y a pas eu d'autres naissances. Des jumeaux, décédés.

— J'y suis, lieutenant. Un instant. Tiens ! Affichage écran mural. Smith, Jane, a mis au monde des jumeaux, mort-nés. Je suppose que l'établissement et le médecin ont empoché une jolie somme au passage.

— Elle les a vendus. Oui, je parie que c'est ça. En dépit des lois interdisant aux femmes de subir une insémination artificielle et de porter des fœtus en échange d'un gros pactole, cela arrive.

— Les couples ciblés – forcément riches – peuvent définir les caractéristiques physiques souhaitées, contournant ainsi tous les règlements. Oui, les nourrissons en bonne santé sont une denrée demandée sur le marché noir.

— Et cette Jane Smith a touché le jackpot en donnant naissance à des jumeaux. Les Kirkendall et les Clinton repartent chacun avec un garçon. Leur intermédiaire empoche ses honoraires, et partage le reste de la somme. Je vais transmettre ce dossier à quelqu'un des services de protection de l'enfance. Ils vont essayer de retrouver la mère porteuse, les intermédiaires. Évidemment, ce sera compliqué, dans la mesure où cela a eu lieu il y a cinquante ans. Je ne peux pas perdre de temps là-dessus à moins d'être certaine que cela mène à Kirkendall. Vendre des enfants. C'est d'une bassesse.

— Il vaut peut-être mieux être acheté – donc désiré – que rejeté.

— Il existe des agences assermentées ; on peut aussi avoir recours aux moyens de conception artificiels. Ces gens-là ignorent délibérément les lois et le système mis en place pour protéger l'enfant.

— Je suis d'accord avec toi. Selon moi, ces deux-là ont mal réagi le jour où ils ont appris qu'ils avaient été achetés.

Elle se mit à tourner en rond, réfléchissant à voix haute :

— J'avais un frère, et vous me l'avez volé. J'ai vécu dans le mensonge. Je veux maîtriser la situation. On a donc deux individus fous de rage, entraînés à tuer grâce à nos impôts. Un jour, ils se rencontrent. Ils élucident le mystère. Ou bien l'un d'entre eux a compris, et part à la recherche de l'autre. On se retrouve avec les deux faces d'une même médaille, ce qui ne simplifie pas les choses. Ils ont modifié leur visage. Non seulement pour se dissimuler, mais pour se ressembler davantage, pour… pour quoi ? Honorer leur lien ? Des jumeaux identiques. Ou le plus possible. Deux corps, un seul esprit.

— Leurs dossiers indiquent qu'ils ont tous deux travaillé pour la CIA, le HSO et les services secrets.

— Combien de temps te faut-il pour me sortir la totalité des données ?

— Un petit moment. Tu es bien agitée, lieutenant.

— J'ai besoin de… de me défouler physiquement. Une petite séance de musculation, par exemple. Mieux, un round de boxe. Ça t'inspire, camarade ?

— À vrai dire, non, mais donne-moi deux minutes pour lancer le programme… Il peut démarrer sans moi, je reviendrai terminer tout à l'heure. Allons-y.

— Ce serait plus rapide si tu restais aux commandes.

— Nous ne sommes pas à une heure près.

Il l'entraîna vers l'ascenseur.

— Salle holographique.

— Hein ? Pour quoi faire ?

— J'ai un nouveau truc à te montrer. Je pense que ça va te plaire. Surtout après notre discussion concernant Maître Lu.

Ils pénétrèrent dans la pièce carrée.

— Initialiser le programme arts martiaux 5 A, commanda-t-il en esquissant un sourire. Eve Dallas, adversaire.

Les murs ondulèrent, se transformèrent en dojo, avec un mur d'armes et un somptueux parquet en bois. Baissant les yeux, Eve examina le kimono noir traditionnel dont elle était vêtue.

— Cool, murmura-t-elle.

— Quel niveau d'intensité souhaites-tu ?

Elle se balança d'avant en arrière.

— Je veux transpirer.

— J'ai exactement ce qu'il te faut. Triple menace, ordonna-t-il. Cycle complet. Amuse-toi bien ! ajouta-t-il à l'intention d'Eve tandis que trois personnages apparaissaient.

Deux hommes, une femme. Cette dernière était petite, ses cheveux rouges attachés en queue-de-cheval. L'un des mâles était noir, un mètre quatre-vingt-cinq, tout en muscles. Le second était asiatique. À en juger par sa silhouette élancée, il serait aussi rapide et agile qu'un lézard.

Ils attendirent qu'elle s'avance, s'inclinèrent. Elle les salua en retour, puis se mit en position d'attaque.

La femme intervint la première, exécutant un saut gracieux, suivi d'un coup de pied en ciseaux qui frôla presque la figure d'Eve. Celle-ci plongea, tendit la jambe, atteignit l'Asiatique, reprit son équilibre, lui roula dessus et le bloqua avec l'avant-bras.

Revers, coup de pied volé, pivot, coup de poing.

Elle contra, aperçut un mouvement du coin de l'œil, pivota pour réagir à l'attaque de la femme : écrasement du métatarse et coup de coude au menton.

— Joli ! commenta Connors, adossé au mur.

Elle prit un coup qui la mit à terre, se servit de ses mains et de ses quadriceps pour rebondir en arrière avant de subir le suivant. L'Asiatique se propulsa vers elle et l'envoya au sol.

— Ouille ! murmura Connors, avant de commander un verre de cabernet à l'Autochef.

Il savoura son vin en observant sa femme à l'œuvre. Seule, face à trois opposants, dont deux plus costauds qu'elle. Pourtant, elle tenait bon. Et elle avait besoin de ce défi physique, seul moyen pour elle de décompresser.

Quand ils se jetèrent sur elle, elle contra le premier en le faisant basculer sur son dos, évita le deuxième d'un mouvement de l'épaule. Mais le troisième l'atteignit d'un coup de pied arrière, et elle s'écroula.

— Je devrais peut-être baisser le niveau.

Elle se releva, les yeux injectés de sang.

— Si tu oses, je te botte les fesses quand j'en aurai terminé avec eux.

Il haussa les épaules, but une gorgée de vin.

— À ta guise, mon amour.

Elle secoua les bras, tourna autour d'eux, nota que la femme boitait légèrement, et que le Noir était à bout de souffle.

Elle fonça sur ce dernier. Exploitant la position de la femme, elle effectua un double pivot suivi d'un coup de pied de côté, facilement bloqué, et profita de son élan pour se jeter la tête la première sur lui.

Cette fois, il s'écroula, neutralisé.

Elle para les coups avec les avant-bras et les épaules, jaugeant son espace, demeurant sur la défensive pour attirer les rescapés vers elle.

Un uppercut en plein menton immobilisa la femme. Eve s'empara de son corps en chute libre et le poussa vers son dernier adversaire.

Il dut s'écarter, mais il revint aussitôt à la charge. Tous deux soufflaient comme des bœufs, à présent. Eve se plia en deux lorsqu'il l'atteignit en plein estomac. Il avait beau être rapide, elle réussit à le saisir par la cheville et tira violemment.

— Bravo ! s'écria Connors. Fin du programme.

Les personnages et le dojo s'estompèrent. Eve se retrouva au milieu de la pièce, en pantalon et chemisier, haletante.

— Belle bagarre, marmonna-t-elle.

— Pas mal. Tu les as achevés en… vingt et une minutes quarante secondes, annonça-t-il. Ce n'est pas le meilleur score. J'y suis parvenu en dix-neuf minutes trente-trois secondes.

Elle leva la tête, le fixa.

— Moins de vingt minutes au premier essai ?

— Bon, d'accord, pas au premier. La première fois, il m'a fallu vingt minutes et quelques.

— Combien exactement ?

— Cinquante-huit secondes, avoua-t-il en riant.

— Dans la mesure où c'est toi qui as programmé le jeu, je dirais qu'on est à égalité. Donne-moi une gorgée de vin.

Il lui tendit le verre.

— Tu te sens mieux ?

— Oui. Rien de tel que de massacrer un visage à coups de poing pour éclairer ma journée. Ce n'est sans doute pas flatteur pour moi, mais je m'en fiche.

— Alors, je te propose un autre jeu. La récréation n'est pas finie… Initialiser le programme Île-3.

Ils se retrouvèrent sur une plage de sable blanc, au bord d'une étendue d'eau cristalline sur laquelle flottait un vaste lit blanc.

— Il y a un lit sur l'eau.

— Je ne t'ai jamais fait l'amour sur l'eau…

Il lui baisa la main. Elle le contempla. À présent, il portait une chemise légère, déboutonnée, et un pantalon noir. Ses pieds étaient nus, comme ceux d'Eve.

Elle-même était vêtue de blanc. Une robe aérienne, à fines bretelles. Elle avait des fleurs dans les cheveux.

— Du combat à la romance ?

— Cela nous correspond à merveille, non ?

Elle rit.

— Sans doute.

Main dans la main, ils s'avancèrent dans l'eau tiède. Quand ils roulèrent sur le lit, elle s'esclaffa.

— Drôlement sexy, ton radeau.

— Mais infiniment plus confortable, murmura-t-il en lui effleurant les lèvres.

Dans un autre monde, il y avait la mort et la souffrance, le chagrin et la colère. Ici, tout n'était qu'amour. Le sable et l'eau n'étaient peut-être qu'un fantasme, mais cet univers-là était aussi réel que l'autre. Parce que Connors était réel, parce que leur couple l'était.

— Voguons, souffla-t-il en s'emparant de sa bouche.

Et tandis qu'ils se perdaient dans ce baiser, elle, la combattante, oublia ce qu'étaient la peine et la douleur.

Il lui chuchota des mots d'amour en irlandais. Couvrit de baisers ses épaules dénudées. Il cueillit une fleur dans ses cheveux, lui effleura la bouche avec les pétales. Un frémissement la parcourut. Un élan de désir l'envahit, et elle se cambra vers lui, bercée par le chant des oiseaux, une mélodie exotique, érotique, rythmée par le ressac. Doucement, il la dévêtit.

Le soleil, ses mains, ses lèvres sur sa peau… Le lit oscillant paisiblement.

Soudain, avec la fleur, il la caressa entre les jambes.

Il la contempla, vit ce plaisir déconcertant métamorphoser le visage de sa guerrière, si étrangement innocente lorsqu'il s'agissait de son propre corps.

— On l'appelle la Fleur de Vénus, chuchota-t-il comme son regard se voilait. C'est un hybride doté de certaines propriétés censées accroître le plaisir.

Il lui mordilla le sein tout en pressant la fleur contre elle. Un petit cri lui échappa, et elle perdit la tête.

Elle s'abandonna totalement, grisée par le torrent sensuel qui envahissait chaque cellule de son corps.

— Je te veux en moi, murmura-t-elle en réclamant sa bouche. Je veux que tu sentes ce que je sens.

Il la pénétra avec une lenteur torturante, et l'orgasme jaillit de nouveau, la transperça, les emporta tous deux. Elle se demanda si elle recouvrerait un jour sa respiration, ou l'usage de ses membres. Ses bras retombèrent mollement, ses doigts traînèrent dans l'eau.

— C'est légal, ce truc-là?

Allongé sur elle, il soufflait comme un randonneur qui vient de gravir – ou de tomber du haut d'une montagne.

— Décidément, tu es incorrigible.

— Sérieusement.

— Oui, cette fleur a été testée, approuvée, certifiée. Elle est encore assez difficile à obtenir. Et comme tu peux le constater, ses effets sont transitoires.

— Heureusement. Elles ont toutes le même effet?

— Non. Uniquement celle-ci. Mais je peux en avoir d'autres.

— Je m'en doute.

Elle commença à s'étirer, fronça les sourcils en entendant un bip.

— Ah!

Elle s'assit, se recoiffa machinalement. Jeta un dernier regard sur l'eau bleue, le sable blanc et les pétales jonchant la plage comme autant de joyaux.

— La récréation est finie.

Il opina.

— Arrêter le programme, commanda-t-il.

18

Eve s'installa devant l'un des ordinateurs secondaires de Connors et entreprit de fouiller dans le passé de Kirkendall et de Clinton. Ils avaient besoin d'un Q.G., un endroit où stocker du matériel, planifier leurs stratégies et effectuer des simulations.

Un lieu où cacher Meredith Newman.

Elle s'intéressa d'abord à leurs enfances respectives – Kirkendall dans le New Jersey, Clinton dans le Missouri. À l'âge de douze ans, Kirkendall avait emménagé à New York avec ses parents d'adoption. De même Clinton, à dix ans, dans l'Ohio. Tous deux s'étaient engagés dans l'armée à dix-huit ans. Tous deux avaient été recrutés par les Forces Spéciales à vingt ans.

Les caporaux Kirkendall et Clinton avaient tous deux suivi leur entraînement à Camp Powell, près de Miami.

— C'est vraiment comme un miroir, constata Eve. Non, comme des aimants. Ils ont tout simplement dupliqué chacun de leurs mouvements, jusqu'au jour où ils se sont rencontrés.

— Silence !

Eve lança un coup d'œil à son mari. Manches retroussées, cheveux attachés, il pianotait sur son clavier d'une main et manipulait des icônes sur un écran, de l'autre. Depuis dix bonnes minutes, il ne cessait de marmonner dans un jargon qui mêlait le gaélique et l'argot irlandais, comme chaque fois qu'il était énervé.

— Tu parles, toi ! lui fit-elle remarquer.

— *Feisigh do thoin fein !* grogna-t-il.

Il s'adossa à son fauteuil, étudia son tableau.

— Hein ? Mais non, je ne parle pas, je converse. Ah, te voilà, fils de pute !

Sur ce, il se pencha de nouveau sur son clavier. Eve reprit sa tâche. Si elle ne se surveillait pas, il la surprendrait en train de l'observer. Il était sublime quand il se mettait dans cet état !

Comme à son habitude, l'armée avait envoyé les deux hommes à droite et à gauche pendant les années qui avaient suivi. Ils avaient vécu dans les logements militaires mis à leur disposition, même une fois mariés – à trois mois d'intervalle. Lorsqu'ils avaient pris leur retraite, ils avaient acheté un pavillon et atterri dans le même lotissement.

Eve décida de tenter quelques recoupements. Quand le communicateur interne bipa, elle regretta de ne pas connaître le gaélique.

— L'inspecteur Baxter et l'agent Trueheart sont arrivés et souhaitent vous voir.

— Qu'ils m'attendent dans mon bureau.

Elle coupa la transmission, transféra les fichiers sur lesquels elle travaillait sur son ordinateur personnel.

— J'ai du nouveau, annonça-t-elle à Connors.

— Moi aussi. Je suis sur le dossier CIA de Kirkendall. Il n'a pas perdu son temps, ce garçon.

— Dis-moi une chose. Ces agences accordent-elles des rémunérations supplémentaires pour les missions spéciales ?

— Apparemment. Je viens de tomber sur une série de « frais d'opération ». La somme la plus importante s'élève à un demi-million de dollars pour l'exécution d'un savant à Belingrad. Il ne se faisait pas payer très cher.

— Comment arrivons-nous à cohabiter dans le même monde quand tu vis dans une bulle où un demi-million de dollars équivaut à une poignée de cacahuètes ?

— C'est l'amour qui nous réunit. En free-lance, on peut gagner le double pour un assassinat. Facilement. Quand j'avais vingt ans, on m'a offert ce montant pour supprimer le rival d'un trafiquant d'armes. J'ai eu du mal à refuser – mais tuer pour de l'argent m'a toujours paru vulgaire.

— Vulgaire ?

Il se contenta de lui adresser un sourire.

— Je vais continuer sur ma lancée, et m'attaquer aux dossiers de Clinton et d'Isenberry. Ce ne sera pas long, maintenant que j'ai repéré le parcours.

— Je serai dans mon bureau. Simple curiosité... que signifie...

Elle fit une pause, tenta de se remémorer la phrase qui lui avait échappé, se découvrit incapable de la répéter sans la massacrer.

— Où as-tu entendu ça ?

— De ta bouche, il y a deux minutes.

— Moi, j'ai dit ça ? s'exclama-t-il, vaguement choqué. Pas possible ! Un flash de ma jeunesse. Très grossier.

— Ah ! Trop grossier pour les oreilles d'un flic qui arpente les rues de New York depuis plus de onze ans.

Il haussa les épaules.

— Puisque tu y tiens, cela revient à dire : encule-toi toi-même.

Le visage d'Eve s'éclaira.

— Vraiment ? Tu peux me l'apprendre ? Je pourrais la balancer à Summerset, à l'occasion.

Il s'esclaffa, secoua la tête.

— Va travailler.

Elle sortit en se répétant l'expression.

Elle franchit le seuil de son bureau à l'instant où Baxter mordait dans un énorme hamburger. N'apercevant aucun carton de traiteur et humant une odeur de vraie viande, elle en déduisit qu'il venait de sa propre cuisine.

— Je vous en prie, faites comme chez vous.

— Merci.

Il sourit, mâcha, indiqua Trueheart, qui se régalait d'un sandwich identique. Mais lui, au moins, eut la bonne grâce de paraître penaud.

— On n'a pas eu le temps de manger. C'est meilleur ici.

292

— Je transmettrai vos compliments au chef. Êtes-vous prêts à me soumettre vos rapports, ou allez-vous vous contenter de vous goinfrer ?

— Les deux, répondit Baxter. J'ai pu joindre la personne chargée de l'enquête sur Moss et Duberry. Rien de précis. Moss n'a jamais parlé de menaces à quiconque. Son fils et lui se rendaient une fois par mois dans un chalet, au nord de l'État. Entre hommes. Ils allaient à la pêche. Le véhicule était dans un garage privé, sous haute surveillance. Le droïde de surveillance n'a pas été saboté, mais il y avait une coupure de trente minutes sur son disque. Même chose avec les caméras.

— Quelle sorte de chalet ?

Baxter hocha la tête, attrapa une frite.

— On s'est posé la question, nous aussi. Pourquoi se donner tant de mal alors qu'ils auraient pu le descendre dans sa cabane en pleine campagne ? Troy ?

Trueheart avala précipitamment.

— Le chalet est situé dans un village de vacances hautement sécurisé. Les enquêteurs ont penché pour la thèse du terrorisme urbain. Plusieurs autres véhicules ont été détruits.

— Mouais, marmonna-t-elle. C'était plus malin. Un zeste de terrorisme urbain, histoire de brouiller les pistes.

— Rien ne permet de conclure que Moss était une cible spécifique, mais si c'est le cas, ils en ont déduit que c'était sa fonction de juge, et non le fait qu'il s'occupe d'une affaire en particulier, qui était en cause. On avait aussi proposé à Moss de se présenter aux élections municipales ; les collègues ont donc pris en compte le facteur politique. À l'époque, ils n'avaient aucune raison de s'intéresser à Kirkendall. Ce dernier n'avait proféré aucune menace. Son procès datait de trois ans. En nous basant sur tout ce que nous savons aujourd'hui, nous pouvons raisonnablement penser qu'il a descendu Moss en ville plutôt qu'à la campagne pour, euh… brouiller les pistes, comme vous dites. Et pour le défi. C'était une sorte de déclaration.

— Tout à fait d'accord, concéda Eve. Et la bombe ?

— Un élément de plus qui a fait pencher la balance en faveur de la théorie du terrorisme urbain, répondit Baxter. D'après ce que les collègues ont pu relever sur la scène, et les simulations effectuées par la suite, il semble que c'était un engin de type militaire. Pas un truc maison fabriqué dans son sous-sol par un illuminé qui en voulait à un juge pour une histoire de pension alimentaire. Les gars du labo en étaient babas – je cite le responsable –, matériau de qualité, détonateur électrique conçu pour sauter quand on met le contact et exploser vers l'extérieur pour augmenter les dégâts.

— Comment pouvaient-ils être sûrs que Moss serait au volant ? Et sa femme ?

— Elle ne conduisait pas.

— Ça ne suffit pas. J'aimerais que le labo refasse une analyse. Je parie que Kirkendall avait prévu une solution de rechange. Que c'est lui qui dirigeait l'opération, et qu'il pouvait user d'une télécommande si nécessaire, soit pour provoquer l'explosion, soit pour la retarder. D'après les fichiers, Clinton est l'homme à tout faire. Mais Kirkendall veut tout contrôler.

— Je m'en occupe, répondit Baxter. Nous avons aussi discuté avec l'enquêteur principal du meurtre Duberry. Voilà un gars qui n'a pas hésité à creuser.

— C'est-à-dire ?

— Il a pensé à l'ex-petit ami. Il pense toujours à l'ex-petit ami. Je ne dis pas qu'il a fait preuve de négligence au cours de son enquête, mais je vais revoir le dossier moi-même. Il a fait une fixation sur ce mec, point final.

— Le petit ami avait un alibi ?

— Un alibi béton.

Baxter agita une frite sous son nez, croqua dedans.

— Il était chez lui. Tout seul. La sécurité de l'immeuble est inexistante. Donc, on se dit qu'il pouvait facilement sortir, accomplir son forfait, et revenir, ni vu ni connu. Mais le locataire de l'appartement au-dessus possède un lit à matelas d'eau. C'est interdit par le règlement, mais tant pis. Ça pèse une tonne. Pour couronner le tout, il adore faire la fête. Il était avec deux jolies dames pour une petite partie de jambes en l'air, lorsque le matelas crève. Un torrent de flotte qui traverse les plafonds, inonde le pauvre type du dessous. Une altercation s'ensuit, à laquelle tous les voisins ont assisté – tout cela au moment même où on étranglait Duberry.

— Hmm...

Eve s'avança, piqua une des frites de Baxter.

— Le responsable de l'enquête est convaincu que le petit ami est le véritable coupable. On a une femme qui mène une existence banale, n'a pas d'ennemis connus. Il n'y a pas eu agression sexuelle ou cambriolage, donc, c'est une vengeance personnelle.

— Un ex l'aurait violée ou défigurée, fit remarquer Eve. *Ça*, c'est personnel.

— Oui, mais le collègue pense qu'il s'est adressé à un tueur à gages. Seulement voilà, il n'en a pas les moyens. Il a du mal à payer son loyer. Son casier est vierge, il est irréprochable. Non, Dallas, il n'y est pour rien. Nous avons repris les interrogatoires. Personne n'a pu nous fournir un mobile valable, personne ne se souvient d'avoir entendu la victime se plaindre. Son matériel électronique a disparu depuis longtemps, mais la DDE a effectué des tests et n'a rien trouvé.

— Parfait. Repos jusqu'à demain. Peabody et McNab sont en train de cuisiner l'ex-belle-sœur de Kirkendall. Rendez-vous ici à 8 heures précises.

— Écoutez, Trueheart et moi avons pensé qu'on pourrait se relayer auprès de la petite pour la nuit. On n'a qu'à dormir ici.

Comme Eve fronçait les sourcils, il haussa les épaules.

— Elle est tellement mignonne. Très attachante. Après la journée qu'elle vient de passer, on pourrait la distraire un peu.

— Voyez avec Summerset pour les chambres. Merci de la proposition.

— Pas de problème.

La navette pour deux passagers atterrit sur une aire réservée aux cargos à North Platte. Comme le stipulait le mémo de Connors, un véhicule les attendait pour la dernière étape de leur voyage.

Dans l'air frisquet, Peabody et McNab contemplèrent le joyau noir et luisant.

— Et moi qui trouvais l'avion trop top! s'exclama Peabody. Les fauteuils-couchettes, les ordinateurs personnels, le menu de l'Autochef...

— La vitesse, ajouta McNab.

— Ouais. Méga rapide. Mais ça...

— C'est une bête, constata McNab en laissant traîner les doigts sur le capot. Une pure merveille.

Cependant, quand elle fit mine d'ouvrir la portière côté conducteur, il lui attrapa le bras.

— Attends. Qui a dit que c'était toi qui pilotais?

— Ma coéquipière est chargée de l'enquête.

— Raison insuffisante.

— C'est son mari qui nous a fourni les moyens de transport.

— Non, non, non! J'ai un galon de plus que toi, trésor.

— J'en meurs d'envie.

Il s'esclaffa, plongea la main dans une de ses innombrables poches.

— On tire à pile ou face.

— Montre-moi cette pièce d'abord.

— La confiance règne, lui reprocha-t-il en s'exécutant. Elle l'examina, la retourna, la lui rendit.

— Très bien. Tu annonces, je tire.

— Pile.

— Parfait. Face... Merde! souffla-t-elle.

— Waouh! Attache bien ta ceinture, mon cœur, parce qu'on va foncer.

Affichant une moue boudeuse, Peabody s'installa du côté passager. Le siège était moulant comme les mains d'un amant, le tableau de bord, un chef-d'œuvre de technologie et d'esthétique.

Elle programma leur destination sur le GPS Une voix masculine leur indiqua la route la plus directe, annonçant un parcours de vingt minutes en fonction des limites de vitesse.

À ses côtés, McNab chaussa une paire de lunettes de soleil.

— On va battre tous les records, s'exclama-t-il.

Incapable de résister à la tentation, elle commanda l'ouverture du toit.

— Choisis la musique ! hurla McNab par-dessus le rugissement du moteur. Et monte le son.

Elle opta pour un groupe trash rock et chanta à tue-tête, tandis qu'ils filaient vers le sud.

Ce fou de McNab réussit à diviser par deux la durée du trajet. Peabody profita d'une partie du temps gagné pour tenter de lisser ses cheveux qui ressemblaient à présent à un nid d'oiseau. McNab extirpa une brosse pliante d'une de ses poches et s'attaqua à sa queue-de-cheval pleine de nœuds.

— C'est joli, commenta-t-il en balayant du regard la cour flanquée d'un champ de maïs. À condition d'aimer le style rural, bien sûr.

— J'aime bien, du moins pour visiter.

Elle examina la grange peinte en rouge, l'annexe plus petite, et le pré où paissaient quelques vaches. Puis elle descendit de voiture, jeta un coup d'œil au carré de pelouse et aux plates-bandes qui menaient à une maison blanche à deux étages avec véranda.

— Produits laitiers, observa-t-elle. Céréales. Ils ont sans doute des poules à l'arrière.

— Comment le sais-tu ?

— Je m'y connais. Ma sœur a une ferme, je te rappelle. Celle-ci est plus petite, mais bien entretenue. Je suppose qu'ils vivent à peu près en autarcie. Ils doivent vendre une partie de leurs produits sur les marchés locaux. Ils ont peut-être une serre, aussi, pour cultiver certains légumes pendant l'hiver. Mais c'est coûteux.

McNab n'était pas du tout dans son élément.

— Ah bon.

— Elle était cadre dans une des sociétés de communication les plus réputées de New York. Une carriériste. Son mari produisait des séries pour la télé. Individuellement, ils gagnaient le double de nos salaires combinés.

— Et maintenant, ils bossent dans une ferme du Nebraska.

— Quelqu'un sait déjà que nous sommes là, nota Peabody.

— En effet.

Derrière ses lunettes noires, MacNab repéra un clignotant jaune au-dessus de la porte d'entrée.

— Détecteur de mouvement et caméras. Les clôtures aussi sont équipées, à l'est comme à l'ouest. Sacré système de sécurité pour une exploitation perdue dans la cambrousse.

Ils se présentèrent devant la porte, frappèrent. Blindée, nota McNab.

— Oui ? fit une voix féminine dans l'interphone.

— Madame Turnbill ? Nous sommes de la police de New York. Inspecteurs Peabody et McNab.

— Ce véhicule n'est pas officiel.

— C'est exact, madame, confirma Peabody en brandissant son insigne. Nous aimerions vous parler. Nous vous laissons vérifier nos identités.

— Je ne…

— Vous avez discuté avec ma partenaire, le lieutenant Dallas, un peu plus tôt dans la journée. Je comprends votre prudence étant donné les circonstances, madame Turnbill, mais il est important que vous répondiez à nos questions. Si vous refusez, je contacterai les autorités locales afin qu'elles me fournissent un mandat. Je ne le souhaite pas. Nous avons pris un maximum de précautions pour nous déplacer en toute discrétion et assurer votre sécurité.

— Attendez.

Comme Peabody, McNab maintint son insigne en l'air, tandis qu'une mince ligne rouge apparaissait pour les scanner.

La porte s'ouvrit enfin.

— J'accepte de vous parler, mais je ne vous dirai rien de plus qu'au lieutenant Dallas.

À cet instant, un homme descendit de l'étage et les rejoignit. Son visage était morose, son regard, froid.

— Quand est-ce qu'on va nous ficher la paix ?

— Les enfants ?

— Ils vont bien. Je leur ai demandé de rester là-haut.

Il avait le corps d'un homme qui exerce quotidiennement des tâches manuelles. Son visage était bronzé, ses yeux griffés de pattes-d'oie, ses cheveux, décolorés par le soleil.

En six ans, il avait changé, songea Peabody. Il n'avait plus rien d'un citadin. Et la façon dont il gardait la main dans sa poche l'avertit qu'il était armé.

— Monsieur Turnbill, nous avons parcouru un long trajet, et ce n'est pas pour vous harceler. Nous recherchons Roger Kirkendall soupçonné de sept homicides.

— Sept seulement, railla-t-il. Vous êtes loin du compte.

— C'est possible, mais pour l'heure, ce sont ces sept-là qui nous intéressent.

Sortant une série de clichés de son sac, McNab lâcha d'un ton aussi sec que celui de Turnbill :

— En voici deux, pour commencer.

Il s'agissait des photos des enfants. Roxanne blêmit.

— Ils dormaient quand il les a égorgés. Je suppose que c'est mieux ainsi.

— Ô mon Dieu ! souffla Roxanne.

— Vous n'avez pas le droit de venir ici et de faire ça.

McNab regarda Turnbill droit dans les yeux.

— Oh que si.

— McNab, murmura Peabody en reprenant les clichés. Je suis désolée. Désolée de vous déranger, désolée de vous bouleverser. Mais nous avons besoin de votre aide.

— Nous ne savons rien, répliqua Turnbill en serrant sa femme contre lui. Nous voulons juste qu'on nous laisse tranquilles.

— Vous avez quitté un poste à responsabilités et généreusement rétribué, il y a six ans, attaqua McNab. Pourquoi ?

— Ce ne sont pas vos…

— Joshua, interrompit Roxanne. Il faut que j'aille m'asseoir. Venez.

Elle se dirigea vers le salon, une pièce qui respirait la vie de famille, se percha au bord du canapé et agrippa la main de son mari.

— Comment savez-vous que c'est lui ? Jusqu'ici, il a toujours réussi à s'en tirer. Comment en êtes-vous sûrs ?

— Nous avons des indices qui le relient à ces crimes. Ces enfants, leurs parents, ainsi que la domestique ont été assassinés dans leur lit. Grant Swisher était l'avocat de votre sœur quand elle a divorcé et demandé la garde des enfants.

— Six ans, murmura-t-elle. Oui, il a très bien pu patienter six ans. Il aurait attendu soixante ans s'il l'avait fallu.

— Avez-vous une idée de l'endroit où il se trouve ?

— Aucune. Il nous laisse tranquilles, à présent. Nous ne sommes plus rien pour lui. Nous ne le voulons pas.

— Où est votre sœur ? demanda McNab.

Roxanne sursauta.

— Elle est morte. Il l'a tuée.

— Nous l'en croyons capable, admit Peabody en soutenant le regard de Roxanne. Mais ce n'est pas le cas. Pas encore. Qu'adviendra-t-il s'il la retrouve avant que nous l'arrêtions ? Si vous avez des informations, mais que vous refusez de coopérer avec nous, vous risquez d'entraver notre enquête, aux risques et périls de votre sœur.

— Je ne sais pas où elle est, avoua Roxanne, les larmes aux yeux. Elle, mon neveu, ma nièce. Je ne les ai pas vus depuis six ans.

— Mais vous savez qu'elle est vivante. Qu'elle a réussi à lui échapper.

— J'ai cru qu'elle était morte. Pendant deux ans. Je suis allée à la police, mais personne n'a pu m'aider. J'étais convaincue qu'il les avait tués. Et puis…

— Roxanne, tu n'es pas obligée, intervint son mari en l'attirant contre lui.

— Je ne sais pas quoi faire. Et s'il débarquait ici ? Après tout ce temps ? Nos bébés, Joshua.

— Nous ne craignons rien, ici.

— Vous avez un système de sécurité efficace, intervint McNab. Les Swisher, la famille de l'Upper West Side qu'il a massacrée, en avaient un aussi. Ça ne leur a servi à rien.

— Nous pouvons vous aider, enchaîna Peabody. Nous vous procurerons une protection policière. Nous sommes venus ici par navette privée munie d'un radar. Il ne sait pas que nous sommes là. Pour l'instant, il ne sait même pas que nous le recherchons. Plus nous mettrons de temps à le débusquer, plus il aura de chances d'être au courant.

— Quand tout cela va-t-il finir ?

— Quand on l'aura coffré, rétorqua McNab en s'efforçant de rester insensible aux larmes de Roxanne. Avec votre aide, ce sera plus facile.

— Joshua, pourrais-tu m'apporter un verre d'eau ?

Son mari la scruta, hocha la tête.

— Tu es certaine, Roxanne ? Vraiment certaine ?

— Non, mais je ne supporte plus de vivre ainsi.

Elle inspira à fond tandis qu'il quittait la pièce.

— C'est pire pour lui, je crois. Il travaille tant pour si peu. Nous étions heureux à New York. Une ville excitante, dynamique. Nous adorions nos métiers respectifs. Nous venions d'acheter une maison parce que j'étais enceinte. Ma sœur...

Les mots moururent sur ses lèvres, et elle esquissa un sourire à l'adresse de son mari, qui lui rapportait son verre d'eau.

— Merci, mon chéri. Ma sœur était démolie, si l'on peut dire. Il l'avait détruite. Des années de maltraitance, de harcèlement moral et physique. À plusieurs reprises, je l'ai encouragée à partir, à demander un soutien. Mais elle avait trop peur, et je n'étais que la petite sœur qui ne comprenait rien. C'était sa faute, voyez-vous. À cette époque, je lisais beaucoup d'articles concernant le syndrome des femmes battues... Ce type était un monstre.

Pas seulement parce qu'il s'en prenait à ma sœur. Ce n'est pas qu'il aime faire souffrir. C'est que cela le laisse indifférent. Il était capable de lui casser un doigt, sous prétexte qu'elle avait servi le repas avec deux minutes de retard – selon son emploi du temps à lui –, puis de s'asseoir et de manger comme si de rien n'était. Vous imaginez une vie pareille ?

— Non, madame, fit Peabody. Pour rien au monde.

— Elle était sa chose, sa propriété. C'est quand il s'est mis à malmener les enfants que Diane s'est enfin décidée à réagir. Ils étaient déjà traumatisés, mais elle avait l'impression de les protéger en maintenant l'unité familiale. Il les brutalisait, les punissait à sa façon très personnelle. Le confinement solitaire, il appelait ça. Ou alors, il les obligeait à rester debout sous une douche froide pendant une heure, les privait de nourriture pendant quarante-huit heures. Un jour, il a coupé à ras les cheveux de ma nièce parce qu'elle avait mis trop de temps à se coiffer. Il battait Jack, mon neveu, soi-disant pour le rendre plus fort. Un après-midi, Roxanne a découvert son fils avec le pistolet hypodermique de Roger. Il l'avait réglé sur le niveau le plus fort et le tenait comme ceci…

Elle pointa le doigt sur sa gorge.

— Il allait se tuer. Ce petit garçon de huit ans préférait mettre fin à ses jours plutôt que de vivre un jour de plus avec ce dément. C'est là que Diane a réagi. Elle a quitté le domicile avec ses enfants, et rien d'autre. Elle n'a même pas emporté un sac de vêtements. Je lui avais donné des adresses de refuges, et elle s'y est précipitée.

Roxanne ferma les yeux, but une longue gorgée d'eau.

— Je ne sais pas si elle aurait eu ce courage sans les petits. Mais une fois le pas franchi, ce fut comme un miracle. Elle est redevenue elle-même. Quelques semaines plus tard, elle a engagé un avocat. Le procès a été une épreuve, mais elle a tenu bon. Et elle a gagné.

— Elle n'a jamais eu l'intention de respecter les conditions, de rester à New York pour lui permettre de voir ses enfants, intervint Peabody.

— Je ne sais pas. Elle ne m'a rien dit. Mais j'imagine qu'elle avait prévu dès le début de se volatiliser dans la nature. C'était la seule solution.

— Pour les gens dans ce genre de situation, il existe des réseaux.

— C'est vrai. À l'époque, je l'ignorais. Quand elle a disparu, j'ai cru qu'il les avait tués, les enfants et elle. Non seulement il en est capable, mais il en a les moyens. Même quand il m'a enlevée, j'ai pensé...

— Il vous a enlevée ?

— Je rentrais chez moi en métro. J'ai senti un picotement sur le bras. J'ai eu une nausée, un vertige, et ensuite... je ne me souviens plus de rien. Quand je me suis réveillée, j'avais encore envie de vomir. J'étais dans une grande pièce dépourvue de fenêtres. Il m'avait pris tous mes vêtements.

Elle chercha fébrilement la main de son mari.

— J'étais par terre, les mains menottées. Quand j'ai repris connaissance, on m'a redressée à l'aide d'une sorte de poulie, sur la pointe des pieds. J'étais enceinte de six mois.

Bouleversé, Turnbill posa la joue sur l'épaule de Roxanne. Il pleurait, à présent.

— Il s'est planté devant moi. Il tenait une sorte de tige. Il a dit : « Où est ma femme ? » Avant même que je puisse répondre, il a appuyé le bout de la tige ici, entre les seins. J'ai ressenti une douleur atroce, une décharge électrique. Il m'a annoncé très calmement qu'il n'hésiterait pas à monter l'intensité chaque fois que je mentirais. Je lui ai dit que je savais qu'il l'avait tuée. Il a recommencé. Encore et encore et encore. J'ai supplié, hurlé... Il m'a laissée là je ne sais combien de temps, puis il est revenu, et le supplice a repris.

— Il l'a séquestrée pendant douze heures, intervint son mari d'une voix sans timbre. La police... ce délai est insuffisant pour lancer une recherche. J'ai insisté, mais on m'a expliqué que c'était impossible. Vous n'imaginez pas comme le temps nous a paru long, à tous les deux. C'est un miracle qu'elle n'ait pas fait une fausse couche.

Quand il en a eu terminé avec elle, il l'a abandonnée sur un trottoir de Times Square.

— Il a fini par me croire. Il devait savoir que j'aurais dit n'importe quoi pour mettre fin à la douleur. Juste avant de m'assommer de nouveau, il m'a déclaré que si je portais plainte, si je l'impliquais de quelque manière que ce soit, il me retrouverait. Il m'arracherait le chiard que je portais dans mon ventre et lui trancherait la gorge.

— Roxanne, dit Peabody avec calme. Je sais à quel point il est difficile pour vous d'en parler. Mais j'ai besoin de savoir : Kirkendall était-il seul quand il vous a retenue en otage ?

— Non. Il était avec ce salaud. Inséparables, ces deux-là. Ils se disaient frères. Isaac, Isaac Clinton. Ils ont fait l'armée ensemble. Lui était installé devant une sorte de console. J'ai eu l'impression qu'il examinait un genre de fichier. Ils avaient tout un dossier sur moi, comme à l'hôpital. Il n'a pas bougé, pendant que Roger me torturait. Il n'a pas prononcé un mot. Du moins, pas quand j'étais consciente.

— Personne d'autre ?

— Je n'en suis pas certaine. Par moments, j'ai cru entendre des voix, peut-être celle d'une femme. Mais j'étais dans un état second.

— Vous n'avez pas signalé à la police que vous connaissiez vos agresseurs ?

— Quand je me suis réveillée, j'étais à l'hôpital. J'étais terrifiée à l'idée de perdre le bébé. Je n'ai rien dit. J'ai raconté que je ne me souvenais de rien.

— J'aurais sans doute réagi de la même manière, avoua Peabody.

— Nous avons gardé le silence, reprit Roxanne d'une voix plus ferme. Nous avons quitté New York pour nous installer ici. Mes parents habitent à proximité. J'ai compris que Diane s'était enfuie, mais j'étais persuadée qu'il la retrouverait. Qu'il la tuerait. Pendant deux ans, j'ai cru qu'elle était morte. Puis un jour, j'ai décroché mon communicateur. Elle avait bloqué l'image, mais elle a prononcé mon nom. Elle a prononcé mon nom, et a ajouté qu'ils étaient sains et saufs. C'est tout. Elle a coupé la transmission. Je reçois des appels similaires de temps en temps. Elle ne dit jamais rien d'autre.

— Quand vous a-t-elle contactée pour la dernière fois ?

— Il y a trois semaines. Je ne sais pas où elle est. Quand bien même je le saurais, je ne vous le dirais pas. Nous avons reconstruit notre vie ici. Nous avons deux fils, et ils sont heureux. Pourtant, à cause de cet homme, nous sommes comme des prisonniers. Je vis dans la peur jour après jour.

— Nous allons le retrouver, Roxanne, promit Peabody, et vous n'aurez plus à avoir peur. Parlez-moi de l'endroit où il vous a séquestrée. Tâchez de vous remémorer chaque détail.

19

Eve était de nouveau devant son ordinateur quand Connors la rejoignit dans son bureau. Il huma l'air.

— Tu as mangé un hamburger ?

— Hein ? Non, c'est Baxter et Trueheart. Mets deux flics en présence de nourriture, et c'est la débandade. Ils auront choisi un lieu en ville, non ?

— Baxter et Trueheart ? J'ai l'impression d'avoir loupé quelque chose.

— Hein ?

— Tu n'arrêtes pas de dire ça. Toi, tu as besoin de manger.

Eve reprit un peu ses esprits tandis qu'il entrait dans la cuisine.

— Je ne parle pas de Baxter et de Trueheart.

— J'ai compris. Eh oui, je suis d'accord. Kirkendall et associés auront opté pour un refuge en ville. Pourquoi risquer d'être coincé dans un vulgaire embouteillage sous l'œil de vulgaires agents de la circulation ?

— Je parie que c'est dans l'Upper West Side.

— Là encore, je suis d'accord avec toi.

Il revint avec deux assiettes. Cette fois, ce fut Eve qui renifla.

— Qu'est-ce que c'est ?

— Des lasagnes.

Lasagnes végétariennes. Le seul moyen de la convaincre d'avaler un peu de verdure.

— Pourquoi es-tu d'accord ? Pour l'Upper West Side ?

Il posa une assiette devant elle, la seconde, de l'autre côté du bureau. Puis il alla chercher une chaise et deux verres de vin. Quand un homme voulait partager un repas avec sa femme, et que cette femme était Eve, il apprenait à faire des compromis.

— Ils ont consacré un temps et des efforts considérables pour surveiller les Swisher. Pas uniquement l'aspect électronique, mais aussi leur style de vie. Ils savaient quand et où agir. Donc…

Connors trinqua avec elle, s'assit.

— Le plus efficace était de s'installer près de la cible. Cela permet de passer devant la propriété en voiture, à pied, de tester les décodeurs et autres dispositifs. Et de les surveiller.

— Pour les voir vivants avant de les voir morts, conclut-elle.

— Certainement. C'est une vengeance personnelle. Je les observe, ils ne savent pas que j'ai le pouvoir de les éliminer. Quand et comme j'en ai envie.

— C'est un peu bizarre d'être l'épouse d'un type capable de réfléchir à ce point comme un assassin.

— Je peux en dire autant de toi. Et je parie que tes pensées suivaient le même cheminement que les miennes.

— Gagné.

Elle goûta les pâtes, y détecta la présence d'épinards. Pas mauvais.

— Tu m'apportes des infos ?

— Je suis offusqué que tu me poses la question. Mange d'abord. Tu as eu des nouvelles de Peabody ?

— Ils sont sur le chemin du retour. Tu veux un résumé ?

— Évidemment.

Elle lui exposa les faits.

— Torturer une femme enceinte, grommela Connors. De mieux en mieux. Mais il aurait dû la tuer. Apparemment, son ex-femme le connaît suffisamment pour se cacher – et bouger régulièrement, sans doute – sans qu'aucun de ses proches soit au courant. Il a épargné sa sœur dans l'espoir qu'un jour, elle se réfugierait auprès d'elle.

— Auquel cas, il pourrait se débarrasser du clan tout entier. Je dois absolument arrêter ce dégénéré.

Connors posa la main sur la sienne.

— Je sais.

— Vraiment ? Il n'est pas comme mon père. Un monde les sépare mais, d'une certaine façon, ils sont semblables.

— Ils ont brutalisé leurs enfants jour après jour, les ont brisés, traumatisés. La différence entre ton père et lui, Eve, c'est que Kirkendall est plus habile, mieux entraîné et plus malin. Mais tu as raison, sur le fond, ils se ressemblent.

Eve fut soulagée de constater que Connors comprenait son dilemme.

— Il faut que j'arrive à passer outre ce problème, sinon je vais tout gâcher.

Du menton, elle désigna une carte affichée sur son écran.

— Le Q.G. Les belles propriétés sont nombreuses dans l'Upper West. Il peut se le permettre. Tous ces honoraires, ajoutés à ceux de son frère, et peut-être d'Isenberry. Son investissement dans le dojo prouve qu'il aime gagner de l'argent. Au fait, tu as trouvé quelque chose sur ses finances ?

— Une fois de plus, tu m'offenses.

— Casse-moi la figure si ça t'amuse, camarade. Je t'écoute.

Il se contenta de jeter un coup d'œil sur son assiette encore pleine.

— Bon, d'accord, soupira-t-elle en plantant sa fourchette dans une portion de lasagnes. Accouche.

— Il a ce que nous appellerons un compte « décharge », où il dépose les bénéfices du dojo. Un joli montant, mais insuffisant pour commanditer ce genre d'opération.

— Donc, il a d'autres comptes.

— Forcément. Il n'effectue jamais de retraits sur celui-ci. Ses données personnelles mènent à un cabinet d'avocats d'Éden.

— Éden ? Comme le jardin du même nom ?

— Une île artificielle dans le Pacifique sud, créée ostensiblement pour les loisirs et les divertissements, en réalité pour la fraude fiscale et le blanchiment. Il faut s'acharner pour surmonter les barrières légales afin d'accéder aux informations. Et il faut des fonds considérables pour y ouvrir des comptes, ou utiliser les protections légales proposées aux clients.

— Tu y es parvenu.

— À vrai dire, j'ai participé à sa conception. C'était avant de découvrir la voie de la lumière et de la justice, précisa-t-il avec un sourire, devant l'air stupéfait d'Eve. J'ai vendu mes parts juste avant notre mariage. Cependant, dans la mesure où j'ai contribué au projet original, je connais les méthodes pour contourner le système. Kirkendall s'est bien couvert. Son cabinet d'avocats d'Éden mène à un gestionnaire de biens hors planète, lequel mène... Tu veux tout le parcours?

— Abrège, pour le moment.

— À la fin, on en revient toujours à d'autres comptes numérotés. Cinq en tout. Celui qui a attiré mon attention se compose d'un unique dépôt de vingt millions de dollars.

— Vingt millions?

— Un tout petit peu moins. Mais un calcul rapide permet de constater que c'est bien davantage que toutes les sommes encaissées jusque-là.

— Il a travaillé pour des agences parallèles, non approuvées par le gouvernement, devina Eve.

— Je pense tomber sur d'autres comptes, je n'ai pas encore terminé ma recherche. Ça va prendre un peu de temps. Pour en revenir à celui dont je te parle, il m'intéresse à plus d'un titre. Le dépôt unique, d'une part. Regarde...

Il sortit un disque de sa poche et le glissa dans la fente de l'ordinateur.

— Afficher les données.

Eve les parcourut – c'était encore un fichier CIA sur Kirkendall.

— Le sujet est considéré comme dangereux. Incroyable, marmotta-t-elle. Ils les entraînent pour tuer, et tout à coup, oups! voilà qu'il devient dangereux. La dernière évaluation psychiatrique remonte à dix-huit mois. Individu à tendances sociopathes – quelle surprise! Suspecté d'entretenir des liens avec le Doomsday – encore une surprise! Suspecté d'entretenir des liens avec... Cassandra.

Le groupe Doomsday, songea-t-elle. Une organisation de technoterroristes à laquelle elle avait été confrontée lors d'une récente enquête. Mais les membres de Cassandra s'étaient montrés plus souples dans le jeu terroriste, et son implication avec eux, l'année précédente, avait pris un tour nettement plus personnel.

Ils avaient failli la tuer, ainsi que Connors, dans leur tentative de destruction des monuments de New York. Ils avaient réussi à abattre un couple, se rappela-t-elle avec amertume, avant qu'elle réussisse à neutraliser l'un des chefs.

— Et sonnent les cloches... Ils l'ont maintenu en activité autant pour le surveiller que pour profiter de ses talents. Regarde les dates, fit Connors. Quand ils l'ont perdu. Quand il s'est mis à déconner, d'après ce dossier et celui que j'ai soutiré au HSO –, et qui colle avec les entrées sur les dossiers de son frère et d'Isenberry.

— Septembre, l'an dernier. Quelques mois avant que Cassandra nous envoie la première lettre. Juste avant que des immeubles commencent à sauter à travers la ville.

— Et la date du gros dépôt.

— Après notre intervention. On les a presque tous eus – mais il y a toujours des rats qui quittent le navire avant le naufrage. On a recouvré l'essentiel des fonds, aussi, mais cet organisme terroriste est très riche.

— Il semble que Kirkendall en ait récupéré une partie. À moins qu'on ne la lui ait confiée pour la mettre au chaud.

— Raison de plus pour le boucler.

— Tous trois figurent sur les listes d'agences diverses, souligna Connors. Tu remarqueras que rien n'indique qu'il ait subi une restructuration faciale.

— On avait des médecins sur l'affaire Cassandra. Je vais fouiller de ce côté-là. Il a laissé des traces. Tout le monde en laisse.

Comme Connors se raclait discrètement la gorge, elle lui glissa un regard.

— Même toi, camarade. Si je voulais retrouver les tiennes, il me suffirait de te prendre comme consultant.

Il s'esclaffa.

— Bon ! J'y retourne. Je dois avouer que tout cela est fascinant.

— Si tu tombes sur la moindre piste qui nous mène à un bâtiment en ville, notamment dans l'Upper West Side, tu auras droit à une grosse prime.

— J'ai le choix de la récompense ? s'enquit-il, l'œil brillant.

— Espèce de pervers !

À cet instant, le communicateur d'Eve bipa.

— Dallas.

— Standard à Dallas, lieutenant Eve. On vient de découvrir le cadavre d'une femme identifiée comme Newman, Meredith. Présentez-vous au carrefour de Broadway et de Fordham. Les agents sur place sont en train de sécuriser la scène.

— Bien reçu. Nous en sommes à onze victimes – douze, si l'on inclut Jaynene Brenegan, commenta-t-elle en se levant. C'est pratiquement dans le Bronx.

— Je t'accompagne.

— Non. Elle a été retrouvée parce qu'il voulait qu'on la retrouve. Histoire de distraire les esprits de l'affaire Swisher. Peu importe qu'on fasse le lien, parce que cela ne le relie pas à Moss, Duberry ou Brenegan. Du moins, c'est ce qu'il pense. Tu dois poursuivre tes recherches ici. J'emmène Trueheart.

— Il sait qu'ils vont te confier l'enquête. Il t'a peut-être tendu un piège.

Elle se dirigea vers l'armoire, en sortit un gilet pare-balles qu'elle enfila.

— Je le souhaite. Je suis prête à tout.

Elle récupéra un pistolet dans son bureau, et fixa l'étui à sa cheville.

— Je sais qu'il espère me tirer dessus, dit-elle en attrapant sa veste.

— Arrange-toi pour qu'il te rate. Et pour rentrer à la maison.

— Vous avez de bons yeux, dit Eve à Trueheart. Servez-vous-en. Les suspects sont peut-être en train de surveiller la scène. Ils peuvent s'être mêlés aux badauds, ou postés un peu plus loin avec des jumelles. Si vous remarquez quoi que ce soit qui vous titille, vous m'en parlez.

La scène était sécurisée par des barricades de la police. Comme toujours, une foule de curieux s'était rassemblée tout autour.

Eve accrocha son insigne à sa ceinture et se dirigea vers le corps de Meredith Newman.

— C'est vous le premier arrivé sur la scène ? demandat-elle à un agent.

— Oui, lieutenant. Mon coéquipier et moi avons répondu à un appel provenant de ce restaurant. L'une des propriétaires était sortie dans la ruelle pendant sa pause et a aperçu ce qui ressemblait à un corps humain. Nous avons…

— Compris. Vous avez sécurisé le témoin ?

— Oui, lieutenant, ainsi que le personnel de cuisine, qui s'est précipité dehors en entendant les cris de leur collègue.

— Combien de personnes ont foulé la scène ?

— Au moins six, lieutenant. Je suis désolé, ils étaient déjà là. Ils avaient bougé la victime. Nous les avons refoulés dans le restaurant.

— Très bien.

Elle inspecta l'allée. Courte, étroite, aboutissant à un mur couvert de graffitis. Arrogance de nouveau, décrétat-elle. Ils auraient pu la déposer n'importe où, ou simplement détruire le corps.

Cela dit, aucune des portes n'était munie de caméras de surveillance. Facile comme bonjour : on déboule en voiture, on la jette par la portière, on file. Et on attend que quelqu'un tombe sur elle.

— Trueheart, prenez votre Seal-It, ordonna-t-elle tout en sortant son propre flacon. Enregistrement. Que voyez-vous ?

— Une femme, la trentaine, dépouillée de ses vêtements.

— Vous avez le droit de dire nue, Trueheart.

— Oui, lieutenant. Traces de ligatures visibles aux poignets et aux chevilles. Les marques de brûlures sur les épaules, la poitrine, les bras et les jambes indiquent qu'elle a été torturée. La gorge est profondément tranchée. Il n'y a pas de sang. Elle n'a pas été tuée ici.

Eve s'accroupit, retourna l'une des mains de la morte.

— Elle est froide. Ils l'ont conservée au frais. Ils l'ont tuée le jour où ils l'ont enlevée.

Elle utilisa cependant sa jauge pour confirmer l'heure du décès.

— Traces de brûlures dans le dos et sur les fesses. Les hématomes sont peut-être la conséquence de l'enlèvement. Les abrasions correspondent à la chute sur la chaussée. Post mortem.

Elle chaussa ses lunettes, examina la bouche et les yeux.

— Il semblerait qu'ils l'aient bâillonnée avec du ruban adhésif. La peau est rougie, mais il n'y a aucun résidu.

Elle s'assit sur ses talons.

— Que voyez-vous d'autre, Trueheart ?

— Les lieux...

— Non, le corps. Concentrez-vous sur lui. Cette femme est morte depuis des jours. De toute évidence, elle a subi des sévices. On lui a tranché la gorge quand elle était encore vivante. Que voyez-vous ?

Il se concentra, secoua la tête.

— Je regrette, lieutenant.

— Elle est propre, Trueheart. Que fait-on lorsqu'on vous inflige des brûlures de cette sorte ? On ne se contente pas de s'époumoner et de supplier. On se pisse dessus, on se souille, on vomit. Le corps se rebelle. Mais elle est propre. Quelqu'un l'a lavée, allant jusqu'à éliminer les résidus d'adhésif autour des yeux et de la bouche. Nous ne prélèverons rien sur elle.

Elle se pencha, renifla.

— Elle empeste l'antiseptique. Les gars du labo pourront peut-être nous éclairer. Elle s'est mordu la lèvre…

Eve se redressa, examina la ruelle. Les poubelles débordaient, mais l'ensemble était à peu près correct. Quelques tags – dont certains plutôt jolis –, mais pas de détritus abandonnés par des SDF ou des junkies.

Elle s'adressa à l'agent arrivé le premier sur la scène.

— Que savez-vous de cet endroit – ce restaurant, le commerce à côté ?

— C'est un centre Free-Age – ateliers variés, artisanat. Le restaurant est dirigé par le groupe. Ils font pousser toutes sortes de produits au parc Greenpeace. C'est bien géré, même s'ils ne servent que des trucs biologiques.

— L'allée n'est pas sale.

— Non, lieutenant. On ne nous appelle pas souvent, par ici.

— Quel est le nom de la femme qui a découvert le cadavre ?

Il dut consulter son carnet.

— Leah Rames.

— Trueheart, restez ici. Les techniciens ne devraient pas tarder.

Eve pénétra dans l'arrière-boutique, jeta un coup d'œil sur les étagères remplies de vivres, gagna la cuisine attenante.

Impeccable, constata-t-elle. Une casserole bouillait sur le feu, mais la gigantesque cuisinière brillait. Les comptoirs blancs étaient recouverts de victuailles. Eve aperçut plusieurs réfrigérateurs, un énorme four. Pas le moindre Autochef en vue.

Perchés sur des tabourets autour de l'îlot central, des commis hachaient des légumes. D'autres étaient assis, immobiles. Tous se tournèrent vers elle.

— Leah Rames ?

Une femme blonde d'environ quarante-cinq ans, mince, leva la main telle une écolière intimidée. Elle était livide.

— C'est moi.

— Lieutenant Dallas, brigade des homicides. Je suis chargée de l'enquête.

— Vous êtes la chef – la coéquipière de Delia ! s'exclama Leah. Elle est avec vous ?

— Non. Elle est sur une autre affaire. Vous connaissez l'inspecteur Peabody ?

— Oui, ainsi que sa famille. Mon compagnon et moi étions voisins des Peabody avant de nous installer ici.

Elle posa la main sur celle de l'homme assis à ses côtés.

— Nous avons ouvert le centre et le restaurant il y a environ huit mois. Peabody et son ami sont venus dîner une ou deux fois. Pouvez-vous nous dire ce qui s'est passé ? Nous connaissons tout le monde dans le quartier. Je n'arrive pas à imaginer qu'un de nos clients ait fait ça.

— Les issues qui donnent dans la ruelle ne sont pas équipées de caméras de sécurité.

— Non, répondit l'homme. Nous sommes des adeptes de la confiance mutuelle.

— Et de la vie communautaire, ajouta Leah. Chaque soir, après la fermeture, nous déposons de la nourriture dans l'allée. Nous avons promis de fournir ce service à condition que les lieux restent propres et tranquilles.

— Pourquoi êtes-vous sortie à ce moment-là ?

— J'avais cru entendre quelque chose. Un bruit de chute. J'étais dans l'arrière-boutique. Parfois, les gens passent par-derrière et frappent. J'ai ouvert. Elle était là, juste devant. Nue, à plat ventre. J'ai cru qu'elle avait été violée. Je me suis penchée, je lui ai parlé… Je l'ai touchée, à l'épaule, il me semble. Elle était glacée. Je n'ai pas tout de suite compris qu'elle était morte. J'ai juste pensé, la pauvre, elle a froid… J'ai appelé Genoa.

— Au son de sa voix, j'ai su que quelque chose n'allait pas, enchaîna son partenaire. Elle s'est mise à hurler avant que j'atteigne l'arrière-boutique. Plusieurs d'entre nous se sont précipités dehors. J'ai cru qu'elle était blessée – la jeune femme –, et j'ai tenté de la soulever. Puis j'ai compris qu'elle était morte. Nous avons prévenu la police.

— Avez-vous aperçu quelqu'un d'autre dans la ruelle ? Un véhicule, ou un individu ?

— L'espace d'une seconde, j'ai vu des feux arrière. Ils étaient bizarres, en forme de blocs. Trois carrés rouges, l'un au-dessus de l'autre, de chaque côté. Je suis désolé, tout s'est passé si vite.

— Vous les avez entendus arriver, repartir ?

— C'est possible. Je n'en sais rien. Nous travaillons toujours en musique. Il y a le bruit de la circulation dans la rue, mais on finit par l'oublier. On entend sans entendre. Je crois... Il me semble avoir perçu une sorte de ronronnement de moteur dans l'allée. Oui, maintenant que j'y réfléchis...

— Connaissez-vous cet homme ? s'enquit Eve en lui montrant le portrait-robot de Kirkendall.

— Non, je regrette. Il est...

— Regardez-le tous attentivement. Si l'un d'entre vous l'a déjà vu... ainsi que cette femme...

Elle sortit une copie de la photo d'identité d'Isenberry.

En ressortant, elle fit signe à Trueheart de la rejoindre.

— Alors ? Un titillement ?

— Non, lieutenant. Pour l'heure, personne n'a vu le moindre véhicule arriver ou repartir.

— Un témoin a entendu le corps chuter, et un autre a aperçu des feux arrière au bout de l'allée. Trois carrés rouges, de chaque côté. C'est peu, mais c'est déjà ça. Nous avons un visage de plus à accrocher à notre tableau, Trueheart, ajouta-t-elle en contemplant le sac de plastique noir que les secouristes hissaient dans la camionnette de la morgue.

Elle rejoignit son véhicule sans cesser de scruter les alentours.

— Meredith Newman était condamnée à l'instant où ils lui ont mis la main dessus. Nous ne pouvions rien pour elle. On va donc essayer de se rattraper.

— J'ai manqué de discernement lors de mes constatations, risqua Trueheart. J'aurais dû voir que le corps avait été nettoyé.

— En effet. Vous ferez mieux la prochaine fois.

Elle grimpa au volant et prit la direction du sud.

— Vous apprenez des choses avec Baxter ?

— Il a le souci du détail et il est patient. Je vous suis reconnaissant de m'avoir donné la chance de travailler au sein de la brigade des homicides, lieutenant, et d'être formé par Baxter.

— Il ne vous a pas encore corrompu.

Elle bifurqua vers l'est, poursuivit tranquillement sa route.

— Il prétend qu'il y travaille, avoua Trueheart avec un bref sourire. Il vous admire beaucoup, lieutenant. Je sais qu'il blague pas mal, c'est sa nature. Mais il éprouve un immense respect pour vous.

— Si ce n'était pas le cas, il ne serait pas dans cette équipe. Et vice versa.

Elle jeta un coup d'œil dans ses rétroviseurs, repartit vers le sud. Peu après, elle se gara devant un *Huit à Huit*, sortit une poignée de crédits de sa poche.

— Allez donc me chercher un tube de Pepsi, voulez-vous ? Prenez ce que vous voulez pour vous.

Pendant qu'il fonçait dans la boutique, Eve observa les alentours.

Trueheart reparut très vite avec un tube de Pepsi pour elle et un Fizzy pour lui. Elle attendit qu'il attache sa ceinture, puis démarra en douceur.

— Où allons-nous ?

— Pourquoi cette question ?

— Vous êtes à l'opposé de chez vous.

— Exact. Continuez de boire votre soda, Trueheart, mais gardez l'œil sur le rétroviseur de votre côté. Vous voyez cette fourgonnette noire, environ cinq voitures derrière nous ?

— Oui, lieutenant.

— Elle nous file depuis que nous avons quitté la scène du crime. En vous envoyant acheter des boissons, je leur ai laissé une chance de m'aborder.

— Lieutenant !

— Ils n'en ont pas profité. Ils se contentent d'observer. Ils essaient peut-être d'intercepter une transmission dans l'espoir que je les conduirai là où nous abritons Nixie. Prudents, prudents, prudents. Personnellement, j'en ai par-dessus la tête de patienter.

— Je fais un rapport.

— Non ! Ils sont suffisamment près pour capter nos communications. Vous ne contactez personne sans en avoir reçu l'ordre. Vous êtes bien attaché, Trueheart ?

— Oui, lieutenant.

— Tant mieux. Accrochez-vous à votre tube de Fizzy.

À l'intersection de Park, elle braqua brusquement, mit le véhicule en mode vertical et exécuta un décollage rapide à trois cent soixante degrés.

— Sirène, commanda-t-elle. Demandez du renfort maintenant. À terre et dans les airs. Camionnette noire, plaques de l'État de New York. Abel-Abel-Delta 4-6-1-3. Et les voilà qui prennent de l'altitude !

En effet, la fourgonnette fusa tel un boulet de canon. Une lumière blanche explosa devant le pare-brise d'Eve dans un bruit fracassant.

— Bordel de merde. Ils ont des mitraillettes laser. Ils sont hyperarmés et hyperdangereux. Ils ont pris Park Avenue, direction sud, au coin de la 78e Rue. Regardez-moi ça !

Une deuxième salve les secoua, puis la camionnette replongea au niveau de la rue et s'éloigna dans une gerbe d'étincelles le long de la Cinquième Avenue.

Eve repéra deux voitures de patrouille déboulant de l'ouest. Les piétons se dispersèrent, quelques-uns sursautèrent au son de la troisième décharge. L'un des véhicules de police se mit à tournoyer sur lui-même comme une toupie.

Eve dut repasser à la verticale pour éviter une collision et les civils paniqués. Elle perdit du terrain avant de pouvoir atterrir et accélérer. Là, elle appuya à fond sur la pédale, les yeux rivés sur les feux arrière carrés de la fourgonnette.

Une autre explosion la propulsa en arrière, et elle lutta pour ne pas perdre le contrôle. Un liquide rouge et glacé aspergea le tableau de bord.

Elle les rattrapait. Les boutiques défilaient de part et d'autre dans un brouillard de couleurs et de néons scintillants. Elle maintint le cap, se faufilant, esquivant, évitant, manœuvrant, tandis qu'ils repartaient vers l'ouest. Elle entendit les hurlements des sirènes, la sienne et celles des autres.

Plus tard, elle se dirait qu'elle aurait dû anticiper, deviner la suite.

Le Maxibus traînait dans la voie de droite. Les coups de feu en provenance de la camionnette le firent déraper. À l'instant précis où Eve se remettait en mode ascensionnel, le Maxibus accrocha un Rapid Taxi, l'envoyant voler dans les airs.

Eve poussa un juron, vira à droite, plongea, parvint à se glisser entre le bus, le taxi et les curieux figés sur le trottoir.

— Supprimez les règles de sécurité standard ! vociféra-t-elle en priant pour que son ordinateur de bord réagisse vite. Nom de nom !

Règles de sécurité standard supprimées. Veuillez réinitialiser.

Mais Eve était trop occupée à faire marche arrière. Quand elle émergea dans la Septième Avenue, elle ne vit qu'un immense chaos. La camionnette s'était volatilisée.

Elle arracha sa ceinture, bondit dehors et abattit le poing sur le toit de la voiture.

— Saloperie ! Dites-moi que les patrouilles de l'air l'ont toujours en ligne de mire.

— Négatif, lieutenant.

Elle examina le bus renversé, les automobiles accidentées, les piétons affolés. Elle n'était pas sortie de l'auberge.

Elle se tourna vers Trueheart, et son cœur manqua un battement. Son visage, sa veste d'uniforme et ses cheveux étaient couverts de rouge.

— Je vous avais pourtant dit de vous accrocher à votre putain de Fizzy !

20

Quand Connors frappa au chambranle de sa porte, Summerset leva les yeux de son livre. Connors venait si rarement dans ses quartiers privés qu'il posa son livre et se leva.

— Non, ne bougez pas. Je... Vous avez une minute ?

— Bien sûr.

Le majordome jeta un coup d'œil sur l'écran, vit que Nixie dormait.

— J'allais me servir un cognac. Vous en voulez un ?

— Volontiers.

— Quelque chose ne va pas ? risqua Summerset en remarquant l'expression troublée de Connors.

— Non. Oui. Non.

Connors émit un rire de frustration.

— Je me marche sur les pieds depuis quelques jours. J'ai quelque chose à vous dire, et j'avoue ne pas savoir par où commencer.

Se raidissant, Summerset lui tendit un verre.

— Je suis conscient que le lieutenant et moi rencontrons un certain nombre de difficultés. Cependant...

— Oh, non, il ne s'agit pas de ça. Si je venais vous voir chaque fois que vous vous querellez, tous les deux, il faudrait que j'installe une porte à tambour.

Il fixa son verre, décida qu'il préférerait le savourer assis. Summerset l'imita. Le silence se prolongea.

— Eh bien...

Connors se racla la gorge.

— Ces meurtres. Cette enfant – les enfants – m'a fait penser à des événements auxquels je me faisais un devoir de ne plus penser. Mon père, ma propre enfance.

— J'ai moi-même effectué quelques retours dans le passé.

— Vous songez à Marlena.

Marlena, sa ravissante fille. Violée, torturée, assassinée.

— J'ai expliqué à Nixie que la douleur finit par s'estomper, reprit Connors. Mais elle ne disparaît jamais complètement, n'est-ce pas ?

— Est-ce nécessaire ?

— Je n'en sais rien. Je continue de pleurer ma mère, et je ne l'ai même pas connue. Je me demande combien de temps cette petite va pleurer la sienne.

— Jusqu'à la fin de ses jours. Mais elle surmontera sa douleur.

— Elle a plus perdu que moi. Je ne sais pas comment... Vous m'avez sauvé la vie, lâcha Connors. Non, ne dites rien, laissez-moi aller jusqu'au bout. J'aurais pu survivre à cette raclée, celle qu'il m'a flanquée avant que vous ne me découvriez. Physiquement, j'aurais pu m'en sortir. Mais ce jour-là, vous m'avez sauvé. Vous m'avez pris sous votre aile, soigné. Vous m'avez accueilli chez vous alors que rien ne vous y obligeait. Personne ne voulait de moi... et vous êtes arrivé. Je vous en suis reconnaissant.

— S'il y avait une dette, elle a été payée depuis longtemps.

— Elle ne le sera jamais. J'aurais tenu bon, mais je ne serais jamais devenu l'homme que je suis aujourd'hui.

Summerset sirota son cognac.

— Sans vous, après Marlena, j'aurais été perdu.

— Depuis le début de cette histoire, depuis que j'ai vu le sang de ces enfants que je ne connaissais pas, j'ai l'impression d'avoir un poids en moi. C'est comme le chagrin, je pense, il demeurera encore un moment. Mais il est moins lourd maintenant.

Il vida son verre, se mit debout.

— Bonne nuit.

— Bonne nuit.

Resté seul, Summerset gagna sa chambre, ouvrit un tiroir, en sortit une photo prise des siècles auparavant.

Marlena, adorable, fraîche comme une rose, lui souriait. Connors, jeune et baraqué, la tenait par l'épaule, l'air espiègle.

« On peut sauver certains enfants, on peut en garder d'autres, songea-t-il. Et pour d'autres encore, on ne peut rien. »

Elle rentra suffisamment tard pour envisager de monter se coucher tout habillée. Une migraine lui taraudait le crâne. Pour éviter de l'aggraver par un sursaut d'irritation, elle poussa Trueheart vers Summerset dès qu'ils eurent franchi le seuil.

— Occupez-vous de son uniforme ! jeta-t-elle en se ruant vers l'escalier. Et mettez-le au lit. Je veux qu'il soit frais et dispos à 7 heures précises.

— Votre veste, lieutenant.

Sans s'arrêter, elle l'enleva, la lança à Summerset. Il connaissait probablement une recette magique pour nettoyer les taches de Fizzy sur le cuir.

Elle fonça directement dans sa chambre où elle s'immobilisa. Personne. S'il était encore au travail, c'était à cause d'elle. Elle pouvait difficilement se glisser sous les couvertures jusqu'au lendemain sans le prévenir.

Sentant un mouvement derrière elle, elle fit volte-face, la main plaquée sur son arme.

— Doux Jésus ! s'exclama-t-elle. Qu'est-ce qui te prend de te promener dans le noir ?

— Je vous ai entendue arriver.

En chemise de nuit, Nixie fixait Eve de ses grands yeux bleus.

— Non, pas encore, murmura celle-ci. Mais je sais au moins qui c'est.

Le regard de Nixie s'éclaira.

— Qui ?

— Tu ne les connais pas. Je sais qui c'est, et pourquoi ils ont fait ça.

— Pourquoi ?

— Parce que ton papa était un homme bon et honnête. Parce que ces gens-là sont des monstres, qu'ils ont voulu l'atteindre, ainsi que tous ses proches.

— Je ne comprends pas.

On aurait dit un ange blessé, avec ses cheveux blonds en désordre autour de son petit visage ravagé par la fatigue et le chagrin.

— C'est normal que tu ne comprennes pas. C'est incompréhensible, mais c'est ainsi. L'important, c'est que ton papa était un homme bon, et ta famille, une famille bien. Je vais les retrouver, ces ordures, et ils finiront leur existence au fond d'une putain de cage.

— C'est pour bientôt ?

— Plus vite je me remettrai au boulot au lieu de rester ici à bavarder avec toi, plus vite je les rattraperai.

Nixie ébaucha un sourire.

— Vous n'êtes pas vraiment méchante.

— Bien sûr que si ! Aussi méchante qu'une sorcière. Tu n'as pas intérêt à l'oublier.

— C'est pas vrai. Baxter dit que vous êtes dure, que vous faites un peu peur, parfois, mais c'est parce que vous voulez aider les gens, même quand ils sont morts.

— Ah oui ? Qu'est-ce qu'il en sait ? Retourne te coucher.

Nixie se dirigea vers la porte, s'arrêta.

— Vous savez, quand vous les aurez mis dans une putain de cage, je pense que papa et maman, et Coyle et Inga et Linnie iront beaucoup mieux.

— Alors, je ferais mieux de m'y remettre.

Connors s'affairait devant sa console. Il l'accueillit d'un vague grognement tandis qu'elle se dirigeait droit vers la tasse de café qu'il avait posée près de son écran.

Une seconde plus tard, elle se mettait à tousser.

— Beurk! C'est du cognac!

— Si tu m'avais posé la question, je te l'aurais dit. Tu parais épuisée, lieutenant. Un petit remontant ne te ferait pas de mal.

Secouant la tête, elle alla se chercher une tasse de vrai café.

— Où en es-tu?

— Il est très habile – ou l'un d'entre eux est très habile. Chaque fois que je tire sur un fil, je tombe sur un nœud, qui me mène à une autre série de fils. Je finirai par démêler le tout, mais ce sera long. Cependant, une pensée m'est venue à l'esprit. Je me demande comment il réagirait si ses fonds étaient gelés.

— Je n'ai rien de concret qui le relie aux meurtres. La seule pièce dont je dispose est un portrait-robot esquissé à partir du témoignage d'une prostituée, et qui ne lui ressemble pas. Jamais je n'obtiendrai le feu vert pour geler ses fonds.

— À ce stade, il me serait assez facile de retirer un montant considérable d'un de ses comptes.

— Tu veux voler de l'argent?

— Disons plutôt, effectuer un transfert.

Elle réfléchit. Tentant. Très. Mais terriblement risqué.

— Nixie m'a interceptée. Elle m'a dit qu'à son avis, sa famille ira bien mieux une fois que j'aurai collé ces ordures dans une putain de cage. Je sais, j'ai une mauvaise influence sur son langage. Mais il n'empêche que cette réflexion me donne envie de franchir quelques limites – quelques limites de plus, précisa-t-elle en jetant un coup d'œil sur les machines qui les entouraient. Supposons que tu le fasses. Supposons que ça l'énerve au point qu'il commette une erreur. Un point pour nous. Seulement voilà, vu son profil, ça pourrait l'énerver au point qu'il élimine un ou deux banquiers suisses d'abord, ou un avocat à... où, déjà? Éden. Conclusion, on réserve cette possibilité pour plus tard.

— Entendu.

— J'ai passé une sale journée, avoua-t-elle en se laissant tomber dans un fauteuil. J'ai l'impression de progresser, mais les complications s'accumulent. Et j'ai terminé en beauté.

— D'où la présence de sang sur ton pantalon ?

Elle baissa les yeux, constata l'étendue des dégâts.

— Ce n'est pas du sang. C'est du Fizzy à la cerise.

Reprenant son café, elle entreprit de lui raconter ce qui s'était passé.

— Attends une seconde ! l'interrompit-il. Tu t'es rendu compte qu'un ou plusieurs de ces pourris qui ont commis des meurtres et qui espèrent vraisemblablement t'éliminer te suivaient, et tu as envoyé ton coéquipier acheter des sodas ?

Elle ne cilla pas. Mais elle eut du mal.

— J'étais curieuse de voir comment ils réagiraient.

— Tu espérais qu'ils allaient s'attaquer à toi, donc, tu as viré Trueheart.

— Pas exactement, mais...

— Eve, je t'ai demandé une chose, une seule : de m'en parler quand tu déciderais de leur servir d'appât.

— Je n'étais pas... c'est arrivé... Maintenant, tu es fâché contre moi.

— Qu'est-ce qui a attiré ton attention ?

— Si tu n'es pas déjà fâché, tu vas l'être, lâcha-t-elle en se levant pour arpenter la pièce. Parce que je ne peux pas m'arrêter toutes les deux minutes pour discuter de mes initiatives quand je suis à l'extérieur. Je ne peux pas me dire : « Connors approuverait-il, ou dois-je l'appeler pour lui demander son avis ? »

— Ne te défile pas, répliqua-t-il en se levant à son tour. N'essaie pas de faire l'impasse sur mes angoisses à ton sujet.

— Je ne cherche pas à...

— Je prends sur moi jour après jour pour ne pas me dresser en travers de ton chemin. Pour m'empêcher d'imaginer le pire.

— Tu as tort. Tu as épousé un flic, tu as accepté le lot.

— En effet.

— Alors...

— T'ai-je demandé de modifier ton comportement ? De changer de métier ? Me suis-je plaint quand on t'appelle en plein milieu de la nuit, ou quand tu rentres à la maison en empestant l'odeur de la mort ?

— Non. Tu supportes même ça mieux que moi.

— Nous avons réussi à surmonter les obstacles pendant près de deux ans de vie commune, et plutôt pas mal. Mais quand tu me donnes ta parole, je m'attends que tu la respectes.

À présent, le mal de crâne lui transperçait les yeux.

— Tu as raison. Je n'aurais pas dû. Mais ce n'était pas intentionnel. J'ai réagi spontanément. À tort. La gamine, le cadavre dans la ruelle, les flics morts, les enfants égorgés dans leur lit. J'avais laissé tout cela m'étouffer, c'est inadmissible.

Elle appuya les paumes sur ses tempes dans une tentative désespérée pour soulager sa migraine.

— J'étais convaincue que le jeu en valait la chandelle, mais je me suis trompée. Tu n'es pas le premier à m'égratigner à ce sujet ce soir. Whitney m'a déjà arraché plusieurs couches de derme.

Sans un mot, il reprit place derrière sa console, enfonça une touche. Il sortit un flacon d'un tiroir, versa deux comprimés dans sa main. Puis il alla chercher une bouteille d'eau minérale.

— Prends ces antalgiques. Ne discute pas, trancha-t-il, comme elle ouvrait la bouche pour protester. Je ne suis pas idiot, je vois bien que tu as mal à la tête.

— C'est pire que cela. J'ai l'impression que mon cerveau va s'écouler par mes oreilles.

Elle avala les cachets, se laissa choir sur un siège, se cacha le visage dans les mains.

— J'ai merdé. C'est un véritable désastre. Des flics et des civils à l'hôpital, des dégâts considérables sur des biens privés et municipaux. Trois suspects dans la nature. Tout ça, parce que je me suis plantée.

— Je suppose que c'est pour cela qu'on t'appelle lieutenant, et non Dieu. Reste tranquille, détends-toi une minute.

— Cesse de me materner. Je ne le mérite pas. Je n'y tiens pas. Ils étaient trop près. Je me suis dit qu'ils me collaient aux fesses parce qu'ils essayaient d'intercepter mes transmissions. Le véhicule était sécurisé, mais ils ont toutes sortes de gadgets dernier cri ; j'en ai donc déduit qu'ils voulaient me garder dans leur ligne de mire pour une bonne raison. Je n'ai pas voulu prendre de risques en prévenant le Central.

— Cela me paraît raisonnable. Logique.

— Ça l'est, en apparence. Si j'avais donné l'alerte, s'ils avaient capté le signal, ils auraient disparu. Donc, je me suis garée devant le *Huit à Huit* et j'ai expédié Trueheart à l'intérieur, afin que ça paraisse naturel. Ils sont passés, ils ont fait demi-tour, et m'ont filée de nouveau. Alors j'ai pensé inverser les rôles. Me placer derrière eux, demander du renfort, et les suivre jusqu'à ce qu'on les accule. Mais, nom d'un chien, cette fourgonnette était aussi rapide qu'une fusée. Je ne sais pas comment ils se sont débrouillés pour gonfler les moteurs, mais elle fait du deux cents à l'heure dans les airs. Pour couronner le tout, ils avaient des mitraillettes laser, et je ne sais quoi d'autre. Ils ont visé deux ou trois patrouilles, toutes sortes de véhicules civils et un Maxibus. Et là, je les ai paumés.

— Tout ça toute seule ?

— C'est ma faute. Je n'ai pu relever que la marque et le modèle de la camionnette. Et la plaque d'immatriculation. Il se trouve que celle-ci appartient à une *autre* fourgonnette noire de même marque et de même modèle. Leur plaque est fausse, et ils ont été assez malins pour dupliquer celle d'un véhicule identique. Le propriétaire de ce dernier – qui était garé devant chez lui – n'a rien à se reprocher. Il était en train de regarder une vidéo avec sa femme.

Elle but une gorgée d'eau.

— On a donc des blessés, des dégâts matériels, peut-être – et même sûrement – une série de procès à l'encontre du département, et des suspects qui savent que j'ai repéré leur caisse.

— Et Whitney qui t'a passé un savon, mais aurait sans doute réagi comme toi dans les mêmes circonstances.

— Pas forcément. Quoi qu'il en soit, j'ai merdé. Le maire va chapitrer le préfet, qui va sermonner le commandant, qui va me sanctionner. Je suis la seule responsable. Les médias vont s'en donner à cœur joie.

— Bon, d'accord, on va te bousculer un peu. Un coup de pied dans les fesses de temps en temps, ça forme le caractère.

— Tu parles !

Elle poussa un soupir.

— J'ai des données concernant toutes les acquisitions de cette marque et de ce modèle. Il est très prisé. Pour la couleur, je n'ai rien précisé dans la requête. C'est facile à repeindre. Je n'attends pas de miracle. Ils ont dû l'acheter hors de la ville, ou le piquer sur un parking de banlieue. Il ne sera enregistré nulle part, et nous ne trouverons aucun bon de commande.

— Tu es découragée. Tu ne devrais pas.

— Non, je me sens juste un peu lasse, ce soir. Je m'apitoie sur mon triste sort.

— Tu devrais dormir. Reprendre demain matin, fraîche et dispose.

— Et toi ?

— Moi aussi, je vais me coucher.

Il ordonna la sauvegarde de tous ses fichiers, la fermeture des machines.

— Demain, tu dois t'occuper de tes propres affaires.

— J'ai reporté quelques réunions.

Il passa devant elle, sécurisa les portes.

— J'ai parlé avec Richard et Beth. Ils viennent faire la connaissance de Nixie demain.

— Demain ? Je t'avais demandé d'aller vite, je ne m'attendais pas que ce soit immédiat.

— En fait, ils avaient le projet d'adopter un deuxième enfant. Ils venaient de remplir un dossier. Et Richard me dit que Beth souhaitait une petite fille. Ils voient là une sorte de signe du destin.

Comme ils gagnaient leur chambre, il posa la main sur la nuque d'Eve et la massa.

— Le destin est capricieux, et souvent insensible, mais, parfois, il se rattrape. Si leur fille n'avait pas été assassinée, ils n'auraient jamais imaginé recueillir un enfant chez eux. Si un de mes amis n'avait pas été tué, je n'aurais jamais rencontré ce petit garçon, ou fait attention à lui, ni suggéré à Richard et à Beth de lui offrir un foyer.

— Si Grant Swisher n'avait pas aidé Diane Kirkendall, sa famille et lui seraient encore vivants.

— Exact. Mais Nixie aura peut-être une chance de se reconstruire grâce à Richard et à Beth. Elle grandira en sachant qu'il existe dans ce monde des gens qui s'efforcent de rétablir l'équilibre.

— Tu ne dis pas que si Sharon DeBlass n'avait pas été assassinée, nous ne nous serions jamais connus.

— Parce que ce serait arrivé de toute façon. Ailleurs, à un autre moment. Chaque étape de mon existence a été un pas dans ta direction.

Il la tourna vers elle, lui effleura le front d'un baiser.

— Même lorsque je me suis aventurée sur les voies les plus sombres.

— C'est la mort qui nous a réunis.

— Non. C'est l'amour.

Il la débarrassa de son holster.

— Tu dors debout. Au lit.

Elle se déshabilla, grimpa sur la plate-forme, se glissa entre les draps. Quand il l'enlaça, elle ferma les yeux.

— Je t'aurais trouvé tôt ou tard, murmura-t-elle.

Le cauchemar s'immisça dans son sommeil sur la pointe des pieds. Elle se vit, minuscule fillette ensanglantée, coincée dans une chambre d'une blancheur aveuglante avec d'autres enfants maculés de sang. La peur et le désespoir, la douleur et la lassitude étaient palpables, envahissants.

Personne ne parlait, personne ne pleurait. Ils se tenaient, épaule contre épaule. Attendant leur destin.

Un par un, un adulte au visage de marbre et au regard mort les emmenait. Ils se laissaient entraîner sans protester, sans le moindre gémissement, tels ces chiens malades qu'on emporte pour mettre fin à leur supplice.

Bientôt, ce serait son tour.

Mais personne ne venait la chercher. Elle demeurait seule dans la salle, le sang dégoulinant sur son visage, ses mains, ses bras, et gouttant sur le sol.

Quand il se présentait devant elle, elle n'était pas surprise. Il réapparaissait toujours, cet homme qu'elle avait tué. Celui qui l'avait écartelée, déchiquetée, réduite à néant.

Il souriait. Il sentait le whisky et le bonbon.

Ils veulent les plus beaux, disait-il. *Les gentils, les obéissants. Les autres, ils me les laissent. Personne ne voudra jamais de toi. Est-ce que tu te demandes où ils vont ?*

Elle ne voulait pas le savoir. Les larmes roulaient sur ses joues. Mais elle n'émettait pas un son. Si elle se taisait, peut-être qu'il s'en irait et que quelqu'un d'autre prendrait sa place. N'importe qui.

Je te l'ai déjà dit, ils les jettent dans un trou. Je t'avais prévenue qu'ils te précipiteraient dans un ravin rempli d'araignées et de serpents. Ils disent : je vais t'aider, petite. En fait, ils veulent te dévorer toute crue. Seulement, tu es trop maigre. Tu crois qu'ils ne savent pas ce que tu as fait ?

Il se rapprochait, et à présent elle sentait une autre odeur. La pourriture. Et elle avait beau faire, elle se mettait à haleter.

Tueuse. Meurtrière.

Quand il tomba sur elle, elle poussa un hurlement.

— Non, Eve... Non... Chut !

Cherchant son souffle, elle s'agrippa à lui.

— Serre-moi fort.

— Je suis là, chuchota-t-il. Calme-toi. Je suis là.

— Ils m'ont abandonnée, et il est venu me chercher.

— Tu n'es pas seule. Je ne te laisserai jamais.

— Ils ne voulaient pas de moi. Personne ne voulait de moi. Sauf lui.

— Moi, je veux de toi, murmura-t-il en lui caressant les cheveux. Dès que je t'ai vue, j'ai voulu de toi.

— Il y avait beaucoup d'autres enfants, balbutia-t-elle en le laissant l'allonger sur le dos. Ensuite, il ne restait plus que moi, et j'ai su qu'il allait venir. Pourquoi ne me fiche-t-il pas la paix ?

— Il ne reviendra pas ce soir, la rassura Connors en lui prenant la main et en la posant sur son cœur. Il ne reviendra pas parce que nous sommes ensemble. Il est trop lâche.

— Ensemble, répéta-t-elle avant de sombrer de nouveau dans le sommeil.

Quand elle se réveilla, il était déjà levé et habillé, et vérifiait ses rapports financiers sur l'ordinateur du coin salon. Il se tourna vers elle, tandis qu'elle sortait du lit.

— Comment te sens-tu ?

— En forme à cinquante pour cent. Je pense que ça montera à soixante-quinze après ma douche.

Elle se dirigea vers la salle de bains, s'immobilisa, revint sur ses pas. Elle se pencha, l'embrassa tendrement sur le front. Un geste d'affection qui le toucha et l'intrigua à la fois.

— Merci d'être toujours près de moi, même quand tu ne l'es pas.

— De rien.

Elle s'éloigna, lui jeta un coup d'œil par-dessus son épaule.

— Parfois, ta présence m'irrite. Mais pas souvent.

L'inquiétude de Connors se dissipa, et il se remit au travail en riant.

Juste avant 7 heures, Eve poussa la porte de son bureau. Baxter était attablé devant un petit-déjeuner gargantuesque.

— Inspecteur Baxter, il me semble que vous êtes dans *mon* fauteuil. Bougez-vous de là.

— Dès que j'aurai fini de manger.

Il désigna l'écran mural d'un signe de tête.

— Vous ne dormez pas beaucoup, n'est-ce pas, Dallas ? Vous n'avez pas perdu votre temps, hier soir. Je vois que vous avez entraîné mon gars dans une sacrée aventure.

— Il s'en est plaint ?

— Trueheart ne se plaint jamais.

La spontanéité avec laquelle il défendait son subalterne calma la colère d'Eve.

— C'est vrai. J'ai dû confondre avec vous.

— Vous vous êtes payé un drôle de trajet.

— C'était amusant sur le coup.

Elle se versa une tasse de café.

— Whitney m'a descendue en flèche.

— Il n'est plus sur le terrain depuis des lustres. Vous aviez un choix à faire, et vous l'avez fait.

Elle haussa une épaule.

— Il aurait peut-être agi de la même manière, et il sait probablement que je n'hésiterais pas à recommencer, le cas échéant. Mais j'ai fichu la pagaïe, et on m'a réprimandée en conséquence. Ça ne retombera pas sur Trueheart.

— Il saurait se défendre. Je vous suis reconnaissant d'avoir veillé à le protéger. Vous risquez une sanction sévère ?

— Je dois présenter un rapport oral et un autre écrit à la commission. Merde. Je risque un avertissement. Je peux expliquer mon acte, justifier mon geste, mais ça ne va pas leur plaire. Et encore moins quand les civils vont commencer à entamer des poursuites.

— Coffrez ces trois mercenaires terroristes responsables de la mort de douze personnes dont deux flics. Vous verrez, ça suffira à les amadouer.

Les autres membres de l'équipe choisirent ce moment pour franchir le seuil.

— Si vous voulez manger, dépêchez-vous, prévint-elle.

Les échanges de banalités, ragots et tintements de soucoupes s'interrompirent brutalement à l'arrivée de Don Webster, du Bureau des affaires internes.

— Bonjour à tous. Dallas, vous auriez dû vendre des billets pour le spectacle d'hier soir.

— Je croyais que cette réunion était réservée aux vrais flics, lança Baxter.

D'un signe, Eve lui intima le silence. L'intervention de Webster ne la surprenait pas. Si elle devait affronter le BAI, autant que ce soit Webster son bourreau. Elle avait confiance en lui plus qu'en tout autre membre de cette division. Mais ils avaient eu une brève aventure, autrefois, et elle ne tenait pas du tout à ce que son ex-amant et son mari se retrouvent face à face.

— Un certain nombre de données sont confidentielles dans cette affaire, commença-t-elle.

— Le chef Tibble a décidé que je devais être au courant, riposta-t-il. Tu as pris des risques considérables, blessé des civils, provoqué des dégâts. Tu as sur les bras dix civils et deux flics décédés.

Il marqua un temps, scruta les visages autour de lui.

— Vous avez interrogé les collègues chargés d'autres enquêtes, dont l'une est classée. Le BAI a besoin de savoir. Je vous le dis ici et maintenant, à vous tous et à titre officieux : je ne suis pas ici pour botter les fesses de ceux qui cherchent à coincer les assassins de Knight et de Preston. J'ai tiré des ficelles pour obtenir cette mission. J'ai appartenu à la brigade des homicides. Nous avons travaillé ensemble, ajouta-t-il à l'intention d'Eve. C'est moi ou un inconnu.

— Assieds-toi, marmonna Eve en guise de réponse.

Elle résuma la situation, dévoilant avec prudence à présent les informations que Connors avait réussi à rassembler.

— Nous pensons que Kirkendall, Clinton et Isenberry ont exécuté des individus en free-lance pour diverses agences secrètes. Nous avons des raisons de croire qu'ils avaient des liens avec le groupe Cassandra.

— Comment avez-vous découvert cela ? s'enquit Webster.

Feeney prit la parole :

— Ce sont des données que nous avons pu extrapoler à partir des fichiers fournis par l'armée. La DDE connaît son boulot, et cette équipe aussi.

— Grâce à cette connexion avec Cassandra, enchaîna Eve, les suspects ont accès à des armes, du matériel électronique et des fonds. La philosophie de cette organisation – faire régner l'ordre dans le monde – correspond à la doctrine personnelle mise en pratique par Kirkendall. Il obligeait sa famille à obéir à ses ordres sous peine de sanctions sévères. Grâce aux déclarations de Roxanne Turnbill, interrogée par les inspecteurs Peabody et McNab, nous savons qu'elle a été enlevée et torturée par Kirkendall après la disparition de la femme de ce dernier. La durée de sa séquestration indique qu'elle a été transportée dans un lieu à l'intérieur ou proche de la ville. L'an dernier, le groupe Cassandra opérait à partir d'un Q.G. situé à New York.

— Les meurtres qui nous intéressent ne semblent pas liés à une menace terroriste, argua Webster.

— Non. Il s'agit d'une vendetta personnelle. Mettez-moi des bâtons dans les roues, non seulement je vous rends la pareille, mais en plus, je vous descends ainsi que tous vos proches. Ce n'est pas une question de vengeance, mais de fierté. Qui a blessé son orgueil ?

— Tous ceux qu'il a tués ont leur part de responsabilité, intervint Peabody.

— Non, pas tous ! Pas l'enfant, ajouta McNab en jetant un coup d'œil vers la porte comme si Nixie écoutait de l'autre côté du battant.

— Il veut sa mort parce que sans cela il n'aura pas mené sa mission à bien, reprit Eve. Sa femme. C'est sa femme qui a osé s'opposer à lui, le quitter avec ses enfants et, pour couronner le tout, l'humilier en le traînant devant les tribunaux, et gagner le procès.

— Il n'arrive pas à la retrouver, souligna Peabody. Et nous non plus.

Eve songea que Connors en serait capable. Mais elle n'allait pas mettre une autre famille en danger.

— Nous pouvons lui faire croire que nous avons réussi, fit-elle. Ça prendra un peu de temps à organiser. Il nous faut une femme flic solide, à peu près de sa taille. On peut la maquiller, mais elle n'est pas obligée de lui ressembler. Ayant lui-même subi une restructuration faciale, il peut supposer qu'elle a fait de même. Il faudrait répandre la nouvelle sans qu'il se rende compte que c'est un leurre. Bien évidemment, tout cela doit s'effectuer dans la plus grande discrétion.

Feeney se mordilla la lèvre.

— On a besoin d'un local sécurisé. Qu'il pense qu'elle est entre nos mains. On l'attire dans nos filets, on le coffre. Vu son équipement et son savoir-faire, c'est un sacré défi, Dallas.

— On va tenter le coup. Je veux que tout soit prêt d'ici trente-six heures, plus douze pour les simulations. Une fois le piège tendu, je veux qu'il se referme aussi sec. Feeney, tu t'installes dans le labo informatique avec McNab ?

— Tout de suite.

— Les autres, accordez-moi cinq minutes avec le lieutenant Webster.

Elle attendit qu'ils sortent, ferma la porte derrière eux.

— Cette enquête et les événements d'hier soir sont de ma responsabilité. Si le patron, le BAI ou Dieu en personne veut porter plainte, je suis la seule en cause.

— C'est noté. J'ai précisé que je n'étais pas là pour te casser, et c'est la vérité. En ce qui concerne l'affaire Duberry, j'ai vérifié les fichiers. Je n'irais pas jusqu'à dire que l'enquête a été bâclée, mais les collègues ont fait preuve d'une certaine négligence. Quant à Brenegan, tout paraissait clair, mais ce que tu viens de m'apprendre m'incite à remettre les conclusions de l'enquête en question.

— Les flics assignés à ces affaires se sont plaints auprès du BAI ?

— Les flics ne se plaignent jamais auprès du BAI, railla-t-il. Vous nous évitez comme la peste. Mais nous avons du nez. Le fait est que, si l'enquête sur le meurtre Duberry avait été menée consciencieusement, cette chasse à l'homme aurait probablement démarré il y a un an.

— Mais ils ont trouvé que le lien entre une mort par strangulation et une autre dans l'explosion d'une voiture était tiré par les cheveux.

— Pourtant, tu l'as envisagé.

— Je disposais de plus d'éléments. Si tu cherches à me faire cafter sur un autre flic, tu te fourres le doigt dans l'œil.

— C'est à ses supérieurs de réagir, pas au BAI. À présent, venons-en aux médias qui vont – qui se régalent déjà de la panique d'hier soir ; il te suffit d'un zeste de culot pour retourner la situation à ton avantage. Tu as des relations dans le milieu. Profites-en. Joue-la « un flic héroïque risque sa vie pour protéger la ville d'une bande de tueurs d'enfants ».

— N'importe quoi.

— C'est ainsi que Tibble prévoit de présenter la chose. Si tu ne te prêtes pas au jeu, tu ne seras pas la seule à en subir les conséquences. Alors fonce, montre-toi devant les objectifs, et débarrasse-toi de cette corvée afin de te remettre au boulot.

— Je suis au boulot, rétorqua-t-elle, avant d'ajouter : Tu crois que ça permettrait de lever un peu la pression sur l'équipe ?

— Ça ne peut pas faire de mal. Au passage, tu pourrais aussi conseiller à tes hommes de me laisser tranquille. J'étais un bon flic.

— Oui. Dommage que tu n'aies pas continué.

— C'est ton avis. Je peux t'aider, et c'est la raison de ma présence ici. Je ne suis pas là pour te tancer, ni pour rallumer une vieille flamme. Quoique…

Il sourit.

— Tais-toi.

La porte entre les deux bureaux s'ouvrit. Connors s'appuya contre le chambranle, l'air à peu près aussi nonchalant qu'un loup prêt à bondir sur sa proie.

— Webster.

En un éclair, Eve les revit se bagarrer à l'endroit même où elle se tenait. Elle se plaça entre eux.

— Le lieutenant Webster est là sur ordre du chef Tibble, en qualité de représentant du BAI pour...

— Seigneur, Dallas, j'ai une langue !

Webster leva les mains, paumes vers le plafond.

— Je ne l'ai pas touchée, et je n'en avais nullement l'intention.

— Tant mieux. Elle est sur une enquête difficile, comme vous le savez. Elle n'a pas besoin qu'on vienne lui compliquer l'existence.

— Je ne suis pas là pour ça.

— Oh ! Je suis là ! s'écria Eve.

— Juste une petite mise au point, lieutenant, répliqua Connors. Je vous laisse travailler.

— Une minute ! grommela-t-elle.

Elle lui emboîta le pas tandis qu'il retournait dans son bureau, ferma la porte.

— Écoute, Connors...

Il la fit taire d'un baiser sur la bouche, puis s'écarta.

— J'adore le provoquer – et toi aussi. C'est mesquin de ma part, mais je n'y peux rien. Je sais pertinemment qu'il ne va pas te sauter dessus et que, s'il perdait tout à coup la tête, tu saurais le rappeler à l'ordre. À moins que je n'intervienne le premier, ce qui serait un plaisir. En fait, comme je te l'ai déjà dit, je le trouve sympathique.

— Tu le trouves sympathique !

— Oui. En matière de femmes, ses goûts sont irré- prochables, et son revers est redoutable.

— Génial. Parfait.

Elle secoua la tête. Décidément, elle ne comprendrait jamais les hommes.

— Je vais bosser.

21

En pénétrant dans le laboratoire de Connors, Eve eut l'impression de mettre le pied dans un univers parallèle. Plusieurs ordinateurs ronronnaient, les écrans affichaient toutes sortes de mots, codes et symboles ressemblant à des hiéroglyphes. Des voix numérisées enchaînaient commentaires, questions et déclarations incompréhensibles.

Feeney, en tenue froissée, et McNab, déguisé en sapin de Noël, se déplaçaient dans tous les sens dans leur fauteuil à roulettes, évitant miraculeusement toute collision entre eux ou avec les machines. On aurait dit des gamins en train de jouer.

— Yo! s'exclama Feeney en tapotant sur une icône. J'ai une touche!

— Parfait. Je suppose que tu n'es pas en pleine partie de Maximum Force 2200?

— Hé! s'écria McNab. Vous connaissez MF?

— Non.

Bon, d'accord, elle y avait joué une ou deux fois, mais uniquement pour tester ses capacités.

— Où en sommes-nous?

— J'ai ici un diagnostic du système de sécurité des Swisher. Un beau joujou, au passage.

— Nous savons déjà qu'il a été neutralisé par télécommande. Ainsi que les sauvegardes et les dispositifs secondaires.

— Oui, oui, mais ce qu'on ignore c'est comment ils s'y sont pris. On commence à y voir plus clair. Il suffit de se baser sur le système, code par code, signal par signal, pour essayer de recomposer, code par code, signal par signal, le décodeur.

— Ils ont bien dû se procurer l'engin quelque part, répliqua Eve. En admettant qu'ils l'aient reconfiguré et amélioré, il leur fallait un appareil à la base.

— Oui. Et ce que vous voyez là-bas, c'est le système de sécurité du parking où Jaynene Brenegan a été assassinée – ainsi que celui de l'appartement où est morte Karin Duberry. On trouve des corrélations. C'est forcément le même dispositif, ou du moins la même configuration. Quand on aura la solution, on saura les anéantir.

— Vous avez le temps de me rendre un petit service ?

— Bien sûr.

— J'aimerais que vous modifiiez mon communicateur. Une faille, mais rien que je puisse remarquer en tant qu'étrangère à la DDE. Un petit rien, afin que quelqu'un qui cherche à me traquer puisse intercepter l'une de mes transmissions.

— Vous voulez divulguer des infos ?

— Une fois que nous aurons tout organisé, sélectionné le lieu, mis en place l'opération, je souhaite qu'ils arrivent à capter mes communications. La ligne peut être brouillée, l'essentiel, c'est qu'ils repèrent certains détails. Il faut donner l'impression que mon appareil me lâche. Que le rempart s'effrite. Ça peut arriver, non ?

— Oui, mais c'est annoncé par un bip.

— Ce ne serait pas la première fois qu'un matériel de la police tombe en panne. Vous devriez voir mon ordinateur.

— Il continue à vous causer des soucis ? s'enquit McNab.

— Il tient bon. Je ne reçois plus de films pornos quand je demande un fichier. Depuis peu.

Feeney tendit la main.

— Donne-moi ça. On va s'amuser avec. Tu as ton communicateur de secours ?

— Oui.

Elle les sortit tous deux de sa poche.

— Trafique uniquement le premier. Est-ce que tu peux t'arranger pour qu'ils n'entendent que des bribes de phrases?

— Pas de problème.

La maison était assez grande pour abriter un bataillon militaire. Eve savait qu'elle prenait un risque en expédiant Webster auprès de Baxter, mais elle ne tenait pas du tout à avoir un membre du BAI dans son bureau. Puisqu'il était là en tant qu'observateur, qu'il observe Baxter et Trueheart. Avant de convoquer Peabody, Eve se réfugia dans sa chambre pour s'assurer un minimum d'intimité.

— Que diriez-vous d'un petit scoop? proposa-t-elle à Nadine dès que celle-ci apparut à l'écran. J'ai besoin d'un coup de main. Un incident, hier soir...

— Votre démonstration de voltige en pleine ville? coupa Nadine en riant. On a des kilomètres de bande. On les a achetés à un touriste japonais. Le reportage est passé deux fois ce matin.

— Génial.

— Vous avez un souci? C'est bien la première fois que je vous sens inquiète pour une petite... bévue?

— Ils m'ont mis le BAI aux fesses, et cela pourrait empiéter sur mon enquête. Trueheart était avec moi. On a beau colmater le barrage, les fuites ne s'arrêtent pas si facilement. On me conseille de retourner la situation à mon avantage, à savoir, l'histoire du flic courageux qui risque sa vie pour appréhender des tueurs d'enfants et des assassins de flics, et protéger l'univers.

— Waouh! souffla Nadine. Vous prenez ça au sérieux. C'est pourtant la vérité, non?

— Le problème, c'est que ce genre d'événement a une fâcheuse tendance à ternir l'image du département.

— Et le département n'hésitera pas à sacrifier quelqu'un en cas de nécessité.

— Ce sera Trueheart, Nadine. Ils me taperont sur les doigts, ils me colleront peut-être un avertissement, mais s'ils doivent virer quelqu'un, ce sera Trueheart. À cause de moi.

— Si je comprends bien, vous me demandez de broder, d'une part pour que vous puissiez poursuivre votre enquête tranquillement, et d'autre part pour sauver la peau de votre adorable collègue.

— C'est l'idée. En retour…

— Non, ne dites rien, s'écria Nadine. Parce que ça va me déchirer le cœur de refuser.

— Voyons, Nadine, ce n'est pas si compliqué.

— De toute évidence, vous n'avez pas vu mon reportage. « Avec audace et sang-froid, le lieutenant Dallas et le jeune et dévoué agent Trueheart ont risqué leur vie, hier soir, en se lançant à la poursuite de monstrueux assassins d'enfants et de flics. Des tueurs qui n'ont pas hésité à décharger leurs armes sans se soucier des passants innocents qui foulent les trottoirs de notre ville. »

— D'accord. Une fois de plus, je vous suis redevable.

— Nous sommes quittes. Cette version-là était plus spectaculaire, d'autant qu'on voit les coups de feu jaillir de la fourgonnette. La plupart de nos concurrents ont opté pour le même point de vue, mais certains s'interrogent : serait-ce le retour du terrorisme urbain ? Décidément, on ne peut plus se promener en sécurité.

— Bonne question. Serait-ce parce qu'on vit dans une société pourrie ?

— Je peux vous citer ? Mieux encore, faites-moi une déclaration officielle.

Eve réfléchit.

— Dites quelque chose du genre : « Lorsque nous l'avons contacté, le lieutenant Dallas a affirmé que tous les membres de la police travaillent avec acharnement, pour identifier et appréhender les assassins de leurs collègues, de Grant, de Keelie et de Coyle Swisher, d'Ingal Snood et de Linnie Dyson. Nous sommes à leur service, ainsi qu'à celui de la ville de New York. Nous sommes au service de Nixie Swisher, qui a survécu à la brutalité sauvage de ces criminels. Elle mérite que justice lui soit rendue, et nous ferons en sorte que cela arrive. »

— Excellent. J'ai tout. Quant à massacrer ces salauds côté médias, je m'en charge. Pour Knight et Preston. Leurs obsèques ont lieu demain.

— Je vous verrai là-bas.

Eve hésita.

— « Une source anonyme du Central confirme que l'enlèvement et le meurtre de Meredith Newman sont liés à l'assassinat de cinq personnes, dont deux enfants, dans leur maison de l'Upper West Side. Meredith Newman, assistante sociale des services de protection de l'enfance, a été enlevée... » Je vous laisse broder sur la suite.

— Est-ce que je peux préciser que Newman devait s'occuper de la survivante du massacre, Nixie Swisher ?

— Oui. Et que les brûlures repérées sur son corps indiquent qu'elle a été torturée avant qu'on lui tranche la gorge – comme aux autres. Le corps de Mlle Newman a été découvert dans une ruelle...

— On a tous les détails.

— Répétez-le encore et encore – et dites que des témoins ont aperçu au bout de l'allée une fourgonnette FourStar noire arborant une fausse plaque d'immatriculation de New York, AAD-4613, quelques instants avant la découverte de la victime. Le lieutenant Dallas, chargé de l'enquête, et l'agent Troy Trueheart ont repéré un véhicule correspondant à cette description en quittant la scène du crime.

— Et se sont lancés à sa poursuite, compléta Nadine. Ce qui nous ramène à la démonstration de voltige. Épatant. Merci. Combien de témoins ?

Un seul, pensa Eve, et encore il n'avait vu que les feux arrière. Mais à quoi bon chipoter ?

— Le lieutenant Dallas n'a ni confirmé ni infirmé cette information.

— Un face-à-face formel, ce serait la cerise sur le gâteau.

— Je suis au régime sans sucre. À plus.

L'esprit en ébullition, Eve se dirigea vers son bureau, puis bifurqua vers celui de Connors. Elle frappa brièvement, poussa la porte. Et grimaça.

La pièce était pleine de gens. Ou plus exactement de Connors et d'hologrammes. Son assistante, Caro, était assise, les mains croisées sur les genoux. Deux hommes en veste sans col et trois femmes en tailleur strict examinaient un autre hologramme représentant un énorme complexe hôtelier traversé par une rivière et dominé par une tour.

— Désolé.

Elle recula, mais Connors leva la main.

— Mesdames, messieurs, mon épouse.

Tous les regards convergèrent sur elle. Ceux des femmes la jaugeant, ceux des hommes, perplexes, voire amusés. Elle comprenait. Connors était là, superbe en costume sombre, l'air parfaitement à l'aise et sûr de lui. Alors qu'elle était dans un état pitoyable : cheveux en bataille, boots usés, un holster par-dessus son chemisier.

— Nous étions sur le point de terminer, dit-il à Eve, avant de pivoter vers le groupe. Si vous avez d'autres questions, adressez-les à Caro. Je souhaite que les modifications dont nous avons discuté soient appliquées dès demain. Merci. Caro, restez avec moi un instant.

Les hologrammes, sauf celui de Caro, se dissipèrent. Celle-ci se leva.

— Lieutenant Dallas. Je suis heureuse de vous voir.

— C'est réciproque, répondit Eve. Comment va Reva ?

— Très bien. Elle est revenue en ville.

— Tant mieux. Saluez-la de ma part.

Caro s'adressa à Connors.

— Vous avez une nouvelle réunion avec les ingénieurs à 11 heures. Et vous avez rendez-vous à 13 heures avec Yule Hiser, par vidéoconférence. À 14 heures, Ava McCoy et son équipe. La réunion avec Fitch Communications est prévue pour 21 heures, par hologramme.

— Merci, Caro. En cas d'urgence, vous savez où me joindre.

Elle opina.

— Lieutenant.

Son image s'effaça.

— Qui étaient les costards ? s'enquit Eve.

— Des architectes. Je peaufine une nouvelle base de loisirs sur Olympus.

— Six architectes pour un seul complexe !

— Nous avons vu grand : construction d'immeubles, plans d'eau, décoration intérieure... et tu t'en fiches complètement.

Elle ressentit un petit pincement de culpabilité.

— Ce n'est pas ma préoccupation principale, admit-elle, mais ça ne m'empêche pas de m'y intéresser. Et de te soutenir, à ma façon.

Il ricana.

— De quoi as-tu besoin ?

Cette fois, l'irritation prit le dessus.

— Je peux m'intéresser et te soutenir sans avoir nécessairement quelque chose à te demander.

— En effet.

Il s'adossa contre son bureau.

— Mais tu es venue ici dans un but précis. Inutile de culpabiliser, ni de te reprocher de m'arracher à mes dossiers pour te donner un coup de main. Si je n'en avais pas envie, je ne le ferais pas.

— Eh bien... que dirais-tu de m'offrir un immeuble en ville ?

— Lequel te ferait plaisir ?

Malgré elle, elle rit.

— Frimeur ! Tu as un bâtiment sans gardien ? Un endroit où l'on puisse installer un Q.G. en moins de vingt-quatre heures ?

— Je suis sûr qu'une idée me viendra à l'esprit. Pourquoi en ville ?

— Parce que nous savons qu'ils sont basés au nord. Parce que, lorsque nous lancerons l'opération, je veux qu'elle se déroule aussi loin que possible de la petite, tout en restant intra-muros. Il me faut un lieu où l'on puisse accueillir une douzaine d'hommes, disposer des snipers sur les toits et du matériel. Je veux que cela ressemble à un refuge pour témoins protégés – sécurité policière aux fenêtres et aux portes. Pour finir, je dois pouvoir tout bloquer, une fois que je les aurai attirés dans le piège.

— Je te présenterai plusieurs possibilités dès cet après-midi. Ce délai te convient-il ?

— C'est parfait. Autre chose. Tu m'as dit que Richard et Elizabeth devaient passer aujourd'hui.

— Oui, à 16 heures. Je me charge de les recevoir.

— Cela m'arrangerait beaucoup, mais ce ne serait pas correct. C'est moi qui ai amené cette enfant ici, je dois assumer ma part de responsabilité. Je suppose que tu as réglé le problème de leur sécurité.

— C'est fait.

— Je vais demander à Mavis de venir.

— Pardon ?

— La petite est une fan. Quand elle a su que je la connaissais, son visage s'est éclairé, et avant même de m'en rendre compte, je lui avais promis une rencontre. Quoi qu'il en soit, il me semble que si Mavis nous rendait visite, ainsi que Mira – elle devra être là pour jauger la réaction de Nixie face à son éventuelle future famille d'accueil –, l'ambiance serait plus décontractée. Comme une réunion d'amis.

L'ordinateur de Connors se mit à biper et à bourdonner ; une série de clignotants annonça l'arrivée de nouvelles données. Elle se demanda comment il supportait toutes ces interruptions. Dont les siennes.

— Dans le monde réel où le bien affronte le mal, le bien ne donne pas une fête s'il craint qu'elle ne soit gâchée par le mal.

Il hocha la tête.

— En d'autres termes, tu veux leur faire croire qu'en aucun cas Nixie ne peut être chez nous.

— Évidemment, ça revient à assommer beaucoup d'oiseaux avec une seule pierre. Leonardo est à Milan ou à Paris, ou quelque part par là. Donc, si je fais venir Mavis, il vaudrait mieux la garder ici. Au cas où.

— Plus on est de fous, plus on rit, et question folie, avec Mavis, c'est gagné d'avance. Mais je me demande dans quelle mesure on peut s'éclater alors que la maison est infestée de flics.

Eve grimaça.

— Je vais m'en débarrasser aussi vite que possible.

— J'y compte bien. Ah! j'ai eu un aperçu de tes exploits aériens lors d'un flash d'infos juste avant ma réunion. Impressionnant! Mais tu as eu de la chance de ne pas écrabouiller ton véhicule officiel flambant neuf contre la façade d'une tour.

— Impossible. Si j'avais abîmé cette caisse, Peabody aurait eu beau proposer toute une palette de faveurs sexuelles perverses et illégales, le département ne m'aurait fourni rien de mieux qu'un aéroskate.

— Une palette de faveurs sexuelles perverses et illégales te vaudrait la voiture de tes rêves de ma part.

— Peabody n'a pas besoin de motivations. Elle meurt d'envie de te sauter.

— C'est flatteur, mais, en fait, c'est à toi que je pensais, concernant lesdites faveurs. Cela dit, je suis certain que Peabody et moi pourrons trouver un arrangement.

— Ça m'ennuierait beaucoup de la réexpédier si vite à l'hôpital. Je te rejoins à 16 heures.

En compagnie de Peabody, Eve se fit un devoir de retourner sur chacune des scènes de crimes qu'elle avait attribués à Kirkendall. Sur le trottoir, elle étudia la maison où avaient vécu le juge Moss et sa famille.

— Baxter et Trueheart ont passé le quartier au peigne fin, commenta Peabody. Ils ont montré les portraits-robots et les photos d'identité militaires. Personne ne se souvient de les avoir vus. Deux années se sont écoulées. C'était un coup d'épée dans l'eau.

— Cette fois-là, il ne s'est pas attaqué à l'épouse. On peut supposer qu'il s'était entièrement focalisé sur le juge. Ou qu'il avait décidé de la laisser vivre afin qu'elle souffre. Mais il connaissait leurs habitudes, il les avait donc observés.

Elle se mit à tourner en rond.

— Facile, par ici, de louer ou d'acheter un logement pour établir une surveillance. C'est sans doute Isenberry qui s'en est chargée. Elle a probablement été interrogée

lors du premier quadrillage. Nous relirons les rapports.
On ne sait jamais.

Eve remonta dans la voiture et se rendit chez les Swisher.

— Acquérir une propriété dans ce secteur, c'est un bon
investissement. Il aime faire fructifier son argent. Il se
peut qu'il ait acheté un bien du côté de la résidence des
Moss, qu'il l'ait conservé, puis mis en location. Pourquoi
pas un bout de terrain ?

— Histoire de diversifier son portefeuille.

— Creusons un peu de ce côté-là. Tâchons de trouver
une propriété achetée après le procès, mais avant l'atten-
tat contre Moss. Cela ne nous mènera pas forcément jusqu'à lui, mais c'est un moyen d'accumuler des preuves.
Quand ces salauds passeront devant les tribunaux, je veux
les étriper. Bordel de merde ! lâcha-t-elle en accélérant
brutalement. Regardez-moi ces imbéciles de mômes !

Trois adolescents se tenaient devant le scellé de la
police, à la porte d'entrée. Leur guetteur, une jolie fille
tout en rondeurs, moulée dans une combinaison noire,
les avertit en criant et décolla sur son jet-skate argent.

Les jeunes se dispersèrent telle une nuée de moineaux,
bondissant sur d'autres jet-skates, pour foncer à travers
les buissons jusque dans la rue et se faufiler entre les
voitures.

Eve les entendit rire tandis qu'elle bifurquait.

— Vous ne les poursuivez pas ? s'étonna Peabody alors
qu'Eve se garait.

— Non. L'un de ces idiots se débrouillerait sans doute
pour se faire écraser par un taxi.

Elle descendit, claqua la portière, piqua un sprint jusqu'à l'entrée pour vérifier le scellé.

— Ils l'ont trifouillé, mais pas suffisamment pour
déclencher l'alarme. Remplacez-le, Peabody. Quels crétins. Qu'est-ce qu'ils avaient en tête ? Pénétrer à l'intérieur
pour faire la fête ? Pourquoi ne sont-ils pas en classe ?

— Nous sommes samedi.

— Quoi ?

— Nous sommes samedi, Dallas ; il n'y a pas d'école.

— Dommage, grommela-t-elle, avant d'enchaîner : Le deuxième quadrillage n'a rien donné ici non plus. Mais nous savons qu'Isenberry s'est servie de l'assistante juridique pour s'introduire dans la famille. Nous savons que les assassins ont gagné à pied le bout de la rue et ne sont pas entrés dans un bâtiment voisin. Mais on va tout de même étudier la théorie de l'investissement dans ce quartier. Ils ont peut-être acheté ou loué un local pour la filature.

Elles reprirent la voiture jusqu'au parking de l'hôpital.

— Ici, ils ne se sont pas contentés d'un simple coup de couteau dans la gorge. La victime souffrait de contusions et de plaies multiples. Elle s'est débattue. Son agresseur a joué avec elle. Un petit coup par-ci, un autre par-là. Selon moi, c'était une lutte entre filles. Ils ont envoyé Isenberry sur cette mission. D'après son fichier, elle aime mélanger les techniques. Clinton tue en silence ; sa spécialité, c'est la strangulation manuelle. Kirkendall a laissé son frère intervenir sur ce crime-là. Mais les autres, c'est lui. Net et sans bavure. Sauf que tout le monde a été éclaboussé de sang. On fait davantage confiance à ses complices quand ils se salissent aussi.

Peabody fronça les sourcils en scrutant l'aire de stationnement.

— C'est ici que c'était le plus facile, observa-t-elle. Soit on se débrouille pour obtenir son emploi du temps, soit on traîne dans les parages pour tâter le terrain. Les deux, probablement. On agit en fin de service, assez tard. L'urgentiste voit une femme se diriger vers elle, elle ne s'inquiète pas. Elles se saluent de loin, ou alors Isenberry s'arrête pour demander son chemin. Où sont les urgences ? La victime se retourne, l'autre brandit son couteau. La victime tente de parer le coup, ou de s'enfuir. Isenberry la rattrape, l'éloigne du bâtiment, l'achève. Ni vu ni connu.

Oui, songea Eve, c'était ainsi que s'était déroulé le drame.

— Ils devaient être là en observateurs. Kirkendall et Clinton. Suffisamment près pour la voir à l'œuvre. À moins qu'ils ne l'aient équipée d'un transmetteur. Ils auront tenu à visionner le meurtre. Quand on aura localisé leur base, on y trouvera des vidéos de chacun des crimes. Ils devaient les étudier comme on étudie un match. En quête d'erreurs, de gestes, de détails à améliorer.

— J'en ai la nausée. Dallas, il est presque 15 heures.

— Et alors ?

— Nous devons passer prendre Mavis à 15 heures.

— C'est vrai. Mais un truc me turlupine.

Elle se balança d'avant en arrière, le regard fixé sur l'endroit où l'on avait découvert le corps de Brenegan.

— Je sais que nous approchons du but. Il suffit d'appuyer sur les bons boutons, et on les coincera. Ils sont intelligents et rusés, mais ils sont vulnérables parce qu'ils ne disparaîtront pas avant d'avoir accompli leur mission. Ils préféreraient échouer plutôt que de renoncer.

— C'est dur de s'interrompre pour s'occuper d'autre chose.

— Oh que oui ! Allons chercher Mavis.

Eve avait assisté à certains des concerts de Mavis. Des coulisses, elle avait pu observer les fans en délire. Mais elle n'avait jamais vu une fillette de neuf ans littéralement paralysée par la simple vue de son amie.

Certes, son apparition avait de quoi couper le souffle. En guise de coiffure, des centaines d'anglaises dorées et vert émeraude cascadaient autour de son visage. Aujourd'hui, ses iris étaient dorés, et ses cils, teintés de vert. Elle portait un manteau violet à mi-mollet, qu'elle ôta dès son entrée, révélant une jupe archicourte à volants mauves et or. Elle avait accessoirisé son collant vert de bracelets aux genoux et aux chevilles, et était juchée sur des escarpins dorés aux talons transparents remplis de volutes de même couleur.

Sa grossesse était suffisamment avancée pour laisser paraître un charmant petit ventre rond.

Elle s'avança d'un pas dansant vers Nixie, qui était restée clouée sur place, la bouche ouverte.

— Salut ! Je suis Mavis.

Nixie ne put qu'opiner comme une marionnette.

— Dallas m'a dit que tu aimais ma musique.

De nouveau, Nixie hocha la tête. Mavis lui sourit.

— J'ai pensé que ceci te ferait plaisir.

D'une poche dissimulée dans son amas de volants, Mavis sortit un disque.

— C'est mon nouveau DVD, *Inside Out Over You*. Il ne sort que le mois prochain.

— Il est pour moi ?

— Bien sûr ! Tu as envie de le regarder ? On peut le mettre, Dallas ?

— Allez-y.

— C'est trop top ! s'exclama Nixie. Linnie et moi...

Les mots moururent sur ses lèvres, et elle fixa le disque.

— Linnie est ma meilleure amie, et on a vu toutes vos vidéos. Mais elle est...

— Je sais, murmura Mavis. Je suis vraiment désolée. Dallas est ma meilleure amie. S'il lui arrivait malheur, je serais bouleversée. J'aurais mal pendant très longtemps. Je pense que chaque fois que je le pourrais, je m'obligerais à me rappeler nos meilleurs souvenirs communs, pour moins souffrir.

— Vous allez avoir un bébé. Je peux toucher ?

— Bien sûr. Parfois, il me donne des coups de pied, juste là. C'est du délire.

Mavis posa sa main sur celle de Nixie.

— Dans le nouveau DVD, j'ai un énorme bidon en guise de décor. Vas-y, je te rejoins.

— D'accord, fit Nixie avant de se tourner vers Eve. Vous m'aviez promis de l'amener, et vous l'avez fait. Merci.

Tandis qu'elle fonçait dans le salon, Eve s'approcha de son amie et lui tapota l'épaule.

— Merci à toi.

— Pauvre petite. C'est tellement triste. Si je peux la distraire pendant quelques heures, tant mieux.

Elle saisit la main d'Eve, la plaqua sur le côté de son ventre.

— Au secours, non ! Waouh !

Eve tressaillit en sentant un coup dans la paume.

— C'est géant, non ? s'exclama Mavis.

— Bof.

Mais la curiosité l'emporta, et elle ne put s'empêcher de palper le ventre de son amie. On aurait dit... c'était difficile à expliquer... Une sorte de battement joyeux, beaucoup moins effrayant qu'elle ne l'avait imaginé.

— Qu'est-ce qu'il fabrique, là-dedans ? Il danse ?

— Il nage, il s'étire, il s'enroule. Maintenant, ses narines s'ouvrent, et... Oh, bonjour, docteur Mira ! lança-t-elle en levant les yeux vers l'escalier.

— Mavis. Je pourrais vous dire que vous êtes époustouflante, mais vous l'êtes toujours. Je dirais plutôt que vous semblez en pleine forme.

— En ce moment, je suis TEP. Totalement En Phase.

— Je ne savais pas que vous étiez déjà arrivée, s'étonna Eve.

— Quelques minutes avant vous. Je suis montée discuter avec Connors. Il descend tout de suite. Mlle Barrister, M. DeBlass et leur fils viennent de franchir le portail.

— Je vais distraire Nixie, annonça Mavis. Nix ! J'arrive !

Son départ fut ponctué par une explosion de ce que d'aucuns qualifient de musique.

— Que le spectacle commence, déclara Eve en se dirigeant vers la porte d'entrée.

22

C'était une situation étrange, songea Eve. D'autant plus étrange qu'elle devait s'efforcer à la fois d'être attentive à la conversation, de jauger les réactions de la fillette, de mettre en place une opération majeure, de coordonner les membres de son équipe et de jouer les hôtesses.

Richard et Elizabeth avaient vécu les affres d'un meurtre, du scandale et de l'horreur. Ils semblaient être sortis grandis de cette épreuve. Elle les regarda discuter avec Nixie, ensemble et individuellement. La petite répondait poliment ; la présence de Mavis et d'un enfant de son âge semblait la rassurer.

C'était donc une situation étrange. Mais, apparemment, elle était la seule à le penser.

Elle s'éclipsa, le temps de vérifier où en était Peabody des acquisitions immobilières, et se félicita de sa force de caractère lorsqu'elle dut se résoudre à regagner le salon.

Elizabeth Barrister l'intercepta dans le vestibule.

— Elle est adorable.

— Elle a beaucoup de courage.

— Il le faut, et elle en aura besoin au fil du temps. Le chagrin vous envahit par vagues. À peine croit-on en avoir surmonté une, qu'une autre déferle.

Elizabeth Barrister savait de quoi elle parlait.

— C'est une lourde responsabilité pour vous.

Elizabeth secoua la tête, jeta un coup d'œil vers le salon.

— Nous avons commis des erreurs, Richard et moi. De nombreuses erreurs. Trop. C'est notre fille qui les a payées ; nous avons fini par l'accepter.

— Le sénateur DeBlass était responsable.

— De votre point de vue, concéda Elizabeth. Mais c'était notre fille, et nous avons commis des erreurs. On nous a donné une autre chance avec Kevin. Il a illuminé notre existence.

C'était évident, se dit Eve ; il suffisait de voir le visage d'Elizabeth s'éclairer quand elle prononçait son nom.

— Si Nixie le souhaite, nous sommes prêts à lui offrir un foyer. À l'aider à se reconstruire. Nous lui ferions du bien, je crois. Surtout Kevin. Ils sont déjà copains. Elle lui a décrit la salle de jeu « trop top ». Je pourrais peut-être les y emmener un moment.

— Bien sûr. Je vous montre le chemin.

Eve gardait de Kevin le souvenir d'un gamin de six ans, maigre comme un haricot et vêtu de hardes. Il s'était remplumé, avait pris quelques centimètres. Aujourd'hui, il était propre et bien habillé, et arborait un large sourire édenté, tout en serrant Galahad dans ses bras.

— Il est gros ! s'exclama-t-il. Mais tellement doux.

— Oui, euh…

Galahad fixa Eve avec une intensité promettant une vengeance sans pitié.

— Tu n'es pas obligé de le porter, tu sais.

— J'aime bien. J'ai un chat qui s'appelle Dopey, et un chiot, aussi. Butch. Je vais à l'école et je mange comme un cheval.

Derrière eux, Elizabeth rit aux éclats.

— C'est vrai qu'il a un appétit d'ogre.

Kevin lança un regard espiègle à sa mère adoptive.

— *Si j'avais* un cheval, je le monterais comme un cow-boy.

— Une étape à la fois, fiston. Voyons d'abord comment tu te débrouilles avec Butch. Tu aimes les chevaux, Nixie ?

— J'ai eu le droit d'en caresser un qui tire une calèche dans le parc. C'était bien.

En découvrant la salle de jeu de Connors, Kevin poussa un cri de joie, lâcha Galahad, et fonça vers la console la plus proche.

— Je prends le relais, dit Elizabeth à Eve. Je suis devenue experte en la matière.

Soulagée, Eve les abandonna. Et en profita pour remonter à l'étage.

Cette fois, Webster était penché sur l'épaule de Peabody.

— Cesse d'envahir ma coéquipière, glapit-elle.

Webster se redressa, mais ne se démonta pas.

— Je dois filer en ville sous peu, remettre mon rapport.

— Ferme la porte en sortant. Quoi de neuf, Peabody ?

— J'ai l'impression que vous aviez raison. Je suis tombée sur une maison, dans la rue de Moss. Achetée trois mois après le procès, au nom du Groupe Triangle. Aucun emprunt, ce qui signifie qu'ils ont payé comptant – une somme considérable. Les premiers revenus datent de six semaines après la mort de Moss. Des locataires. Innocents et irréprochables, d'après ce que j'ai pu constater. Le Groupe Triangle possède par ailleurs, depuis mars 2054, un immeuble pour deux familles, à une centaine de mètres au sud de l'hôpital devant lequel Brenegan a été assassinée. Là encore, les locataires vont et viennent, tous les six mois ; c'est réglé comme une horloge. Certains d'entre eux ont probablement un lien avec Cassandra ou Doomsday.

— Kirkendall, Clinton, Isenberry. Le Groupe Triangle. C'est mignon. On va faire le lien avec eux.

— C'est un vrai sac de nœuds, Dallas.

Eve se mit à aller et venir. Webster était un flic honnête. Mais il travaillait pour le BAI. L'équipe accumulait les heures supplémentaires, et rien n'exaspérait davantage le conseil d'administration, les huiles, qu'une rallonge imprévue.

Mais il existait des moyens de contourner le problème.

— Vous avez dépassé vos horaires, Peabody. Vous et vos collègues. Repos.

— Mais on a…

— J'ai dit, repos, coupa-t-elle en gratifiant Webster d'un sourire mince. Ce que vous faites de votre temps libre, chez vous, ne me concerne pas. Pas plus que le département. Si tu veux te rendre utile, ajouta-t-elle à l'intention de Webster, va rendre ton rapport. Débrouille-toi pour qu'ils me fichent la paix quarante-huit heures.

— C'est dans les choses possibles. Donne tes ordres à l'inspecteur. Je suis devenu sourd, tout à coup.

— Transférez ces fichiers sur votre ordinateur et filez au Central.

— Vous voulez que j'effectue des recherches sur ces édifices ?

— Demain. Tâchez de vous accorder au moins six heures de repos. Nous mettrons tout en place demain. L'équipe retourne au Central, histoire d'éviter les questions insidieuses du BAI sur nos activités ici. Réservez une salle de réunion pour 7 heures. Dites aux autres de fermer la boutique, ou de poursuivre en douce chez eux.

Dans sa tête, elle établissait déjà une stratégie.

— Cherchez d'autres propriétés à ce nom ou à des noms similaires. Traquez les locataires qui ont habité dans le bâtiment proche de l'hôpital. Je veux localiser leur base. Si on y parvient, on inverse les rôles, et on les cerne.

— Vous allez travailler d'ici ?

— Je vais me concentrer sur les mêmes données. Connectez votre ordinateur au mien. À la moindre touche, je vous rejoins en ville. Compris ?

— Compris.

— Alors dégagez-moi tous ces flics de la maison.

— Dallas.

Webster l'arrêta alors qu'elle s'apprêtait à quitter la pièce.

— Ce que je fais de mon temps libre ne concerne personne. Si par hasard j'obtenais des copies des documents que l'inspecteur Peabody vient de sortir, je pourrais m'amuser à tenter de vous devancer sur la ligne d'arrivée.

— Peabody, vous voyez un inconvénient à faire la course avec un costume du BAI ?

— J'adore la compétition.

— Et voilà ! Arrangez-vous pour le battre à plate couture.

Mieux encore, songea-t-elle en s'éloignant. Elle allait mettre Connors sur le coup. Elle s'y attellerait avec lui, et ils l'emporteraient haut la main. Il restait assez de civils dans les parages pour neutraliser deux enfants pendant qu'elle travaillait.

Elle passa par le laboratoire informatique et le salon où Baxter et Trueheart étaient installés.

— Renseignez-vous sur les propriétaires précédents, ordonna-t-elle. Repérez les liens éventuels – militaires, paramilitaires –, frères, sœurs, conjoints, progéniture. N'hésitez pas à élargir. Mais faites-le de chez vous. Officiellement, vous êtes en repos.

Elle s'apprêtait à descendre quand Summerset l'intercepta.

— Lieutenant, vos invités requièrent votre attention.

— Épargnez-moi les leçons d'étiquette, Summerset. Dites à Connors que j'ai besoin de lui dans son bureau. Immédiatement.

Ravie de gagner de précieuses minutes et d'avoir eu l'occasion d'envoyer Summerset balader, elle fit demi-tour et gagna le bureau de Connors. Elle s'installa devant sa console.

— Démarrer ordinateur.

Un instant, je vous prie, pour vérification identification vocale. Vérifiée, Eve chérie. Démarrage ordinateur.

— Seigneur, si quelqu'un entendait ça ? Tu ne sais donc pas que les lieux sont infestés de flics ? Rechercher toutes données, Groupe Triangle.

Recherche en cours... Groupe Triangle, société immobilière accréditée, filiale de Cinq-Aucarré.

— Rechercher local ou locaux occupés par le Groupe Triangle, ou leur siège social.

Recherche en cours... Groupe Triangle, électriciens, société basée au 1600 avenue de Pennsylvanie, Washington Est.

— Afficher la carte de Washington Est. Désigner l'adresse ci-dessus.

Carte affichée. L'adresse désignée correspond à la Maison-Blanche.

— J'en étais sûre. Rechercher coordonnées de Cinq-Aucarré.

Elle s'adossa à son siège tandis que les fichiers défilaient. Quand Connors apparut, elle lui jeta un vague coup d'œil.

— Tu avais besoin de moi ?

— Kirkendall a acquis des propriétés à proximité de deux des cibles. De l'immobilier de qualité. Excellent investissement. On dirait qu'il les a gardées. Il se dissimule derrière des sociétés écran. Jusqu'ici, j'ai trouvé le Groupe Triangle et la société Cinq-Aucarré.

— Triangle, murmura-t-il en prenant sa place. Logique. Cinq-Aucarré ? Cela signifierait-il qu'il y a deux joueurs supplémentaires ? Cinq fois cinq...

— Il ne s'agit pas de maths, mais d'un terme militaire.

— Alors là, tu m'en bouches un coin.

— C'est l'équivalent de « Je vous reçois cinq sur cinq ».

— Ah.

Il parcourut l'écran.

— La Maison-Blanche. Ma foi, ils ont la folie des grandeurs. Et la filiale est ostensiblement abritée par le Pentagone et les Nations unies, et, tiens, tiens, ne serait-ce pas le palais de Buckingham ? Quelles que soient leurs illusions, ils n'existent pas dans le monde des affaires. Je n'ai jamais entendu parler de ces entreprises. Voyons un peu.

— Je peux te laisser une minute ? Je dois soumettre mon rapport au commandant.

— Pas de problème, mais descends voir si tout va bien, veux-tu ? J'ai confié à Mavis le rôle de maîtresse de maison, et Dieu sait ce qu'elle risque d'inventer.

Elle commença par contacter Whitney, et repoussa juste assez longtemps ses obligations sociales pour attraper Feeney au vol avant qu'il ne s'en aille.

Une fois en bas, elle découvrit les adultes, Elizabeth comprise, dans le salon.

— Ils s'amusaient tellement bien que j'ai préféré les laisser seuls.

— Très bien. Parfait. Épatant.

— Ne vous inquiétez pas pour nous, la rassura Mira. Il est clair qu'il y a du nouveau. Nous pouvons nous débrouiller seuls.

— Encore mieux.

Dans la salle de jeu, Nixie et Kevin avaient délaissé les machines. Elle était heureuse d'être avec un autre enfant. Ses parents semblaient gentils. Sa mère avait joué à la *Guerre intergalactique* avec eux. En plus, elle avait failli gagner.

Mais Nixie était contente que celle-ci soit allée retrouver les autres. Il y avait des choses qu'on ne pouvait pas raconter devant des adultes.

— Pourquoi tu ne parles pas comme tes parents ? demanda-t-elle à Kevin.

— Je parle comme tout le monde.

— Non, ils ont une espèce d'accent. Pourquoi pas toi ?

— Peut-être parce qu'ils n'ont pas toujours été mon père et ma mère. Mais maintenant, ils le sont.

— Ils t'ont adopté ?

— On a fait une grande fête. Presque comme un anniversaire.

— C'est sympa.

Pourtant, son estomac s'était noué.

— Quelqu'un a tué ton vrai papa et ta vraie maman ?

— Mon *autre* mère, rectifia-t-il. Parce que, aujourd'hui, j'en ai une vraie. Quand on est adopté, c'est pour de vrai.

— L'autre, alors. Quelqu'un l'a tuée ?

— Non.

Il se mit à caresser Galahad, qui daigna lui offrir son ventre.

— Parfois, elle partait, et moi, j'avais faim. Parfois elle était gentille, et d'autres fois elle me frappait. « Je vais te secouer les puces, espèce de vaurien. »

Il mima une grimace mauvaise et poursuivit :

— Elle faisait cette tête-là quand elle était fâchée. Mais ma nouvelle mère ne me cogne jamais. Elle ne me regarde jamais comme ça. Mon père non plus. Parfois, ils font comme ça…

Il fronça les sourcils, s'efforçant d'adopter une expression sévère.

— Mais pas souvent. Ils ne s'en vont jamais, et je n'ai plus jamais faim comme avant.

— Comment est-ce qu'ils t'ont trouvé ?

— Ils sont venus me chercher dans un endroit où on va quand on n'a plus de parents. Là-bas, on mange, et il y a des jeux, mais je ne voulais pas y rester. Ensuite, ils m'ont emmené en Virginie. On a une grande maison. Pas aussi grande que celle-ci, précisa-t-il. Mais tout de même assez grande, et j'ai ma chambre à moi.

Nixie s'humecta les lèvres.

— Tu crois qu'ils vont m'emmener en Virginie ?

Elle savait vaguement où c'était. Mais ce n'était pas New York. Ce n'était pas ici. Ce n'était pas chez elle.

— Je ne sais pas.

Visiblement intrigué, Kevin inclina la tête et la dévisagea.

— Tu habites ici ?

— Non. Je n'ai plus de chez-moi. Des gens sont venus dans notre maison et ont tué mon papa et ma maman.

Kevin arrondit les yeux.

— Ils sont morts ? Pourquoi ils ont fait ça ?

— Parce que mon père était un homme bon, et qu'eux sont des méchants. C'est ce que dit Dallas.

— C'est terrible.

360

Il la tapota, comme il venait de tapoter le chat.

— Tu as eu peur?

— À ton avis? rétorqua-t-elle.

Mais Kevin ne s'offusqua pas de son agressivité.

— Moi, je pense que j'aurais eu tellement peur que j'aurais arrêté de *respirer*.

Le sursaut de colère de Nixie se dissipa.

— Oui, j'ai eu peur. Ils les ont tués, et maintenant je dois rester ici pour être en sécurité. Dallas va les retrouver et les coller dans une putain de cage.

Il plaqua la main sur sa bouche et jeta un coup d'œil vers la porte.

— Tu n'as pas le droit de dire putain, chuchota-t-il. Ma mère n'est pas contente quand on dit des gros mots.

— Ce n'est pas ma mère.

Comme les larmes lui montaient aux yeux, Kevin lui entoura les épaules du bras.

— C'est pas grave. Elle pourrait être ta maman aussi, si tu voulais.

— Je veux la mienne.

— Elle est morte.

Nixie replia les genoux et posa le front dessus.

— Ils m'ont interdit de retourner dans ma maison. Je ne peux plus aller à l'école. Et je ne sais pas où c'est exactement, la Virginie.

— On a un grand jardin et un petit chien. Parfois, il pisse par terre. C'est rigolo.

Elle poussa un soupir.

— Je vais demander à Dallas si je dois aller en Virginie.

Elle s'essuya la figure et s'adressa au communicateur interne.

— Où est Dallas?

Dallas est dans le bureau de Connors.

— Tiens. Il faut que tu gardes ça.

Elle détacha soigneusement le transmetteur de son T-shirt et l'accrocha à celui de Kevin.

— C'est comme ça que Summerset sait où je suis. Je veux juste parler à Dallas, alors tu n'as qu'à rester ici et jouer jusqu'à ce que je revienne.

— D'accord. Ensuite, on regardera sur la carte où se trouve la Virginie.

— Peut-être.

Elle connaissait bien les lieux, du moins les parties de la demeure que Summerset lui avait montrées. Pour éviter le salon, elle emprunta l'ascenseur jusqu'au premier, puis fila au bout du couloir et utilisa l'escalier.

Elle se serait bien enfuie, mais pour aller où ? Elle savait que certains enfants se débrouillaient seuls. Coyle lui avait raconté qu'à Sidewalk City, par exemple, des enfants dont personne ne voulait vivaient dans des cartons et mendiaient leur nourriture.

Vivre dans un carton ne la tentait guère, mais elle ne tenait pas non plus à ce qu'on l'expédie à l'autre bout du pays.

Elle passa sur la pointe des pieds devant une porte, et s'immobilisa.

— Je vais les coincer, ces salauds. Quand on lit la liste des locataires, à deux blocs de la scène du crime Brenegan, on tombe sur une véritable porte à tambour. Deux de ces noms sont des faux noms de disciples de Cassandra. Et l'un d'entre eux est chirurgien esthétique – décédé. Je te parie que c'est lui qui a opéré Kirkendall et Clinton. L'autre est en prison, hors planète. Je n'ai pas le choix, je vais devoir le cuisiner. J'ai *horreur* de quitter la Terre.

— Avec un peu de chance, ce ne sera pas nécessaire. Chacune des propriétés ou sociétés sur lesquelles je tombe nous rapproche de leur Q.G. Laisse-moi respirer deux minutes, lieutenant.

— D'accord, d'accord.

Nixie perçut un bruit de pas, s'accroupit.

— Et cesse d'aller et venir, tu me donnes le tournis. Si tu me laissais tranquille une trentaine de minutes ? Profites-en pour rejoindre nos invités – ou harceler quelqu'un d'autre.

— J'ai renvoyé mes hommes chez eux. Il ne me reste plus que toi.

— Ce n'est pas mon jour.

Il y eut un bip, suivi d'un juron. Nixie frémit. Si elle avait osé prononcer un mot pareil, elle aurait été privée de sorties pendant un mois !

— Dallas.

— Standard, à Dallas, lieutenant Eve. Scellé policier détérioré, entrée principale, domicile Swisher.

— Sales mômes !

— Une patrouille est en route. Accusez réception de ce message.

— Bien reçu. Demandez que les agents restent sur place. Prévoyez des officiers en armure légère, par précaution. Je serai là-bas dans dix minutes.

— Bien reçu. Le scellé devra être remplacé. Fin de communication.

— Si une patrouille est en route, je ne vois pas pourquoi tu devrais y aller.

— Tout à l'heure, j'ai dispersé une bande de jeunes. J'aurais dû leur botter les fesses, mais je ne voulais pas me lancer dans une autre course-poursuite. S'ils sont encore dans les parages, je tiens à rectifier personnellement mon erreur de jugement.

— Je t'accompagne.

— Nom de Dieu, Connors ! Ce sont des gamins. Je peux me débrouiller seule.

Il y eut un silence, un soupir.

— D'accord, j'ai compris ; pas de risques inutiles. J'emmène Baxter. Je veux que tu continues là-dessus, et que tu coordonnes tes efforts avec Peabody dès qu'elle sera arrivée au Central.

— Mets ton gilet pare-balles.

Nixie perçut un bruit sourd, comme si quelqu'un avait donné un coup de pied dans un meuble.

— Oui, maman.

— Plus tard, quand je te l'enlèverai, tu me traiteras d'une manière complètement différente.

— Ha ! Ha ! Dix minutes aller, dix minutes retour, dix pour corriger les ados. Je suis là dans une demi-heure.

Dans le couloir, Nixie s'enfuit. Le cœur battant, elle descendit les marches, fila jusqu'à l'ascenseur pour rejoindre la bibliothèque au rez-de-chaussée.

La pièce était dotée d'une porte menant à l'extérieur, et Nixie savait quelle voiture Dallas conduisait.

Eve rattrapa Baxter dans l'escalier.

— J'ai besoin de vous. Le scellé du domicile Swisher a été abîmé. Cet après-midi, j'ai viré une bande de jeunes qui s'amusaient à le tripoter. Apparemment, ils sont revenus. Trueheart, prenez le véhicule. Je jetterai votre coéquipier dans un taxi quand on en aura assez de bousculer quelques ados indisciplinés.

Elle tendit un gilet pare-balles à Baxter.

— Enfilez-moi ça.

Il commença à ôter sa veste.

— Là-haut, bon sang ! Vous croyez vraiment que j'ai envie d'admirer ce que vous considérez comme votre torse viril ?

Elle sortit une petite télécommande de sa poche, y entra un code.

— Qu'est-ce que c'est que ça ?

— Un appareil électronique qui me permet d'appeler ma voiture à distance.

— Génial. Je peux…

Elle le fourra dans sa poche.

— Préparez-vous, Baxter. J'aimerais en finir avec cette escapade et me remettre au boulot.

Elle prit pourtant le temps de faire signe à Mavis, dans le salon.

— Écoute, je suis obligée de sortir un court moment, et je risque d'être pas mal prise à mon retour. Tu peux t'occuper de nos invités ?

— C'est ma spécialité. Tiens ! Si je leur proposais un tour à la piscine, avant le dîner. Qu'en penses-tu ?

— Excellente idée. Mais... euh... mets un maillot, hein ?

Dehors, Nixie alla se réfugier derrière un arbre lorsqu'elle entendit le moteur rugir. Le souffle court, elle regarda la voiture de Dallas émerger du garage et se diriger vers la façade. Elle la vit s'arrêter, entendit les serrures cliqueter.

Elle savait que c'était mal. Mais elle avait tellement envie d'aller chez elle ! Ne serait-ce que quelques instants. Avant qu'ils ne l'expédient au loin, avant qu'ils ne la forcent à accepter un nouveau papa et une nouvelle maman.

Elle jeta un ultime coup d'œil en direction de la maison, puis courut jusqu'à la voiture et se glissa à l'arrière. Elle tira la portière juste avant que la porte d'entrée ne s'ouvre et demeura allongée sur le sol, les yeux fermés.

— Belle caisse pour une fois, Dallas.

Baxter. Il était gentil, rigolo. Il ne se fâcherait pas trop s'ils la découvraient là.

— Ne jouez pas avec le tableau de bord. Quand nous aurons terminé, je veux que vous creusiez l'angle immobilier avec Peabody. Nous allons les trouver dans l'Upper West Side. Merde ! Ils sont peut-être à cinquante mètres d'ici.

— Catastrophe pour le quartier. C'est à cause du bouledogue du BAI que vous nous avez dispersés pour la nuit ?

— J'ai confiance en Webster. Mais faire travailler mon équipe chez moi, qui plus est en heures supplémentaires, c'est s'aventurer en terrain miné. Les politiciens râlent : ils détestent le flou artistique lorsque ce ne sont pas eux les peintres. On a des flics morts, des flics blessés, on fourre notre nez dans les enquêtes de certains collègues – dont une classée, avec un accusé en prison. Là-haut, on s'inquiète parce que j'ai décidé de fouiller plus en profondeur. Je ne veux pas leur donner une raison de me retirer ce dossier.

— Vous avez pris un risque en emmenant la petite chez vous.

— Je sais.

— C'était ce qu'il y avait de mieux à faire, Dallas. Ce qu'il y avait de mieux pour Nixie. Elle n'avait pas seulement besoin de protection. Elle avait besoin de... réconfort.

— Tout ce qui compte pour elle, c'est que je trouve les coupables. Et je n'y parviendrai jamais si je me laisse submerger par leurs salades administratives. Conséquence, on avance sur le fil du rasoir, et Whitney s'arrange pour tenir les gros bonnets à l'écart jusqu'à ce qu'on ait atteint notre but. Ah ! Voilà la patrouille. Finissons-en.

Eve se gara, puis rejoignit les deux agents en uniforme.

— L'un de vous est entré ?

— Non, lieutenant. On nous a demandé de ne pas intervenir. Une lumière était allumée, fenêtre de droite en façade, premier étage.

— Quand on s'est garés, elle s'est éteinte, enchaîna l'autre. Personne n'est sorti.

— Vous avez vérifié à l'arrière.

— On nous a demandé de ne pas intervenir.

— Bon Dieu, vous n'avez donc pas un brin de cervelle ? Les mômes se sont probablement enfuis. Baxter, faites le tour. J'entre par-devant. Vous deux, postez-vous là et tâchez de donner l'impression que vous êtes flics.

Elle s'approcha de la porte d'entrée, examina le scellé et la serrure. Tous deux étaient abîmés. C'était visiblement l'œuvre de jeunes. Pourtant, Eve se fia à son instinct : elle dégaina son arme avant d'ouvrir d'un coup de pied.

Pistolet au poing, elle balaya l'espace, puis commanda la mise en marche de la lumière et tendit l'oreille.

Un certain désordre régnait dans le séjour. Bouteilles de bière de fabrication maison, sachets de chips de soja, en-cas divers jonchaient le sol. Quelques gamins irresponsables et irrespectueux s'étaient introduits là pour faire la fête.

Percevant un infime craquement à l'étage, Eve se dirigea vers l'escalier.

Comme elle n'entendait rien, Nixie prit le risque de se redresser pour regarder par la vitre. Elle vit les deux policiers et se mordit la lèvre tandis que les larmes lui montaient aux yeux. Ils ne la laisseraient jamais entrer. Et si elle essayait quand même, ils la verraient forcément.

Alors qu'elle se faisait cette réflexion, deux éclairs aveuglants zébrèrent la nuit. Les deux policiers furent propulsés en arrière et dégringolèrent l'escalier menant au cabinet de consultation de sa mère. Deux silhouettes vêtues de noir traversèrent la pelouse au pas de course et pénétrèrent chez elle.

Les ombres.

Elle voulut crier, de toutes ses forces, mais aucun son ne sortit de sa gorge, et elle se jeta à terre. Les ombres allaient tuer Dallas et Baxter, comme elles avaient tué toute sa famille. Pendant qu'elle se cachait, ils allaient leur trancher la gorge.

Soudain, elle pensa au communicateur que lui avait confié Connors. Elle le sortit de sa poche, enfonça la touche et se mit à sangloter tout en descendant du véhicule.

— Venez! Il faut que vous veniez nous aider. Ils sont là! Ils vont tuer Dallas. Venez vite!

Sur ce, elle fonça se réfugier chez elle.

À son bureau, Connors savourait le plaisir de pister un adversaire. Il ôtait les couches les unes après les autres. Il n'avait pas encore atteint le cœur, mais ce n'était plus qu'une question de temps. Il suffisait de creuser un peu, on finissait toujours par découvrir des traces de pas sous la boue. À présent, il était sur la voie. Du Groupe Triangle à Cinq-Aucarré, de Cinq-Aucarré à l'Action Unifiée – encore un terme militaire. Et, au milieu, un entrelacs de fils. Il venait de tomber sur le nom de Clarissa Branson, présidente de l'Action Unifiée. L'un des agents les plus en vue de Cassandra.

Les souvenirs remontèrent à la surface. Eve avait arrêté cette folle furieuse juste avant qu'elle ne tente de les abattre tous les deux, et de faire sauter la statue de la Liberté. Clarissa et William Henson, l'homme qui l'avait formée. Tous deux étaient morts aujourd'hui, mais...

Connors lança une recherche sur les propriétés new-yorkaises au nom de Clarissa Branson, William Henson, voire une combinaison des deux.

Il vérifia l'heure. Eve devait être arrivée chez les Swisher. Inutile de la déranger, décida-t-il.

— Ah ! Mais vous revoilà, espèces de salauds. Branson Williams, 73e Rue Ouest. Une fois de plus, mon flic avait raison. Mieux vaut l'interrompre, finalement.

— Connors !

Summerset, en général si parfaitement maître de lui, se rua dans la pièce sans frapper.

— Nixie a disparu.

— Soyez plus précis.

— Elle n'est pas dans la maison. Elle a enlevé le transmetteur et l'a accroché au T-shirt du garçon. Elle lui a dit qu'elle voulait parler avec le lieutenant. J'ai vérifié les scanners. Elle n'est pas dans la maison.

— Voyons ! Elle n'a pas pu quitter la propriété. Elle est sans doute tout simplement...

Il pensa à Eve, qui était montée en voiture avec Baxter.

— Nom de Dieu !

Il pivotait vers son bureau quand le communicateur dans sa poche bipa. Il s'en empara, entendit la voix de Nixie.

— Demandez du renfort ! hurla-t-il en tapant le code d'un tiroir sécurisé. Contactez Peabody et les autres, expliquez-leur la situation.

— Je le ferai en chemin. Je vous accompagne. Cette enfant était sous ma responsabilité.

Connors ne discuta pas. Il jeta un coup d'œil à l'arme qu'il venait de sortir, la lança à Summerset et en choisit une autre pour lui.

— Vous avez intérêt à suivre le mouvement.

23

En atteignant les marches, Eve sortit son communicateur de sa poche. Elle tapa un code spécial donnant l'ordre à Baxter de la rejoindre en renfort. Ne recevant aucune réponse, elle jura entre ses dents et enfonça la touche de contact direct avec le standard pour réclamer de l'aide. S'il ne s'agissait que d'une bande de jeunes en train de s'amuser, elle supporterait l'humiliation.

Elle repartit à reculons et se faufila sur la pointe des pieds vers le fond de la maison. Elle allait rappeler Baxter, et emprunter l'escalier de service.

Elle venait d'atteindre la cuisine quand les lumières s'éteignirent d'un seul coup.

Elle s'accroupit dans l'obscurité, le cœur battant, mais l'esprit lucide. Ils lui avaient tendu un piège les premiers. Cela ne signifiait pas qu'elle n'allait pas ramasser le fromage et disparaître.

Une fois de plus, elle actionna son communicateur avec l'intention de requérir des forces armées. Mais l'appareil ne répondit pas.

Ils avaient bloqué tous les circuits électroniques. Malin. Très, très malin. Cependant, ils devaient la trouver avant qu'elle ne les trouve. L'espace d'un éclair, elle pensa à Baxter, se ressaisit. Ce n'était pas le moment de craquer. Il était à terre, c'était évident. Les deux flics aussi.

C'était donc entre elle et eux.

Tapie dans un coin, elle attendit que son regard s'adapte à la pénombre, puis se glissa jusqu'à l'appartement de la gouvernante. Un mouvement derrière elle la fit pivoter, le doigt tremblant sur la détente.

Elle reconnut Nixie à son odeur avant de distinguer sa silhouette. Ravalant sa colère, elle plaqua la main sur la bouche de la fillette et la traîna jusque dans le salon d'Inga.

— Tu es complètement cinglée ? chuchota Eve.

— Je les ai vus ! Ils sont entrés dans la maison. Ils sont montés là-haut.

Elle n'avait pas le temps de poser des questions.

— Écoute-moi : tu vas rester ici, bien cachée. Pas un bruit, surtout. Et tu ne sors pas avant que je t'en donne l'ordre.

— J'ai appelé Connors. Avec le communicateur.

Mon Dieu ! Dans quel traquenard allait-il tomber ?

— Parfait. Tu ne bouges plus tant que l'un d'entre nous ne t'en aura pas donné l'ordre. Ils ne savent pas que tu es là. Ils ne te découvriront pas. Moi, je dois grimper là-haut.

— Vous ne pouvez pas. Ils vont vous tuer.

— Sûrement pas. Je dois y aller parce que mon ami est blessé.

Ou mort.

— Parce que c'est mon métier, enchaîna-t-elle. Tu m'obéis, d'accord ?

Elle poussa la petite sous le canapé.

— Reste là. Si j'entends ne serait-ce qu'un couinement, je t'assomme.

Eve tira doucement la porte menant à l'escalier. La suite devait à tout prix se dérouler à l'étage. Loin de la petite.

Connors ne tarderait pas à arriver avec les renforts. Elle pouvait compter sur lui. Elle était convaincue qu'il était déjà en chemin – rongé par l'angoisse.

Elle gravit les marches en silence, colla l'oreille à la porte palière.

Pas un bruit. Ils étaient sûrement équipés de lunettes à infrarouge. Ils avaient dû se séparer pour la chercher. Ils couvriraient toutes les issues, écumeraient toutes les pièces. Elle avait menti à Nixie. Ils la trouveraient. Forcément. Parce qu'ils cherchaient un flic, et qu'ils ne négligeraient pas le moindre recoin.

À moins qu'elle ne se montre.

Ils étaient persuadés qu'elle était venue chasser une bande d'adolescents fêtards. Ils ne s'attendaient pas qu'elle ait déjà dégainé son arme.

Il était temps de leur faire une petite surprise.

Elle carra les épaules, tira une salve à droite, une autre à gauche, jaillit dans le couloir.

Des tirs claquèrent sur sa gauche, mais elle s'était déjà jetée à plat ventre et avait roulé sur le côté pour riposter.

Elle vit l'ombre, entendit un bruit sourd quand une de ses balles la catapulta contre le mur.

Elle bondit en avant. C'était un des hommes. Neutralisé. Elle lui arracha ses lunettes à infrarouge, s'empara de sa mitraillette et de son poignard. Elle se ruait à l'abri lorsque des pas résonnèrent dans l'escalier principal.

Elle chaussa les lunettes, et la lumière fut : une lueur verdâtre, qui donnait aux formes des allures irréelles. Elle glissa le couteau dans sa ceinture, braqua les deux armes et tira.

Sentant un mouvement derrière elle, elle pivota, pas assez vite, toutefois, pour éviter le coup de lame. Il fendit le cuir de son blouson, ripa sur le gilet pare-balles et s'enfonça dans son épaule.

Ignorant la douleur, elle profita de son élan et brandit le poing. À sa grande joie, elle perçut un craquement de cartilage.

De nouveau, elle tira en direction de l'escalier, tandis que son agresseur se ruait sur elle.

Le coup de pied l'atteignit au sternum, lui coupant le souffle. Les armes lui échappèrent telles des savonnettes mouillées.

Isenberry, le nez dégoulinant de sang, souriait de toutes ses dents. La mitraillette en bandoulière, le poignard en position de combat.

Elle aime s'amuser, songea Eve.

— Approche ennemie ! hurla le complice d'Isenberry du rez-de-chaussée. Arrêter l'opération !

— Jamais de la vie ! Je l'ai enfin, lâcha Isenberry sans cesser de sourire. J'attendais ce moment avec impatience. Debout, salope.

Arrachant le couteau de sa ceinture, Eve se leva.

— Lieutenant Salope, rectifia-t-elle. Je vous ai brisé le nez.

— Et vous allez le payer.

Elle abattit le bras en tournoyant sur elle-même, rata le visage d'Eve de peu, mais déchiqueta l'étoffe de son chemisier, avant de déraper sur le gilet pare-balles en dessous.

— On s'est protégée ? ricana Isenberry. Je savais bien que vous étiez une mauviette.

Eve feinta, sautilla de droite à gauche, puis enfonça le poing dans le sourire d'Isenberry.

— La bave du crapaud n'atteint pas la blanche colombe.

De rage, Isenberry s'empara de sa mitraillette. Eve se prépara à bondir quand les lampes s'allumèrent, les aveuglant toutes deux.

Connors déboula dans le vestibule à la vitesse de l'éclair, roula sur le sol une seconde avant le coup de feu – et deux avant que Summerset remette la lumière.

Il vit l'homme arracher ses lunettes à infrarouge tout en se ruant dans une pièce contiguë.

À l'étage, on se bagarrait. Eve était vivante. Et elle se défendait ! L'angoisse qui lui avait noué la gorge pendant tout le trajet se dissipa. Il tira, roula dans la direction opposée.

— Occupez-vous d'Eve ! hurla-t-il à Summerset en se précipitant sur les talons de sa proie.

Toute la maison était brillamment éclairée, à présent. Il tendit l'oreille, crut entendre les sirènes au loin. L'arrivée des renforts serait une bénédiction, il en avait conscience. Mais une partie de lui avait envie de se battre, de faire couler le sang.

L'arme au poing, il arrivait au détour du couloir quand un cri, suivi d'un bruit de chute, détourna son attention un bref instant.

Simultanément, une balle lui effleura le haut de l'épaule, lui brûlant la peau. La douleur le transperça. Il sentit une odeur de sang et de chair carbonisée. Transférant son arme dans la main gauche, il se mit à tirer en rafales tout en bondissant en arrière.

Il y eut une explosion de verre ; des échardes volèrent. Voyant que son adversaire était touché, il se rua sur lui.

Eve gisait au pied de l'escalier donnant dans le salon d'Inga, le corps secoué de spasmes de souffrance, les mains gluantes de sang. Ses doigts étaient encore accrochés au manche du couteau. Isenberry était sous elle, leurs visages si proches qu'elle pouvait voir son regard se ternir.

Elle perçut les gémissements de Nixie, mais ils lui parvenaient comme dans un rêve. Le sang, la mort, le poignard encore chaud dans sa main.

Elle entendit un bruit de pas dans l'escalier et s'obligea à s'écarter d'Isenberry.

La douleur lui remontait le long du bras, si intense que sa vision se brouilla. Elle vit une pièce inondée d'une lueur rouge, s'entendit supplier.

— Lieutenant.

Summerset s'accroupit près d'elle, attendit qu'elle le reconnaisse avant de poursuivre :

— Laissez-moi voir votre blessure.

— Ne me touchez pas !

Elle aperçut la petite, recroquevillée sous le canapé, le visage blanc. Si blanc que les gouttes de sang qui l'avaient aspergé ressemblaient à des taches de rousseur sur ses joues.

Elle vit son regard voilé de terreur. Il reflétait le sien.

Elle se redressa, chancela jusqu'à la cuisine.

Il était vivant. Lui aussi était couvert de sang. Après tout, du sang, il y en avait toujours. Mais Connors était vivant, debout. Il se tournait vers elle.

Hochant la tête, elle céda au vertige ; ses jambes se dérobèrent sous elle, et elle s'écroula à genoux. À quatre pattes, elle s'approcha de Kirkendall.

Dégoulinant de sang, évidemment. Mais pas mort. Pas encore. Elle tourna le poignard dans sa main, pointa la lame vers le bas.

Son bras était-il fracturé ? Avait-elle entendu l'os se briser ? La douleur était toujours là, mais comme dans un souvenir. Si elle le lardait de coups, en toute conscience, en *sentant* ce qu'elle faisait, la souffrance s'atténuerait-elle ?

Elle regarda les gouttes de sang qui coulaient de ses doigts et comprit qu'elle en était capable. Elle pouvait le faire, et peut-être qu'enfin tout serait terminé.

Tueur d'enfants, violeur des faibles. Une vie en cage, ce n'était pas suffisant.

Elle piqua la pointe à l'endroit du cœur, et sa main se mit à trembler. Puis son bras. Puis tout son être. Elle s'écarta.

Se redressant, elle réussit à enfoncer l'arme dans la ceinture de son pantalon.

— J'ai des hommes à terre. Il faut appeler les secours.

— Eve.

— Pas maintenant.

Un sanglot – ou était-ce un cri ? – lui remontait dans la gorge.

— Baxter a contourné la maison. J'ignore s'il est encore en vie.

— Les flics postés à l'avant ont été neutralisés. Je ne connais pas la gravité de leur état, mais ils sont vivants, précisa Connors.

— Il faut que j'aille voir Baxter.

— Dans une minute. Tu saignes.

— Il…

Non, pas lui.

— Elle m'a effleurée. C'est la chute qui m'a achevée. Je crains de m'être déboîté l'épaule.

— Montre-moi.

Avec douceur, il l'aida à se remettre debout. Elle pâlit.

— Prends bien tes appuis.

— Mon ange, tu devrais prendre un analgésique d'abord.

Elle refusa d'un signe de tête, s'agrippa à lui, expira trois fois, puis le regarda droit dans les yeux.

D'une torsion, il effectua la manipulation. Le cœur au bord des lèvres, Eve eut la sensation d'être aveuglée par une lumière blanche tandis qu'il lui remettait l'épaule en place.

— Merde. Merde. Merde.

Elle reprit son souffle, opina vaguement en guise de remerciement, reconnaissante qu'il la maintienne en position verticale.

— C'est bon. Ça va mieux.

C'était exactement ce qu'il lui fallait, non seulement pour apaiser la douleur, mais aussi pour la ramener dans le monde réel.

— La petite, souffla-t-elle.

— Summerset.

Ce dernier apparut, Nixie accrochée à son cou.

— Elle n'est pas blessée, annonça-t-il, un léger trémolo dans la voix. Mais elle a eu très peur. Il faut qu'on la sorte d'ici.

— Je veux le voir, fit Nixie d'une voix rauque.

Ses joues étaient humides, ses yeux ravagés par les larmes, mais elle soutint le regard d'Eve.

— Je veux voir celui qui a tué ma famille. Dallas a dit que je pourrais.

— Amenez-la par ici.

— Je ne pense pas que ce soit…

— Je ne vous demande pas de penser, coupa Eve.

Elle alla à leur rencontre, et quand il posa Nixie à terre, elle lui prit la main.

— La femme est morte, lâcha-t-elle d'un ton neutre. Il y en a un autre, là-haut.

— Inconscient, désarmé et ligoté, précisa Summerset.

— Celui-ci est en piteux état, enchaîna Eve. Mais il survivra. Il survivra longtemps – le plus longtemps sera le mieux, parce qu'il ne sera plus jamais libre. Il mangera et pissera et dormira où et quand on le lui dira. Là où il va finir... Vous m'entendez, Kirkendall ? Là où vous allez finir, c'est comme la mort. À petit feu. Jour après jour.

Nixie baissa les yeux et serra plus fort la main d'Eve.

— Elle va vous coller dans une putain de cage, déclara-t-elle haut et fort. Et quand vous mourrez, vous irez en enfer.

— Parfaitement ! renchérit Summerset en s'approchant de la fillette et en la soulevant dans ses bras. Et maintenant, Nixie, nous allons sortir d'ici et laisser le lieutenant travailler.

Peabody fit irruption dans la maison, une horde de flics sur ses talons.

— Jésus Marie Joseph ! Quel carnage !

— Baxter est à terre. Probablement à l'arrière. Allez voir s'il est vivant.

Tandis que Peabody se précipitait dehors, Eve pivota vers un agent.

— Nous avons un suspect là-haut, inconscient et menotté. Un deuxième dans cette pièce, là-bas, mort. Avec celui-ci, ça fait trois. Je veux des secouristes, un médecin légiste, les techniciens de la police scientifique et le capitaine Feeney, de la DDE.

— Lieutenant, vous ne me paraissez pas vous-même en grande forme.

— Au boulot ! Ma forme, c'est mon problème.

Elle s'apprêtait à rejoindre Peabody lorsqu'elle aperçut celle-ci qui revenait vers la maison en soutenant Baxter.

Un frémissement de soulagement la parcourut.

— Et ma demande de renfort, Baxter ?

— J'ai été touché en plein dans mon gilet pare-balles. Je ne vois pas d'autre explication.

Il pressa la main sur sa nuque, montra une tache de sang.

— J'ai valsé en arrière, et ma tête a heurté la terrasse. J'ai un de ces maux de crâne !

— Commotion cérébrale, diagnostiqua Peabody. Il faut le transporter aux urgences.

— Chargez-vous-en.

— Qu'est-ce qui s'est passé, ici ? Il y a des morts ?

— L'un des suspects, lui répondit Eve.

— OK. Vous me raconterez tout ça plus tard. Peabody, ma beauté, trouvez-moi un antalgique.

Connors effleura le dos d'Eve.

— Laisse-moi jeter un coup d'œil sur ton bras, et le reste.

— J'ai reçu quelques coups de couteau superficiels. Je lui en ai flanqué aussi.

— Tu saignes du nez.

Eve s'essuya la figure.

— J'ai écrabouillé le sien. Cette garce a osé me traiter de mauviette. Je l'ai salement bousculée, mais elle a riposté si vite qu'elle m'a entraînée dans sa chute. Je pense que c'est là qu'elle s'est brisé la nuque. Elle était morte à l'atterrissage.

Elle posa la main sur son épaule douloureuse, se tourna vers Connors. Et le vit vraiment pour la première fois.

— Tu es blessé ! C'est grave ?

— J'ai été pris de court, avoua-t-il avec un sourire penaud. C'est superficiel, mais bon sang que ça fait mal.

Elle lui caressa la joue.

— Tu vas avoir un œil au beurre noir.

— Je me suis vengé. Si on… euh, là, tu pousses peut-être un peu, ajouta-t-il comme elle arrachait la manche déchiquetée de sa chemise.

— De toute façon, elle est bonne pour la poubelle.

Eve palpa sa plaie. Il émit un juron.

— La blessure à l'épaule est moche.

— Comme la tienne.

Il haussa les sourcils tandis que deux secouristes arrivaient.

— Les dames d'abord.

— Les civils d'abord. Et je n'ai rien d'une dame.

Il rit, l'embrassa sur la bouche.

— Tu es la mienne, mais je propose qu'on souffre ensemble.

Pourquoi pas ? se dit Eve. Elle en profiterait pour harceler les infirmiers, les menacer s'ils avaient l'audace ne serait-ce que d'envisager de l'expédier à l'hôpital. Elle pourrait coordonner ses équipes, enregistrer son rapport et assister au départ des trois tueurs – les vivants et la morte.

— Je retourne au Central remplir la paperasse, annonça Peabody. Les volontaires sont trop nombreux sur ce coup. L'un d'eux essaiera forcément d'en remettre une couche pour venger Knight et Preston.

— On les interrogera séparément dans la matinée.

— Il serait peut-être prudent d'envoyer une patrouille à cette adresse, intervint Connors en lui tendant un mémo. 73ᵉ Rue Ouest. Je crois bien que c'est celle du Q.G.

Eve parcourut la note, et son visage s'éclaira.

— J'en étais sûre ! Peabody, rameutez quelques agents de confiance pour qu'ils surveillent Kirkendall et Clinton. Rassemblez l'équipe ; au diable les autorisations, on fonce là-bas cette nuit.

— Waouh !

— Les informaticiens d'abord, reprit Eve. Et je veux… laissez-moi réfléchir… Jules et Brinkman, du déminage. On ignore quels pièges ils ont tendus en cas d'attaque imprévue. Tenue de combat obligatoire. Nos trois lascars ne sont peut-être pas seuls. Je joins le commandant pour le mettre au courant.

Elle se tourna vers Connors.

— Si tu veux participer, tu es le bienvenu.

— Je n'imagine pas de meilleur divertissement pour finir la soirée.

— Donne-moi cinq minutes.

Elle s'éloigna, sortit son communicateur de sa poche.

— C'est mon arme, idiot ! bougonna-t-elle à l'intention de l'un des techniciens qui venait de la mettre dans un sachet scellé. Rendez-la-moi.

— Désolé, lieutenant, je dois l'emporter.

— Bon sang, vous savez combien de temps il faut pour obtenir… Ah! Commandant, bonsoir. Nous avons deux suspects en garde à vue et un suspect décédé sur site.

— Je suis en route. On me dit que quatre officiers, dont vous, sont blessés.

— Les secouristes sont là; trois personnes partent pour l'hôpital. Les suspects sont en bonnes mains. Nous avons les coordonnées de ce que nous pensons être leur Q.G. J'ai rappelé mes hommes, ainsi que deux collègues du déminage. Mon domicile étant situé à mi-chemin entre ici et le lieu ciblé, je coordonnerai les manœuvres depuis mon bureau personnel. Avec votre permission, commandant.

— Je vous y retrouve. Quelle est la gravité de votre état, lieutenant?

— Rien que je ne puisse surmonter, commandant.

— Je m'en doute.

— Bon, marmonna-t-elle après qu'il eut coupé la transmission. Tâchez d'être efficaces! ajouta-t-elle à la cantonade. Quand vous aurez vos prélèvements, je veux que vous me nettoyiez le tout à fond! Sécurisez-moi la scène afin que pas même une puce ne puisse passer sous la porte. Si jamais vous merdez, je vous arrache les yeux et je les gobe au petit-déjeuner.

D'un signe, elle invita Connors à la suivre.

— J'adore quand tu t'énerves. Ça m'excite.

— De l'excitation, tu vas en avoir ton lot avant de te coucher, riposta-t-elle.

Comme il drapait son blouson déchiré sur ses épaules, elle ne put s'empêcher de sourire.

Mais son sourire se figea quand elle aperçut Summerset, assis dans la voiture de Connors, la petite Nixie dans les bras. Tandis qu'elle s'approchait, il baissa la vitre.

— J'ai dû lui promettre de rester jusqu'à ce qu'elle vous ait parlé.

— Je n'ai pas le temps de…

Les mots moururent sur ses lèvres lorsque Nixie releva la tête.

— Quoi?

— Je peux vous parler, juste une minute? S'il vous plaît.

— Soixante secondes, maxi. Viens par ici.

Côte à côte, elles s'éloignèrent sur le trottoir. Eve adressa un grognement à l'intention des badauds qui se pressaient derrière les barrières. Elle rejoignit son véhicule, invita Nixie à y monter.

— Tu t'es cachée à l'arrière?

— Oui.

— Tu mériterais que je t'arrache la peau du dos. Je ne le ferai pas parce que j'ai mal au bras, et parce que, peut-être, ton énorme bêtise m'a rendu service. J'aurais très bien pu les avoir tous les trois...

Elle massa son épaule douloureuse.

— Mais c'était pratique d'avoir Connors dans les parages pour neutraliser le dernier.

— Je voulais revenir chez moi.

Eve cala la nuque sur l'appui-tête. Affronter trois suspects armés et dangereux lui semblait plus facile que de s'aventurer sur le terrain miné de la psychologie enfantine.

— Tu y es retournée. Qu'as-tu trouvé? Je sais que c'est nul, plus nul que nul, mais ce n'est plus ton chez-toi.

— Je voulais revoir ma maison.

— Oui, j'ai compris. Mais ce n'est que de la pierre et du bois. Ce qui compte, c'est ce que tu y as vécu avant le drame. C'est ainsi que je vois les choses.

— Vous allez m'envoyer très loin.

— Je vais te donner une chance, la meilleure que je puisse t'offrir.

Elle changea de position.

— Tu as reçu un coup terrible. Soit tu te relèves, soit tu restes à terre. Moi, je pense que tu vas te relever. Elizabeth et Richard sont des gens bien. Ils ont beaucoup souffert eux aussi. Ils savent ce que c'est. Ils ont envie de t'aider, de t'entourer. Ce ne sera jamais comme avant, mais ce peut être autre chose. Tu peux t'arranger pour que ce soit autre chose sans pour autant oublier les merveilleux moments que tu as vécus dans cette maison avec ta famille.

— J'ai peur.

— Ce qui prouve que tu es intelligente. Et très courageuse aussi, je dois dire. Il faut que tu saisisses ta chance.

— C'est vraiment loin la Virginie ?

— Pas tant que ça.

— Je pourrai vous voir de temps en temps, vous et Connors et Summerset ?

— Je suppose que oui. Si tu tiens absolument à revoir l'affreux Summerset.

— Si vous me le promettez, je sais que vous tiendrez votre promesse. Vous m'avez dit que vous les retrouveriez. Et vous les avez retrouvés.

— Alors je te promets qu'on se reverra. À présent, il faut que j'y aille.

Nixie s'agenouilla sur la banquette, se pencha, embrassa Eve sur la joue. Puis elle posa la tête sur son épaule valide.

— Je suis désolée que vous ayez été blessée à cause de moi.

— Ce n'est rien.

Eve lui caressa les cheveux.

— Les risques du métier, conclut-elle.

Elle ne bougea pas tandis que Nixie descendait de la voiture et rejoignait Connors. Celui-ci se pencha, et ils échangèrent quelques mots. Puis il l'étreignit.

Summerset l'installa dans le véhicule, attacha luimême sa ceinture, lui caressa la joue. Comme ils démarraient, Connors monta aux côtés d'Eve.

— Tout va bien ?

Elle secoua la tête.

— J'ai besoin d'une petite minute.

— Prends ton temps.

— Elle va s'en sortir. Elle a des tripes, du cœur. Elle m'a fait une peur bleue quand elle a surgi derrière moi, mais elle est sacrément courageuse.

— Elle t'aime.

— Seigneur!

— Tu l'as découverte, tu l'as protégée, tu l'as sauvée. Elle t'aimera davantage à mesure qu'elle se reconstruira. Tu as eu raison de la laisser voir le visage de l'assassin.

— Je l'espère parce que, sur le moment, j'étais dans un état second. La chute dans l'escalier...

Elle se tut, poussa un soupir.

— Pas seulement la chute. Le sang, le couteau, la douleur. Quand j'ai émergé et que je t'ai aperçu, j'ai été soulagée. Mais c'était un sentiment diffus, comme si je m'étais dédoublée.

Elle inspira à fond.

— Tu m'aurais laissée faire. Tu serais resté à l'écart, pendant que je lui plongeais ce couteau dans le cœur.

— Oui. Je t'aurais laissée faire ce que tu avais à faire.

— Et commettre un meurtre de sang-froid.

— Eve, murmura-t-il en la dévisageant de son regard si calme, tu n'y serais pas arrivée.

— J'ai failli.

— Failli seulement. Et si tu avais été jusqu'au bout, nous aurions fait face Mais celle que tu es en profondeur t'en aurait empêchée de toute façon. Tu avais besoin d'en prendre conscience là, agenouillée devant lui, le poignard à la main.

— Je suppose que oui.

— Demain, tu te retrouveras en face de lui, en face des deux, en salle d'interrogatoire. Et ce que tu lui feras sera bien pis que de lui transpercer le cœur. Tu l'as coincé, tu l'as arrêté, tu l'as mis en cage.

— Tu parles. À peine celui-ci sera-t-il bouclé qu'un autre émergera de sous les pierres.

Elle tâta son épaule, fit jouer son bras.

— J'ai donc intérêt à retrouver la forme au plus vite pour pouvoir me lancer aux trousses du prochain.

— Je t'aime comme un fou.

— Tu es fou.

Elle sourit puis, priant pour que personne ne les observe, effleura ses lèvres d'un baiser.

— Allons nous changer, et nous remettre au travail.

En démarrant, elle jeta un coup d'œil dans le rétroviseur. Oui, songea-t-elle, ce n'était rien d'autre qu'une maison. Ils nettoieraient le sang, évacueraient la mort. Une autre famille viendrait s'y installer.

Elle leur souhaitait une vie heureuse.

8259

Composition Chesteroc Ltd
Achevé d'imprimer en France (La Flèche)
par Brodard et Taupin
le 9 février 2007. 39904
Dépôt légal février 2007.
EAN 9782290350492

Éditions J'ai lu
87, quai Panhard-et-Levassor, 75013 Paris
Diffusion France et étranger : Flammarion